Née en Malaisie, **Dinah Jefferies** est arrivée en Angleterre à l'âge de neuf ans. Sa passion pour l'Asie du Sud-Est et l'Extrême-Orient ne s'est jamais démentie, et elle ne manque jamais une occasion de s'y rendre. Après avoir vécu en Italie et en Espagne, elle habite désormais dans le Gloucestershire avec son mari (et un norfolk terrier malicieux) et se consacre à l'écriture.

De la même autrice :

La Mariée de Ceylan
La Fille du marchand de saphirs
La Disparue de Birmanie
Une comtesse en Toscane
Les Soeurs de soie

Dinah Jefferies

Une comtesse en Toscane

Traduit de l'anglais (Grande-Bretagne) par Agnès Jaubert

Hauteville

Hauteville est un label des éditions Bragelonne

Titre original : *The Tuscan Contessa*

ISBN : 978-2-38122-553-1

Bragelonne – Hauteville
60-62, rue d'Hauteville – 75010 Paris

E-mail : info@editions-hauteville.fr
Site Internet : www.editions-hauteville.fr

À la mémoire des Italiens dont l'héroïsme
et le courage ont inspiré ce livre.

Une brève chronologie de la Seconde Guerre mondiale en Italie

Juillet 1943 : quelques semaines après l'invasion de la Sicile par les Alliés et le bombardement de Rome, le régime de Mussolini s'écroule. Le roi d'Italie, Victor Emmanuel III, nomme le maréchal Pietro Badoglio Premier ministre du pays. Mussolini est incarcéré. Pendant ce temps, les Allemands contactent Badoglio, qui leur réaffirme la loyauté sans faille de l'Italie à l'Allemagne. Toutefois, les Allemands sont méfiants. La Wehrmacht élabore alors le plan de prendre le contrôle de l'Italie si le gouvernement italien fait allégeance aux Alliés.

8 septembre 1943 : un armistice entre l'Italie et les Alliés est officiellement déclaré. Le roi et Badoglio s'enfuient de Rome pour aller se réfugier du côté des Alliés. Alors que les Italiens se rendent aux Alliés, les Allemands s'empressent d'occuper l'Italie, y compris Rome. L'Italie change officiellement de camp et fait la paix avec les Alliés pour combattre l'Allemagne nazie.

9 septembre 1943 : les Alliés débarquent par la mer sur les plages de Salerne. Après dix jours de tirs et d'attaques au mortier des troupes ennemies retranchées derrière les montagnes, ils finissent par repousser les Allemands. Deux mille soldats anglais sont tués.

12 septembre 1943 : sur les ordres de Hitler, Mussolini est secouru par des parachutistes allemands.

23 septembre 1943 : la République sociale italienne est proclamée et Mussolini est nommé chef d'État. Faisant fi de son souhait de retourner à Rome, les Allemands établissent sa capitale dans la ville de Salò, sur le lac de Garde, dans le nord du pays. Il a néanmoins perdu le contrôle de quasiment toute l'Italie et gouverne un état fantoche, totalement dépendant de Berlin. Presque tout le pays est en état de siège, sous loi martiale allemande.

1er octobre 1943 : après des combats acharnés, les chars alliés libèrent Naples. Ils prennent alors la direction de Rome mais l'ennemi a recours aux défenses naturelles de l'Italie pour entraver leur avancée : fleuves infranchissables, montagnes forteresses. Leur progression est lente.

13 octobre 1943 : l'Italie libérée déclare la guerre à l'Allemagne. Non seulement le pays est pris dans la tourmente de la Seconde Guerre mondiale, mais il doit faire face à une guerre civile entre fascistes et antifascistes.

16 et 17 octobre 1943 : des renforts des armées du Commonwealth sont envoyés en Italie. Au cours de nombreuses et violentes batailles, les Alliés repoussent lentement l'armée allemande. Les Allemands leur opposent une farouche résistance.

Novembre 1943 : notre histoire, *Une comtesse en Toscane*, commence. À ce stade, les partisans italiens ne sont pas organisés et sont surtout impliqués dans des actions de sabotage fortuites.

5 juin 1944 : les Alliés pénètrent dans Rome, qu'ils libèrent. Ils poursuivent leur route et traversent la Toscane. Les unités de partisans sont désormais plus nombreuses, mieux armées et organisées.

6 juin 1944 : le débarquement de Normandie a lieu, désigné par le terme militaire *D-Day*. L'opération marquera le début de la libération de la France. En dépit de l'importance symbolique et stratégique de la chute de Rome, le *D-Day* l'emporte dans l'imagination populaire et la campagne d'Italie est en grande partie ignorée.

29 juin 1944 : les troupes allemandes qui battent en retraite prennent la Toscane d'assaut. Les villages de Pancrazio et Civitella vont être le théâtre de massacres de représailles : des partisans ont abattu quatre soldats allemands.

Juin / juillet 1944 : au sein de l'avance alliée, les troupes françaises d'Afrique du Nord connues sous le nom de *Goums*, ont été accusées d'avoir violé et pillé dans toute la Toscane.

4 août 1944 : les Alliés atteignent le sud de Florence et la bataille de Florence commence, avec l'aide considérable des partisans italiens. L'armée allemande bat en retraite, en pillant et en brûlant tout sur son passage. Laissant Florence sale, privée d'électricité, souffrant d'une sévère pénurie d'eau, de transports et de nourriture. Les combats se poursuivent vers le nord.

12 août 1944 : Sant'Anna di Stazzema est le théâtre d'un massacre de représailles de cinq cent trente villageois et réfugiés, incluant plus d'une centaine d'enfants. Pendant la retraite allemande, d'autres massacres sont perpétrés.

21 avril 1945 : les Alliés s'emparent de Bologne.

28 avril 1945 : Mussolini est abattu par des partisans et pendu tête en bas sur la Piazzale Loreto, à Milan.

29 avril 1945 : le commandement allemand en Italie signe la capitulation.

2 mai 1945 : la Reddition de Caserte, en Italie, entre en vigueur deux jours après la chute de Berlin. Cinquante mille partisans italiens sont morts. Trois cent mille Américains et Britanniques ont été blessés pendant la campagne d'Italie, quarante-sept mille sont morts. Les pertes américaines à Anzio s'élèvent à cinquante-neuf mille. Les pertes allemandes à quatre cent trente-quatre mille.

Chapitre premier

Le village fortifié de Castello de' Corsi, Toscane
29 juin 1944
19 h 15

La petite piazza que surplombent les fenêtres à persiennes, les balcons et les toits en terre cuite est écrasée de chaleur. Une odeur de fumée flotte dans l'air. Certains villageois dorment, d'autres se cachent. Seuls les cris des hirondelles troublent le silence. Soudain, un corbeau déploie ses larges ailes noires et s'envole de la tour crénelée avec un croassement perçant. Suivi d'un autre, puis d'un autre. Trois corbeaux, se dit la vieille femme en comptant sur ses doigts. Trois : présage funeste. Sur le seuil de l'ancienne maison de son fils, assise sur une chaise, elle boit son vin coupé d'eau. Et, malgré la douceur de la soirée, elle drape un châle de laine à franges autour de ses épaules et étouffe un bâillement.

— Ah ! Mes vieux os, marmonne-t-elle.

La lumière de la fin de journée dore la pierre des bâtiments anciens qui entourent la *piazza* : des habitations, quelques échoppes, le château avec ses grandes fenêtres à croisées et ses larges corniches dont l'eau goutte l'hiver. Sans oublier l'unique arche du village, assez haute et large pour un cheval et sa carriole. Des roses rouges dans des jardinières d'argile escaladent les murs jusqu'au premier étage du château, leur parfum capiteux planant dans l'air de cette fin d'après-midi.

Le soleil qui brille gaiement dans l'azur ne va pas tarder à décliner, laissant un sillage de traînées pourpres.

C'est une heure d'une sérénité magique. Un hurlement s'élève soudain, troublant la quiétude des lieux. Quelques persiennes sombres claquent. L'une d'entre elles s'ouvre à la volée et une jeune femme, alarmée, se penche par sa fenêtre pour regarder la *piazza*.

— Qu'est-ce qui se passe encore ?

La vieille lève la tête vers elle, comme si elle avait déjà la réponse à la question, même s'il n'y a rien à voir, hormis les quelques pigeons qui survolent la fontaine centrale.

Une brise agite les feuilles plates d'un figuier et un garçonnet s'engouffre sous l'arche en ogive avec un nouveau cri perçant. Il poursuit un chien blanc à trois pattes avec un pain dans la gueule. Ils font le tour de la fontaine puis le gamin glisse sur une figue. Le chien s'enfuit et la vieille femme rit.

— Bravo, petit trois pattes ! chuchote-t-elle, bien qu'elle ait reconnu le petit-fils de Carla.

Une femme vêtue de bleu débouche alors sur la *piazza* et s'arrête devant la tour. Une autre la suit. D'un signe, la première lui montre sa droite :

— Essayez par là.

La laissant franchir un seuil et disparaître derrière l'obscurité d'une porte, la femme en bleu s'avance vers la tour. Un bruit de moteur la fait s'arrêter. *Sûrement pas les Allemands, plus maintenant. Les Alliés, alors ?* Elle croise les doigts pour conjurer le sort puis continue à la hâte.

Soudain, elle perçoit un cri étranglé dont le souvenir sera gravé à jamais dans sa mémoire. Une main en visière, elle lève les yeux vers la tour et reste pétrifiée. Le dos tourné au vide, une autre femme est perchée au sommet, sur le rempart crénelé. La tête penchée, immobile, elle est assise, contemplant le sol. Quelques secondes s'écoulent. Une rafale de vent balaie la *piazza* et, les sourcils froncés par la perplexité, incrédule, la femme en bleu regarde de nouveau en l'air.

— Fais attention ! lance-t-elle.

Elle n'obtient pas de réponse. Est-ce une ombre qu'elle a aperçue ou y a-t-il quelqu'un d'autre là-haut ? Elle crie une nouvelle mise en garde, mais tout va soudain très vite. La silhouette au sommet de la tour penche dangereusement en arrière. Un morceau d'étoffe tombe, se gonfle, s'envole, flottant dans la brise. La femme en bleu se met à courir comme si sa propre vie en dépendait, trébuchant sur les pavés. Elle voit le foulard de soie étalé à terre et, le cœur battant la chamade, s'élance vers la porte de la tour.

Chapitre 2

Castello de' Corsi
Sept mois auparavant
Novembre 1943

Avec un mélange d'impatience et d'espoir, Sofia contemplait les coteaux bruns du Val d'Orcia et leur chapelet de vallées. Le ciel pourpre et or du couchant semblait retenir son souffle. Au loin, le Monte Amiata se dressait, sombre et solitaire, les protégeant. Le rouge flamboyant des vignobles et le feuillage doré des chênes embrasés, dans leur dernière gloire, exacerbaient sa soif de retrouver ce qu'ils avaient perdu. L'hiver approchait. Pourtant, elle regrettait la chaleur brumeuse des nuits d'été quand, allongés dans l'herbe sèche qui chatouillait leurs pieds nus, ils buvaient le vin rouge à la bouteille, en observant les libellules.

Elle aimait ces courts moments pendant lesquels, l'espace de quelques instants, le monde devenait vaporeux, féerique, irréel. Elle aimait ces minutes de torpeur quand elle flottait entre le conscient et l'inconscient. Elle pouvait alors croire qu'ils marchaient toujours main dans la main dans les champs d'oliviers poussiéreux, échafaudant des projets d'avenir, sans la moindre prescience de ce qui les attendait.

La nuit tombait doucement, plongeant peu à peu le petit salon dans l'obscurité. Elle tira les volets, qui grincèrent si fort que le cadre de la fenêtre trembla. Puis elle la referma, pivota sur place et promena son regard sur la pièce. Humant l'odeur entêtante et réconfortante des cigares de Lorenzo, elle s'accroupit devant l'âtre pour remettre une bûche dans le feu. Puis le regarda, assis dans leur vieux canapé de velours bleu, les deux chiens ronflant à ses pieds. Quand, à la nuit tombée, le silence s'abattait sur la maison obscure, ses craintes la rattrapaient. Les flammes dansantes donnaient vie à des ombres qui s'élevaient, monstrueuses, presque jusqu'au plafond, avant de décliner à mesure que le feu retombait. Mais son éclat continuait à scintiller dans les yeux gris, pleins de douceur, de son mari. Elle n'avait pas la moindre idée des pensées, des sentiments qui l'animaient. Le chagrin devait certainement en faire partie. Mais ils brillaient d'une intensité nouvelle. Il tapota la place à côté de lui sur le canapé et elle s'étira avant d'aller se blottir contre lui.

Malgré ses doigts qui glissaient dans ses cheveux, puis le long de son visage qu'il leva vers lui, elle avait l'impression que certaines parties de son être lui échappaient. Que Lorenzo lui échappait.

— Voilà, je te vois maintenant.

— Tu m'as toujours vue.

Elle lui raconta alors qu'elle avait pensé aux champs de coquelicots.

— Oh ?

— J'aimerais être au mois de mai et que tout cela soit fini.

Il afficha une expression neutre.

— Ce ne sera peut-être pas le cas.

— J'ai rêvé d'eux. Des coquelicots.

Mais elle n'ajouta pas que le rouge des fleurs s'était terni et que leurs pétales dégoulinaient de sang.

Il lui souleva la main et examina ses ongles cassés.

— Ce n'est pas de la peinture sous ce qui te reste de tes ongles, je suppose ? demanda-t-il avec tendresse.

— J'ai fait du jardinage.

— Ah oui. Eh bien, moi je pensais à Florence.

— Tu veux dire avant ?

— Quand tu étais à l'institut d'art et moi à la faculté d'études agronomiques.

Au souvenir de ses dix-neuf ans pleins d'insouciance, elle esquissa un sourire.

— 1920, poursuivit-il. Et tu n'as pas changé.

— Petite ? Pâle ? Ridée ?

— À peine, répondit-il, ses yeux pétillant d'amusement. Élégante. Toujours aussi belle. Et, contrairement à toi, je commence à grisonner.

Il passa une main dans ses cheveux poivre et sel.

— Ça me plaît, le rassura-t-elle.

— Néanmoins, j'ai l'impression que tu ne peins plus autant ces jours-ci ?

— Pas depuis le début de la guerre. Mais j'ai recommencé.

Plongés chacun dans leurs réflexions, ils se turent. Elle aurait aimé évoquer leur passé, se souvenir de celle qu'elle était vraiment, de celui qu'il était aussi. Mais elle était incapable de trouver les mots. Elle le regarda attentivement. Il se contentait de sourire. Pensait-il la même chose qu'elle ? Seul le tic-tac de l'horloge comtoise troublait le silence, égrenant les secondes, creusant l'écart entre eux alors que leur mutisme s'éternisait.

— Tu…, commença-t-il, comme s'il lisait dans ses pensées.

— Quoi ?

— Ça n'a pas d'importance, dit-il en secouant la tête. Je… pensais, c'est tout.

— À quoi ?

— Eh bien… Tu sais…

Elle fronça les sourcils, perplexe. Elle n'était pas sûre de savoir.

— À nous, dit-il.

— Ah oui…

Ils laissèrent cette étrange bribe de conversation en suspens. Elle espérait qu'elle se poursuivrait sur un terrain plus sûr. Finalement, il parla le premier.

— Sofia, je voulais te dire… En fait, j'attendais le moment opportun. Mais… vraiment, il n'y en a pas. Je vais donc me lancer.

— Je t'écoute.

Elle perçut la pointe d'anxiété dans sa propre voix. L'air distrait, il se frottait le menton.

— Je vais devoir m'absenter.

Elle se dégagea et alla s'installer sur le canapé en chintz qui lui faisait face. Essayant de dissimuler son amertume, elle s'y assit et replia ses jambes sous elle.

— Et alors, qu'y a-t-il de nouveau ? Tu es tout le temps absent.

Avec une grimace, il répliqua :

— Et je reviens toujours.

Alarmée à l'idée de gérer le domaine seule, elle le pressa :

— Tu veux dire que, cette fois, tu ne reviendras pas ?

— Non. Je veux dire que mon absence risque d'être plus longue.

— Beaucoup plus longue ?

Il acquiesça d'un signe de tête.

— Que vas-tu faire ?

— Rien de très difficile. Inutile de s'inquiéter.

Mais son intonation trop désinvolte l'alarma. Elle était sûre qu'il mentait.

— Dis-moi, insista-t-elle.

Il poussa un soupir.

— On m'a récemment demandé de passer des informations que les Alliés pourraient trouver utiles.

— N'est-ce pas terriblement dangereux ?

Il soutint son regard. Et elle comprit que, bien sûr, c'était dangereux.

— Tu continueras à travailler au ministère ?

— Bien sûr.

Elle le regarda en coin. Il s'était levé pour sortir un épais petit paquet marron de sa poche. Il le lui tendit. D'un signe de menton, elle lui indiqua de le poser sur la table basse.

— Tu ne l'ouvres pas ? s'étonna-t-il.

— Plus tard.

— Vous serez en sécurité, ici, à Castello ?

Elle remarqua ses yeux empreints d'émotion.

La question était grave. Il évoquait les remparts et leur château, qui n'en était pas vraiment un mais plutôt la maison du seigneur de ce petit village fortifié du XIIIe siècle. L'unique moyen d'accès ou de sortie était une arche percée dans des remparts qu'aucun ennemi n'avait pu franchir. Jusqu'à cette guerre.

— En sécurité ? Nous ? Peut-être.

Mais pas nos cochons. Ni nos dindes, nos poulets, nos canards, nos pintades, notre bétail. Plusieurs vols avaient été commis dans leurs trente-deux fermes et cela l'enrageait. Leur situation isolée dans les vallées que surplombait le village en faisait des proies faciles.

— Il n'y aura pas de saucisses cette année, reprit-elle.

Et tant pis si sa voix trahissait son animosité.

— Mais tu as caché des réserves de nourriture ?

— Une certaine quantité. Mais pour nous et pour les fermiers, la viande sera rare. Pourquoi crois-tu que nous ne mangeons que du lapin ?

Il sourit, essayant d'en plaisanter.

— J'aime le lapin.

— Tant mieux.

Un moment, elle observa ses mains.

— Qu'y a-t-il ? lui demanda-t-il.

— Rien.

Sachant qu'elle ne lui avait toujours pas parlé de la lettre, elle changea de sujet. Après tout, cela n'arriverait sans doute pas. Elle serait donc contente de ne pas l'avoir inquiété.

— Que vas-tu faire concernant ta carte ?

Il étouffa un soupir et lui lança un regard chagriné.

— Tu ne vas pas recommencer avec ça ?

Un nouveau silence se fit. Bref, cette fois.

— Mais les choses sont différentes, je suppose ? insista-t-elle.

Il pencha la tête d'un côté sur l'autre, comme pour se détendre la nuque.

— C'est compliqué.

Il avait raison. Vivant ici sous la loi martiale allemande, il devait avoir sa carte du parti fasciste pour des raisons de sécurité.

— Dans le Sud, dans les territoires contrôlés par les Alliés, c'est différent. Mais tu sais comment ça se passe depuis que les nazis occupent presque tout le pays. Soit tu es avec eux, soit tu es contre eux. Il n'y a pas de demi-mesure.

— Alors ils vont continuer à croire que tu es avec eux.

Elle espérait qu'il porterait sa carte discrètement. Elle comprenait. Vraiment, elle comprenait. Il ne voulait pas en parler. Depuis 1932, quand tous les fonctionnaires de l'État avaient dû signer la carte du parti fasciste pour ne pas perdre leur travail, c'était resté un sujet sensible entre eux. À l'époque, cela l'avait laissée perplexe. Avec le revenu du domaine et leurs investissements, il n'avait pas besoin d'un poste. Mais, animé par sa passion pour la terre, il travaillait pour le ministère de l'Agriculture. Il avait été fasciné par la *bonifica integrale*, la réhabilitation et le sauvetage de terres jusque-là en friches ou inutilisables. Il suffisait de regarder la façon visionnaire dont le Val d'Orcia était cultivé quand Lorenzo était vice-président du consortium local : la terre aride et poussiéreuse de la vallée était devenue fertile, les récoltes abondantes, les vergers florissants.

Pourtant, elle ne pouvait s'empêcher de penser à son propre père, un homme cultivé, d'une intelligence remarquable, qui avait refusé de signer la carte et habitait désormais, avec sa mère, un appartement bourgeois dans un immeuble renaissance à Rome, avec à peine de quoi subsister.

— Je sais ce que tu penses, dit Lorenzo avec un petit sourire triste.

Elle lui sourit en retour.

— Ah bon ?

Il se leva et lui tendit les bras. Elle alla vers lui et, s'étreignant, ils se mirent à osciller sur place.

— Alors, que contient ce paquet ?

Elle le regarda, toujours posé sur la table basse. Il cligna des yeux et la dévisagea.

— C'est juste un petit revolver.

— *Cristo !* s'exclama-t-elle, abasourdie. Et tu en as besoin maintenant ?

— En fait, j'en ai déjà un. Le paquet contient le tien.

— Tu penses que je pourrais en avoir besoin ?

— C'est possible.

— Et tu allais me l'offrir comme s'il s'agissait juste d'une boîte de chocolats ?

Il ne répondit pas. *Un revolver, bon sang !* Elle décida d'y réfléchir plus tard.

Il se pencha légèrement pour plonger son regard dans le sien.

— Tu as les yeux du noir le plus profond et la voix la plus mélodieuse que je connaisse.

Elle se mit à rire.

— Tu changes de sujet… et, de toute façon, tu dis toujours ça.

— Et je dis toujours que je pourrais passer toute ma vie à essayer de les sonder et à t'écouter.

Il retira le peigne retenant sa chevelure, qui tomba en cascade jusqu'à sa taille.

— Tes parents pourraient venir ici. Je n'y verrais aucune objection. La situation devient critique à Rome.

— Tu sais bien qu'ils n'en feront rien.

Elle avait raison. Si ses parents ne lui racontaient pas tout, elle savait qu'ils étaient impliqués dans certaines activités. Et « être impliqué dans certaines activités » à Rome devenait chaque jour de plus en plus risqué.

— Carla est encore ici ? lui chuchota-t-il avant de lui mordiller l'oreille.

Elle se sentit parcourue des picotements habituels. Au moins, ils n'avaient pas perdu cela.

— Elle est partie chez sa fille l'aider à mettre le petit Alberto au lit. Elle en a pour des heures. Qui sait ce qu'elle trafique ? dit-elle, même si elle le savait parfaitement.

L'espace d'un instant, elle imagina Carla courbée contre la pluie, se hâtant le long d'une des étroites ruelles pavées, jusqu'à la rangée de petites maisons de pierres à l'ombre du haut campanile. Les remparts les compressaient comme si elles se soutenaient les unes les autres, à l'image de ce que tous devaient faire aujourd'hui.

— Giulia ?

— Elle est rentrée chez elle. Nous sommes seuls à la maison.

Elle vit son regard s'adoucir.

— Dans ce cas, je vais mettre une autre bûche dans la cheminée pendant que tu retires ta robe. J'ai besoin de sentir ta peau.

Elle se mit à rire.

— Devant le feu ?

Son désir pour lui était plus fort que tout. Balayant la guerre, la survie, la victoire ou la défaite, l'angoisse de se demander ce que diable ils allaient manger. C'était la seule chose qui rendait la situation supportable. Parce qu'elle redoutait le lendemain matin, quand, assise face à son mari, buvant leur café d'orge, elle serait incapable de voir qui il était ou ce qu'il était devenu.

Elle prit deux coussins du canapé et retira la vieille couverture en chenille qui en cachait le velours râpé par endroits. Après les avoir disposés sur le tapis étalé sur le carrelage encaustiqué, elle s'allongea sur le lit de fortune.

Puis elle observa Lorenzo qui retirait ses vêtements. Il était grand et mince, ses épaules brillant à la lueur du feu.

— Les chaussettes aussi, dit-elle, un doigt pointé vers ses pieds.

Avec un petit rire, il céda. Puis il la rejoignit sous la couverture. Elle frissonna. Derrière les remparts, les fantômes de cette guerre se rassemblaient, leur nombre grandissait. Les regardaient-ils maintenant, jaloux, avides de trouver la voie qui les ramènerait à la chaleur de leur vie ? Ou était-ce le froid qui la faisait frissonner ? En ce soir de novembre, la chaleur du feu n'atteignait qu'un côté de son corps.

Lorenzo lui frotta vigoureusement le dos et elle éclata de rire.

— Je te rappelle que je ne suis pas un chien.

Il déposa un baiser sur son front, puis sur son nez.

— J'avais remarqué.

Une fois qu'ils se furent réchauffés, ils firent l'amour avec fougue. Cela avait toujours été ainsi. Ils n'avaient succombé ni aux dangers de l'habitude ni à la négligence du désintérêt qui peut mener à l'infidélité. Mais l'étincelle entre eux avait grandi, grandissait toujours, créant un lien plus profond, plus réfléchi. Et ils savaient tous les deux que le contact humain, le lien, l'amour, quel que soit le nom que vous lui donniez, était la seule chose qui les sauverait. Elle poussa un soupir et, à chaque frôlement de ses lèvres, ses pensées s'estompèrent jusqu'à ce qu'elle s'abandonne à la sensation de leurs corps se mouvant en cadence. Tout se passerait bien. Il ne pouvait en être autrement.

Chapitre 3

Rome

Maxine Caprioni ramassa son sac de vêtements et quitta la chambre morne de la via dei Cappellari où elle avait logé. Une fois dans la rue, saisie par le froid, elle remonta le col de son manteau. D'un marron terne, c'était un pardessus d'homme à larges poches. Elle s'y emmitoufla et noua la ceinture. Puis, l'œil aux aguets, elle se hâta le long de la rue sombre en contournant les flaques d'eau. Un bruit de grattements la fit sursauter. Elle se retourna. Des tas d'ordures jonchaient le pavé et, à la vue d'une famille de rats se faufilant dans les immondices, elle esquissa une grimace. Elle poursuivit sa route par les ruelles du quartier de Campo dei Fiori, émaillé de petites *piazze* et d'églises anciennes, pour prendre la direction de la via del Biscione, non loin du ghetto juif désormais abandonné aux fantômes. Un cri provenant du coin de la rue suivante la cloua sur place. Elle prit une profonde inspiration puis, sans réfléchir, cacha son sac dans l'obscurité d'une venelle et se hâta vers l'endroit d'où provenait le son. Était-ce encore son don pour attirer les ennuis ? Peut-être. Mais, plus probablement, et comme l'aurait dit sa mère, c'était son instinct qui la poussait à voler à la rescousse d'un chaton prisonnier ou d'un enfant maltraité.

Au coin de la rue, elle faillit percuter deux hommes dont les manches, cols et revers de vestes étaient parsemés d'insignes. Elle reconnut les cols roulés noirs caractéristiques.

Des Chemises noires étaient en train de bourrer de coups de pied un vieil homme dont la canne gisait sur le trottoir, hors d'atteinte. Le cœur tambourinant sous l'effet de la colère, elle écouta les moqueries qui accompagnaient chaque coup vicieux lancé à la victime sans défense. Puis l'un des voyous lui souleva la tête pour le frapper d'un poing sur une joue. Un troisième, qui semblait avoir dix-sept ans à peine, ramassa la canne et, en riant, lui cogna un genou. En gémissant, le vieil homme, maintenant dans le caniveau, essayait de se protéger la tête de ses bras, suppliant ses tortionnaires de lui laisser la vie sauve. Maxine soupesa ses chances. Si elle intervenait, elle pourrait subir le même sort. Dans le cas contraire, l'homme mourrait certainement de ses blessures.

Ces tyrans avaient carte blanche pour arpenter les rues jour et nuit, et s'en prendre à n'importe qui, au gré de leurs lubies. Elle jeta un coup d'œil à sa montre. Encore quinze minutes avant le couvre-feu.

Elle déboutonna son manteau, renversa la tête en arrière et, d'un geste sensuel, ramena ses longs cheveux châtains ondulés sur une épaule.

— Hé, les garçons ! héla-t-elle. Ça vous dirait de boire un verre ?

Les trois jeunes s'interrompirent pour la dévisager.

— Tu es dehors tard ! lança l'un d'entre eux.

— Ne vous inquiétez pas, on a encore le temps.

Sa peau mate et ses yeux d'ambre, expressifs, trahissaient son origine italienne. Elle espérait juste que rien dans son accent toscan ne trahirait son enfance new-yorkaise. Elle s'avança d'un pas nonchalant vers l'un des trois et défit les deux premiers boutons de son corsage.

— Regardez, ce bar est ouvert, dit-elle en montrant le coin opposé.

Ils hésitèrent. Puis l'un d'entre eux tendit une main.

— Tes papiers ?

Elle farfouilla dans son sac et en sortit sa nouvelle carte d'identité et un carnet de rationnement. Elle avait dû laisser son passeport américain à l'officier de liaison britannique.

— C'est moi qui vous invite, dit-elle.

Puis elle commença à s'éloigner en chaloupant des hanches. Elle jeta un coup d'œil derrière son épaule pour leur sourire et se félicita d'avoir mis un rouge à lèvres carmin. À vingt-neuf ans et pour avoir grandi à Little Italy puis à East Harlem, elle avait déjà croisé des brutes de ce genre.

Tous trois la suivirent à l'intérieur du bar et commandèrent du vin. *Et maintenant ?* Elle raconta une blague qui les fit rire et en profita pour les jauger.

La voix de sa mère s'éleva de nouveau. « *Tu es trop impulsive, Maxine. Tu ne prends jamais le temps de réfléchir.* »

Elle avait raison. L'un des garçons lui enlaçait les épaules d'un bras, l'attirant contre lui tout en lui caressant le cou, son autre main lourdement posée sur sa cuisse. Ils la prenaient sans doute pour une prostituée. « *Sors-toi de là* », lui chuchota alors la voix maternelle.

Elle commanda une deuxième tournée, accompagnée de grands cognacs, et regarda la pendule au mur. Les minutes s'égrenaient lentement.

Bientôt, elle quitterait Rome pour la Toscane, où elle serait mise en relation avec les principaux groupes de résistance. À la condition que des divisions de partisans sur lesquelles on puisse compter existent réellement. Personne en Angleterre n'en était sûr. Si elle constatait que c'était le cas, son rôle serait d'assurer la liaison entre les Alliés et les réseaux de résistance. C'était une opération à haut risque et il avait été quasiment impossible pour les Britanniques de trouver des Italiens désireux de regagner l'Italie comme agents des services secrets, pour des missions d'espionnage, de sabotage et de reconnaissance. Mais elle avait sauté sur l'occasion de localiser et d'évaluer les dispositifs stratégiques de la *resistenza*.

Ronald, son officier de liaison, s'était efforcé de lui faire remarquer que, contrairement à la formation donnée aux agents du SOE que l'on envoyait en France, la sienne était minimale. Après tout, l'Italie n'était occupée que depuis début septembre et il ne l'avait reçue en entretien que quelques semaines plus tard, en octobre. Certes, son recrutement avait été précipité. Mais leur besoin d'agents sur le terrain était urgent.

Le garçon la serrait de près. Elle se dégagea de son emprise en racontant des banalités puis lui adressa un sourire aussi chaleureux que possible. L'image du vieil homme allongé sur le sol et la rage qu'elle ressentait à la pensée du traitement qu'ils lui avaient infligé la galvanisaient. Une idée se cristallisa dans son esprit. Cela pourrait marcher et cela pouvait être sa seule chance. Elle vit que l'un des garçons la regardait fixement. Rassemblant tout son courage, elle lui effleura la joue.

—Je vais juste aux toilettes.

Il lui lança un regard méfiant.

Elle s'était fait une obligation de connaître les entrées de service de tous les bars. On pouvait avoir besoin d'un raccourci n'importe quand. Et elle était assez sensée pour éviter le quartier autour de la via Tasso, où étaient situés les sièges de la SS et de la Gestapo. Ici, ils devaient être à au moins quarante-cinq minutes de distance. Elle sortit dans la cour en catimini, longea les toilettes, s'égratigna les mains en escaladant le muret qui la séparait de la cour voisine, puis sur une barrière cassée, avant de se retrouver dans la ruelle parallèle à la venelle. Elle récupéra son sac dans sa cachette, courut vers le vieil homme, l'aida à se relever péniblement et lui demanda l'adresse de son *palazzo*. Heureusement, il se trouvait à proximité de celui vers lequel elle se dirigeait.

—Il ne faut pas traîner, lui chuchota-t-elle, pressante. Ils vont nous chercher.

Ils commencèrent à avancer mais, sur des jambes aussi faibles, il ne pouvait que se traîner, sans cesser de gémir. Elle essaya de le faire taire. Hélas, ils progressaient avec une lenteur infinie. Ils tournèrent dans la rue suivante, qui était heureusement celle où elle avait rendez-vous. Un cri s'éleva derrière eux, résonnant dans le silence. *Seigneur!* Les Chemises noires. Se pourrait-il qu'ils soient déjà sur leurs talons ? Ils longèrent plusieurs bâtiments et arrivèrent devant un *palazzo* dont la porte était aussi lourdement sculptée et cloutée que les autres mais un peu plus grandiose que la plupart. Était-ce celui qu'elle cherchait ? Elle l'ignorait mais elle ne devait plus être loin. Les jeunes fascistes maintenant tout près, elle poussa le battant. Dieu merci, il s'ouvrit. Tant bien que mal, elle soutint l'homme qui gémissait toujours et, le traînant à moitié, entra dans la cour puis prit appui contre la porte et plaqua une main sur sa bouche. Il respirait trop fort, trop bruyamment, et la regardait avec de grands yeux suppliants, se demandant visiblement si elle allait elle aussi lui faire du mal. Elle secoua la tête. Puis, le bruit des bottes se rapprochant, elle pinça les lèvres. Les nerfs à vif, elle tendit l'oreille et les entendit se disputer. Les trois butors qui arrivaient à hauteur du *palazzo* s'invectivaient. L'un insistait pour qu'ils reviennent sur leurs pas, mais le chef affirmait qu'elle avait pris cette direction. Elle serra les dents en les entendant décrire les horreurs qu'ils comptaient lui infliger une fois qu'ils l'auraient rattrapée. Mais combien de temps son protégé allait-il pouvoir rester silencieux ? Elle sentit de la fumée. Et ce n'était pas juste la fumée toxique qui planait sur Rome en permanence. Elle retint son souffle. Les trois voyous avaient allumé des cigarettes et traînaient en attendant de trouver une nouvelle victime pour « s'amuser ». Ou bien savaient-ils qu'elle était ici ? Elle n'allait pas pouvoir soutenir le vieil homme sur ses jambes beaucoup plus longtemps, ni l'empêcher de crier. Elle n'osait pas le faire bouger. La rue était trop silencieuse, on risquait de les entendre.

Sa tête bourdonnant de la tension de l'attente, elle se força à respirer lentement. Au bout de cinq minutes environ, l'un des trois agresseurs donna le signal du départ. Dans la cour, Maxine se hâta de tirer l'homme jusqu'à la porte du rez-de-chaussée qu'il lui indiqua comme étant la sienne. La femme qui l'ouvrit étouffa un cri devant le sang sur son manteau râpé, les coupures et les bleus de son visage.

— *Dio mio !* Je lui répète constamment de ne pas sortir la nuit mais c'est un vieil imbécile entêté. Merci de me l'avoir ramené.

Après avoir marmonné que ce n'était rien, Maxine demanda :

— Savez-vous où habitent Roberto et Elsa Romano ?

— La porte suivante. Au dernier étage.

Maxine ressortit avec prudence, entra dans le bâtiment voisin et monta l'escalier de marbre jusqu'au dernier étage.

Rome était occupée par les Allemands depuis le 11 septembre. Ils avaient pris le contrôle du réseau téléphonique et de la station de radio et, l'essence se faisant déjà rare, les gens craignaient qu'il n'y ait bientôt plus d'électricité. Même si une déclaration l'avait proclamée « ville ouverte », avec la promesse que les troupes n'envahiraient pas le centre, Maxine avait constaté que c'était un mensonge. Elle les avait vus monter et descendre la via del Corso, dans le simple but d'intimider les Romains.

La porte s'entrouvrit, elle chuchota le mot de passe. Une femme d'un certain âge aux cheveux gris qui se présenta comme étant Elsa la fit entrer dans un vestibule sombre. Puis elle lui fit signe de la suivre le long d'un couloir avant de la précéder dans une pièce éclairée uniquement aux bougies et aux lampes à pétrole. Malgré la hauteur sous plafond et le froid qui y régnait, elles réchauffaient l'atmosphère, la rendant presque chaleureuse. Maxine frissonna. Elle se trouvait visiblement dans un ancien salon de réception. Et même si les meubles semblaient un peu miteux, un jour ces lieux avaient connu l'opulence. Elle jeta un regard à la ronde et vit cinq paires d'yeux plissés qui l'observaient. Naturellement, leur premier instinct était la méfiance.

— Bonsoir, les salua-t-elle en posant son sac.

Elle s'assit sur la seule chaise libre autour de la grande table de salle à manger sur laquelle des feuilles de papier agrafées avaient été dispersées au hasard.

La femme observait ses égratignures.

— Vos mains ?

Maxine les essuya à son pantalon.

— Ce n'est rien. Je suis désolée, je suis en retard. J'ai échappé de peu à un problème. Je suis Maxine, je…

Elle s'interrompit. Il était sans doute préférable de ne pas en raconter plus sur ce qui était arrivé.

Deux des personnes du groupe hochèrent la tête.

Un homme à l'air distingué lui sourit. Quand il lui tendit la main, elle remarqua qu'il tremblait.

— Je suis Roberto. Le mari d'Elsa. Vous êtes dans notre appartement. Vous nous avez été chaudement recommandée. Je suppose que personne ne vous a vue ?

Elle lui donna une réponse évasive. Elsa semblait faire preuve d'une assurance tranquille. Mais quand son mari ramassa une liasse de papiers, elle vit que ses mains tremblaient de nouveau. Au bruit d'une mitrailleuse à l'extérieur, tous échangèrent des coups d'œil anxieux.

Elsa secoua la tête.

— Elle est loin.

— Peut-être pas.

Toutefois, Maxine se félicita de partir pour la Toscane le lendemain matin.

Roberto lui expliqua que les feuilles de papier étaient la version finale d'un tract clandestin local, produit par les membres du Comité de libération nationale dont il faisait partie.

— Nous avons formé le Comité après que les Allemands ont eu écrasé nos troupes qui défendaient la ville à Porta San Paolo, avant d'imposer la loi martiale.

— Et maintenant, nous diffusons les nouvelles de Radio Londres, ajouta Elsa. Vous savez qu'elle est interdite ?

Maxine acquiesça.

— Nous envoyons aussi des informations sur les partisans via la presse clandestine comme *L'Unità* et *L'Italia Libera.*

— Et la presse écrite ?

— Nous communiquons ces informations à quelques journaux.

Maxine survola l'assemblée du regard. La plupart semblaient être des intellectuels. À l'exception d'un homme qui, malgré son costume classique, devait être un partisan. Elle le devinait à ses longs cheveux bruns et à son visage mal rasé. Peut-être avait-il été soldat ? Quand l'homme la surprit à l'observer, il haussa les sourcils et lui fit un clin d'œil. Elle soutint son regard. Son visage anguleux était éclairé d'yeux extraordinaires, deux iris couleur caramel pétillant de vie et d'intelligence. Des yeux dangereux, excitants. Elle remarqua sa canne à côté de sa chaise. Tellement d'âmes perdues se cachaient dans Rome, y compris des prisonniers de guerre anglais évadés ou libérés par les soldats italiens qui ne se battaient plus du côté allemand. L'homme l'étudiait maintenant. Il ne ressemblait pas à un Britannique évadé.

Au bout de quelques instants, elle remarqua que Roberto attendait une réponse, ou peut-être une réaction de sa part. Elle n'avait même pas entendu qu'on lui avait posé une question.

— Pardon, dit-elle en prenant un tract.

Elle en lut une partie et regarda Roberto.

— Vous voulez que je les emporte ?

— Vous feriez aussi bien puisque, de toute façon, vous allez au nord.

— Plutôt qu'une *staffetta* ?

— La période est compliquée pour nos courriers ordinaires. Transmettez-les aux partisans pour qu'ils les distribuent partout où ils le pourront. Vous savez où aller ?

— Pas encore. Mon officier de liaison m'a indiqué votre adresse, m'a dit quand venir vous voir et que vous me donneriez les instructions à suivre.

Elle ne fit pas référence à l'opérateur radio britannique qu'elle avait reçu l'ordre de contacter en Toscane. Cette information était strictement confidentielle. Et elle avait été prévenue en termes clairs que l'Italie n'était pas la France, que la résistance était extrêmement dispersée, ce qui signifiait que l'objectif ultime, savoir où et comment leur procurer des armes et des munitions, serait extrêmement difficile à atteindre.

— Nous avons besoin que vous alliez à Castello de' Corsi, en Toscane, expliqua Roberto. Au château, vous demanderez Sofia de' Corsi. Si vous lui dites que vous venez de notre part, elle vous offrira l'hospitalité. Son mari, Lorenzo de' Corsi, sera peut-être présent. Vous pouvez lui parler mais, si possible, entretenez-vous d'abord avec Sofia.

— Elle ne sait pas que je vais venir ?

— Pas vraiment. Expliquez-lui la véritable raison de votre visite, mais en dehors du château, soyez discrète. Vous pouvez lui donner votre véritable nom. Sinon, utilisez votre couverture. Vous avez préparé votre histoire ?

— Oui. Je pensais dire que j'étais là pour écrire un article sur la façon dont la guerre affectait la vie des gens ordinaires. J'étais journaliste, vous voyez. Mais mon supérieur m'en a dissuadée. Pour lui, c'est une mauvaise idée.

— C'est tout aussi bien, je pense, approuva Roberto. Surtout si vous tombez sur des Allemands. Ils vous prendraient pour une espionne. Par Marco, ici, nous savons que les partisans de Toscane sont un peu hétéroclites. Pas entraînés, imprudents, en colère.

Elle remarqua que Marco, le jeune homme aux yeux caramel, hochait vigoureusement la tête et elle lui sourit. C'était donc bien un partisan.

— Vous travaillerez avec Marco. Il vous apportera toute l'aide dont vous aurez besoin, poursuivit Roberto. Une fois que nous saurons clairement combien de groupes sont vraiment viables, combien d'hommes ils comptent, où ils sont, qui sont leurs chefs, nous pourrons transmettre les informations à votre officier de liaison allié. Ou, si vous pouvez prendre contact avec lui, communiquez directement avec lui par radio au quartier général annexe des agents dans le Sud.

— Je ferai de mon mieux, acquiesça-t-elle.

— Et votre famille venait d'où à l'origine ? lui demanda alors Roberto.

— De Toscane. Nous parlions toujours italien. L'anglais à la maison.

— Votre accent n'est pas mauvais. Aucun Allemand ne pourra détecter que vous êtes de New York, même si les gens du pays le peuvent peut-être.

Elle lui sourit. Sans lui dire à quel point sa mère lui manquait chaque fois qu'elle pensait à la Toscane. Elle poussa un profond soupir. Pourvu qu'elle ait pris la bonne décision en venant ici. Elle avait passé outre aux objections de toute sa famille et s'était embarquée pour l'Angleterre, en tant que correspondante de guerre accréditée pour les États-Unis. C'est alors que, dans une lugubre chambre d'hôtel miteuse de Bloomsbury, tout avait changé. Une lettre avait été déposée à l'agence de presse pour laquelle elle travaillait, mentionnant uniquement un endroit, une heure et le nom de la personne qu'elle devait voir. Un certain Ronald Carter. La lettre avait pour en-tête le cachet officiel du gouvernement britannique du Bureau de recherches interservices. Ce qui, pour elle, ne signifiait rien. Et pendant son premier entretien avec le grand Ronald aux yeux noirs, au costume guindé, elle était restée tout aussi perplexe. Il lui avait expliqué avoir reçu les informations la concernant du Bureau de l'immigration qui contrôlait les déplacements de population, filtrait les réfugiés, appliquait les règles sur les permis de sortie et ainsi de suite.

La scrutant du regard, il avait déclaré :

— Je veux en savoir plus sur vous.

Elle avait pensé que, peut-être, son permis de travail en Grande-Bretagne avait été révoqué et qu'elle n'allait pas tarder à être renvoyée chez elle. Ce ne fut que lors du deuxième et long rendez-vous préparatoire avec Ronald qu'elle avait découvert ce qu'il voulait vraiment. Il avait passé au crible sa personnalité, ses convictions et, étant lui aussi bilingue, sa maîtrise de l'italien.

— Nous ratissons Londres et les États-Unis en quête de jeunes Italiens aux attitudes et personnalités adéquates pour être recrutés, formés et enrôlés rapidement, puis envoyés clandestinement en Italie, avait-il expliqué d'une voix grave.

Il avait alors précisé que, si elle était d'accord, ils prendraient ensemble le bateau avec les troupes britanniques pour débarquer dans le sud de l'Italie. Puis elle serait parachutée non loin de Rome. Des partisans la conduiraient jusqu'à la capitale et, à partir de là, elle devrait se débrouiller seule.

À la suite de cette rencontre avec Ronald, elle avait été envoyée suivre un entraînement dans un camp de parachutistes, pendant quinze jours. Et, après trois vrais sauts, elle s'était brillamment qualifiée. Une expérience terrifiante mais grisante. Elle avait ensuite poursuivi son entraînement en pratiquant des missions en couverture et n'avait jamais craqué.

Voilà comment elle se retrouvait à Rome, sans que ses parents s'en doutent.

Interrompant une nouvelle fois le cours de ses pensées, la voix de Roberto la ramena au présent.

— À propos, vous allez devoir porter une robe.

— Pourquoi ? Je vais en Toscane à moto.

— Quand bien même. Avec une robe, vous vous fondrez plus facilement parmi les femmes. Elsa ?

Luttant pour contrôler son irritation, Maxine la vit se lever et quitter la pièce. En dépit de sa taille, avec des longues jambes et une silhouette à faire rêver toutes les filles, Maxine avait le don de passer à travers les mailles du filet et se sentait plus à l'aise quand elle était en pantalon.

Elsa revint avec une pile de vêtements et son mari remplit de tracts une besace élimée qu'il lui tendit.

Maxine la prit avec les vêtements et, suivant le conseil d'Elsa, alla se changer dans une chambre. Elle enfila la robe et tendit l'oreille. Les chuchotements allaient bon train dans la salle à manger. Mais quand elle s'approcha de la porte, elle put comprendre ce qu'ils disaient. Au moment où elle nouait son foulard, un fracas de bottes cloutées s'éleva de l'étage inférieur. Puis le bruit d'un coup de feu et de portes d'appartement sur lesquelles on cognait déchira l'air.

— Seigneur ? Que se passe-t-il ?

Elsa entra en trombe dans la pièce.

— Vite. Prenez la sortie de secours et, s'il vous plaît, remettez cette boîte à Sofia de'Corsi. C'est notre fille, elle habite la villa, le château, autrement dit. À Castello' de Corsi. Dites-lui que son père et sa mère veulent qu'elle n'oublie pas les bonbons. C'est important.

— Entendu. Mais vous ne risquez rien ?

Elsa repoussa sa question d'un geste de main.

— Je pense que les nazis réquisitionnent l'immeuble.

— Vous le saviez ?

— Nous avions été prévenus.

— Seigneur, pourquoi êtes-vous restés ?

— Je ne voulais pas le croire. Aucun d'entre nous ne veut jamais le croire.

Elles entendaient les voix stridentes des Allemands hurler des ordres et les pleurs des femmes à mesure que les portes cédaient.

— Enjambez la balustrade de la terrasse sous cette pièce. Vous trouverez l'échelle de secours. Elle contient aussi l'argent, ajouta-t-elle en lui mettant la besace dans les bras.

— Et la moto ?

— Elle n'est pas de première jeunesse mais nous sommes tombés d'accord pour que vous l'utilisiez. Rendez-vous d'abord à Castello. Néanmoins, n'oubliez pas que vous devrez être au *Caffè Poliziano*, à Montepulciano, dans dix jours, pour y retrouver Marco. Que vous avez vu tout à l'heure. Faites en sorte d'y être à 10 heures du matin.

Elle lui chuchota alors un mot de passe à l'oreille et Maxine leva un pouce.

— Essence ? demanda-t-elle.

— Oui. Allez-y !

Sentant l'adrénaline dans ses veines, elle passa la besace et son sac en bandoulière et se dirigea vers la balustrade. Cette aventure était étrangement enivrante et son corps entier était parcouru de picotements.

Chapitre 4

Castello de' Corsi

Pendant que Sofia passait la soirée avec son mari, Carla, leur cuisinière, était chez sa fille. Installée sur une chaise devant la porte de l'une des deux chambres glaciales, à l'étage, elle était emmitouflée dans son châle pour se protéger le cou du courant d'air. Huit femmes étaient réunies dans la pièce. Alberto, qui avait trois ans, s'étant enfin endormi, elles s'affairaient. À la lueur d'une lampe à pétrole, Sara filait la laine dans un coin, Federica la dévidait du fuseau, et les autres, groupées autour de la table, tricotaient des chaussettes et des couvertures. Une couverture couvrait la fenêtre, garantissant qu'aucune lumière ne filtre par les fentes des persiennes. La nuit était d'un noir d'encre.

Peu à peu, le bruit rythmé des aiguilles qui s'entrechoquaient et la rotation du rouet se mêlèrent à la voix de Sara qui commença à fredonner très doucement. Parce qu'elles se sentaient seules, leurs maris à la guerre, et sans nouvelles d'eux, ces moments partagés leur réchauffaient le cœur. Quand, assises ensemble, elles travaillaient à leurs tricots en dépit du couvre-feu, elles se sentaient liées par une profonde solidarité. Grâce à elles, les hommes cachés dans les bois ne gèleraient pas au cours de l'hiver rigoureux qui les attendait.

Une fois l'armistice signé, les soldats, qui ne se battaient plus contre les Alliés, avaient déserté leurs postes dans l'armée italienne, risquant tout pour rentrer chez eux. Mais les Allemands, désormais occupants de l'Italie, voulaient les Italiens pour soldats, laboureurs, esclaves, ici ou dans des camps d'Allemagne. Les hommes avaient été nombreux à se réfugier dans les forêts des collines et à rejoindre les partisans. Certains, qui n'avaient jamais voulu se battre du côté allemand, avaient été mobilisés de force. D'autres ne voulaient plus se battre et beaucoup en avaient simplement assez du fascisme. Des hordes de paysans soutenaient le communisme, en nombre de plus en plus important. Aussi, parallèlement à la guerre mondiale, une guerre civile faisait rage entre les sympathisants fascistes et les opposants.

Carla jeta un coup d'œil à Anna, sa fille aînée. À vingt-cinq ans, grande et solide, elle était mince, contrairement à elle dont la silhouette trahissait l'approche de la cinquantaine. Mais la pauvre Anna était déjà veuve. Luigi, son mari, s'était noyé en 1941 dans le naufrage de son bateau, la *Zara*, un cuirassé construit par les Italiens. Il aurait pris part à des expéditions pour s'emparer des convois britanniques en Méditerranée. Lors d'une nuit de combats sévères, la *Zara* avait été touchée par une attaque aérienne de la RAF avant d'être coulée par la flotte britannique en Méditerranée.

— Gabriella est à son poste ? demanda l'une des femmes les plus nerveuses.

Carla imagina sa jolie fille de seize ans, aux formes généreuses, blottie contre Beni, son petit chien à trois pattes, dans la cuisine, surveillant le seul feu de la maison. Gabriella avait supplié de faire office de guetteur, faisant valoir que son sifflement strident réveillerait un mort. Carla avait capitulé.

— Tu as de nouveaux messages des hommes ? demanda l'une des femmes à Anna.

Aucune des femmes présentes n'ignorait l'activité de *staffetta* d'Anna, une messagère pour les partisans. Mais la mère et la fille en parlaient rarement. Toutes les villageoises avaient beau être amies, il ne fallait faire confiance à personne.

Comme à Maria, la petite vieille qui habitait au coin de la *piazza* et dont le petit-fils, Paolo, s'était depuis peu embrigadé dans les Chemises noires de Mussolini. Autrement dit la milice volontaire pour la sécurité nationale, et non l'armée. Et maintenant, personne n'avait la moindre idée d'où était Paolo. Au début de la guerre, de nombreux hommes de la région s'étaient enrôlés dans l'armée ou la marine régulière et les Italiens avaient plus ou moins accepté la mobilisation. Mais la brutalité des Chemises noires fascistes contre leurs propres compatriotes était un tout autre phénomène. La majorité des Toscans les haïssaient.

Sans laisser à Anna le temps de répondre, Carla chuchota de sa voix rude de femme de la campagne :

— Pas de messages.

— Qui haïssez-vous le plus ? demanda alors Federica. Les Allemands ou les Chemises noires ?

L'espace d'un instant, le silence se fit.

— Les Chemises noires, répondit alors Sara. Je les ai vus en ville pousser quelqu'un dont la tête ne leur revenait pas dans le caniveau. Ils s'en prennent même à des femmes enceintes. Des vieux, des jeunes, ils s'en fichent.

— Ils pensent avoir tous les droits.

— Parce qu'ils les ont. Mais croyez-moi, vous n'avez pas encore vu le pire des nazis.

Laissant les autres à leurs chuchotements, Carla laissa ses pensées dériver comme bien souvent sur la nourriture. Demain, elle ramasserait des champignons sauvages et préparerait un risotto avec les champignons et des marrons. Elle récolterait des oignons sauvages, des herbes, même des baies, pour continuer à nourrir les travailleurs de la ferme en ces temps de vaches maigres. Et son fils aux cheveux bouclés, Aldo, allait bientôt sortir chasser ce qui restait de sangliers.

Un coup violent résonna à la porte, suivi d'un sifflement perçant.

— Vite, éteignez la lumière !

Dans l'obscurité la plus totale, elles écoutèrent, la bouche sèche, la gorge serrée, et Carla sentit la peur de chacune d'elles. Des voix masculines brusques s'élevaient de la rue. Des Chemises noires, sans nul doute. Ils étaient sortis s'amuser un peu. Les Allemands ne prenaient pas le risque de se promener dans les venelles sombres d'un village toscan la nuit.

Mais si les Chemises noires entraient et que vous étiez surprises à aider les partisans…

Carla entendit la porte d'entrée s'ouvrir, puis se refermer. Un gros rire masculin fusa, auquel celui d'une femme fit écho. Gabriella ? Sûrement pas.

Chapitre 5

Quelques jours avaient passé. Sachant que Lorenzo serait probablement absent une ou deux nuits, Sofia lui fit un signe d'adieu puis siffla les deux chiens. D'adorables pointers italiens brun et blanc, que l'on appelait parfois des chiens de chasse Branco, même si ces deux-là étaient désormais un peu trop vieux pour chasser. On venait d'apprendre que le village historique de Chiusi, à la limite de l'Ombrie, avait été bombardé par les Alliés. Une nouvelle qui avait fait naître un sentiment tenace de malheur. Chiusi avait beau se trouver à une bonne cinquantaine de kilomètres, au sud de Montepulciano, c'était bouleversant.

L'air était sec et frais, le ciel d'un bleu si éclatant qu'il en était presque douloureux pour les yeux. Sofia franchit les remparts du village sur lesquels se chicanaient les pigeons et, le sol craquant sous ses pieds, se fraya un chemin dans les bois. Les vallées qui s'étendaient en contrebas étaient englouties sous un océan de brume blanche. Seuls les arbres au sommet des collines en émergeaient, tels des îlots.

Dans les forêts de châtaigniers, les cueilleurs étaient au travail. À récolter les fruits mûrs quand les branches d'arbres croulaient sous les tonnes de châtaignes qui faisaient désormais partie de leur régime de base. Les femmes les faisaient sécher et les écrasaient pour obtenir la farine dont elles feraient le *pane d'albero*, le pain d'arbre, un pain à base d'eau, de levure et de châtaignes. Ou bien, elles les faisaient griller pour relever le goût du café d'orge. *Caffè d'orzo*. Sofia le préférait à la chicorée. Personne n'avait bu de vrai café depuis que le gouvernement avait fait son possible pour mettre un terme aux importations. Toutefois, selon certains, la pénurie en café était le résultat de l'embargo que la Ligue des nations avait imposé à l'Italie. Dans les deux cas, les feuilles de châtaignes étaient gardées pour nourrir les cochons et les poulets. Du moins, pour ceux d'entre eux qui avaient encore des bêtes.

Aidée par Carla, elle avait caché dans le plus grand secret certaines de leurs réserves, non seulement pour les habitants du château mais aussi pour les villageois. Lorsque Sofia avait reçu la lettre du commandant Schmidt, elle avait chargé Aldo, le fils de Carla, de construire un mur peu épais à l'extrémité de l'un de leurs grands celliers. Depuis qu'il avait quitté l'école, Aldo était devenu leur homme à tout faire. Désormais, derrière le faux mur, elles entreposaient des haricots secs, des fruits en bocaux, des salamis, des fromages faits maison, du sanglier séché et des céréales. Si les troupes allemandes étaient cantonnées ici, elles ne consommeraient pas toutes leurs provisions.

Sofia repensa à la semaine qui, l'été, était consacrée à faire les conserves. C'était la seule fois où Carla l'autorisait à travailler dans la cuisine, avec ses filles, Anna et Gabriella. Et l'occasion pour elle d'apporter sa contribution matérielle à ce qu'il y avait de plus utile pour eux tous, leur fournir de la nourriture. Son rang et son statut mis entre parenthèses, elle devenait l'une des femmes de son personnel et, même si le reste du temps elle jouait au mieux son rôle de « comtesse », elle adorait faire tomber sa garde. Quand, ensemble, elles préparaient les figues, les pêches, les cerises et les tomates à mettre en conserves, elle savourait la camaraderie dans laquelle elles travaillaient. Lorenzo l'ignorait. Il était issu d'une longue lignée de propriétaires terriens de la noblesse et avait été élevé pour croire que chacun devait connaître sa place. Même s'il n'était pas un homme à faire des cérémonies et qu'il était d'une profonde bonté, il était toutefois un peu plus conscient de son rang qu'elle. Pour elle qui n'avait pas été élevée pour être comtesse, c'était différent.

Dans la cuisine pleine de vapeur, regorgeant des couleurs et des parfums puissants des récoltes, elles avaient mis en bocaux des poivrons, des carottes, des choux. L'espace de quelques jours, elles avaient ri, chanté et presque oublié la guerre. Et, aujourd'hui, dans le bois de châtaigniers, les femmes travaillaient dur. Les hommes partis, elles devaient assumer toutes les tâches, avec l'aide des vieillards et des jeunes garçons. Sara, la femme de l'un des fermiers, lui fit signe et lui demanda si elle pouvait porter un sac de châtaignes jusqu'à la maison pour Carla. Sofia connaissait bien Sara. La pauvre femme avait reçu deux lettres lui apprenant deux morts, un frère et un fils. Elle ne pouvait imaginer la douleur de l'épreuve qu'elle traversait. Et, pourtant, la paysanne continuait. Il y avait parfois des avantages à ne pas avoir d'enfants, songea-t-elle tristement. Un instant, elle lui pressa la main, puis prit le sac et rebroussa chemin.

De retour au château, elle contourna la maison, traversa la partie du jardin bordée de citronniers, de buissons de lauriers-roses, et arriva devant la porte de la cuisine gardée par un charmant petit grenadier.

La cuisine, aux allures de caverne avec son haut plafond aux poutres de chêne, son sol en dalles anciennes, ses murs tapissés de placards vert pâle et, au centre, sa grande table encaustiquée, avait toujours été un lieu de détente et de réconfort. De part et d'autre du fourneau, deux fauteuils de cuir étaient nichés dans des alcôves. Les persiennes étant à moitié closes, elle n'aperçut pas immédiatement la personne assise dans l'un d'eux.

Les cheveux tirés en arrière, son habituel tablier blanc noué sur l'une de ses robes en laine grise informe, Carla, debout devant ses fourneaux, avait l'air furieux.

En voyant sur l'étagère grillagée, au-dessus des plaques, une fournée de pâte en train de lever, Sofia devina que l'envie de la pétrir démangeait la cuisinière. Ses bras fermement croisés sur son ventre corpulent exprimaient sa frustration. Carla n'avait pas besoin de mots pour faire comprendre ses humeurs. Le coup d'œil interrogateur de Sofia lui fit lever les yeux au ciel.

Debout à côté de la porte, Aldo se grattait la tête.

— Je viens de le trouver juste à l'entrée du village. Tout ce qu'il a dit, c'est « *castello* », avant de se mettre à délirer comme un fou et de s'évanouir.

— « *Castello* » ? Vous pensez qu'il s'agit de nous ?

Carla fit une grimace.

— De qui d'autre ?

Sofia regarda Aldo et se dit, comme elle le faisait depuis quelque temps, qu'il était devenu un vrai bourreau des cœurs. C'était un beau garçon aux lèvres charnues, aux yeux noirs ombrés de longs cils et surmontés de sourcils bruns. En outre, il débordait d'enthousiasme et de joie de vivre et, chaque fois qu'elle le voyait, elle se sentait revigorée.

Il repoussa ses boucles châtaines de ses yeux et expliqua :

— J'ai pensé qu'il parlait du village.

Sofia s'avança vers l'homme assis dans le fauteuil pour examiner son visage de plus près. Les chiens, qui la précédaient d'un pas, le reniflèrent avec prudence. Mais, voyant qu'il ne réagissait pas, ils s'en désintéressèrent et s'éloignèrent. L'homme n'ouvrit pas les yeux. Il avait les cheveux emmêlés et la joue droite enflée d'une vilaine balafre. Elle remarqua alors sa veste couverte de sang. Quand elle lui demanda qui il était, il battit un instant des cils, puis ouvrit des yeux du bleu le plus intense qu'elle ait jamais vu.

— Qui êtes-vous ? répéta-t-elle.

Il se toucha la gorge.

— De l'eau, Carla. Donnez-lui de l'eau.

De mauvaise grâce, Carla remplit un verre d'eau et s'avança pour le porter à ses lèvres craquelées. Sofia le regarda avaler, ses pensées s'affolant. Et s'il s'agissait d'un déserteur allemand ? Mais, surprise, elle l'entendit répondre d'une voix faible, dans un bon anglais dépourvu d'accent.

— James. C'est mon nom.

— Pouvez-vous nous raconter ce qui vous est arrivé ?

Il ferma les yeux. S'était-il endormi ?

— Je pense qu'il doit être anglais, déclara-t-elle.

— Il ne manquait plus que ça ! maugréa la cuisinière. Comme je le disais, il marmonnait quand Aldo l'a trouvé dans le chai à bois, derrière les murs. Il n'a pas eu l'impression que c'était de l'allemand, mais il n'était pas sûr.

— Il a besoin d'un médecin.

Carla se renfrogna de nouveau.

— Je sais, je sais.

Elle la regarda d'un air obstiné puis céda.

— Je suppose que nous pouvons l'installer dans la chambre de Gabriella pour le moment. Elle pourra dormir avec moi. La porte ferme à clé, il ne sera un danger pour personne. Aldo dormira dans la chambre d'Anna, comme d'habitude. Elle aime la compagnie.

Sofia lui sourit. Carla, qui avait été une femme de fermier, une *massaia*, était venue tous les jours cuisiner au château. Mais lorsque Enrico, son mari, était tombé malade et n'avait plus pu travailler, elle les avait installés avec leurs trois enfants dans quatre pièces spacieuses. Celle du rez-de-chaussée était maintenant la chambre de Gabriella. Les trois autres se trouvaient au premier étage de la partie partiellement inutilisée du château, dotée de son propre escalier. C'était l'ancien logement de la gouvernante, qui l'avait libéré quand, une fois mariée, elle avait déménagé au village. Anna, l'aînée de Carla, avait repris le poste de gouvernante à mi-temps, mais n'habitait pas le château.

Enrico, qui était un homme robuste et jovial, n'avait pas mérité de mourir jeune. Et pendant toutes les années qu'avait duré sa maladie, Sofia avait aidé à le soigner. Par la suite, Lorenzo et elle ne pouvant avoir d'enfants, elle avait reporté tout son instinct maternel sur ceux de Carla, et tout particulièrement sur Aldo, qui était resté anéanti par la mort de son père.

En dépit de son apparence parfois bourrue, tous savaient que Carla était une âme bonne et généreuse qui, quand elle le voulait, se laissait aller à ses qualités. Les images du dîner pour fêter la fin des vendanges, en septembre, affluèrent à sa mémoire. Avec Lorenzo, ils avaient aidé à la récolte avant l'arrivée de la pluie. Et, à la fin de la semaine, ils étaient tous rentrés au village épuisés, courbatus. Aldo, vêtu d'une chemise d'un blanc immaculé qui rehaussait la beauté de son teint mat, avait disposé des tables sur la *piazza*, et Carla avait lavé et repassé des nappes à carreaux bleus et blancs. À cette époque, juste avant l'arrivée des Allemands, ils avaient encore du *prosciutto*, de la mortadelle, du salami et du fromage de brebis à profusion pour accompagner le pain et le vin. Quand l'un des villageois avait commencé à jouer du violon, la fatigue s'était évanouie et ils avaient dansé sous le ciel constellé d'étoiles. Même Lorenzo, rayonnant de plaisir, de passion, d'amour, l'avait fait tournoyer encore et encore jusqu'à la griser. Carla, qui riait à gorge déployée, avait dansé plus longtemps que tout le monde, jusqu'à s'écrouler par terre. Aldo l'avait relevée et entraînée gentiment chez eux, avec un charme et une délicatesse à vous faire fondre le cœur.

Revenant au présent, Sofia regarda l'homme dans le fauteuil.

—Il ne semble pas vraiment dangereux. Et je l'imagine mal pouvoir nous fausser compagnie.

Elle réfléchit aux diverses options. Mais elle voyait bien que, sans aide, l'inconnu risquait de mourir. Lorenzo ne serait pas de retour de Florence avant deux jours. S'ils pouvaient cacher l'homme pendant quarante-huit heures, cela devrait aller. Elle ne souhaitait pas impliquer son mari. Il avait suffisamment à gérer et pourrait ne pas approuver sa décision.

Carla souriait d'un air désabusé.

— Pour la chambre de Gabriella, vous êtes sûre ? lui demanda-t-elle.

La cuisinière opina du chef.

— Aldo va m'aider à l'y transporter. D'accord, mon grand ?

Le jeune homme fit un signe d'assentiment et Sofia observa de nouveau l'homme. Sous la crasse, ses cheveux semblaient blonds. Il pouvait très bien être allemand. Il en avait aussi la carrure. Elle ne cessait de s'étonner de constater à quel point ils étaient tous si grands. Une race de géants. D'un autre côté, s'il était vraiment anglais et non allemand, il s'agissait peut-être d'un prisonnier de guerre évadé. Il semblait si perdu. D'où venait-il ? Avait-il de la famille ? Une femme ? Des enfants ? Malgré elle, elle comparait cet homme bien bâti à son mari, grand et fin, d'allure si aristocratique. Il portait des vêtements informes, si sales qu'il était impossible d'en déterminer la couleur. Mais il s'agissait probablement d'une veste grise et d'un pantalon vert foncé. Quand, avec précaution, elle ouvrit sa veste, sa chemise était trempée d'une telle quantité de sang qu'elle étouffa un cri.

Passant à l'action, elle donna ses instructions. Carla soupira, maugréa. Mais, malgré ses dix-sept ans et son apparence un peu frêle, Aldo était fort. Unissant leurs efforts, ils parvinrent tous les trois à porter ou, plus exactement, à traîner l'homme qui geignait à travers le grand vestibule puis jusqu'à la petite chambre sur le côté de la maison.

Carla retira les draps de Gabriella et étala une vieille couverture sur le matelas. Puis Aldo et Sofia hissèrent l'homme sur le lit. Il gémit mais n'ouvrit pas les yeux.

— Gabriella sera-t-elle d'accord ? demanda-t-elle alors.

Le silence de Carla la surprit. La cuisinière baissa les yeux vers le sol. Aldo lui fit l'un de ses adorables sourires d'excuses, celui qui le tirait toujours d'affaire quand il était enfant. *Quel regard ardent!* songea-t-elle. Ses yeux noirs avaient toujours pétillé de vitalité. Elle remarqua alors son coup de coude à sa mère.

— Raconte à madame la comtesse ce qui s'est passé. Raconte, la pressa-t-il.

Le regard de Sofia alla de l'un à l'autre.

— Me raconter quoi ?

— C'est Gabriella, commença-t-il, ses yeux se voilant d'inquiétude. Nous pensons qu'elle a passé une heure avec l'une des Chemises noires qui ont dérangé les femmes chez Anna l'autre soir.

Carla lui jeta un coup d'œil indécis.

— Ce n'est pas le moment, se contenta-t-elle de dire.

— Eh bien, vous me raconterez plus tard. Mais, maintenant, Carla, une bassine d'eau chaude, s'il vous plaît, et des chiffons propres. Aldo, peux-tu m'aider à le déshabiller ?

Elle s'agenouilla au chevet de l'homme.

— Madame la comtesse ! objecta Carla.

Elle se tourna vers elle.

— Ne soyez pas si collet monté. Je dois voir où il est blessé.

Mais la cuisinière semblait toujours choquée à l'idée que sa maîtresse puisse se charger de dévêtir l'inconnu. Sofia ne put s'empêcher de rire.

— Si vous voulez bien aller chercher l'eau vous-même, madame la comtesse, je vais le déshabiller, déclara-t-elle. Les linges sont dans le placard à droite de l'évier.

Quand Sofia revint avec un broc d'eau chaude, le blessé était prêt pour elle.

— Il a des bleus partout sur l'épaule, annonça Aldo.

— Uniquement sur l'épaule ?

— Oui. Et une blessure par balle en haut du bras.

Carla avait recouvert les jambes et le bas du ventre de l'homme d'une couverture qu'elle remonta un peu sur son torse.

— Alors comme ça, vous avez regardé ? la taquina Sofia.

— Pas grand-chose à voir, marmonna la cuisinière en laissant échapper un petit rire.

Elle examina l'homme. La balle était toujours dans la blessure. Carla alla chercher la bouteille de cognac et, quand, une fraction de seconde, il entrouvrit les yeux, elles essayèrent de lui en faire boire pour, elle l'espérait, atténuer la douleur. Puis, serrant les dents, elle s'arma de courage et entreprit de l'extraire. Sentant que c'était sa responsabilité, elle avait refusé l'offre de Carla de s'en charger. Elle avait pour habitude d'aider à soigner leurs ouvriers quand ils se blessaient. Mais elle n'avait jamais eu affaire à un cas aussi grave. Pendant qu'elle procédait à l'opération, le visage de l'homme se tordit de douleur.

— Je suis désolée, chuchota-t-elle. Vraiment désolée.

Il était de plus en plus pâle, ce qui l'inquiéta. Si elle n'était pas vraiment sûre de ce qu'elle faisait, son instinct lui soufflait qu'il fallait soigner cette plaie. Une fois l'opération terminée, elle alla chercher de l'antiseptique et lui banda le bras pour endiguer l'hémorragie.

— Il a vraiment besoin de points de suture, déclara-t-elle en se redressant.

— Vous ne pouvez pas envoyer chercher le docteur ?

— Non.

La situation était délicate. Le médecin local de Buonconvento était connu pour son soutien aux fascistes. On ne pouvait lui faire confiance.

— Et les sœurs, à Sant'Anna ? demanda Aldo. Ne voient-elles pas un médecin de Trequenda ?

Sofia pensa à la bonté de la mère supérieure de ce couvent dont le réfectoire était décoré de fresques magnifiques.

La dernière fois qu'elle l'avait vue, elles avaient discuté d'une fille rebelle du village, qui s'était enfuie de chez sa famille et avait été retrouvée dans ses jardins. Assises sur la terrasse qui dominait les collines de Crete Senesi, elles avaient dégusté du fromage de brebis et bu du vin de Montalcino, tout en cherchant une solution ensemble. La mère serait sûrement prête à l'aider de nouveau.

En outre, les couvents étaient particulièrement utiles par les temps qui couraient, leurs passages secrets étant rarement découverts lors des descentes nazies. Et parce que les Allemands avaient tendance à ignorer les religieuses, leurs tenues étaient idéales pour se déguiser et passer inaperçu.

Mais Carla semblait inquiète.

— Et si elle demande qui il est ? Il ne faut pas mettre les sœurs en danger. C'est dangereux de cacher un Anglais.

— Nous n'avons pas encore besoin de l'y transporter. Je viendrai le voir régulièrement et, s'il parle de nouveau, je pourrai vous confirmer sa nationalité.

— Vous comprenez l'anglais, madame la comtesse ? demanda Aldo.

— Absolument. Mes parents ont tenu à me faire apprendre l'anglais, l'allemand et le français, et j'ai étudié presque un an à Londres.

Aldo plongea la main dans la poche de son pantalon et lui tendit un carnet.

— J'ai trouvé ça à l'intérieur de sa veste.

Sofia le feuilleta sans rien comprendre aux notes qu'elle y lisait. Elle décida donc de le cacher pour le moment et quitta la pièce.

Il faisait trop froid pour peindre à l'extérieur. Surtout en haut de la tour battue par les bourrasques. Mais elle avait fini quelques nouveaux croquis au cours de l'été. Certains de la tour qu'elle avait dessinée si souvent dans le passé, soit depuis le banc qui entourait la fontaine, au centre de la *piazza*, soit depuis ses fenêtres. D'autres du panorama qui s'étendait sous son sommet crénelé, accessible par un escalier intérieur très raide. Avant la guerre, elle avait envisagé de convertir la pièce du haut en atelier. Mais, Lorenzo lui ayant depuis soutenu qu'elle serait la première cible en cas de bombardement, elle avait renoncé à son projet. Peut-être plus tard.

Aussi, après avoir traversé leur spacieux vestibule dont les murs étaient décorés de plusieurs de ses toiles, elle entra dans son atelier éclairé par des portes-fenêtres ouvrant sur la roseraie. Même si l'automne était déjà bien avancé, les roses étaient toujours en fleur. La vue de quelques boutons épanouis la réjouit. Elle aimait peindre des paysages aux douces couleurs pastel. Mais, aujourd'hui, elle allait reprendre sa dernière toile, un portrait de sa mère, Elsa.

Quelle que soit l'identité de l'homme blessé, elle espérait la découvrir avant qu'ils aient besoin de le transporter ailleurs pour éviter que Lorenzo s'aperçoive de sa présence. Sinon, elle allait devoir lui fournir de longues explications. Son mari n'approuverait ni qu'elle ait pris ce risque ni qu'elle ait mis les gens du village en danger.

Chapitre 6

Cette nuit-là, Sofia rêva de printemps, de pâturages verts si luxuriants qu'ils brillaient comme éclairés de l'intérieur. Une nouvelle fois de coquelicots. D'oliviers argentés. Des magnifiques cratères ondulés de Senesi et des hauts cyprès noirs qui jalonnaient le Val d'Orcia. Et des chemins bordés de boutons-d'or, de cistes roses, de marguerites blanches et de jacinthes bleues. Et quand, dans son rêve, elle se revit déguster les cœurs d'artichaut farcis et le mouton rôti des longs déjeuners à Pienza, elle sentit le parfum du romarin frais, de la menthe sauvage, et vit voleter des papillons bleus. Parfois, elle se voyait assise sur le tapis des pelouses verdoyantes de San Quirico d'Orcia, pique-niquant de pain plat et de fromage faits maison typiquement toscans. Ses rêves étaient régis par la faim. La faim de mets délicieux, de variété. Mais, surtout, la faim de retrouver leur vie d'avant. Il lui arrivait aussi de rêver de longs après-midi languides, passés à faire l'amour, de bonheur insouciant, sans avoir à choisir un camp. D'une vie moins compliquée. Mais c'était une illusion. En effet, depuis vingt ans, Mussolini était au pouvoir.

Elle entrouvrit un œil. Elle sentait une présence dans sa chambre. En entendant bouger, elle pensa immédiatement à l'homme aux yeux bleus. Avait-il feint le sommeil ? Mais non, il était enfermé. Elle actionna l'interrupteur.

—N'allume pas !

C'était Lorenzo, rentré plus tôt que prévu.

Elle se poussa pour lui laisser une place et, une fois qu'il fut dans le lit, se blottit contre lui, languide. Son beau mari, si compliqué, l'enlaça, et elle sentit leurs deux cœurs battre à l'unisson. La personne parfois distante qu'il était devenu disparaissait quand ils faisaient l'amour. Lovés l'un contre l'autre, ils redevenaient eux-mêmes, les attitudes crispées qu'ils avaient adoptées depuis quelque temps disparaissant. Il lui couvrit le cou de baisers et, encore à moitié dans son rêve de printemps, de sexe, d'amour, elle se cambra comme un chat. Il fit voguer ses mains sur ses seins, son ventre, ses jambes, remonta jusqu'au point le plus sensible de son intimité, là où se concentrait toute l'acuité de son désir, et elle s'abandonna à sa caresse. Dans son état somnolent, vulnérable, elle ne tarda pas à avoir un orgasme. Il se positionna alors sur elle et, immobilisant ses bras au-dessus de sa tête, il s'enfonça en elle.

Quand le soleil qui inondait la chambre à travers la fenêtre la réveilla, elle allongea un bras. Mais le côté de Lorenzo était vide. Elle tapota le drap. Il était froid. Avait-elle rêvé ? Elle aperçut alors ses vêtements jetés sur les accoudoirs d'une bergère. Non, cela avait été bien réel.

Lorenzo estimait qu'elle devait être comme sa mère et sa grand-mère, les majestueuses dames Corsi du château. Il aimait la voir garder sa dignité lorsqu'elle s'occupait avec bienveillance des familles qui dépendaient d'eux. Beaucoup plus formel qu'elle, il n'approuvait pas ouvertement sa sympathie pour les partisans. Il estimait qu'il serait plus sûr pour elle de rester neutre et rien ne l'inquiétait plus que sa sécurité. Aussi ne lui racontait-elle pas tout. Il était tombé amoureux de sa façon d'aborder la vie, de sa *joie de vivre**, selon son terme, lors de leur voyage de noces à Paris. Il disait aimer sa grâce, son élégance et les belles manières que ses parents lui avaient inculquées.

---

*En français dans le texte original. (*NdT*)

Il aimait la voir sourire, rayonner de bonheur. Mais elle souriait moins, ces temps-ci.

Si elle détestait faire preuve de prudence avec lui, elle n'avait pas le choix. Elle ne voulait pas être pour lui une cause de souci. Même si, pour être honnête, elle n'était pas vraiment très active. Elle était au courant de ce qui se passait mais n'en parlait pas. Elle savait que les femmes tricotaient pour les partisans mais n'en soufflait mot. Elle savait que Carla cuisinait pour eux dans leur cuisine mais gardait le secret. Et maintenant, elle savait pour le blessé aux yeux bleus, qui pouvait être n'importe qui. Et, pourtant, elle n'aborda pas le sujet.

Lorenzo était vigilant, perspicace. Il s'adaptait à l'inévitable et, au début, comme les autres, il avait sincèrement cru que Mussolini serait bénéfique pour la nation. Il construisait des routes, faisait en sorte que les trains arrivent à l'heure. Mais quand le Duce avait bâillonné la liberté de la presse, toléré la violence des escouades de fascistes et consolidé son emprise sur le pays... la situation avait empiré. Puis, lorsqu'en 1925 il s'était proclamé dictateur d'Italie et qu'il avait créé la police secrète, tout le monde avait commencé à deviner ses véritables desseins. Confrontés à l'affaiblissement du pouvoir des juges et des tribunaux et aux arrestations des opposants politiques souvent suivies de condamnations à mort, ils avaient compris la vérité. Trop tard. Beaucoup trop tard. Quand des amis en Angleterre leur demandaient comment ils avaient pu laisser faire, ils répondaient que le peuple italien avait été dupé, manipulé, qu'il avait eu besoin de croire en quelqu'un, à une cause. Aussi avaient-ils mis en garde les Anglais. Car, si l'Italie et l'Allemagne étaient désormais régies par le populisme, la division et la haine, aucun pays n'était à l'abri d'une telle mutation.

Depuis, Lorenzo avait été recruté pour transmettre des informations aux Alliés. Une entreprise singulièrement dangereuse étant donné que le ministère pour lequel il travaillait était contrôlé par les nazis. Comme ils ne se parlaient plus aussi souvent que par le passé, elle ignorait presque tout de ses activités. Ni lui ni elle n'en était responsable mais la guerre s'était interposée entre eux. Elle avait le sentiment que chacun d'entre eux avait été contraint d'enfouir ses pensées les plus intimes. Quand vous ne saviez pas si la personne que vous aimiez plus que tout au monde serait encore en vie le lendemain, votre amour pour elle, votre envie de la serrer encore plus fort contre votre cœur, en étaient décuplés. Mais vous ne le pouviez pas. Votre besoin de la protéger grandissait encore. Or, le seul moyen était de lui laisser un peu de liberté. De se refermer un peu sur soi. De lui permettre de respirer pour ne pas l'entraver dans ses projets. S'agripper à Lorenzo n'aurait servi qu'à le voir partir accablé. Il était préférable de le laisser croire qu'elle allait bien, qu'elle était en sécurité.

Chapitre 7

Lorsque Sofia débarra la porte de la petite chambre et la poussa, l'odeur pénétrante de la maladie la prit à la gorge. Elle examina l'homme, palpa son front, et se rendit compte que la fièvre avait empiré. Après avoir tiré la couverture, elle demanda à Aldo de plonger un chiffon dans l'eau froide. Elle l'essora puis tapota le visage, le cou et la tête du malade. Enfin, elle pria le jeune homme de poser deux serviettes humides sur sa poitrine. En dépit de la gravité de l'état de James, si c'était vraiment son nom, ils devaient trouver un moyen de l'emmener jusqu'au couvent. Et si elle voulait tenir Lorenzo à l'écart de cette affaire, cela ne pouvait plus attendre. Quand ils regagnèrent la cuisine, Aldo regarda Giulia, la femme de chambre, préparer le plateau du petit déjeuner sur lequel elle disposa du café et de la brioche. C'était une fille du village qui ne travaillait pas pour eux depuis longtemps. Avant la guerre, elle était partie habiter chez sa grand-mère à Pise mais était revenue depuis pour être avec sa mère. Sans être convaincue de sa fiabilité, Sofia lui avait laissé le bénéfice du doute.

Aldo lui lança un regard interrogateur.

— Deux tasses à café. Vous avez un visiteur ?

— Non. Monsieur le comte est rentré.

Il ne put dissimuler sa surprise.

— Ah ?

— C'est moi qui l'ai vu, se vanta Giulia. Il a sonné pour le petit déjeuner.

Carla entrait, arrivant du jardin.

— Monsieur le comte va-t-il rester ? demanda-t-elle.

— Je ne sais pas, répondit Sofia.

Elle traversa la pièce pour chuchoter à Aldo :

— Tu peux m'attendre ici ? J'aurai besoin d'aide pour transporter l'homme.

— Bien sûr.

Il s'assit à la table pour boire son café et elle le regarda sans pouvoir s'empêcher de le revoir faire ses premiers pas de bambin. Avant de devenir le chérubin pour lequel son oncle Gino, un charpentier, avait construit une petite charrette. Comme le temps avait filé ! Elle avait l'impression qu'hier encore, il courait partout dans le château, constamment dans les jambes de tout le monde. Pourtant, il trouvait des excuses tellement adorables que jamais personne ne lui en voulait. Et combien elle avait aimé le voir venir se blottir sur ses genoux, ses cheveux dans les yeux, suçant béatement son pouce, parfaitement insouciant. Il avait adoré grimper aux oliviers à l'époque des moissons, monter plus haut, toujours plus haut, et secouer les branches jusqu'à ce que les olives gris-vert s'entassent dans le filet en dessous. *« C'est moi qui en ai le plus »*, criait-il aux garçons plus âgés que lui et aux hommes qui se démenaient avec des peignes à olives fixés à de longs manches.

Aldo aurait toujours une place dans son cœur.

Elle prit une profonde inspiration et revint au présent. Carla semblait vouloir lui parler. Une fraction de seconde, la cuisinière détourna les yeux, avant de la regarder de nouveau. Elle comprit qu'elle attendait que la femme de chambre quitte la pièce. Dès qu'elle fut dans le cellier, Sofia siffla :

— Qu'y a-t-il ? Je dois rejoindre Lorenzo. Je n'ai pas beaucoup de temps.

La cuisinière se pencha en avant et, quand elle releva la tête, Sofia vit l'inquiétude qu'exprimait son visage.

— Carla, que se passe-t-il ? Vous me faites peur. C'est Gabriella ?

Elle pivota sur place pour dévisager Aldo.

— Tu as fait allusion à Gabriella et aux Chemises noires, si je m'en souviens bien. Tu as dit que Carla devrait me raconter.

Aldo repoussa sa chaise et se leva. Le visage de sa mère se décomposa.

— Carla ?

— Eh bien, l'autre soir, nous étions occupées à… vous savez… tricoter…

— Je sais bien que vous tricotez. Bon sang, c'est du tricot ! Je l'ai toujours su.

— Ça ne vous fait rien ?

Sofia secoua la tête. Carla reprit :

— Nous avons été interrompues. Personne ne vient la nuit, pas à cette époque de l'année en tout cas. Gabriella faisait le guet et ils ont déboulé dans la rue. Nous avons attendu un moment puis nous l'avons entendue avec eux, dehors.

— Seigneur… Lui ont-ils fait du mal ?

Carla tiqua.

— Je ne pense pas. Mais imaginez qu'elle les a suivis. Elle a été partie pendant plus d'une heure.

— Vous pensez qu'ils l'ont compromise ?

— Non. Elle connaissait l'un d'entre eux. Je ne pense pas qu'il se soit passé grand-chose mais elle refuse d'en parler. Ses vêtements n'étaient pas déchirés, elle n'avait pas pleuré. Elle est si jolie que les hommes en profitent. Certes, elle n'est jamais bien bavarde. Mais là, elle est muette. Si je lui demande ce qui s'est passé, elle se contente de fixer le sol. Vous savez qu'elle peut être un peu rêveuse, dans les nuages. Je n'aurais pas dû la laisser seule en bas.

— Ce n'est pas votre faute. Que les Allemands soient maudits.

— Ce n'étaient pas des Allemands, rugit Aldo. C'étaient des Chemises noires. Si je mets la main sur eux !

— Voulez-vous que je lui parle ? proposa alors Sofia à sa cuisinière.

— Pas encore. Mais ce n'est pas tout. Je m'inquiète qu'Aldo soit mobilisé.

— Les papiers sont arrivés ?

— Non, dit-elle d'un ton pitoyable, en regardant son fils. *Per Dio*, ces salauds de nazis veulent prendre notre plus jeune fils pour faire leur guerre.

Aldo se redressa et affirma avec conviction :

— Jamais je ne combattrai pour les Allemands !

— Il dit qu'il va s'enfuir pour rejoindre la *resistenza*, ajouta sa mère d'un air consterné.

Elle ébouriffa les cheveux de son fils.

— Bien trop tête brûlée, mon garçon. Il parle sans arrêt des partisans. Il va finir mort dans un fossé.

— Je ne me battrai pas pour les Allemands, répéta Aldo. Je n'irai pas.

Sofia poussa un soupir accablé. Elle se faisait du souci pour la pauvre Carla. Comme si elle n'en avait pas assez.

— Essayez de ne pas vous inquiéter, lui conseilla-t-elle. Nous ferons notre possible. Mais, d'abord, je dois savoir combien de temps mon mari compte rester.

Dans la salle à manger, Lorenzo se leva de sa chaise, le visage éclairé d'un sourire chaleureux.

— Je vais visiter certaines des fermes éloignées, annonça-t-il. J'espérais que nous prendrions le petit déjeuner ensemble, mais tu as été trop longue.

— Je suis désolée.

Elle se demanda un instant s'il essayait de la faire culpabiliser. Agacée, elle repoussa l'idée. Elle passait son temps à tout analyser.

— Les récoltes sont moins importantes que d'habitude, ce qui ne me surprend pas. Néanmoins, j'ai besoin de voir par moi-même, poursuivit-il sans remarquer sa tension.

Il savait qu'elle estimait que les métayers auraient dû être autorisés à être propriétaires de leurs exploitations. Mais Lorenzo, en tant que comte de Corsi, était responsable de toutes les fermes, maisons et villas de ses terres. Comme tous les domaines, ils étaient régis par le système séculaire de *mezzadria*, le métayage, une sorte de partage des récoltes dans lequel il fournissait la terre, les outils, les machines et l'entretien des bâtiments, en échange de la moitié de la production de ses fermes. Une fois par an, tous pouvaient utiliser leur pressoir à olives. Et, avant la guerre, Lorenzo avait financé l'installation de l'électricité encore limitée et de l'eau courante dans toutes les maisons du village.

— Il est peut-être temps que le système change ? déclara Sofia, un peu distraite.

Il la dévisagea.

— Je traite équitablement les fermiers et les ouvriers agricoles.

— Je sais mais…

La regardant toujours, il eut l'air perplexe.

— De quoi s'agit-il vraiment ? Nous avons décidé d'opérer des changements à la fin de la guerre. Tu le sais. Tu vas bien ?

— Bien sûr.

— Tu sembles… je ne suis pas sûr… un peu dépeignée.

— Oh de grâce ! dit-elle d'un ton brusque. Quelle importance, en ce moment ?

— Sofia, que t'arrive-t-il ? Un instant, tout va bien, et le suivant, tu me sautes dessus.

— Et toi, tu es tout le temps parfait, c'est ça ?

Elle le fusilla du regard. Mais les yeux gris de Lorenzo exprimaient une telle douceur qu'elle fut prise d'une envie de pleurer.

— Tu es irascible, lui reprocha-t-elle. Tu n'es presque jamais ici et, quand tu l'es, tu es distant. Si je ne te connaissais pas mieux, je dirais que tu as une liaison.

Il eut un petit sourire. Son exaspération à son comble, elle poursuivit :

— Tu ne me dis presque jamais ce que tu fais, où tu vas, avec qui tu traites. Rien ! Que suis-je censée croire ?

— Il est plus sûr que l'on te cache mes activités. Et puis, n'es-tu pas un peu secrète, toi aussi ?

Elle sentit son visage s'empourprer, la trahissant. Comme elle aurait aimé pouvoir lui parler de l'Anglais et lui demander son aide !

— Tu chuchotes dans les coins avec la cuisinière. Tu reçois des coups de téléphone tard le soir.

— Une fois. Ce n'est arrivé qu'une seule fois. Et maintenant, je ne peux plus du tout joindre ma mère. Je suis inquiète qu'il leur soit arrivé quelque chose à tous les deux.

— J'irai voir tes parents à peine arrivé à Rome.

— Quand ?

— Après-demain. Je partirai tôt. Mais, aujourd'hui, je suis ici. Donc, après ma tournée des fermes, nous pourrons passer tout l'après-midi ensemble. Et peut-être demain aussi. J'espère que ça te réconfortera. Oui ?

Non, voulait-elle répondre. Pas aujourd'hui. Cela ne la réconforterait pas aujourd'hui.

Mais changeant de sujet, elle annonça :

— Et maintenant, j'ai quelques courses à faire. Je vais prendre la camionnette si le réservoir n'est pas vide.

— Vraiment ? L'essence est si rare. Ne peux-tu pas prendre une charrette à âne ?

— C'est pour mon portrait.

Elle s'interrompit, l'estomac noué. Pouvait-elle élaborer ce mensonge ? Allait-il remarquer sa culpabilité ?

— Je pense le faire encadrer. Je ne veux pas qu'il prenne l'eau.

— Ah. Tu l'as fini. Très bien, mais il va sans doute pleuvoir. Pourquoi ne pas y aller un autre jour ?

— J'aimerais m'en occuper sans attendre. Je veux l'offrir à ma mère pour son anniversaire.

Elle jeta un coup d'œil à l'extérieur. Des nuages sombres filaient dans le ciel.

— Eh bien, sois prudente. Sur la route du retour de Florence, tout ce qui bougeait était une cible pour les avions alliés. Emmène Aldo.

— C'était ce que je comptais faire. Nous n'aurons pas de problème sur les chemins de traverse.

Une fois Lorenzo parti, il n'y eut plus de temps à perdre. Sofia s'habilla à la hâte, sans faire sa toilette, et noua ses cheveux en chignon. Le regard posé sur le cadre argenté qui contenait la photo de ses parents sur la coiffeuse, elle se couvrit la tête d'un foulard, suivant la coutume des femmes de la campagne. Elle priait qu'ils soient en sécurité. Une fois prête, rassemblant tout son courage, elle gagna le vestibule secondaire et entra dans la petite chambre du rez-de-chaussée. Cette fois, les yeux de l'homme s'ouvrirent, plus alertes.

— Nous devons vous déplacer, annonça-t-elle. Vous n'êtes pas en sécurité ici.

— Merci.

Il esquissa un sourire, mais sa voix était presque inaudible.

— Vous êtes bien anglais ?

Il prononça quelques mots en italien.

— Vous avez parlé anglais la première fois que je vous ai vu.

— Oui. J'étais probablement trop… en fait, je ne sais pas vraiment.

— Quand un homme est à peine conscient, j'imagine qu'il ne se met pas à parler une langue qu'il ne connaît pas.
Il sourit de nouveau faiblement.
— Mais maintenant ? le pressa-t-elle. Pouvez-vous me dire quoi que ce soit, maintenant ?
— Le parachute s'est emmêlé. J'ai été touché en m'échappant. J'ignore comment je suis arrivé ici.
Sa voix était rauque et il devait faire des efforts pour parler.
— Il y a combien de temps ? demanda-t-elle avec douceur.
Il ne répondit rien. Tandis qu'elle réfléchissait à la manière de procéder, il ferma les yeux. Si elle contournait le château avec la camionnette pour sortir par le côté ? Cela pourrait marcher si Aldo l'aidait à le porter.
— Mon livre de codes ? chuchota-t-il, sa voix de plus en plus faible.
— Ah oui, c'est ce carnet ? Je l'ai mis en sécurité.
L'ombre d'un nouveau sourire flotta sur ses lèvres.

Lorsque Sofia et Aldo s'éloignèrent de la façade du château, assise sur une chaise, sur son seuil, à l'ombre de la tour, la vieille chouette du coin de la rue faisait le guet. Elle surveillait tout, constamment. En novembre. Et un mois de novembre froid, en plus ! Maria devait être la personne la moins populaire du village, pauvre âme. Même si elle avait été la première surprise d'apprendre que son petit-fils avait rejoint les Chemises noires, personne ne savait plus à quel camp elle prêtait allégeance. Elle soutenait ne pas avoir la moindre idée de la destination de son petit-fils. Mais guettait-elle juste son retour ou les observait-elle tous ? Si tout le monde comprenait son inquiétude, il était difficile d'éprouver de l'empathie et certains avaient même hâte d'apprendre que le gamin avait reçu une balle dans la tête.
Dans la vieille cour aux voitures, Aldo déverrouilla la porte. La camionnette était garée dans un coin, parmi

les automobiles et les charrettes. Encombrante, difficile à conduire, elle sentait mauvais. Sofia prit une profonde inspiration et hésita. Il était si difficile de savoir si elle avait pris la bonne décision. Et le véhicule consommait une essence précieuse. Elle interrogea Aldo du regard.

Il lui sourit.

— Nous avons pris la bonne décision, déclara-t-il, comme lisant dans ses pensées.

Elle se réjouissait de voir que c'était souvent le cas. Franchement, il n'y avait plus moyen d'avoir le moindre discernement. Quand rien n'allait plus, on se contentait d'agir sans se poser de questions. Elle poussa un nouveau soupir et sa détermination se renforça.

Comme nombre d'hommes de son rang, Lorenzo pouvait se montrer surprotecteur. Et, si elle était honnête avec elle-même, elle en était principalement responsable. Elle l'y avait autorisé, s'en était délectée au début. Peut-être aurait-elle dû se montrer catégorique et lui déclarer qu'elle était parfaitement capable de se débrouiller seule. Mais elle avait préféré continuer à agir selon ses convictions profondes, sans pour autant le dissuader. Il avait été témoin de la façon dont elle affrontait l'adversité, connaissait son courage, sa force intérieure, sa solidité. Pourtant, il avait paru plus simple de continuer à lui laisser l'impression qu'il la protégeait.

— Vous voulez que je conduise ? proposa Aldo, interrompant le fil de ses pensées.

— Oui. Merci. Je vais m'asseoir avec James. Mais il ne faut pas traîner. Je dois rentrer pour passer l'après-midi avec le comte.

Ils montèrent dans la camionnette et contournèrent la maison pour aller se garer sur le côté.

Au retour du couvent, alors qu'ils roulaient sur l'entrelacs des chemins de traverse qui reliaient les vallées, le soleil perça, faisant étinceler la campagne détrempée. Devant la beauté des rangées de collines bleu ardoise que caressait une mosaïque de nuages argentés, Sofia se sentit rassérénée. Elle avait la sensation qu'en fin de compte, la guerre leur épargnerait le pire. Comment pouvait-il en être autrement quand une journée pouvait être aussi limpide, l'air aussi frais ? De tels moments étaient essentiels pour préserver le précieux noyau d'espoir qu'abritait son cœur. Ils étaient sa joie, son inspiration. Et elle savait que, plus tard, si l'inquiétude devait la tenir éveillée, elle pourrait puiser en elle la force de s'imaginer dans un monde de beauté, de paix, éclaboussé de soleil.

Aldo se gara quelques instants et ils descendirent de voiture pour respirer et regarder l'herbe haute frémir sous la brise.

— Il sera en sécurité au couvent, déclara le jeune homme.

— Je sais.

Un instant, elle garda le silence. Elle se sentait à l'aise, détendue, en sa compagnie.

— Je me rappelle quand je suis venue vivre à la campagne pour la première fois, raconta-t-elle. Avant ta naissance, bien sûr. J'avais grandi en ville. Mais, peu après mon arrivée, je suis tombée amoureuse du domaine et de tous ses habitants. Ils m'ont accueillie comme si j'étais l'une des leurs.

— Ma mère parle souvent de cette époque.

— C'était une belle époque. Très belle.

Elle sourit. Jamais elle n'oublierait son premier hiver au château avec Lorenzo.

— Nous paressions devant des feux crépitants en regardant la campagne se transformer en un lieu mystique. La brume montait des vallées, le ciel était pourpre. Puis la neige a tout recouvert de son manteau d'un blanc immaculé.

— Madame la comtesse, vous avez toujours su voir la beauté en tout.

Elle se mit à rire.

— Parce que toi, tu ne la vois pas ?

— Si. Mais je suis un homme pragmatique. Je n'ai pas un esprit aussi poétique que le vôtre.

« Un homme », songea-t-elle. Elle peinait encore à le voir adulte.

Et, tout en promenant son regard sur les sombres bois de sapins et de chênes, elle repensa au revolver. Aldo saurait peut-être lui montrer comment l'utiliser. Mais pourrait-elle jamais viser un autre être humain et presser la gâchette ? Pourrait-elle tirer pour tuer ? L'idée lui semblait ridicule.

— Tu sais comment te servir d'une arme à feu, je suppose ?

— Oui, pour la chasse.

— Pourrais-tu me montrer ?

Il sourit.

— Bien sûr. Mais je ne vous imagine pas sortir chasser le sanglier.

— Non.

Après un court silence, elle montra le paysage.

— Regarde tous ces champs en friche entre les bois. Avec ton aide, nous faisons ce que nous pouvons. Mais le travail des femmes ne suffit pas.

Au loin s'étendaient les forêts plus profondes et les collines peuplées des dizaines de partisans qui s'y cachaient. Elle espérait qu'ils y trouveraient encore quelques sangliers à tuer et manger.

— La nuit, je pense à ces hommes, reprit-elle. Avec cet hiver d'un froid glacial qui arrive, sans la possibilité de se réchauffer devant un bon feu, je m'inquiète pour eux.

— Ils trouveront un moyen de survivre.

Elle décida alors de dire à Carla qu'elle se félicitait de savoir qu'elle cuisinait pour les hommes et qu'elle pouvait utiliser une partie de leurs réserves. Il était temps pour elle de faire sa part et d'aider les Alliés. Absorbée dans ses pensées, elle sursauta soudain, la paix de l'instant soudain brisée par le bruit assourdissant d'avions de chasse. Ils les survolaient en formation serrée, en direction du nord. Elle plaqua ses mains sur ses oreilles.

— Les Alliés, s'il vous plaît, faites que ce soient les Alliés, murmura-t-elle.

Aldo hocha la tête.

— Je pense que c'est eux.

Et quand le fracas du bombardement s'éleva plus loin, elle frissonna à la pensée du pauvre village qui, cette fois, était malencontreusement frappé. Parfois, elle avait l'impression que le sort du peuple italien était indifférent aux pilotes et aux mitrailleurs alliés.

Chapitre 8

Le lendemain, en rentrant chez elle après avoir sorti les chiens pour une promenade, Sofia apprit qu'elle avait reçu un coup de téléphone du colonel Schmidt, le chef allemand local. Il voulait savoir si Lorenzo était au château. Elle eut un instant de panique. La lettre qu'elle avait reçue l'informant du projet de réquisitionner le village venait justement de cet homme. Lorsque Carla avait confirmé que monsieur le comte était bien ici, l'Allemand s'était poliment invité à dîner. Quel soulagement d'avoir déjà réussi à déplacer James. Il aurait été beaucoup plus grave que ce soit Schmidt au lieu de Lorenzo qui découvre sa présence, surtout si le colonel était venu inspecter les lieux.

Elle qui s'était réjouie à la perspective d'un après-midi paisible allait maintenant devoir se préparer à une soirée dont elle n'attendait rien d'agréable. Elle jeta un coup d'œil à la *piazza*. Les chauves-souris surgissaient des fenêtres en ogive et filaient dans le ciel. Songeuse, elle considéra les rumeurs qui se propageaient comme une traînée de poudre. On n'avait cessé d'entendre que les Alliés approchaient, qu'ils devaient arriver d'un jour à l'autre. Or, il se racontait maintenant qu'ils progressaient lentement dans le sud de l'Italie et que les Allemands leur opposaient une résistance plus dure que prévu. Les Alliés gagnaient les batailles qu'ils menaient, mais les Allemands battaient en retraite très lentement, ce qui leur donnait le temps de tout ravager sur leur passage.

Aussi, quand Lorenzo entra, elle était en proie à un certain découragement. Même si sa présence lui était d'un profond réconfort. Il lui aurait été trop pénible de recevoir l'Allemand seule.

— Radio Londres ? demanda-t-il en montrant le poste allumé.

Elle était en train d'enfiler la robe en satin noir à manches longues et haut col qu'elle avait décidé de porter. Tombant juste en dessous du genou, épousant ses hanches et rehaussant sa minceur, elle lui allait comme un gant.

— Oui. C'est toujours mieux que la propagande fasciste. Mais les nouvelles ne sont pas bonnes. Peux-tu monter ma fermeture Éclair ?

Il s'exécuta de bonne grâce, puis se gratta le crâne. Elle éteignit la radio. Ils ne dirent plus un mot, chacun accaparé par ses propres soucis, dans un silence qui s'éternisa. Tandis qu'il arpentait la pièce de long en large, elle s'assit devant sa coiffeuse pour mettre ses boucles d'oreilles en diamant.

— Eh bien, tu sors le grand jeu, finit-il par dire. Tu es très belle.

Il s'approcha, souleva ses cheveux et l'embrassa dans la nuque.

— Il faut faire bonne impression au colonel Schmidt, répondit-elle en fronçant le nez.

Il se mit à rire.

— Je m'étonne que cela te tienne à cœur.

— J'étais sarcastique.

— Je sais, dit-il en souriant, malgré son regard absent. Tu as apprécié nos deux après-midi ensemble ?

— Tu sais bien que oui.

L'air de plus en plus songeur, il reprit :

— Tu es la lumière de ma vie. Tu le sais ? Je ne le dis pas assez.

Elle lui sourit à son tour et déposa une goutte d'*Arpège* de Lanvin sur sa nuque et au creux de ses poignets.

— Tu n'as pas besoin de le dire.

— Et tu sais que je veux autant que toi que tout redevienne comme avant.

— Tu dois vraiment faire ce travail pour les Alliés ?

— Je pense que oui, acquiesça-t-il en opinant de la tête.

— Ne pourrais-tu pas juste quitter le ministère ?

— Cela pourrait paraître suspect. Je suis si bien placé pour transmettre des informations sur les réserves de nourriture, les greniers à blé et le reste. Les troupes alliées auront besoin de ravitaillement. Et je glane des renseignements sur les plans allemands, leur armement, leur droit à mobiliser, etc. Je suis désolé de ne pas pouvoir t'en dire plus.

— J'aurais aimé que nous restions en tête à tête ce soir. Je regrette que ce sale type se soit invité.

— Qu'est-ce qu'il veut, à ton avis ?

Pleine d'appréhension, elle regretta de ne pas lui en avoir parlé avant.

— Ils pourraient vouloir cantonner leurs troupes ici. J'ai reçu une lettre à ce sujet il y a quelque temps.

Un ombre de contrariété passa sur son visage. Puis il s'avança vers la fenêtre pour regarder dehors. Au bout d'un moment, il se retourna pour la dévisager d'un air perplexe.

— Chérie, pourquoi ne m'en parles-tu que maintenant ?

— Je suis désolée. J'avais vraiment l'intention de le faire avant, mais j'espérais que cela n'arriverait jamais. Ils ont envoyé des dizaines de lettres semblables et, souvent, elles ne débouchent sur rien. Je ne voulais pas t'inquiéter inutilement.

Il écarta les bras.

— J'aurais peut-être pu…

— Pu quoi ? l'interrompit-elle. Quoi, Lorenzo ? Ni toi ni moi ne pouvons rien faire. De toute façon, attendons de voir. Ce ne sera peut-être pas du tout ça.

— Ma chérie, tu es nerveuse.

Il avait raison. Elle était nerveuse.

— Viens ici.

Elle se leva, se blottit contre lui, et il la serra étroitement.

— Tout ira bien.

Au bord des larmes, elle murmura :

— Vraiment ? Même s'ils réquisitionnent notre maison ?

— Fais-moi confiance. Nous allons trouver une solution.

Il la repoussa, la tint à bout de bras et plongea ses yeux dans les siens.

— Juste une chose, mon cœur.

Il souriait mais elle voyait la gravité dans son regard.

— Quand je suis passé devant ton atelier, j'ai remarqué que ta porte était ouverte et j'ai vu le portrait de ta mère toujours sur le chevalet. Ne veux-tu pas me dire ce que tu faisais vraiment hier ?

Ils furent interrompus par Giulia, qui les appelait.

Profondément soulagée, Sofia se tourna vivement vers la porte.

— Plus tard, répondit-elle.

Chapitre 9

Debout dans le vestibule glacial du château de Castello de'Corsi, Maxine examinait les lieux. Elle avait remonté le chemin de terre qui y menait et n'avait pas eu de difficulté à le trouver. Elle avisa la main tendue de la femme de chambre qui lui avait ouvert et qui voulait prendre sa veste et sa besace.

— Ça ira, dit-elle en la serrant un peu maladroitement sur sa poitrine.

Pendant une halte lors de sa montée vers le château, elle avait eu le temps de lire l'un des tracts décrivant les activités des partisans, mettant en garde contre les possibles futures actions des nazis, et expliquant comment les gens pouvaient aider les Alliés. Mais la direction du vent ne lui disait rien qui vaille. Depuis son arrivée en Italie, elle avait pu constater à quel point l'opinion publique était divisée. Les bombardements alliés n'étaient pas populaires quand ils provoquaient des pertes civiles. Même si, plus que tout, la plupart des gens voulaient le départ définitif des Allemands et des fascistes italiens.

Un bruit de pas descendant l'escalier de marbre central lui fit lever la tête. Une femme menue, élégante, aux yeux sombres, à la peau claire, ses cheveux d'un noir de jais rassemblés en chignon sur sa tête, descendait à pas lents, mesurés. Le genre de femme que les hommes adoraient, dont ils rêvaient, pour laquelle ils se battaient. Une madone. Maxine la regarda fixement. Elle ne se sentait pas à sa place, trop robuste en comparaison. La femme était vêtue de noir.

Ses boucles d'oreilles et son collier assortis scintillaient à la lueur du lustre. Sa main gauche était posée en un geste possessif sur le bras d'un homme séduisant, à l'air digne. Tous deux semblaient surpris de la trouver dans leur vestibule.

Elle fit un pas en avant mais la femme de chambre parla la première.

— Cette dame est venue voir madame la comtesse.

La comtesse s'avança vers elle et lui tendit une main. Un sourire sans conviction flottait sur ses lèvres. Si Maxine faisait généralement confiance à son instinct, cette femme la laissait perplexe.

— Sofia de' Corsi. Que puis-je faire pour vous ?

Elle remarqua d'emblée la ressemblance avec sa mère, Elsa. Elle avait la même diction élégante, la même démarche assurée. Typiques du monde choyé de l'aristocratie, songea-t-elle. Distante. Hautaine. Gâtée. « Le sang bleu », appelait-on cela. Mais cette femme se doutait-elle des véritables activités de ses parents ?

Une fois que la domestique, après une petite révérence, se fut écartée discrètement, elle se présenta :

— Je m'appelle Maxine. J'ai laissé ma moto devant le château. Ça ne risque rien ?

Le visage impassible, Sofia garda le silence.

— Vos parents m'ont demandé de vous communiquer certaines informations. C'est une longue histoire mais ce sont les Anglais qui m'envoient. Votre mère m'a aussi priée de vous remettre quelque chose.

— Je vois.

Sofia congédia la femme de chambre puis, l'air toujours aussi austère, regarda l'homme qui l'accompagnait.

— Je vous présente mon mari, Lorenzo.

L'homme lui sourit.

— Puis-je vous offrir quelque chose à boire ? suggéra-t-il avec la courtoisie coutumière des gens de sa classe.

— Oui, je vous remercie. J'en serai ravie.

— Du vin rouge ?

— Parfait.

— Pourrions-nous d'abord passer dans mon petit salon ? suggéra alors la maîtresse des lieux. Nous pourrons y parler. C'est plus discret.

Une fois dans la pièce, la porte refermée, Maxine ouvrit son sac et en sortit la boîte qu'on lui avait confiée.

— Tout d'abord, je dois vous donner ceci. C'est un peu bizarre. Votre mère m'a demandé de vous la remettre et de vous demander de ne pas oublier les bonbons.

Certaine qu'il s'agissait d'un message codé, elle guetta la réaction de la comtesse. Mais elle prit l'objet sans trahir la moindre émotion. Puis, la scrutant des yeux, elle la remercia.

— C'est très aimable à vous de me l'apporter. Je suppose que vous n'êtes pas d'ici ? Je n'arrive pas à reconnaître votre accent.

— Puis-je vous parler franchement ?

Sofia lui jeta un coup d'œil circonspect et répliqua d'une voix calme :

— Y a-t-il encore des gens à qui parler franchement en ces temps troublés ?

Essayant d'alléger l'atmosphère, Maxine lui adressa un sourire aussi chaleureux qu'engageant.

— Ma famille qui était originaire de Toscane a émigré aux États-Unis.

— Un Américain ou un Anglais a de fortes chances d'être vite arrêté. Comme tous ceux qui sont soupçonnés de pouvoir nuire au Reich et à ses forces armées, déclara la comtesse d'un ton amer.

Maxine, qui connaissait déjà les idées de la mère de Sofia, se sentit encouragée par cette remarque. Et décida qu'elle pouvait lui parler en toute sécurité.

— En vérité, je travaille comme agent spécial pour les Alliés. J'avais espéré passer pour une Italienne, sans une trace d'accent américain.

Sofia haussa les sourcils.

— Je vois. Et quelle est votre mission ici, exactement ?

— Je dois mesurer la viabilité du réseau de résistance local puis assurer sa liaison avec les Britanniques. Et je dois retrouver un opérateur radio anglais ici.

Avec un signe d'assentiment, son hôtesse répondit :

— Ah. Il est possible qu'il soit déjà arrivé.

— Où est-il ?

— Chaque chose en son temps. Ma mère a-t-elle suggéré que vous logiez au château ?

— Si cela ne vous dérangeait pas, oui. Elle a pensé que c'était le mieux, en effet.

Après un instant de réflexion, Sofia déclara :

— Dans ce cas, je vais vous montrer la maison puis vous conduire à l'une des chambres d'amis.

— Elle semble très grande. Trois étages.

— Elle n'est pas si grande en réalité. Le dernier étage a besoin d'être rénové, donc nous ne l'utilisons pas. Au rez-de-chaussée se trouvent la cuisine, la salle à manger, mon atelier et ce petit salon. Vous avez aussi le grand salon, plusieurs pièces actuellement inoccupées, une buanderie et le bureau du comte, bien entendu. Les appartements des domestiques se situent dans les dépendances. Avez-vous des vêtements de rechange ?

— Pas beaucoup. Et puis, votre mari m'a promis un verre.

Sofia secoua la tête.

— Il n'aurait pas dû. Nous attendons l'arrivée d'un officier allemand.

— Je ferais mieux de disparaître dans ce cas, dit Maxine en s'avançant vers la porte. Je suppose que ma chambre se trouve à l'étage ?

— Oui. Toutes nos chambres et les salles de bains sont au premier étage.

Le regard de la comtesse toujours aussi inexpressif, elles ressortirent dans le vestibule. À cet instant précis, un coup sonore à la porte d'entrée provoqua des aboiements surexcités dans une autre partie de la maison.

Maxine comprit qu'il était trop tard pour s'éclipser. Bon sang ! Ou, comme l'aurait dit sa mère, « *mannaggia !* ». La domestique avait déjà ouvert la porte et un homme entrait. Il claqua des talons et s'inclina devant elles. Avec un coup d'œil de mise en garde, Sofia commença :

— Colonel Schmidt, je suis la comtesse de' Corsi et je vous présente ma bonne amie…

— Massima, l'interrompit Maxine, se rappelant sa couverture. De Rome. La comtesse et moi sommes allées à l'école ensemble. Ravie de vous rencontrer.

En dépit de la sensation de malaise qui lui nouait l'estomac, elle fit de son mieux pour donner l'impression qu'elle se sentait chez elle.

L'Allemand sourit avec raideur. Grand et mince, il avait de longs doigts élégants, et boitait légèrement. Les cheveux grisonnants, il n'était pas jeune et semblait fatigué, comme s'il portait tout le fardeau du monde sur ses épaules.

Sofia ajouta avec un sourire chaleureux :

— Toutes mes excuses, mon amie vient juste d'arriver. Vous comprendrez qu'elle n'a pas encore eu le temps de se changer pour le dîner.

Elle les précéda alors dans le grand salon, suivie par Schmidt, Maxine fermant la marche. Tout comme le petit salon, la pièce surplombait le Val d'Orcia. Si les quatre baies en enfilade qui montaient du sol au plafond étaient déjà impressionnantes, la vue qu'elles offraient sur le panorama l'était encore plus.

—Chéri, voilà le colonel, annonça Sofia. Quel privilège pour nous de le recevoir !

Lorenzo, qui était en train de servir l'apéritif, se tourna. Puis il finit de remplir les verres avant de s'avancer vers leur invité pour l'accueillir.

—Je vois que vous avez un piano, dit alors Schmidt. J'espère que vous me permettrez d'en jouer.

Avec un sourire, le comte approuva :

—Mais bien sûr, naturellement. Et maintenant puis-je vous offrir un verre de vin ou préférez-vous un whisky ?

Après avoir opté pour un whisky, l'officier survola la pièce du regard puis finit par s'asseoir dans le fauteuil en cuir marron, près du feu. Les mains sur ses genoux, il croisait et décroisait nerveusement ses longues jambes. Maxine était perplexe. Manifestement militaire de carrière, non loin de la retraite, il ne semblait pas du tout se plaire en Italie. À sa grande surprise, elle ne put s'empêcher de ressentir un peu de compassion à son égard. Bien sûr, « l'ennemi » comptait dans ses rangs des hommes qui préféreraient être ailleurs.

—J'espère que les bombardements ne vous ont pas trop dérangés ? demanda alors le colonel.

—Pas ici, dit Lorenzo. Même si je travaille principalement à Rome.

—Ah oui, vous élaborez un rapport sur toutes les réserves de nourriture d'Italie. Je comprends. Cela va nous être d'une grande utilité. Le ravitaillement des troupes reste notre priorité. Mais vous devez être obligé de voyager beaucoup ?

Maxine remarqua que les yeux de Sofia s'écarquillaient imperceptiblement. À l'insu de l'Allemand, elle jeta un coup d'œil à son mari. Si elle ne put l'interpréter, elle y vit néanmoins une mise en garde.

—En effet. Je suis en train de planifier mes déplacements. Je vais devoir m'absenter quelque temps.

— Vous êtes très aimable de me recevoir, reprit alors Schmidt, s'adressant à Sofia. J'espère que vous me permettrez de vous rendre à nouveau visite, madame la comtesse. Le confort de ma maison me manque. Je devrais même peut-être amener mon second. Il est jeune, a tendance à prendre tout cela très au sérieux, alors que je…

Il s'interrompit et contempla ses mains.

— Vous… colonel Schmidt ? le pressa-t-elle.

— Je suis de la vieille école. Et peut-être un peu plus équivoque au sujet de… de la vie, je suppose.

Maxine n'était pas sûre de bien comprendre. Que voulait-il suggérer exactement ? N'était-il pas d'accord avec le Reich allemand ? N'était-il pas un adepte d'Hitler ?

Souriante, Sofia lui répondit aimablement :

— Vous êtes toujours le bienvenu, ici. Vous devez venir dîner et jouer du piano. Votre second aussi. Mais les troupes ? Ne vont-elles pas être cantonnées ici ?

Il esquissa un sourire.

— Oh, toutes mes excuses. Je ne vous ai pas dit ? J'ai envoyé une deuxième lettre. Mais peut-être ne l'avez-vous pas reçue. Nous n'aurons pas besoin du village pour le moment.

L'imperceptible soupir de soulagement de Sofia n'échappa pas à Maxine.

— Bien. J'espère que vous ne nous en voudrez pas, mais nous allons faire un saut au premier étage pour permettre à Massima de se changer, dit-elle alors en faisant un geste vers elle. Nous n'en avons pas pour longtemps.

Maxine cligna des yeux. Que diable allait-elle porter ?

— Viens, mon chou, lui dit-elle alors. Je t'ai installée dans la chambre verte, cette fois. C'est ta préférée, si je m'en souviens bien ?

La prenant par le bras, elle l'entraîna vers la porte, tournant le dos aux hommes. Impassible, Maxine joua le jeu.

Mais elle ne pouvait s'empêcher de s'en amuser. Cette Sofia, comtesse de' Corsi, semblait être une menteuse accomplie.

— Juste une chose, si cela ne vous fait rien, ajouta Schmidt. Nous sommes à la recherche d'un parachutiste anglais. Nous pensons l'avoir blessé. Comme il n'est pas tombé loin d'ici, je me demandais si vous n'aviez rien entendu à ce sujet.

— Nous ? dit Lorenzo, visiblement irrité par l'implication. Bien entendu, non. Je vous en aurais informé immédiatement. Tu n'as rien entendu, Sofia, je suppose ?

Elle effleura son collier de ses doigts. Une fraction de seconde, Maxine remarqua le mouvement des commissures de ses lèvres, comme si elle luttait pour contrôler une envie de le défier qu'elle n'avait pas montrée jusqu'ici. Mais elle disparut aussi vite. Elle se tourna vers l'Allemand et, son sourire toujours aussi affable, secoua la tête.

Chapitre 10

Sofia se réveilla avec un cri, encore ébranlée par son rêve, dans lequel elle agrippait le revolver. Il lui avait paru si réel qu'elle regarda même sa main. Elle courait dans les bois, pourchassée par une meute de chiens qui gagnait du terrain. Elle avait appelé ses propres chiens mais ils s'étaient enfuis. Puis elle s'était arrêtée pour tirer, en vain. Pas un n'était tombé, mort. Ils continuaient à courir vers elle. Elle essaya de retrouver un souffle normal et d'apaiser les battements de son cœur. Puis elle regarda le visage de Lorenzo. À la lueur de la lune, il était d'une pâleur spectrale. Sa respiration régulière la rassura : il dormait profondément. Elle se dirigea vers sa penderie, en évitant avec soin les lattes du plancher qui craquaient, elle le savait. Elle progressa en silence jusqu'à ce qu'elle marche, malencontreusement, sur l'une d'entre elles qui émit un gémissement presque humain. Un frisson lui parcourut le dos et elle tendit l'oreille. Lorenzo respirait toujours aussi profondément. Rassurée, elle prit sa robe de chambre et s'emmitoufla dedans. Puis elle s'installa sur sa chaise longue et ramena ses genoux contre elle pour se réconforter et se rassurer.

Elle prit le coffret que Maxine lui avait remis. En dépit du froid, ses paumes étaient moites. Elle les essuya sur son peignoir puis caressa le bois sculpté et, bien entendu, elle se mit à penser à sa mère. Plus tôt dans la soirée, alors que Maxine enfilait la plus longue des jupes noires lui appartenant – qui malgré tout était trop courte pour elle – et un chemisier de satin vert, elle lui avait expliqué comment ses parents avaient été contraints de quitter le *palazzo*. Sofia était malade d'inquiétude. Il était vrai qu'ayant vécu à Rome toute leur vie, ils y avaient de nombreux amis. Pourvu qu'ils trouvent de l'aide auprès d'eux !

Néanmoins, rongée par l'anxiété, elle persistait à s'interroger.

Elle avait du mal à cerner Schmidt. Il avait l'air d'un homme plutôt décent. En fait, elle l'aimait bien. Les Allemands n'étaient pas tous des salauds. Gerhard Wolf, par exemple, le consul d'Allemagne à Florence. Il serait difficile de trouver un homme plus déterminé à sauver la ville que lui. Et, d'après Lorenzo, certains Allemands partageaient la haine des Alliés pour les nazis. Cette fois, Schmidt n'était pas venu chambouler sa vie au *castello*. Mais il reviendrait. Se montrerait-il aussi amical la prochaine fois ?

Elle secoua le coffret et perçut un cliquetis. Des bonbons ? Certainement pas. Elle glissa un doigt sur le dos de la boîte, vers la droite, cherchant le bouton qui ouvrait le petit compartiment secret où sa mère avait l'habitude de cacher ses pastilles à la violette. Comme elle le soupçonnait, elle y trouva une feuille de papier pliée. Qu'est-ce qui pouvait bien être si secret pour devoir être ainsi dissimulé ?

Pendant le long dîner, Schmidt ne l'avait quasiment pas quittée des yeux. Et quand il ne la regardait pas, il regardait Maxine. L'Américaine était éclatante, naturelle, avec de grands yeux ambre. Ses magnifiques cheveux châtains tombaient en cascade sur ses épaules. Quand ses boucles accrochaient la lumière, elles encadraient son visage d'un halo roux flamboyant. Sofia avait remarqué sa vibrante sensualité, ses formes voluptueuses, sa bouche pulpeuse, son grand sourire engageant. Et elle avait pu constater l'attrait qu'elle exerçait sur les deux hommes présents. Même Lorenzo avait été captivé. Elle ne manquerait pas de le taquiner à ce sujet, plus tard.

Mais tout le temps du dîner, elle s'était interrogée sur le contenu du coffret.

Elle déplia la feuille et parcourut le message visiblement rédigé à la hâte.

Ma chérie,

Nos amis à Florence ont pris contact avec moi.

L'obscurité toujours plus dense, Sofia retint son souffle. Des « *amis* ». Quels amis ?

Je voulais juste que tu saches que tu peux entièrement accorder ta confiance à la personne qui t'apporte cette lettre. S'il te plaît, travaille avec elle.
Une livraison te sera faite à la fin de la semaine prochaine. Pourrais-tu t'en occuper ? Si tu le souhaites, appelle Francesco, ton marchand de vin à Montepulciano, et demande-lui quand il espère livrer le vin. Plus tard, les caisses seront récupérées chez toi. Prends-en grand soin. Si tu ne peux pas aider, dis à Francesco que tu n'as pas besoin de vin. Souviens-toi de ce que nous avons dit des façons dont tu pourrais aider. Nous avons vraiment besoin de ce vin.

Ta mère qui t'aime.

Submergée par une vague de nostalgie, Sofia revit un passé depuis longtemps disparu. Des fragments, des débris, des éclats de sa jeunesse ensoleillée, avant Mussolini. Et bien sûr, elle se souvenait de sa mère insistant sur le fait qu'ils devaient tous aider et que l'occasion se présenterait pour elle.

« *Il arrive un moment où tu dois choisir* », avait-elle déclaré, une lueur d'indignation dans le regard.

Mais qu'est-ce que cela voulait dire exactement ? Il était évident qu'Elsa ne parlait pas de quelques caisses de vin. Par ailleurs, Lorenzo serait mécontent s'il découvrait qu'elle les mettait en danger, les habitants de Castello et elle. Elle frissonna. Elle devinait que cela devait avoir un rapport avec James. Mais avec Schmidt fouinant partout ? Et « *la fin de la semaine prochaine* » ? Était-on déjà « *la semaine prochaine* » ? Elle ne savait même pas quand sa mère avait remis le coffret à Maxine.

Le lendemain matin, après avoir inspecté le ciel pour voir s'il allait pleuvoir et regardé les corbeaux qui se rassemblaient au sommet de la tour, elle appela les chiens, qui la suivirent dans son atelier. Avec des yeux adorateurs, ils la regardèrent apporter les dernières touches au portrait de sa mère. Tout en travaillant, elle repensa à la lettre secrète. Reculant d'un pas, elle examina sa toile. Elle était satisfaite de voir qu'elle avait réussi à capter la vitalité d'Elsa. Ses yeux exprimaient de la détermination, mais pas uniquement. Elle avait eu de la peine à y arriver et à identifier l'expression qu'elle cherchait à exprimer. Mais « *indomptable* » était proche. Il était tellement plus délicat de peindre un portrait qu'un paysage.

Après un coup à la porte, Aldo entra, chargé d'un plateau de rafraîchissements, les chiens reniflant ses talons. Il lui sourit et elle sentit un pincement au cœur. Chaque fois qu'il entrait dans une pièce, elle avait l'impression que le soleil surgissait.

— Qu'est-il arrivé à Giulia ? demanda-t-elle.

— Elle n'est pas venue travailler aujourd'hui. Maman est occupée. Elle m'a donc demandé de vous apporter ça.

— Merci. J'espère qu'il ne lui est rien arrivé.

Avec un haussement d'épaules, il répondit :

— Difficile à savoir.

— Tu veux t'asseoir un moment ?

Il prit une chaise et contempla le tableau. Les chiens s'installèrent à ses pieds et regardèrent les biscuits d'un œil mélancolique.

—Prends un *biscotto*, dit-elle en tendant l'assiette à Aldo.

Il accepta et continua de regarder le tableau tout en mâchonnant le biscuit. Elle en cassa un en deux pour les chiens.

—Votre mère ?

—Tu la reconnais ?

—Bien sûr. C'est ressemblant. Vous avez toujours voulu être artiste ?

—Je ne sais pas. J'habitais une maison pleine de tableaux, de musique, de livres. Je suppose que tout cela m'a influencée. Et toi, Aldo ? Que veux-tu faire dans la vie ?

—Je veux travailler la terre, comme le faisait mon père. Mais, avant, je veux me battre.

—Tu es si jeune. Trop jeune pour ça.

Décidant de changer de sujet, elle demanda :

—Et une amoureuse ? As-tu quelqu'un en vue ?

Il rougit légèrement.

—Pas encore. Mais il y a une fille qui me plaît bien à Buonconvento.

—C'est formidable. Tu m'en dis un peu plus sur elle ?

Elle lui tendit de nouveau l'assiette de biscuits et, son trouble grandissant, il parut content de la diversion. Puis, baissant les yeux, il déclara :

—Je la connais à peine. De toute façon, avec la guerre, rien n'est possible.

—Je n'en suis pas si sûre. Les gens peuvent encore tomber amoureux, tu ne crois pas ?

Il se redressa et la regarda sans ciller.

—Je vais partir. Vous le savez, n'est-ce pas, madame la comtesse ?

Il avait été tellement anéanti par la mort de son père qu'elle avait promis à Carla de toujours s'occuper de lui. D'être là pour lui quand il grandirait et de s'assurer qu'il reste sur le droit chemin. Plus jeune, il avait été un peu dissipé. Il disparaissait on ne savait où, fréquentait des voyous. Elle l'avait emmené à Florence et à Sienne afin d'élargir son horizon. Voir le monde au-delà des remparts de son village lui avait fait du bien.

— Allons, Aldo ! Tu sais que ta mère est terrifiée à l'idée de te voir t'enfuir du jour au lendemain.

— Madame la comtesse, je suis désolé, mais je dois faire mon devoir.

— Qui est ?

Il jeta un coup d'œil par la fenêtre en direction des collines boisées où les partisans se cachaient et la farouche détermination qu'exprimait son regard répondit à la question.

— Aldo, ce n'est pas un jeu. Pense à ta famille. Elles n'ont que toi. C'est toi l'homme désormais.

— Et en tant qu'homme, je pense à mon pays.

Voyant que rien ne l'en ferait démordre, elle se mordilla la lèvre inférieure. Que pouvait-elle dire ? C'était vraiment un homme maintenant et elle sentait la force de sa conviction. Elle lui effleura le bras et vit son visage s'adoucir.

— Y a-t-il quelque chose que je peux dire ?

Il secoua la tête. Elle devinait la tristesse et la passion qui se livraient bataille en lui.

— Que dois-je dire à ta mère ? Tu ne peux pas attendre un peu ? Tu es trop jeune. Si je lui dis que je t'ai parlé, elle ne me pardonnera jamais de ne pas avoir fait plus d'efforts pour t'empêcher de partir.

L'allusion à sa mère lui fit refouler ses émotions. Un long moment, il garda le silence, les yeux rivés au sol.

— Très bien. J'attendrai pour partir. Mais, tôt ou tard, il le faudra.

— Dans ce cas, fais en sorte que ce soit le plus tard possible.

Quand il releva la tête, elle lui prit la main.

— Aldo, tu sais que je te considère comme mon fils.

— Et je vous en serai toujours reconnaissant.

— Ce n'est pas ta gratitude qui m'importe, c'est ta sécurité.

Sentant ses yeux s'embuer, elle lui pressa la main.

— Oh ! mon garçon. Je te connais depuis toujours. Que puis-je dire pour te faire changer d'avis ?

Il garda le silence. Elle lui effleura la joue.

— Pour moi ?

Son cher visage se colora de détresse. Ses yeux aussi brillaient de larmes.

— Je ne peux pas rester, madame la comtesse. Vous le savez. De toute façon, si je ne pars pas, les Allemands vont me mobiliser pour combattre pour eux. Le moment viendra. Mais je serai prudent, ajouta-t-il pour la rassurer, son regard plus sombre que jamais.

Sofia le prit dans ses bras. Il la regarda longuement puis, retrouvant son sourire irrésistible, il se leva.

— S'il vous plaît, ne racontez pas cette conversation à ma mère. Laissez-la croire que je ne pars pas, du moins pour le moment.

— Très bien, acquiesça-t-elle.

Puis, après un instant d'hésitation, elle reprit :

— Serais-tu d'accord pour poser pour moi ?

L'air perplexe, il demanda :

— Pour un portrait, vous voulez dire ?

— Oui.

— Pourquoi voudriez-vous faire mon portrait ?

— Pour faire plaisir à Carla.

Une fois Aldo parti, Sofia relut le mot de sa mère. Elle se sentait déchirée. Si seulement elle savait ce qu'Elsa voulait vraiment dire par « *vin* », cela l'aiderait à prendre une décision.

Et si la livraison consistait en armes ou en explosifs ? Elle aimait son mari, ne voulait pas les voir se diviser. Mais si elle répondait à la requête de sa mère, c'était ce qui risquait d'arriver. Lorenzo s'attendrait à ce qu'elle lui en parle, qu'elle lui demande conseil. Et elle aurait le sentiment de lui manquer de loyauté si elle n'en faisait rien. La voix d'Elsa résonna dans sa tête. « *Fais-le, Sofia. Fais-le !* » Certes, maintenant qu'il était retourné à Rome, elle pouvait agir à son insu. Il ne l'apprendrait jamais. Mais il n'allait pas tarder à rentrer. Combien de temps la livraison devrait-elle rester au *castello* ?

Chapitre 11

L'absence de Lorenzo lui semblait plus angoissante que le simple manque physique. La maison paraissait plus vide, comme privée de son oxygène. Elle avait du mal à respirer. Ou peut-être était-ce l'inverse ? Peut-être l'air était-il alourdi par quelque chose qui lui échappait, comme si le temps, suspendu, attendait. Et pas seulement son retour. Elle avait l'impression que tous ses fantômes s'étaient rassemblés et que, se donnant des coups de coude, ils chuchotaient : « Et maintenant ? Et maintenant ? »

Sofia se tenait dans son atelier aux portes-fenêtres surplombant le jardin. Dans l'odeur réconfortante des huiles et de la térébenthine, elle peignait une esquisse du paysage. Combien elle regrettait que la vie ne soit pas plus simple. Comme à l'époque où les femmes des fermiers venaient la voir le dimanche après-midi pour l'entretenir de leurs problèmes et qu'elle faisait son possible pour les aider. Parfois, il suffisait de fournir des chaussures à un enfant. D'autres fois, c'était plus grave : un mari malade, un besoin d'argent. Et elle servait toujours d'intermédiaire pour elles.

Mais c'était le passé. Maintenant, son souci le plus pressant était d'emmener Maxine rencontrer James. Elle rangea donc son fusain et son bloc à dessins, s'essuya les mains à un chiffon et se prépara à partir.

Une fois la voiture garée, Sofia et Maxine longèrent le sentier qui contournait le couvent. Les chiens avaient gémi pour les accompagner mais Sofia avait décidé que leurs aboiements pourraient attirer une attention indésirable. La journée était radieuse, le ciel lumineux sans un nuage, et le froid moins piquant que prévu. Les mimosas étaient toujours en fleur et l'air pur et frais charriait une odeur boisée, verte, avec une pointe épicée. Même si elle était trop distraite pour l'apprécier.

— Qu'y a-t-il ? Quelque chose ne va pas ? demanda Maxine.

Elle se mit à rire.

— Quelque chose ne va pas ? Hum… Je me demande bien ce qui pourrait ne pas aller, railla-t-elle.

— Je voulais dire quelque chose en particulier.

Avec un soupir, elle répondit :

— Ma mère me dit qu'une livraison doit arriver et me demande de m'en occuper. Elle dit aussi que je dois vous faire confiance.

— Eh bien, je suis contente de l'entendre.

Une main en visière sur ses yeux, elle scruta le visage de l'Américaine.

— Ma mère vous en a parlé ? Elle vous a dit en quoi consistait cette livraison ?

— Non. Mais j'espère que cet Anglais que nous allons voir est un opérateur radio.

Sofia hocha la tête.

— Dans ce cas, il pourrait s'agir de sa radio et de son émetteur.

— En effet, acquiesça-t-elle.

— Ils seront parachutés, bien sûr. Il n'y a pas d'autre moyen.

— Ma mère me parle de la fin de la semaine prochaine. Mais quand vous a-t-elle remis le coffret ?

L'air pensif, Maxine répondit :

— Il y a un peu plus d'une semaine.

— Donc, nous sommes déjà la semaine prochaine.

— Je suppose que ça pourrait être d'un jour à l'autre. Je dois rencontrer un chef des partisans à Montepulciano demain. Si votre Anglais confirme que le parachutage est pour bientôt, je pourrai lui en parler. Organiser de l'aide.

— Il a un nom, vous savez. « Mon Anglais ».

Maxine sourit. Quand Sofia frappa à une petite porte verte à l'arrière du couvent, la mère supérieure vint ouvrir en personne.

— Comment va-t-il ? demanda-t-elle.

Avec un sourire rassurant, la religieuse répondit :

— Il reprend des forces, grâce au ciel.

— Puis-je vous présenter mon amie Maxine ? ajouta-t-elle après une hésitation. Nous l'appelons Massima.

La sœur hocha la tête d'un air entendu.

— Si elle est votre amie, elle est notre amie. Suivez-moi, s'il vous plaît.

Elle les précéda dans un petit couloir et ouvrit une autre porte sur une jolie cour. Avec le printemps, les citronniers en pots ne tarderaient pas à fleurir.

— On ne peut pas voir ce qui se passe ici, dit la religieuse. Et je pense que l'air frais lui fait du bien. Il est là.

Elle montra un coin abrité. James s'y reposait, une couverture sur les genoux.

— Il est encore un peu faible, donc évitez de le fatiguer. Je vais aller vous faire préparer des rafraîchissements.

Elles s'avancèrent vers l'Anglais, qui se tourna vers elles. Il regarda Maxine avec intérêt et, encore une fois, Sofia put constater l'effet magnétique que l'Américaine produisait sur les hommes.

La main droite tendue, elle se présenta :

— Bonjour. Je suis Maxine.

Il se leva et, manifestement ravi, lui sourit.

— Vous êtes américaine ?

Feignant la coquetterie, elle battit des cils.

— Italo-américaine, en fait.

— En tout cas, je suis content de vous rencontrer.

— Nous devons passer aux affaires du jour, intervint Sofia, non sans raideur.

James répondit immédiatement :

— Absolument.

Puis, lui lançant un regard interrogateur, il ajouta :

— Pouvons-nous parler en toute tranquillité ?

Sofia acquiesça d'un signe de tête, avant de reprendre :

— Je suis très heureuse de voir que vous semblez beaucoup plus vigoureux.

— Encore quelques jours et je serai sur pied. J'ai été touché quand mon parachute est tombé, expliqua-t-il à l'intention de Maxine. La comtesse de' Corsi m'a amené au couvent pour que je puisse me remettre.

— Une bonne samaritaine, approuva Maxine avec un sourire. Je reconnais bien là la comtesse.

Ils bavardèrent un moment. Puis une jeune religieuse arriva, chargée d'un plateau sur lequel se trouvaient du café et des petites pâtisseries. Lorsqu'elle fut partie, James confirma que la radio était attendue et son parachutage prévu environ deux semaines après le sien.

— J'ai la position exacte. Ce ne sera pas au même endroit que là où j'ai été parachuté.

Il sortit un papier froissé d'une fente dans la doublure de sa veste et le tendit à Sofia.

— Merci. Je vais contacter Francesco, mon marchand de vin de Montepulciano. Il semble qu'il soit chargé de « coordonner » la livraison, comme le dit ma mère. Vous pourriez peut-être donner ce papier au chef des partisans avec qui vous avez rendez-vous, Maxine.

Cette dernière le prit et enfourna deux gâteaux. James se mit à rire.

— Vous avez faim ?

Après les avoir avalés, elle répondit, son visage se fendant d'un large sourire :

— Toujours.

Chapitre 12

Le lendemain, Maxine arriva à Montepulciano à l'heure pour son rendez-vous. Elle avait eu de la chance et avait parcouru les quarante kilomètres relativement vite, en dépit de certaines routes cahoteuses. Elle avait même eu le temps de rendre visite à son cousin Davide, le fils de la sœur de sa mère. Laquelle, grâce à une bonne alliance, avait quitté sa condition de paysanne. Elle était morte en couches mais Davide, aujourd'hui marié, habitait toujours avec son père. Sa méfiance initiale passée, son cousin avait été heureux de la rencontrer et avait fini par l'inviter à séjourner chez eux si elle avait un jour besoin d'un toit.

Après avoir pris congé, elle était partie en quête du café dont on lui avait parlé : *Caffè Poliziano*, dans la rue principale qui montait à l'assaut de la colline.

Une fois arrivée, elle inspecta les lieux du regard, perplexe. Elle était bien via Voltaia Nel Corso, donc à l'endroit indiqué. Mais elle n'avait jamais rien vu de tel. Le café raffiné, bourgeois, qui aurait semblé plus à sa place dans le Paris ou le Vienne du tournant du siècle, lui semblait un lieu de rendez-vous peu probable. Sur le seuil, elle hésita devant les murs tapissés de miroirs, les magnifiques abat-jour à pampilles et les élégants serveurs qui virevoltaient dans la salle, portant leurs plateaux en équilibre. Pouvait-il s'agir d'un piège ? Pensant que ce serait plus sûr, elle avait laissé les tracts dans l'un des paniers de sa moto. Après tout, ce vieil engin passerait probablement inaperçu. Mais elle se rendait compte maintenant qu'elle aurait peut-être dû les prendre avec elle.

Entre, se tança-t-elle. *Tu vas juste te faire remarquer*. Elle s'avança donc vers le bar, où elle commanda un chocolat chaud puis un espresso, suivant à la lettre les instructions qu'elle avait reçues. Le barman jeta un coup d'œil en direction de la salle principale.

— Ah oui, vous avez commandé l'espresso pour le monsieur qui est assis sur la gauche, à la table la plus proche de la vitrine. Vous prendrez une brioche ? Des pâtisseries ?

Maxine fit signe que non et entra dans la grande salle flanquée d'une terrasse panoramique. Et ne put s'empêcher de regarder la vue imprenable sur le Val di Chiana. Comme elle aurait aimé s'installer à l'une de ces petites tables. Mais, sans s'attarder, elle franchit une arche pour passer dans la pièce voisine. Et reconnut l'homme assis seul à une table près de la vitrine.

En la voyant approcher, il se leva.

— Vous savez que cet endroit est devenu un café en 1868 ?

C'était le mot de passe qu'Elsa lui avait chuchoté à l'oreille. Elle lui donna la réponse attendue.

— Je l'ignorais. C'est extraordinaire.

Il lui tendit la main.

— Marco.

— Oui, je me rappelle, dit-elle en la serrant.

Ce n'était probablement pas son vrai nom. Néanmoins, elle se présenta comme Maxine. Aurait-elle dû dire Massima ? Mais étant donné qu'il l'avait déjà rencontrée à la réunion à Rome, cela ne l'aurait avancée à rien.

Leur table était la seule occupée dans cette partie de l'établissement, sans doute réservée aux déjeuners plutôt qu'aux cafés du matin.

— Ainsi, vous êtes à l'heure, poursuivit-il.

Il avait changé d'apparence. Les cheveux courts, il était bien rasé. Mais il avait toujours son visage anguleux, ses yeux fascinants, couleur caramel. Et la même canne à côté de son chapeau, un borsalino classique en feutre gris sombre.

Il expliqua alors :

— Je coordonne les divers groupes. Ce n'est pas facile. Nous avons des gens qui nous rejoignent pour des tas de raisons différentes et ils ne s'entendent pas tous.

— Mais pourrez-vous m'aider ?

Avec un haussement d'épaules, il répondit :

— Ça dépend de ce que vous voulez.

— Vous le savez déjà. Je dois faire un rapport sur vos actions pour soutenir les Alliés. Et sur ce dont vous pourriez être capables.

Il fronça les sourcils.

— Comment puis-je savoir si je peux vous faire confiance ?

— Vous m'avez vue dans l'appartement de Roberto et d'Elsa à Rome. Vous avez entendu ce qu'ils ont dit. Je vous ai donné le bon mot de passe. Oh, et je peux vous montrer ma pièce d'identité.

Elle plongea une main dans son sac et il se mit à rire.

— Vous savez bien que ces documents peuvent être des faux. Vous pouvez la ranger.

Ce fut à son tour de hausser les épaules.

— Oui, elle est fausse, bien sûr. Mais écoutez-moi. Comme vous le savez, je suis ici pour le compte des Anglais. Et vous comprenez ce qui se passe sur le terrain. Nous pouvons nous aider mutuellement.

— Vous connaissez le terme GAP ?

— Je l'ai entendu.

— C'est ainsi que nous appelons une petite unité de partisans. *Gruppi di Azione Patriottica*. Il y en a une ici et d'autres dans de nombreuses autres petites villes. Je peux vous présenter.

Elle tourna la tête. Le serveur approchait de leur table. C'était un homme d'un certain âge qui marchait avec précaution et qui leur servit leurs boissons avec des mouvements précis.

— Il y a des Allemands dehors, chuchota-t-il à Marco.

Puis il partit.

Avec un sourire, le partisan lança :

— Et maintenant, nous parlons de banalités. Les Allemands adorent cet endroit.

— N'est-ce pas un peu risqué de se retrouver ici, dans ce cas ?

Il se remit à rire.

— Juste sous leur nez. C'est justement le but. Détendez-vous, ils sont toujours dehors et, de toute façon, ils ne soupçonneront rien.

Mais elle était loin de se sentir détendue.

Il lui caressa la main d'un geste langoureux.

— Sérieusement, si vous semblez si crispée, ils vont le remarquer. Faites comme si nous étions amoureux. C'est un endroit romantique, vous ne trouvez pas ?

Une fraction de seconde, elle baissa les yeux, puis elle les releva vers lui avant de lire dans son regard le désir non dissimulé qu'elle inspirait généralement aux hommes. Mais, cette fois, une lueur d'amusement intense dansait au fond de ses prunelles. Assurément, il avait un charisme naturel. Pourtant ses yeux étaient empreints d'un fond de mélancolie, de douleur, qu'elle ne pouvait analyser.

Après un silence, il se mit à parler de la ville, s'étendant sur les détails de ce qu'il y avait à voir. Et, soudain, elle cessa de l'écouter. Elle avait eu comme un déclic qui provoqua un flot de souvenirs. Sa mère lui racontait constamment des histoires sur la Toscane. Au bout de quelques minutes, elle les refoula et le dévisagea.

— À quoi pensez-vous ? Je n'ai pas l'habitude que des femmes se laissent distraire par leurs pensées en ma compagnie. Et maintenant, vous devez prendre ma main.

Elle haussa les sourcils, fit une moue et, avec effronterie, obéit à sa suggestion. S'attendait-il à la voir gênée de prétendre qu'ils étaient un couple ou était-ce une façon de la mettre à l'épreuve ? Elle n'aurait su le dire.

— C'est mieux. Et maintenant… si vous m'embrassiez ?

— N'en profitez pas, répondit-elle en riant.

Depuis que, adolescente, elle avait découvert son pouvoir de séduction, Maxine était devenue une adepte des liaisons dangereuses et en avait apprécié un certain nombre. Et elle sentait qu'avec Marco, elle s'apprêtait à en vivre une nouvelle.

Se penchant en avant, elle demanda alors :

— Que s'est-il passé à Rome après mon départ ?

— Il n'y avait rien de condamnable. Nous leur avons donné l'impression qu'il s'agissait d'une petite soirée.

— Mais le couvre-feu ?

— Elsa leur a dit que nous étions ses invités pour la nuit.

— Que voulaient les Allemands ?

— Ils réquisitionnaient le *palazzo*. Et ils ont donné une heure à tout le monde pour plier bagage et s'en aller.

Elle secoua la tête.

— Mais c'est affreux. Où les habitants étaient-ils censés aller ? Roberto et Elsa ne sont pas jeunes.

— Ils ont des amis à Rome.

— Sont-ils communistes ? Et vous ? ajouta-t-elle en s'approchant encore de lui, les sourcils froncés.

— Cela vous fait peur ?

Voyant qu'il se mettait à rire, elle sentit ses joues brûler.

— Les Américains sont terrifiés par le communisme, reprit-il. Mais ici, à la campagne, nous n'en pouvons plus de souffrir du manque. Quand nous gagnerons la guerre, tout va changer. Mais non, Elsa et Roberto sont des intellectuels, pas des communistes. Nous essayons tous de nous entendre pour chasser les nazis. Ça ne marche pas toujours.

Maxine entendait que des Allemands étaient entrés dans le café. Leurs voix fortes, impérieuses, et leur italien déplorable, étaient tout de suite reconnaissables. Son excitation maintenant teintée de peur, elle ne se retourna pas. Ils continuèrent à boire. Puis Marco porta sa main à ses lèvres.

— J'ai une chambre.

— Oh ?

— Quand je me lèverai, faites comme moi, enfilez votre veste et sortez dans la rue. Je réglerai nos consommations et je vous suivrai. Commencez par regarder une vitrine, et ensuite, regagnez votre moto. Je vous y rejoindrai.

— Un de mes cousins habite ici. J'avais l'intention de retourner chez lui.

— Une autre fois.

Maxine suivit ses instructions. Avant de sortir du café, elle s'arrêta assez longuement pour déposer un baiser sur la joue de Marco. Une discrète boutade du barman fit rire les deux hommes. Sans en être sûre, elle le soupçonna d'avoir félicité son client pour la rapidité de sa conquête. Elle s'en fichait. C'était ainsi qu'elle aimait vivre sa vie, toujours sur le fil du rasoir, avec une pointe de danger et sans jamais s'engager.

Une fois dehors, elle traversa la rue pour s'arrêter devant une boutique qui vendait des chapeaux, des écharpes, des manteaux et des gants. L'hiver approchant, une écharpe bien chaude pourrait lui être utile. Aussi, sans cesser de surveiller les alentours, elle entra pour en choisir une. Elle vit Marco sortir du café en baissant son borsalino sur ses yeux. Boitant légèrement, il s'appuyait sur sa canne. Il inspecta les lieux, la cherchant des yeux. L'espace d'un instant, elle savoura son expression incertaine. Puis, après avoir payé l'écharpe, elle ressortit. Il l'aperçut mais ne sourit pas. Elle remarqua alors qu'il regardait en direction de sa moto. Le cœur cognant à grands coups, elle vit que deux nazis l'examinaient. Si elle ne s'était pas arrêtée pour acheter une écharpe, ils l'auraient attrapée à côté de sa machine, c'était sûr.

—Partez dans la direction opposée, lui ordonna Marco.

—La moto ?

—Vous avez toujours les tracts ?

—Dans la sacoche.

—Ils sont mieux là que sur vous. Il faut filer maintenant. S'ils ne trouvent pas les tracts, je m'arrangerai pour les faire distribuer dans les villages de la région plus tard. Sinon, vous avez perdu votre moto.

Ils commencèrent à descendre la colline. Maxine avait les jambes flageolantes et la claudication de Marco était encore plus prononcée qu'avant. Redressant les épaules, il enfonça ses mains dans ses poches, puis se pencha en avant, comme s'il se recroquevillait sur lui-même.

Ils avaient fait quelques pas quand un Allemand leur cria quelque chose qu'elle ne comprit pas. Elle serra la main de Marco. Le nazi devait être en train de leur ordonner de s'arrêter.

—Continuez de marcher ! lui intima-t-il.

—Mais…

—Avancez.

Sans cesser de trembler, elle obéit. Et ne put s'empêcher de jeter un coup d'œil en arrière. Les deux nazis s'avançaient vers un officier plus haut sur la colline. Visiblement, ce n'était pas eux qu'il avait appelés mais ses subalternes.

Marco se redressa en riant. Soudain, elle se détendit.

—Vous étiez au courant, c'est ça ? Vous saviez qu'il ne s'agissait pas de nous ?

—Eh bien oui, se contenta-t-il de répondre.

Elle lui donna une bourrade sur le bras et joignit son rire au sien. Il avait pris cette posture de bossu pour se faire passer pour un boiteux qui n'intéresserait pas les nazis.

— Nous allons prendre la ruelle arrière, récupérer la moto et aller chez moi. Nous pourrons transférer les tracts dans ma besace. Essayez d'avoir l'air naturel. Nous parlerons en chemin. Quand nous arriverons dans un endroit plus tranquille, vous m'en direz plus sur ce qui vous a amenée ici.

— C'est une longue histoire.

Elle considéra la question tandis qu'ils continuaient jusqu'à une rue paisible.

Elle se représenta sa famille et imagina leur vie ici autrefois. En novembre 1910, ses parents et une partie de leurs proches avaient débarqué à Ellis Island, à New York, sur le SS *Chicago*, un transatlantique parti du Havre. En Toscane, ils étaient fermiers, marchands de bétail. Mais la famille s'était trop agrandie pour vivre de la terre. Certains étaient partis travailler à Sienne ou à Arezzo. D'autres, comme ses parents, avaient émigré dans l'espoir d'un avenir meilleur. Pour Maxine, son pays natal ne lui avait jamais donné l'impression d'être sa vraie patrie. Elle avait connu une crise d'identité. Aussi, c'était souvent la gorge nouée par l'émotion qu'elle vivait cette expérience en Toscane. Sa mère lui avait maintes fois raconté l'histoire de leur long voyage vers l'Amérique. Et son mal du pays, toujours présent, avait accompagné son enfance et son adolescence. Elle lui avait fait des descriptions éblouissantes de sa région : l'allégresse des vendanges, l'air doux de la campagne, les champs de tournesols dorés en juin, de maïs mûrs en juillet et en août, la mise en bocaux des fruits, des tomates, la mise en bouteille du vin.

Maxine pensait même parfois avoir hérité de la mélancolie maternelle. L'intrépidité avec laquelle elle vivait sa vie était le fruit de sa détermination à la combattre.

— Alors ? la pressa Marco. Tu rêves encore. Dis-moi, quelle autre mission les Anglais t'ont-ils confiée ?

Remarquant qu'il la tutoyait soudain, elle ramena son attention sur lui.

— Eh bien, une fois que j'aurai découvert la position et le nombre des partisans, je dois faire la liaison avec les Anglais, puis travailler à fournir les armes nécessaires pour former les unités de combat des partisans.

— Vraiment ? dit-il, moqueur. Et ils ont confié cette mission à une femme ?

— Apparemment, les Italiens ne se bousculent pas pour rentrer au pays.

Il jeta un coup d'œil derrière lui puis la regarda de nouveau dans les yeux. Pourtant, il semblait toujours sceptique.

— Alors, tu viens chez moi ?

Elle fit un signe d'assentiment.

— Tu connais Francesco, le marchand de vin ? demanda-t-elle.

— Bien sûr.

— Et c'est…

— Un homme bien. Tu peux lui faire confiance.

— J'ai la position pour le parachutage d'un poste de radio. Peux-tu trouver des hommes pour participer à l'opération ?

— Bien sûr. Quand ?

— C'est le problème. On ne sait pas exactement. Très bientôt, mais ça peut vouloir dire qu'il faudra attendre quelques nuits sur le terrain.

Cet après-midi-là, la brume commençait déjà à monter du sol, couvrant le bas des troncs d'arbres. Dans la forêt d'un vert mélancolique, Maxine frissonna. Elle n'avait ni chapeau ni gants. Les oiseaux fusant des feuillages en battant des ailes avec des cris stridents la faisaient sursauter. Ils avaient caché la moto dans les fourrés. Désormais, Marco ne regardait que très rarement derrière lui pour voir si elle suivait toujours. Pourtant, il entendait au bruit de ses pas qu'elle avançait péniblement dans les sous-bois, marmonnant des jurons quand des épines la griffaient. Il ne semblait plus du tout dérangé par son boitement. Lorsqu'il se retourna pour surveiller sa progression, l'expression taquine de son visage mettait en doute ses aptitudes à y arriver. Elle le foudroya du regard et rejeta ses boucles auburn en arrière. Sans lui dire qu'elle venait de voir un cerf qui la fixait. Y avait-il des loups, aussi ? Des chiens sauvages ? Elle n'en avait pas la moindre idée.

Tandis qu'elle avançait, la voix de sa mère résonna dans sa tête, une litanie sans fin de principes vertueux. « *Une fille bien attend d'avoir la bague au doigt. Quel est ton problème ? Raimondo est un homme comme il faut.* » Elle n'en doutait pas. Mais elle n'avait pas le moindre désir d'épouser un épicier. Femme d'épicier, bon sang ! Qu'importait le fait qu'il soit propriétaire d'une chaîne de magasins et qu'il soit en pleine ascension. Elle aurait préféré aller tout droit en enfer.

Au bout d'un moment, ils arrivèrent à un bosquet particulièrement dense. Marco repoussa la végétation rampante pour révéler un étroit sentier qui menait à ce qui ressemblait à une ferme en pierres, délabrée, s'élevant seule dans une petite clairière.

— Tu plaisantes ? dit-elle en regardant le toit en piteux état.

Il haussa les épaules.

— C'est ta chambre ?

— Une chambre est une chambre. J'ai un lit.

— Que tu partages sans nul doute avec les rats et les cafards.

Il la dévisagea, une lueur amusée dans ses yeux ombrés de longs cils noirs et épais.

— J'aime les insectes… et les animaux.

Elle le regarda de nouveau, remarqua les fenêtres condamnées par des planches et la peinture qui s'écaillait. Et fit une moue de dégoût. Étaient-ils seulement en sécurité ici ?

— Nous pouvons faire un feu. Si tu as froid.

Ignorant son expression, il parlait nonchalamment.

— « Si » ? persifla-t-elle.

Il ne répondit rien, se contentant d'étudier son visage, et esquissa un sourire énigmatique. Elle observa sa peau mate, ses cheveux bruns bouclés, ses pommettes saillantes, qui le faisaient ressembler à un gitan. Il était d'une beauté presque douloureuse. Et, indubitablement, il le savait. Elle lui sourit.

— Alors, vas-tu m'inviter dans ton palais ?

Il fit un signe de tête et elle comprit qu'il lui indiquait de le suivre. Oubliant ses hésitations, elle entra. Il la précéda dans une pièce au sol en terre battue, qui, à en juger par la petite table et les quelques chaises restantes, avait dû un jour être une cuisine. Puis, d'un grand geste théâtral qui la fit rire, il poussa une porte brun foncé qui s'ouvrit avec un craquement, et l'entraîna vers l'arrière de la maison. L'endroit sentait l'humidité, le tabac froid et, bizarrement, le citron amer. Une fois qu'il eut allumé une bougie, elle inspecta la petite pièce carrée du regard. La seule fenêtre avait été recouverte d'un bout de tissu déchiré mais le sol dallé semblait propre. L'endroit pouvait difficilement être qualifié de sophistiqué. Pourtant, en dépit de tout, elle trouvait cette simplicité romantique. Ils n'étaient pas ici pour un dîner en tête à tête. Et plus rudimentaire était le cadre, mieux c'était. En outre, la lumière des bougies rehaussait encore la beauté de Marco.

— Assieds-toi, lui ordonna-t-il en retirant son chapeau et son manteau.

Il s'affaira alors à préparer un petit feu qu'il fit démarrer à l'aide d'écorces de châtaignier, avant de souffler sur les faibles flammes jusqu'à ce qu'elles s'embrasent. Elle regardait ce qu'il appelait le matelas à même le sol. Quand elle l'examina de près, elle vit qu'il s'agissait en fait d'une housse de grosse toile bourrée de paille. Cela devait gratter, démanger, piquer, surtout si l'on était nu.

— Tu as des draps ? demanda-t-elle, même si elle connaissait déjà la réponse.

— Alors comme ça, tu es du genre princesse ?

Elle se mit à rire.

— Dépêche-toi de lancer le feu et je vais te montrer quel genre de princesse je suis.

— Tu fais ça souvent ?

— Et toi ?

Il s'esclaffa à son tour et elle se joignit à lui. Puis il ouvrit une petite malle dans un coin de la pièce. Il en tira un tire-bouchon, une bouteille de vin rouge et deux tasses en porcelaine.

— Elles sont un peu ébréchées mais le vin reste bon.

La bouteille débouchée, il remplit une tasse qu'il lui tendit, puis il s'assit à côté d'elle. Elle remarqua que ses yeux brillaient. De passion, ou bien de ferveur pour sa cause ? Peut-être des deux.

Soudain nerveuse, elle avala le vin moelleux et fruité et lui tendit sa tasse pour qu'il la remplisse de nouveau. Ici, en Toscane, elle était libre d'être celle qu'elle voulait, sans personne pour la brider. Il n'avait pas besoin de savoir qu'elle avait façonné cette version de sa personnalité, l'avait peaufinée jusqu'à se convaincre qu'elle était vraiment devenue la femme audacieuse, farouchement indépendante qu'elle voulait être. Elle savait que si cette témérité n'était pas innée, il fallait la feindre jusqu'à ce qu'elle devienne réalité. Quant à cette pulsion occasionnelle qui se traduisait par un besoin qu'elle était incapable de nommer, qu'elle refusait de nommer, elle ne pouvait l'admettre, même pour elle-même.

— Et toi, quelle est ton histoire ? demanda-t-elle.

— Je n'ai pas d'histoire.

Elle plissa les yeux et étudia son visage.

— Nous avons tous une histoire.

— Je ne tiens pas à raconter la mienne.

— Alors dis-moi juste une chose.

Il fronça les sourcils, hésitant. Puis son regard s'éclaira.

— Je peux te dire que j'étais journaliste.

— Moi aussi.

— Eh bien, dans ce cas, je suis comme toi.

— Je vois. Mais es-tu vraiment comme moi ? insista-t-elle.

— Il sera intéressant de le découvrir, je suppose.

Sa réponse la fit rire, sa voix basse et douce la subjuguait. Elle s'amusait.

— J'ai travaillé pour la *Nazione* pendant un temps, ajouta-t-il. Le quotidien principal de Toscane. Mais c'est devenu impossible avec l'arrivée des Allemands. Ils ne voulaient que des articles condamnant les Alliés.

Ils passèrent quelques instants à boire. Puis, soulevant son menton, il l'embrassa. Son souffle se fit plus court, elle sentit son corps réagir. Sans chercher à cacher son désir, elle glissa une main sous sa ceinture, la défit et palpa son érection. Même si elle avait découvert que le sexe était une excellente façon de contrebalancer les horreurs de la guerre, elle n'avait pas pris toute la mesure de combien elle en avait besoin.

Il s'empara de nouveau de ses lèvres et ils tombèrent sur le matelas, s'arrachant mutuellement leurs vêtements. Ils n'avaient prononcé que de rares paroles et, en quelques secondes, ils s'abandonnèrent à leur passion.

La plupart des hommes ne croyaient pas que certaines femmes préféraient ce type de relation. Sans fleurs ni promesses d'amour. C'était charnel, animal, viscéral. Peau contre peau. Et le genre d'homme qui accordait de l'importance à la virginité n'était pas celui qu'elle voulait. Non. Elle préférait bien mieux ça. Pas de cœur brisé. Aucune exigence de fidélité mutuelle.

Allongée près de lui, elle regarda la lumière changer l'atmosphère de la petite pièce. Puis elle caressa sa peau maintenant lumineuse. Le feu dessinait de belles ombres sur les murs. Languide, elle se sentait plus proche de lui.

À quoi ressemblait la ferme quand elle était habitée par une famille ? Elle imagina un mari et sa femme avec peut-être trois ou quatre enfants qui s'occupaient des animaux pendant que leur mère, avec leurs propres produits, cuisinait de savoureux ragoûts et que leur père travaillait dans les champs. Quand elle lui demanda qui en avaient été les propriétaires, il répondit qu'il y avait beaucoup de fermes abandonnées dans la campagne, dont les habitants avaient renoncé à se battre pour gagner leur vie par le travail de la terre. Elle comprit que sa vision de la vie de famille dans cette maison n'était que fantasme. Elle aurait été trop dure, trop solitaire, avec des hivers rigoureux, surtout quand la nourriture venait à manquer.

— J'ai besoin de dormir. Nous avons du travail ce soir.

Il avait parlé d'un ton un peu brusque et tira une couverture sur leurs deux corps.

— « Du travail » ?

Il fronça les sourcils.

— Moins tu en sais…

— Mais c'est ridicule. Il faut que je sache. C'est la raison de ma venue. Je te l'ai dit.

Il prit appui sur un coude et, plongeant son regard dans le sien, se gratta le menton.

— Tu veux venir ? Je comprends. Mais pourquoi ? Pourquoi t'es-tu portée volontaire pour cela ? Une belle Américaine comme toi. Ce n'est même pas ta guerre.

— Ça l'aurait été si mes parents n'avaient pas émigré. Je dois comprendre ce que vous faites, j'ai besoin de connaître les positions des partisans.

— C'est simple. Nous créons des problèmes aux Allemands. Nous démoralisons l'ennemi par tous les moyens possibles. Nous les frappons dans leur orgueil germanique, tu comprends ? Et la majorité des hommes sont dans les forêts de Monte Amiata. Des centaines d'entre eux.

— Et ici ?

— Dans les bois qui entourent les villes. Ils ne sont pas si nombreux ici et c'est un groupe hétéroclite. Mais nous leur inculquons une certaine discipline.

Elle lui lança un regard noir.

— Et tu ne veux pas me laisser venir ?

— À ce stade, tu es un boulet. Comment es-tu même arrivée jusqu'ici ? ajouta-t-il en secouant la tête. C'est vraiment incroyable.

— Je te l'ai dit, les Anglais n'avaient pas beaucoup de choix. Si tu me laisses venir, je peux demander plus de soutien pour vos actions.

— Nous en avons besoin, c'est sûr, même si nous avons déjà le soutien des fermiers. Ils en avaient assez de donner leurs récoltes aux Allemands. Mais que tu viennes ? Non.

— Je suis habituée au danger.

— Non ! Et maintenant, laisse-moi dormir.

— D'où tu viens ?

Il émit un grognement d'exaspération mais ne répondit pas.

— Eh bien, si tu ne me le dis pas, dis-moi au moins ton âge.

Lui tournant le dos, il roula sur le côté.

Elle finit par s'endormir d'un sommeil agité. Plus tard, elle ouvrit un œil en l'entendant gémir. Quand elle frôla son épaule nue, elle se rendit compte qu'il dormait toujours.

Elle se blottit donc contre lui et s'assoupit de nouveau. Elle fut réveillée par des voix masculines rauques qui s'élevaient de la cuisine. Marco se redressa, sur le qui-vive. Mais une fois qu'il eut reconnu les visiteurs, rassuré, il alluma une cigarette. Elle la regarda scintiller dans la pièce obscure.

— Ce sont les hommes, dit-il.

Elle lui agrippa le bras et lui siffla :

— Si tu ne m'autorises pas à venir, je te suivrai.

Il se renfrogna.

— Ne sois pas stupide. Soit tu restes ici, soit tu retournes en ville. Peut-être la prochaine fois.

— Très bien, acquiesça-t-elle. Si c'est ton dernier mot.

Chapitre 13

Peu après le retour de Maxine au *castello*, Sofia avait suggéré qu'Aldo se joigne aux partisans pour le parachutage. Elle voulait que le jeune homme puisse s'impliquer sans avoir à s'enfuir de la maison. Maxine avait estimé que c'était une stratégie risquée, lui faisant remarquer qu'il allait y prendre goût et qu'il partirait. Néanmoins, trois nuits plus tard, soit la deuxième nuit de leur guet, il était là.

À l'abri de la profonde obscurité des bois, Maxine avait les yeux rivés sur la petite clairière dans la vallée où brûlait un feu. Aldo cachait difficilement son excitation à l'idée de prendre part à l'action. Il faisait les cent pas et, régulièrement, levait les yeux vers le ciel.

Heureusement, c'était une nuit claire. Même si l'excellente visibilité était à double tranchant : les Allemands avaient plus de chances de repérer l'avion et de l'abattre. Même par mauvais temps, le pilote aurait pu essayer de larguer sa charge, auquel cas le matériel pourrait finir dans un arbre. Ce qui n'était toutefois pas exclu si quelque chose tournait mal ou si l'avion était touché. Cela faisait déjà trois heures qu'ils attendaient et les hommes étaient sur des charbons ardents. Même l'enthousiasme d'Aldo commençait à faiblir. Personne ne pouvait dire pourquoi l'avion était en retard. S'il n'arrivait pas avant l'aube, l'opération serait fichue.

Avec un soupir, elle écouta les bruits de la nuit : les animaux qui grattaient dans les sous-bois, les battements d'ailes des oiseaux, le frisson des feuilles. Enfouie dans les ténèbres, elle attendait, épiait, les odeurs de tabac, de végétation et de terre humide se mêlant autour d'elle.

— Pourquoi n'arrive-t-il pas ? chuchota Aldo.

— Je pense que personne ne le sait.

— Je ne m'attendais pas à ce que ce soit si ennuyeux.

— Attendre est toujours ennuyeux. Tu dois t'y habituer.

Quand un sifflement sonore perça l'air, suivi par le bruit d'un moteur au loin, elle croisa les doigts et leva les yeux. La lumière qu'elle devinait dans le ciel noir était-elle la pâle lueur de l'aube naissante ? Ou était-ce un tour de son imagination ?

— Je n'aperçois rien encore, mais je pense que c'est lui, déclara-t-elle.

À côté d'elle, elle sentit Aldo se lever et se raidir.

Pour guider le pilote jusqu'à la zone de largage, Marco et un autre partisan se mirent à faire des signaux répétés avec leurs torches électriques. Plissant les yeux, elle scruta l'avion qui surgissait dans la nuit. Ses lampes intérieures étaient éteintes. Il fit deux fois le tour des lieux et, soudain, elle vit un parachute tomber. Elle retint de nouveau son souffle. Si le matériel s'écrasait au sol, il se briserait en mille morceaux. Mais non, la toile s'ouvrit et elle vit deux paquets tomber. La livraison semblait si peu discrète qu'elle n'arrivait pas à croire que les Allemands ne l'aient pas remarquée. Elle vit les silhouettes sombres de Marco et d'un autre partisan qui couraient pour aller chercher les colis et rassembler la soie du parachute. Puis, avec l'aide d'Aldo, ils les transportèrent jusqu'aux motos, sur lesquelles ils les fixèrent. Marco lui fit signe de monter derrière lui tandis que l'autre partisan prenait sa moto, Aldo à l'arrière. Puis ils filèrent comme le vent à travers les arbres et sur les étroites routes sinueuses, pour enfin contourner la colline jusqu'à Castello, où Sofia les attendait.

Ils approchaient de la grande arche qui ouvrait sur le village quand ils entendirent le bruit d'un véhicule à une certaine distance derrière eux. Une voiture ou un camion allemand ? Déjà ? Les avaient-ils surveillés ? Avaient-ils tout vu ? Dans l'épais silence de la nuit, il était difficile d'estimer les bruits et les distances. Étaient-ils proches ? Loin ? C'était impossible à déterminer. Le véhicule aurait pu être bien plus loin que le son ne l'indiquait. Maxine se tenait fermement à Marco, qui accéléra et prit un raccourci périlleux à travers les bois, où seule une moto pouvait passer. Lorsqu'ils arrivèrent au village, elle vit que les lourdes grilles du château avaient été ouvertes. Sofia marchait de long en large dans la cour. Agitée, elle avait perdu son sang-froid habituel. Ils arrêtèrent leurs motos et elle s'élança pour aider à décharger le matériel.

— Je pense que quelqu'un nous suit, lui chuchota Maxine. Nous avons entendu un véhicule.

Après un instant de réflexion, elle leur fit signe de la suivre jusqu'à la porte la plus proche. Sofia la déverrouilla et ils descendirent les cinq marches menant à la cave sombre où étaient entreposés les tonneaux de vin.

— Ici ? demanda Marco avec un coup d'œil dubitatif. Pas dans la cave sous la maison ?

— Nous n'avons pas le temps d'y arriver. Ici, c'est plus près.

Elle montra alors un tonneau dans le fond.

— Il est vide. Nous l'utilisons comme cachette. Soulevez-le. Sa partie inférieure s'ouvre. Vous pouvez y mettre le matériel. Nous le déplacerons quand la voie sera libre.

— Y a-t-il une lampe ?

— Utilisez votre lampe électrique. Faites vite !

Aldo stabilisa le tonneau que les deux autres hommes firent pencher de côté pour glisser le matériel dans l'espace libre. Ils le remirent lentement en place et le refermèrent.

— Et maintenant dépêchez-vous ! dit Sofia.

Poussant les motos, Marco et l'autre partisan allèrent se réfugier dans la pénombre de la forêt. Puis, aidée par Maxine, elle referma péniblement le portail.

—Nous devons filer avant que quelqu'un remarque que nous sommes ici aux aurores, dit Sofia.

—Ne devrions-nous pas attendre pour voir si un véhicule arrive ?

—Non. Il est mille fois préférable qu'ils trouvent les lieux déserts et silencieux, répliqua-t-elle d'une voix tendue.

Elles regagnèrent la maison et montèrent l'escalier. Arrivée à l'étage, Sofia lui lança :

—Venez dans ma chambre.

Elle y avait laissé une lampe allumée. Elle s'empressa de l'éteindre et alla regarder la *piazza* par la fenêtre restée ouverte. Le cœur battant toujours, Maxine tapait du pied impatiemment. À la clarté de la lune, elle vit les épaules de Sofia se détendre imperceptiblement.

—Tout va bien, dit-elle. Il n'y a personne en vue.

—Je peux voir ?

—Regardez si vous voulez. Mais je pense que, si vous avez été suivis, vos poursuivants ont perdu votre trace.

Elle se dirigea vers son lit et commença à tirer son couvre-lit.

—Vous n'allez quand même pas vous coucher ? s'étonna Maxine.

Comment Sofia pouvait-elle même envisager de dormir ?

—Non, répondit-elle avec un rire amer. Jamais je ne pourrais fermer l'œil. Mais je dois froisser les draps et enfiler ma chemise de nuit. Vous aussi.

Allant à la fenêtre, Maxine inspecta la *piazza*. Mais elle était toujours déserte. Déçue par un tel calme après les aventures de la nuit, elle en voulait plus.

L'air amusé, Sofia l'observait, assise sur son lit.

—Alors ? demanda-t-elle.

Avec un soupir, elle secoua la tête.

—Je viendrai frapper dès la première heure. Nous irons prendre le café dans la cuisine.

— Et le véhicule que nous avons entendu ?

— Comme je l'ai dit, il a dû perdre votre trace. Et maintenant, fermez la fenêtre et les persiennes. Si j'entends quoi que ce soit, je m'en occupe. Ne vous manifestez pas.

Avec un signe d'assentiment, elle quitta la pièce. Sachant néanmoins que, s'il arrivait quelque chose, il lui serait impossible de rester assise dans ses appartements et de rater l'action.

Arrivée dans sa chambre, elle se déshabilla, enfila un peignoir léger et s'allongea dans les draps glacés. Elle ne pensait pas pouvoir fermer l'œil.

Pourtant, quelques heures plus tard, elle se réveilla pour voir le jour filtrer à travers les fentes des persiennes. Frissonnant, elle sauta du lit, enroula une couverture autour de ses épaules et tendit l'oreille. Des voix allemandes insistantes résonnaient sur la *piazza*, suivie par des voix italiennes aiguës. Les soldats tambourinaient aux portes, lançaient des ordres, et les villageois se rassemblaient en protestant. Une femme hurla et un enfant se mit à sangloter. Seigneur ! ils étaient déjà là. Elle ouvrit sa porte et s'avança à pas de loup jusqu'à celle de Sofia. Après avoir frappé discrètement, elle entra.

Elle la trouva déjà habillée, en train de se brosser les cheveux.

— Vous n'allez pas sortir ? s'étonna-t-elle.

— Pas encore.

— Pourquoi pas ?

— Je ne me laisserai pas intimider. Ils viendront me chercher bien assez tôt. Laissez-les d'abord fouiller le village et faire chou blanc.

— Puis ?

— Puis je leur offrirai du café.

Sans chercher à dissimuler son irritation, Maxine lança :

— Toujours ce flegme aristocratique ?

Sofia poussa un soupir exaspéré.

— C'est ce qu'ils attendent. Je ne veux pas qu'ils me pensent inquiète. Cela ne servirait qu'à éveiller leurs soupçons.

— Et si votre mari était ici ?

— Bien sûr, il sortirait, en tant que maître des lieux. Ils s'y attendraient. Ce n'est pas moi qu'ils s'attendent à voir. Et maintenant, allez vous habiller et descendez à la cuisine pour le petit déjeuner.

— Je préférerais sortir.

Sofia lui lança un regard de mise en garde.

— Faites ce que je vous dis. Que gagnerions-nous à sortir ? Cela ne changera rien à leurs fouilles. Prenez tout votre temps.

— Pourquoi ?

— Vous devriez vous rafraîchir. De toute façon, je devine qu'ils ne vont pas arriver avant un moment.

De retour dans sa chambre, elle se lava tant bien que mal dans la cuvette. Elle ne traîna pas. L'eau était glacée, tout comme l'était sa chambre. Mais quand elle jeta un coup d'œil dans le miroir au mur, elle fit une grimace. Sofia avait raison. Ses yeux brillaient trop, étincelants, fiévreux. Elle débarbouilla son visage couvert de traces de boue, de graisse. Mais, même si ses cheveux étaient tout emmêlés, il faisait trop froid pour les laver. Elle y passa un peigne à plusieurs reprises, en vain. Ils étaient toujours en bataille. Tant pis ! Peut-être pourrait-elle emprunter un ruban à Sofia.

Elle longea le couloir et frappa de nouveau à la porte. Sans attendre la réponse, elle l'ouvrit et resta stupéfaite.

— Ça alors ! Comment êtes-vous arrivé ici ?

Chapitre 14

Sofia regarda Maxine qui, debout sur le seuil de sa chambre, semblait désorientée, et lui lança :

— Vite. Fermez la porte !

Elle traversa la pièce et, les mains sur les hanches, pencha la tête de côté.

— Alors ? Comment James est-il arrivé ici ?

— Aldo est allé le chercher tout à l'heure. Il a dormi dans la chambre d'amis, à côté de la vôtre.

— Et que fait-il maintenant dans votre chambre ?

Sofia poussa un soupir de lassitude.

— Et en petite tenue…, poursuivit Maxine avec un sourire narquois.

— Nous essayons de voir si des vêtements de Lorenzo lui vont. De toute façon, il n'est pas totalement déshabillé.

L'air amusé, elle la taquina :

— Vous n'avez pas besoin de jouer la comédie pour moi. Sans vouloir vous offenser, je ne vous prenais pas pour ce genre de femme.

— Oh, de grâce ! rétorqua Sofia.

Décidément, Maxine était exaspérante ! Prenant alors conscience du comique de la situation, elle ne put s'empêcher de sourire à son tour.

— Et puis après tout, pensez ce que vous voudrez !

James lui adressa un petit salut de la tête.

— Bonjour Maxine. Je vois que vous ne manquez jamais une occasion de plaisanter.

— Jamais, confirma-t-elle avec un coup d'œil aguicheur.

— Et puisque vous voulez tout savoir, maintenant que le matériel radio est arrivé, je suis ici pour le faire fonctionner. Savez-vous comment on appelle les opérateurs radio ? Les pianistes.

— Vous savez aussi que les Allemands sont ici ? Ne les avez-vous pas entendus tambouriner aux portes ?

Elle se tourna vers Sofia.

— Pour l'amour du ciel, qu'allez-vous faire de lui ?

— Ne vous inquiétez pas, j'ai la situation en main.

— Ils vont fouiller toute la maison.

— Certes.

— Comment pouvez-vous rester si calme ?

Sofia l'ignorait. En vérité, elle avait les nerfs en pelote. Mais elle devenait de plus en plus douée pour dissimuler son anxiété.

Elle passa un pull à James, puis une veste et un pantalon.

— James, enfilez ça. Il faudra que ça aille. Maxine, prenez une pile de vêtements plus chauds dans mon armoire et emportez-la dans votre chambre. Vous avez tellement peu d'affaires. Je ne veux pas que les Allemands puissent se douter une seconde que vous n'êtes pas vraiment mon invitée.

Avec un sourire, l'Américaine répliqua :

— Ça m'étonnerait qu'ils m'aillent.

— Et ça m'étonnerait que les nazis vous demandent de leur présenter un défilé de mode. Et maintenant, dépêchez-vous !

— Vous n'allez quand même pas faire passer James pour Lorenzo ?

Malgré la gravité de la situation, Sofia dut se retenir pour ne pas rire.

— Allez-y !

Elle n'avait pas l'intention de confier ses secrets à Maxine. Du moins, pas encore. Elle attendit qu'elle soit sortie de la pièce et que James soit habillé pour pousser sa délicate coiffeuse sur le côté et presser un point sur la boiserie qui couvrait le mur en face de son lit. Une porte s'ouvrit lentement en grinçant.

— Entrez dans ce passage. C'est un couloir dérobé, totalement clos. À quelques mètres d'ici, vous allez trouver un trou dans le mur. C'est là qu'est votre carnet de codes. Attendez à cet endroit jusqu'à ce que je frappe au panneau. Cela prendra peut-être un peu de temps. Je frapperai trois fois. Vous compterez jusqu'à trois. Puis je frapperai de nouveau trois fois. Venez à la porte, faites de même, et je vous ouvrirai.

— Où conduit ce passage secret ?

— Je vous le dirai plus tard. Et rappelez-vous, restez aussi silencieux qu'une souris, s'il vous plaît. Ne toussez même pas. Comment va votre épaule ?

Il repoussa sa question d'un geste mais, à voir son visage crispé, il était évident que la douleur persistait.

Une fois qu'il fut caché en sécurité, elle remit sa coiffeuse en place, glissa le revolver qu'elle avait pris l'habitude de garder sur elle dans la poche de sa jupe et survola sa chambre du regard. Avec son haut plafond, son plancher bien ciré, brillant dans la lumière tamisée par les rideaux de soie brodée qu'elle avait achetés à Venise, la pièce respirait le calme et la sérénité.

Cinq minutes plus tard, Anna entra pour l'informer qu'un officier l'attendait dans le vestibule.

— Merci, répondit-elle. Peux-tu aller frapper à la porte de la chambre d'amis et prier Mlle Maxine de me rejoindre en bas pour le petit déjeuner.

Puis elle descendit l'imposant escalier principal. Il lui rappelait que son rang en imposait toujours, ce qui la réconfortait. Le simple fait de pouvoir faire une entrée majestueuse était quelque chose à quoi se raccrocher.

— Bonjour. Que puis-je faire pour vous d'aussi bon matin ? demanda-t-elle en feignant la surprise.

L'homme qui lui faisait face était solidement charpenté, son manteau d'uniforme nazi lui battant les chevilles. Elle ne doutait pas un instant que la douceur du bleu de ses yeux de myope derrière ses lunettes rondes à monture d'écaille ne reflétait en rien la réalité de son caractère. Il avait un visage lisse, dépourvu de rides, le front large et d'épais cheveux châtain clair. Il fit quelques pas vers elle, chacun de ses mouvements lent et précis, menaçant, calculé pour lui prouver son pouvoir sur elle et souligner sa propre faiblesse.

— Je suis le capitaine Kaufmann. Je crois que vous avez déjà rencontré le colonel Schmidt.

D'un imperceptible signe de menton, elle acquiesça poliment.

— Bien sûr. Il est venu dîner.

— Nous devons fouiller le château.

— Je vous en prie. J'apprécierais que vos hommes essaient de ne rien casser. Nous avons des antiquités inestimables. Vous connaissez ce type de biens. Ils sont dans la famille de mon mari depuis des générations. Oh ! et des tableaux aussi.

Elle remarqua qu'il regardait dans le petit salon par la porte ouverte. Puis il lui fit face et, avec un sourire crispé, déclara :

— Si je ne me trompe pas, c'est la peinture dorée de saint Sébastien, par Cozzarelli. Non ? Une pièce rare.

— Oui. Mon mari en est très fier.

— Eh bien, vous n'avez rien à craindre. Je ne suis pas ici pour endommager vos biens, madame la comtesse.

— Vous m'en voyez ravie. Donc, si vous me permettez de vous poser la question, quelle est la raison de votre présence chez moi ?

— Il y a eu un parachutage, la nuit dernière.

— Vraiment ? Et quel est le rapport avec nous, capitaine Kaufmann ?

— Nous pensons que le contenu a été apporté ici. À moto.

Écarquillant les yeux, elle feignit l'étonnement.

— Je vois. Et quand pensez-vous que cela aurait pu arriver ?

— Tôt ce matin.

Il parlait de façon concise, d'un ton sec.

— Seigneur ! s'exclama-t-elle, affichant son air le plus choqué. Je n'ai assurément rien entendu. Mais j'ai un sommeil très profond. Vous devriez peut-être interroger certains villageois. L'un d'entre eux aura certainement été réveillé.

— Certes.

— Et que croyez-vous qu'on ait parachuté ?

Il plissa les yeux, contenant sa colère.

— Je ne suis pas ici pour répondre à vos questions.

— Je vous prie de m'excuser. J'étais juste curieuse. Mais je suppose que vous vous inquiétez qu'il ait pu s'agir d'armes, par exemple.

Il garda le silence. Un groupe d'hommes en uniforme entra et monta avec lourdeur au premier étage. Kaufmann leur hurla des ordres et, immédiatement, ils accélérèrent le pas. Sofia dut se faire violence pour ne pas s'élancer derrière eux, les suivre dans sa chambre, les empêcher de déranger ses effets, de découvrir ses secrets. Mais les chances qu'ils pressent la boiserie à l'endroit même où s'ouvrait le passage dérobé n'étaient-elles pas minimes ? Rares étaient ceux qui, aujourd'hui, connaissaient l'existence de ce passage secret qui traversait les dépendances du château jusqu'au premier étage de la tour, mitoyenne des maisons.

Tout comme pour les souterrains sous la maison qui sinuaient jusque dans les bois, il était rare aujourd'hui d'avoir besoin de cachettes, de vivre dans la clandestinité.

Kaufmann, qui s'était détourné de ses hommes, agitait maintenant un doigt vers elle.

— Vous devez ouvrir tous vos communs, lança-t-il. La remise à bois, les écuries et le garage, le chai à vin, tout ! Alors maintenant, vous allez m'accompagner…

Au moment où il s'avançait vers la porte, Maxine descendait l'escalier en trombe.

— Bonjour, le salua-t-elle avec un sourire gracieux.

Le visage de Kaufmann se contracta.

— Et vous êtes ?

— Massima. Mais tout le monde m'appelle Massi. Je suis la meilleure amie de Sofia, je viens de Rome. Je passe quelque temps chez elle. Rome est devenu si ennuyeuse ces temps-ci. Ne trouvez-vous pas, commandant ?

— Capitaine, marmonna-t-il en fronçant les sourcils d'un air soupçonneux.

Il se détourna.

— Massi, répéta ostensiblement Sofia, si tu veux bien aller dans la salle à manger, le petit déjeuner est servi. Je vais juste ouvrir les dépendances pour le capitaine.

Le tutoiement soudain lui semblait plus crédible, dans cette situation.

À son honneur, Maxine ne trahit aucune inquiétude. Jouant le jeu, elle se contenta de répondre :

— Je n'ai pas spécialement faim. Je vais t'aider. Le petit déjeuner peut attendre. Tu as les clés ?

Sofia s'avança vers la table du vestibule et ouvrit le premier tiroir.

— Voilà. Suivez-moi !

— Que cherchez-vous ? demanda alors Maxine à l'Allemand.

Mais il l'ignora.

— Je crois qu'ils cherchent des armes, répondit Sofia assez fort pour qu'il l'entende.

— Oh ! Comme c'est excitant ! Imagine un peu. Des armes, cachées juste sous ton nez, Sofia.

D'un regard, la comtesse la mit en garde : « N'en fais pas trop. Il n'est pas stupide. »

Elle commença par le conduire avec deux autres hommes dans la remise à voitures. Après l'avoir débarrée, elle ouvrit en grand l'une des deux portes.

— Je vois que vous avez une moto ?

— Oui. Mais son réservoir est vide depuis un mois. Nous l'utilisons rarement.

Elle jeta un coup d'œil à Maxine. Marco avait gardé la sienne et elle s'en félicitait.

— Les clés ? ordonna le capitaine en tendant une main.

— Elles sont accrochées là, au mur.

— Où n'importe qui pourrait les prendre ?

Sofia haussa les sourcils.

— Encore faudrait-il pouvoir d'abord entrer dans la remise.

— Qui d'autre est en possession des clés de la remise ?

— Notre régisseur et mon mari Lorenzo, bien entendu.

— Et où sont-ils ?

— Je crois que Lorenzo est à Rome. Quant à notre régisseur, il supervisait quelques travaux dans notre résidence de Florence. Après les bombardements, voyez-vous.

— « Supervisait » ?

— Il a été mobilisé… dans votre armée.

Il la dévisagea. L'espace de quelques secondes, elle soutint son regard. L'Allemand la scrutait sans ciller, avec intensité. Il l'hypnotisait, d'une horrible façon, et malgré elle, elle ne pouvait détacher les yeux des siens. Finalement, elle les sentit s'embuer et le charme fut rompu. Mais cela l'avait troublée et elle était sûre qu'il le savait.

Il essaya alors de faire démarrer la moto. Celle-ci était manifestement hors d'usage.

— Et quand avez-vous ouvert cette remise pour la dernière fois ?

— Nous sommes allés à San Giovanni d'Asso avec la carriole à poney récemment. C'est tout.

Elle l'emmena ensuite inspecter la grange à bois. Elle ne pouvait supporter de voir ses hommes transformer ses piles de bois bien rangées en tas désordonnés. Et espérait que lorsqu'ils arriveraient au chai à vin, il aurait été appelé ailleurs. Terrifiée à la perspective de ce qui pourrait arriver, elle détourna les yeux et jeta un coup d'œil à Maxine. Embrasée par le soleil, sa chevelure semblait rouge.

— Massima, peux-tu surveiller ? dit-elle. J'ai besoin d'air.

Une fois à l'extérieur, elle leva les yeux vers les créneaux familiers de la tour. Elle tenait tellement à sa vie ici. Était-elle vraiment sur le point de finir ? Elle avait essayé de faire preuve de cœur, de s'adapter avec bonne humeur, toujours prête à aider quand elle le pouvait. Même sous le joug de Mussolini, elle avait eu une existence facile, privilégiée, et avait pu faire tout ce qu'elle voulait. Bien sûr, cela n'avait pas été sans difficultés. Elle avait espéré avoir des enfants. Mais, après l'accident de Lorenzo, le destin en avait décidé autrement. Elle ignorait toujours si cela avait été la raison et les médecins n'avaient pas pu leur donner de réponse. Peut-être avait-il été blessé de façon inexplicable. Mais, contrairement au reste de sa famille, il avait eu de la chance de s'en sortir vivant. Pour sa part, elle avait refoulé son désir d'enfant et s'était consacrée à son mari, aux villageois, aux fermiers, à son personnel et à sa peinture. Elle avait aimé sa vie à Castello. Et, à la perspective de devoir y renoncer, elle sentait un frisson glacé lui parcourir le dos.

Si seulement ils avaient eu le temps de cacher le matériel radio dans les souterrains la nuit précédente. Elle vivait au château depuis plusieurs mois quand Lorenzo lui en avait parlé. Et elle avait été surprise quand il lui avait révélé qu'ils n'étaient pas seulement accessibles par la cave de la maison mais aussi par une dépendance, dans la roseraie. Avant que l'Italie devienne un pays unifié, quand les familles de la noblesse se faisaient la guerre, leurs forteresses, villages et châteaux perchés au sommet des collines étaient souvent construits sur un réseau de souterrains aux multiples issues cachées. Lorenzo l'avait précédée dans leur spacieux sous-sol à travers un entrelacs de passages sombres, d'alcôves et de pièces secrètes, jusqu'au plus profond de la cave. De là, ils s'étaient faufilés dans les tunnels conçus pour la fuite.

Le capitaine sortit de la remise à bois et, en l'observant avec attention, elle se sentit envahie par un détachement anormal. Refermé sur lui-même, tendu à l'extrême, il était aussi hermétique que le colonel. Mais sans le sentiment de résignation qui se dégageait de son supérieur. Combien elle aurait aimé voir tous les sentiments refoulés de cet homme soudain jaillir à la surface : chacune des pensées, des émotions, des peurs, qu'il réprimait.

Mais cela n'arriverait pas aujourd'hui. Aujourd'hui, s'il trouvait le matériel, il jubilerait.

Le moment redouté était arrivé. Elle entendit mentalement la voix de Lorenzo : *« Dignité à chaque instant, ma chérie, dignité. »* Elle prit une profonde inspiration. Son calme s'évanouit et, sa peur revenue, elle pointa l'index en direction du chai à vin.

Chapitre 15

Alors qu'elle déverrouillait la porte, Sofia se sentait terriblement exposée, comme si chaque parcelle de son corps était mise à nu. Les portes s'ouvrirent vers l'intérieur et le capitaine et l'un de ses hommes entrèrent les premiers. Maxine suivit et elle lui emboîta le pas, non sans réticence.

Se tournant vers elle, Kaufmann lança avec une grimace :

— Il n'y a pas de lumière électrique ici ?

— Je vais laisser la porte ouverte, répondit-elle, omettant de mentionner la grosse torche posée sur une étagère cachée derrière la porte ouverte.

Il tapota certains tonneaux.

— Ça donne soif, cette fouille.

Il prit alors un gobelet de dégustation sur une longue table à tréteaux et se mit à rire. Un rire forcé, sans joie.

Sofia avait l'impression qu'il n'était pas homme à s'intéresser au vin. Son officier s'avança, prit le gobelet, le plaça sous le robinet de l'un des tonneaux et le remplit. Puis il le tendit à son supérieur, qui but une gorgée avec dédain avant de jeter le reste sur le sol, sans la quitter des yeux. Se délectant visiblement de son malaise, il prenait tout son temps. Il passa ensuite au tonneau suivant.

— Celui-ci est peut-être meilleur.

Jouait-il avec elle ? Était-ce une façon de se donner en spectacle ? Ou allait-il tester tous les tonneaux, y compris celui qui était vide ? Elle sentit sa bouche se dessécher et, refusant de penser au gouffre noir qu'elle voyait s'ouvrir devant elle,

elle entendit sa respiration se faire plus courte. Trop rapide. Elle essaya de refouler sa peur, son espoir. Et, en dépit de cette angoisse qui la submergeait, se força à prendre l'air dégagé, comme s'il ne se passait rien d'intéressant.

Perdant la notion du temps qui semblait s'étirer à l'infini, elle regarda l'officier aller d'un tonneau à l'autre, l'impitoyable perquisition se poursuivant. Les voix allemandes des soldats qui se déplaçaient d'une porte à une autre lui parvinrent, le bruit de leurs bottes accompagné des croassements des corbeaux au-dessus de la tour. Elle jeta un coup d'œil à l'extérieur. Une pluie fine s'était mise à tomber du ciel gris. Avec un frisson d'appréhension, elle regarda le paysage au loin, ses tons verts et pourpres en cette journée sombre, mélancolique. Il faisait un froid mordant. Allait-il neiger ? Maxine, pendant ce temps, souriait. Elle demanda à goûter le vin à son tour et le commandant lui tendit un autre gobelet.

— Je vous en prie, dit-il.

L'Américaine bavardait en italien et en anglais, s'essaya même un peu à l'allemand, faisant de son mieux pour l'entretenir des mérites des différentes catégories de vin. Mais Kaufmann répondait par monosyllabes. Sofia, qui avait trop peur pour parler, n'écoutait qu'à moitié tout en faisant son possible pour ne pas le regarder. Arrivé à l'avant-dernier tonneau, il s'y appuya et la fixa. Les mains moites, elle sentait l'appréhension lui raidir la nuque. Elle avait atteint le stade où elle ne semblait plus rien ressentir. Mais quand il fit remarquer que son vin était médiocre, sa haine ne connut plus de limites. Leur vin était sans prétention mais il était bon. Très bon. C'était de notoriété publique.

Avec une assurance inébranlable, Maxine désigna les derniers tonneaux.

— Mais il y en a encore deux. Peut-être seront-ils plus à votre goût.

La lueur d'excitation dans ses prunelles ambre n'échappa pas à Sofia. Seigneur, elle jouait un jeu dangereux! Elle jeta un coup d'œil à Kaufmann. Il l'enveloppait d'un regard froid et repoussant, ses lèvres formant un rictus. Un flot d'émotions jaillit en elle et elle sentit son estomac se soulever de dégoût. Elle qui s'était félicitée pour son calme et son détachement! Mais sa colère était plus difficile à gérer. Elle n'avait pas la réputation de perdre son sang-froid. Elle enfonça ses mains dans ses poches et sentit le froid du pistolet.

Alors que Kaufmann atteignait le dernier tonneau, elle eut l'impression de sortir de son corps. Elle était ici sans y être. Il semblait attendre qu'elle dise quelque chose et elle avait envie de crier: « Non! » Rêvait de prendre son pistolet et d'appuyer sur la gâchette. Impossible, bien sûr. C'était une idée démentielle. Sa mère lui avait dit un jour: *« Nous ne savons pas de quoi nous sommes capables avant d'avoir essayé. »* Mais jamais elle n'avait pensé qu'elle pouvait parler de meurtre.

— Allez-y, parvint-elle à dire, espérant que sa voix ne tremblait pas.

Elle frissonna involontairement et Maxine écarquilla les yeux, comme pour lui lancer un avertissement opportun. Elle prit une profonde inspiration. Mais son imagination lui jouait des tours. Alors que le pire des scénarios prenait forme dans son esprit, elle eut l'impression d'être devenue une ombre, transparente, comme si elle n'était pas ici. Était-il possible qu'il puisse lire en elle?

Toujours imperturbable, l'Américaine suggéra alors:

— Ou peut-être aimeriez-vous partager notre petit déjeuner, maintenant?

Dans le silence menaçant, Sofia sentit le sang battre à ses tempes. Il regarda le tonneau et fit un pas dans sa direction. Puis, à son immense soulagement, il refusa l'invitation en s'inclinant légèrement et remonta vivement les marches qui menaient à la cour. Maxine le suivit, pressant son bras au passage. Au bord des larmes, elle se sentit profondément touchée par son soutien. Elle s'arma de courage. Aurait-elle pu traverser cette épreuve sans elle ?

Les Allemands enfin partis, Sofia décida de se retirer dans sa chambre pour libérer James. Mais Maxine ne la quittait pas d'une semelle.

— Où est-il ? demanda-t-elle, les mains sur les hanches. Ils ne l'ont pas trouvé. Alors que diable as-tu fait de lui ?

Sofia esquissa un sourire. Elles avaient décidé de continuer à se tutoyer.

— Allez ! insista-t-elle, comme encourageant une enfant récalcitrante.

— Tu verras, répondit-elle.

Et, en dépit de quelques réserves – elle préférait que les secrets du château soient connus du moins de gens possible –, elle prit sa décision. Elle avait cruellement besoin d'une alliée. Ensemble, elles trouveraient peut-être le courage, la force et une manière de s'aider mutuellement. Elle observa l'expression amusée de l'Américaine aux cheveux auburn.

— Très bien. Viens.

Quand James sortit de sa cachette, sain et sauf, Maxine se mit à rire.

— Bravo ! Ma mère m'avait parlé de ces tunnels. Pas ici. À Poggio Santa Cecilia. Mon père était agriculteur mais elle travaillait dans la maison de maître. J'ai encore des cousins éloignés dans les environs.

— Ce n'est pas loin.

Sofia pensa à la belle villa à hauts plafonds qui surplombait Santa Cecilia. Plus grande que la leur, elle était autrefois le théâtre des soirées d'été les plus fastueuses. Lorenzo et elle y avaient bu du champagne. À l'époque, personne ne croyait à la guerre. Ou l'on pensait que, si elle devait éclater, elle ne serait pas longue.

— J'ai l'intention d'y aller bientôt, dit Maxine. J'ai tellement envie de connaître cet endroit.

Avec un froncement de sourcils, Sofia rétorqua :

— Si ce n'est que les Allemands l'ont réquisitionnée pour en faire leur quartier général. D'après ce que j'ai entendu dire, ils sont en train de la saccager.

— Raison de plus pour y aller. Qui sait ce que je pourrais y trouver ?

James faisait les cent pas dans la pièce. Sofia savait qu'il parlait italien. Mais, souhaitant lui exposer ses plans aussi clairement que possible, elle lui parla anglais.

— Je vous ferai monter un plateau. Puis je trouverai une solution pour vous cacher.

— Je ne peux pas rester ici ?

— C'est trop risqué. Il y a une ferme vide non loin de la vallée. Elle est construite dans un bosquet, donc pas facile à trouver si on ne la connaît pas.

Sans vergogne, Maxine suggéra avec un sourire espiègle :

— Ou bien je pourrais accompagner James. Comme mari et femme.

Il se mit à rire et répliqua du tac au tac :

— Eh bien voilà une proposition que je ne peux évidemment pas refuser !

— Vous pouvez ne pas refuser. Mais les Allemands savent déjà qui tu es, Maxine, lui rappela Sofia.

Elle se passa une main sur le front. Sans pouvoir se l'expliquer, elle se sentait un peu irritée. Mais, après tout, James n'était pas *son* parachutiste.

Maxine écarta les bras en signe de reddition.

— D'accord, d'accord. Je comprends quand je suis indésirable. À plus tard.

Seule avec l'Anglais, Sofia poursuivit sa conversation avec lui. Ce niveau de tension était épuisant et elle sentait à quel point elle était fatiguée. Mais elle espérait retrouver l'énergie dont elle avait besoin pour organiser l'utilisation du matériel radio. Même si, contrairement à l'Américaine, le danger ne la galvanisait pas. James commença alors à lui expliquer ce qu'il avait envisagé. À son sourire plein de gentillesse, elle comprit qu'il avait senti à quel point elle se sentait déstabilisée.

— Nous pouvons livrer la radio à l'un des groupes de partisans sans attendre. J'irai avec le matériel et je les formerai à l'utiliser. Ou bien nous l'installons au sommet de la tour, ce soir. C'est l'endroit idéal. Je sais que c'est beaucoup demander, mais la radio sera beaucoup plus efficace en hauteur. Nous la changerons d'emplacement plus tard.

Elle étouffa un cri. Elle ne s'était pas attendue à ce qu'il veuille émettre de la tour.

— Je ne sais pas si c'est une bonne idée. Nous avons besoin de reprendre le cours de nos vies, pas de les chambouler encore plus.

Quand il lui effleura la main d'un geste qui se voulait réconfortant, un peu mal à l'aise, elle baissa la tête. Elle ne s'était pas attendue à voir naître une amitié entre eux. Mais, pour être honnête, il lui était sympathique et elle ne voulait pas qu'il parte si vite. Ils avaient tous besoin de contact humain, d'amour, de liens avec des amis, de la famille. Sinon, ils n'avaient aucun espoir de survivre et encore moins de s'épanouir.

— Très bien, finit-elle par concéder. Si c'est la meilleure option, installez-vous sur la tour ce soir. Juste pour cette fois. Les volets sont épais et j'ai un tissu opaque pour les couvrir.

— Merci. La vérité, c'est que la situation va encore bien empirer avant de s'améliorer.

Elle craignait qu'il ait raison. Les jours passaient et ils voyaient graduellement leurs vies leur échapper malgré eux. Personne ne savait ce qu'il en resterait quand tout serait fini. Si cela l'était un jour. Elle essayait de rester optimiste. Se forçait à nourrir des pensées positives, à garder espoir en un avenir meilleur. Ce n'était pas facile. Même avant tout cela, ils avaient dû supporter les longues années du régime mussolinien. Elle n'avait jamais aimé *Il Duce*. Malgré Lorenzo qui, au début, lui avait été favorable et soutenait que le dictateur favorisait la relance de l'économie. Pourtant, comme tout le monde, ils n'avaient pas tardé à comprendre que les effroyables rumeurs sur les violences étaient vraies. Et aujourd'hui, leurs vies tenaient à un fil, comme s'ils étaient sur un navire en train de faire naufrage.

Chapitre 16

Plus tard, ce même jour, Sofia passa une heure en compagnie d'Aldo à faire des esquisses pour son portrait. Bien entendu, elle lui avait fait jurer le silence. Quand ils eurent fini, elle alla trouver Carla et l'emmena dans le jardin, à l'abri des oreilles indiscrètes. La cuisinière s'essuya les mains à son tablier et, tout en disciplinant un peu ses cheveux, leva les yeux vers le ciel. Qui, comme toujours, était d'un bleu éclatant. Il faisait pourtant très froid. Sofia, qui n'avait pas pris de manteau, le remarqua à peine. Elle jeta un coup d'œil à la ronde pour s'assurer que personne ne pouvait les entendre et entraîna Carla tout au fond, dans son coin privé, à l'endroit où les villageois venaient la trouver après la messe, le dimanche matin, pour lui demander son aide. Mais cette fois-ci, c'était différent. C'était elle qui allait avoir besoin de renfort.

— Bien, Carla, nous nous connaissons depuis de nombreuses années.

La cuisinière, qui claquait des dents et tremblait, hocha la tête.

Prise d'une étrange fébrilité, Sofia lui expliqua alors que l'Anglais avait besoin de faire transporter le matériel dans la tour.

— Et que puis-je faire ? demanda la cuisinière d'un air anxieux.

— Ils vont attendre la nuit. Mais, comme Maria habite entre le château et la tour, je veux m'assurer qu'elle ne soupçonnera rien. Or, les hommes vont devoir traverser la *piazza* juste sous sa fenêtre. Pourriez-vous aller boire un verre de vin avec elle et la distraire ?

— Elle va trouver ça extrêmement bizarre. Nous nous sommes à peine adressé la parole depuis que son salaud de petit-fils s'est enfui chez les fascistes. Et puis, pourquoi ne pas utiliser le passage secret ?

Ce fut au tour de Sofia d'avoir l'air étonnée. Avec un sourire, Carla lui tapota la main.

— Madame la comtesse, j'habite ici depuis plus longtemps que vous. Nous ne sommes pas nombreux à connaître son existence. C'était mon père qui m'en avait parlé.

— J'avais pensé l'utiliser mais il est obstrué. Je l'ai essayé avant de venir vous voir. Je ne sais pas combien de temps il faudrait pour le déboucher. Or, il est crucial que le matériel soit transporté et installé pour être utilisé dès ce soir.

Les sourcils froncés, Carla plissait les yeux d'un air scrutateur.

— Alors ? En quoi consiste ce matériel ?

Sofia réfléchit avant de répondre :

— Vous ne devez pas en souffler mot.

La cuisinière acquiesça avec conviction.

— C'est un émetteur radio.

— Oh ! s'exclama-t-elle d'un air absolument horrifié. S'ils le trouvent...

Sofia l'interrompit :

— Je sais, l'interrompit Sofia. S'ils le trouvent, ce sera la fin pour moi.

— Pire. Avant de tuer, ils torturent pour soutirer des informations.

Elle baissa les yeux sans répondre.

— C'est courageux de votre part, reprit Carla en hochant la tête. Mais s'il y avait un problème ?

Elle la regarda de nouveau et prit une profonde inspiration.

— J'ai tellement appris de vous, Carla, et de vous tous. Votre force d'âme, votre courage et votre détermination à ne jamais renoncer. Et maintenant, c'est quelque chose que je dois faire. L'homme blessé, James, est opérateur radio dans l'armée britannique. C'est donc un allié et un ami. Il va former Aldo à utiliser le poste.

Un court silence gêné accueillit la nouvelle. Il faisait vraiment trop froid pour être dehors. Le front plissé par l'appréhension, Carla se frotta vigoureusement les mains. Le vent s'était levé et quelques nuages s'accumulaient.

— Pourquoi Aldo ? demanda-t-elle.

— Ça peut être l'option la moins risquée pour lui.

Carla lui lança un regard entendu.

— Vous voulez dire qu'il ne devra pas partir dans les bois pour vivre avec les partisans ?

Sofia acquiesça d'un signe de tête.

— À moins qu'il soit mobilisé dans l'armée allemande. Et nous ne savons pas vraiment quand cela peut arriver, ni même si cela arrivera. Il semble que ce soit la meilleure solution pour le moment.

La cuisinière se leva. Elle n'avait pas l'air entièrement convaincue.

— J'espère que vous dites vrai, madame la comtesse. Je m'inquiète, vous savez.

— Oh, Carla. Je le sais. Je cherche seulement le meilleur moyen de garder Aldo ici, à la maison.

La cuisinière fit un signe d'assentiment.

— Vous êtes d'accord pour distraire Maria ?

— Ce ne sera pas un problème. Je peux le faire. Mais vous êtes sûre que c'est la solution pour mon fils ?

— Oui. Je le crois.

Chapitre 17

Sofia ouvrit une armoire. Elle cherchait un pull-over chaud. À cette époque de l'année, il ferait un froid de loup dans la tour. Elle persistait à essayer de se convaincre qu'elle n'avait pas peur. Néanmoins, elle cacha quand même son revolver dans son petit sac en bandoulière. Puis elle se dirigea vers la porte de service, prenant Aldo dans la cuisine, au passage.

— Tu es prêt, jeune homme ?

Il lui lança un regard soucieux.

— Je l'espère.

Ils trouvèrent James qui attendait déjà sur le seuil de la porte de service. Plus tôt dans la journée, ils l'avaient installé dans la ferme avec quelques boîtes de sardines, une pomme fripée et une miche de pain encore assez frais, cuit par Carla. Sofia lui fit signe d'entrer dans le couloir, où elle alluma la lampe qui diffusait une lumière pâle. Puis elle lui demanda si ses nouveaux quartiers étaient confortables.

— Il y fait sacrément froid, répondit-il en se frottant les mains.

D'un doigt sur ses lèvres, elle lui fit signe de parler moins fort.

— Je peux toujours vous remettre dans le passage secret, si vous préférez, le taquina-t-elle d'un air entendu.

Elle savait parfaitement que le confort du passage, sans même un endroit pour s'asseoir, était plus que sommaire et qu'il y faisait encore plus froid qu'à la ferme.

— Non merci, madame la comtesse.

— Vous pouvez m'appeler Sofia.

Il lui donnait l'impression d'être un homme chaleureux et sincère et elle était sûre d'avoir pris la bonne décision en s'alliant à lui. Mais il fallait rester prudent. Quand quelqu'un s'était révélé totalement différent de celui que vous aviez imaginé, vous commenciez à ne plus vous fier à votre propre instinct. Quelques hommes lui avaient demandé refuge au château mais, comme elle n'avait aucun moyen de reconnaître un vrai réfugié d'un espion, elle les avait repoussés. Quand, plus tard, ils avaient été démasqués comme espions et abattus par les partisans, elle avait compris qu'elle avait eu raison de se montrer prudente.

— Tout va bien ? demanda James.

Elle fut surprise qu'il ait deviné ses doutes aussi facilement.

— À votre avis ? répondit-elle un peu brusquement.

Maxine les rejoignit alors, emmitouflée dans un manteau d'homme trop grand, ses cheveux tirés en arrière.

Quelques instants plus tard, un coup résonna à la porte. Même si elle savait que les partisans devaient arriver, Sofia sursauta.

James lui effleura le bras.

— Respirez.

Elle obéit. Puis elle entrouvrit la porte. Deux hommes se tenaient sur le seuil, vêtus eux aussi de manteaux épais, leurs bonnets ramenés bas sur leurs fronts.

— Marco, se présenta l'un d'entre eux à voix basse.

Elle le reconnut de la nuit précédente.

L'autre, plus petit, murmura son nom à son tour.

— Lodo.

— Lodovico ?

— Juste Lodo.

Tous rejoignirent les deux hommes à l'extérieur. Sofia précéda le petit groupe jusqu'au chai à vin. En longeant la maison de Maria, elle remarqua que sa fenêtre était toujours faiblement éclairée, en dépit de l'heure tardive. Mais le ciel nocturne était couvert, la lune à peine visible, ce qui jouait en leur faveur. Elle espérait que Carla était toujours en sa compagnie, en train de prier saint Sébastien. Cela leur serait plus qu'utile.

Lorsque les hommes eurent récupéré le matériel dans le chai à vin, elle gagna discrètement la tour pour déverrouiller la lourde porte en bois. Il y régnait un froid glacial. Elle traversa la pièce sombre et, à tâtons, chercha un interrupteur sur le mur. Le cœur cognant dans sa poitrine, elle monta l'escalier obscur et ouvrit la porte de la pièce du haut. L'odeur de moisi la saisit à la gorge, comme si un animal y était mort.

Les volets étaient restés ouverts. Centimètre par centimètre, prenant bien garde à ne pas faire le moindre bruit, elle les ferma, puis les recouvrit du tissu opaque qu'elle fixa au bois.

Elle avait laissé la porte principale de la tour entrebâillée. Elle entendit des pas sur les marches et James surgit. Sur le seuil, derrière lui, se tenaient Aldo et le partisan qui répondait au nom de Marco. Tous deux étaient chargés du matériel. Le plus petit, Lodo, suivait avec Maxine. James survola les lieux du regard et remarqua l'étroite ouverture au fond.

— Le vieil escalier de pierre qui mène sur le toit, indiqua-t-elle.

Il s'affaira à tout installer pendant que Sofia demandait aux deux partisans de redescendre déboucher le passage secret qui menait du premier étage de la tour à sa chambre.

— Je vous en prie, soyez rapides et discrets. Une fois que nous aurons installé le matériel et mené à bien la première émission, nous devons redescendre l'émetteur pour le cacher dans le passage.

James ouvrit alors le container étanche en leur expliquant qu'il ne s'agissait pas d'une mallette à émetteur radio.

— Une mallette n'aurait-elle pas été plus appropriée ? demanda Aldo.

— Ce container est bien capitonné. La mallette n'aurait pas survécu à un parachutage. Il s'agit d'un émetteur radio B2. Il fonctionne avec le code Morse.

— Mais il est plus difficile à déplacer, fit remarquer le jeune homme.

Sofia se félicita de le voir s'impliquer.

— J'ai besoin que vous transmettiez un message à mon officier de liaison, Ronald, déclara alors Maxine. Dites-lui que j'ai pris des contacts ici et que je lui donnerai des chiffres approximatifs dès que je les aurai. D'accord ?

James acquiesça d'un signe de tête et sortit de la caisse capitonnée un container plus petit, sur lequel était inscrite la lettre G.

— L'émetteur et le récepteur sont à l'intérieur, indiqua-t-il à l'intention d'Aldo.

Il retira le couvercle du plus petit des containers et installa le matériel et le câble qui faisait office d'antenne, ponctuant chacun de ses gestes d'une explication détaillée. Puis, après avoir connecté l'émetteur et le récepteur à l'unité rechargeable d'alimentation électrique, il ajusta son casque sur ses oreilles et commença à régler le sélecteur de bande.

Il sortit alors plusieurs pages imprimées sur un papier aussi fin que du papier cigarette d'une enveloppe fixée à l'intérieur du couvercle du plus gros des containers et précisa :

— C'est le tableau des instructions d'emploi.

— Combien de pages y a-t-il ?

— Quatorze.

— *Santo Cielo*, tant que ça ! s'exclama Aldo en fronçant les sourcils.

Même si Sofia avait foi en lui, il donnait l'impression que jamais il ne comprendrait comment fonctionnait cet équipement complexe. Elle avait espéré qu'apprendre de

James serait le compromis idéal. Lui permettant ainsi de contribuer à soutenir les Alliés sans devoir participer à de dangereuses missions de sabotage.

— Cette dernière page montre les autres tableaux, les tableaux d'étalonnage.

Ils furent interrompus par un bruit fracassant. James se tourna vers Sofia, le regard interrogateur.

— C'est peut-être une porte que le vent fait claquer, dit-elle. Ou bien les hommes qui débouchent le passage secret.

Il posa un doigt sur ses lèvres pour lui intimer le silence et tous écoutèrent. Luttant pour empêcher ses dents de claquer, elle sentait son cœur battre la chamade.

— Je vais voir, annonça soudain Maxine.

Chapitre 18

Maxine descendit l'escalier d'un pas alerte et sortit de la tour. Elle traversa furtivement le village en jetant des coups d'œil à la ronde, soulagée de voir qu'aucune des maisons n'était éclairée. Et que, jusque-là, aucun Allemand n'était en vue.

Le froid nocturne la prit à la gorge. Qui aurait imaginé que les hivers étaient si rudes en Toscane ? Dans sa nostalgie, sa mère semblait les avoir oubliés. Elle n'évoquait que le printemps, les champs de coquelicots, les berges envahies d'iris sauvages, le parfum grisant du romarin, sous un ciel d'un bleu limpide.

Soudain, un nouveau fracas interrompit le fil de ses pensées. Venait-il de la tour ? Et si les autres n'étaient pas en sécurité ou qu'il était arrivé quelque chose de terrible ? Peut-être les Allemands les avaient-ils déjà découverts ? Elle était perplexe. Elle avait écouté avec attention et n'avait entendu aucun bruit de véhicule s'approchant.

Elle renifla les traces persistantes de l'odeur des feux de cheminée qui flottaient dans l'air. Une chouette ulula, des oiseaux de nuit faisaient bruisser les feuilles, et des bêtes – des sangliers peut-être ou encore un renard – grattaient dans les potagers. Un moment plus tard, sur le qui-vive, elle perçut un mouvement dans l'une des ruelles et s'arrêta, pétrifiée. Quelques secondes passèrent. Elle recula de quelques pas, puis s'arrêta de nouveau. Rien. Cela devait être son imagination.

C'est alors qu'elle entendit une branche craquer. Un chat ? Ou une botte allemande ?

Le souffle court, elle décida de jeter un nouveau coup d'œil dans la ruelle. Cette fois, elle vit une petite silhouette sombre surgir d'un porche pour disparaître au coin. L'espace d'un instant, elle n'osa pas bouger. Elle hésitait entre se lancer à sa poursuite ou se hâter vers la tour pour avertir les autres. Puis elle aperçut une porte qui battait. Au moins, elle connaissait maintenant la raison du fracas.

Elle était toutefois certaine de ne pas avoir imaginé la silhouette. Sans plus hésiter, elle se mit à courir en direction de la tour. Qui des villageois pourrait être dehors aussi tard par une nuit aussi froide ? Elle n'avait pas sa montre mais il devait être bien plus de minuit, maintenant.

Alors qu'elle réfléchissait, la grande porte de la tour s'ouvrit avec un grincement et le petit partisan qui répondait au nom de Lodo en sortit, chargé de ce qui ressemblait à des planches. Il s'évanouit dans la nuit sans paraître l'avoir vue. Elle entendit le cri inquiétant d'un chat sauvage au loin et s'empressa de franchir la porte ouverte. À la faible lueur de la lampe, elle monta précautionneusement l'escalier. Arrivée au sommet, elle poussa la porte et entra. Trois têtes étaient penchées sur le matériel. Mais seule Sofia se retourna. James était occupé à expliquer le procédé à Aldo et Marco.

Sofia lui fit signe d'avancer.

— Que diable était-ce ? siffla-t-elle.

Maxine se hérissa à son ton impérieux. Néanmoins, elle lui raconta qu'elle avait vu courir quelqu'un le long de la ruelle.

— Tu pourrais l'identifier ?

Maxine secoua la tête.

— Dommage.

— En tout cas, il s'agissait de quelqu'un de petite taille.

— Une femme ?

— Peut-être. Ont-ils fini la transmission ?

— Ils s'apprêtent à ranger. Nous avons besoin de donner à cette pièce l'aspect et l'odeur d'un atelier d'artiste. Térébenthine, huiles, ce genre de choses. Tu pourrais m'aider ? Nous nous en occuperons plus tard dans la matinée.

— Ont-ils dégagé le passage ?

— Oui, acquiesça Sofia en s'éloignant.

Maxine croisa alors le regard de Marco et lui fit signe de la suivre à l'extérieur. Elle arriva à la maison avant tout le monde et, à l'insu de tous, l'entraîna dans la buanderie du rez-de-chaussée. Puis elle attendit que Sofia rentre et monte dans sa chambre. Une fois certaine que sa porte était refermée, elle le précéda sur la pointe des pieds et le conduisit avec précaution jusqu'à sa propre chambre, où elle alluma sa lampe de chevet. Il secoua la tête, dubitatif, chuchota que ce n'était pas correct et insista pour partir. Mais, nouant un bras autour de son cou, elle l'attira contre elle. Puis elle l'embrassa avec fougue. Il cessa d'objecter et lui sourit, ses yeux couleur caramel pétillant. Elle caressa sa peau mate, passa ses doigts dans ses cheveux bruns et bouclés. Décidément, il ressemblait vraiment à un gitan.

Elle le prit par la main et l'entraîna vers son lit. Ils s'allongèrent tout habillés sans le défaire.

— C'est comme ça que ça va se passer ? demanda-t-il.

— Quoi ?

— Nous restons sur les couvertures ? Tu n'as pas remarqué qu'on se gèle ?

— Je pensais que tu pouvais me déshabiller. Très, très lentement.

— Une autre fois. Il fait trop froid.

Ils éclatèrent de rire et elle mit un doigt sur ses lèvres. Cette clandestinité lui plaisait. Rien ne valait les liaisons illicites.

Avec un sourire, des gestes un peu gauches, il commença à déboutonner très doucement son chemisier.

— Je vais vous montrer ce que lentement veut vraiment dire, jeune dame, chuchota-t-il quand elle le pressa.

Ses doigts voletèrent sur sa peau, si légers qu'elle retint son souffle. Il était fascinant, charmant, mais il la faisait languir, l'obligeant à attendre alors qu'elle sentait le désir monter en elle. S'il ne passait pas rapidement à l'étape suivant, elle allait craquer. L'expression coquine de son visage trahissait son intention de continuer à ne pas se presser. Les yeux plissés, elle le repoussa et retira elle-même son chemisier. Il caressa ses seins à travers le coton fin de sa combinaison puis, d'un pouce, lui frotta un mamelon. Étouffant un cri de volupté, elle se plaqua contre lui. Lentement, il fit glisser les bretelles sur ses épaules et lui lécha le cou, ignorant son gémissement d'impatience. Puis, avec une lenteur confinant au supplice, il déposa une pluie de baisers sur ses épaules, avant de prendre ses seins au creux de ses paumes. Avec un nouveau râle, elle se cambra en arrière. Il était fort, solide, musclé, et elle se pressa contre lui avec plus d'insistance que précédemment. Il tira les couvertures sur eux. Enfin, fébrile, brûlant d'un mélange de frustration et d'impatience, elle arracha ses propres sous-vêtements et frissonna. Mais quand il lui caressa le ventre, ivre de désir, elle sentit chaque parcelle de son corps s'embraser, son sang en fusion. Ses mains voguaient dans ses cheveux, sur ses lèvres, sa peau. Prenant toujours son temps, il embrassa l'intérieur de ses cuisses et elle s'abandonna enfin à sa langueur. Comme s'il savait qu'elle avait capitulé, il se positionna sur elle et, d'une poussée, s'enfonça en elle.

Plus tard, leurs jambes entremêlées, sa peau couverte d'un voile humide, son souffle recouvrant peu à peu un rythme régulier, elle savoura l'instant. Elle sentait qu'un changement s'était opéré. Ce qui se passait entre eux était différent. Comme s'ils avaient noué un lien indéfectible. Elle en était sûre.

Avant ce soir, elle avait tellement voulu revoir Marco, avait tellement voulu essayer de comprendre ses propres sentiments. Mais maintenant, elle se renfermait. Elle n'était pas habituée à ce type d'avidité, s'était promis de ne jamais tomber amoureuse et avait toujours considéré le mariage comme un emprisonnement. L'amour ne pouvait mener une femme qu'à sa perte.

Quand, pour la première fois, elle avait remarqué les bleus de sa mère, elle avait même cessé de respecter son père qu'elle avait tant aimé. Elle avait environ huit ans et, ne se sentant pas bien, n'avait pas voulu aller à l'école. Quand sa mère avait insisté pour qu'elle s'habille, elle l'avait agrippée par le bras, la suppliant de la garder à la maison. Luisa avait fait une grimace de douleur. Puis elle l'avait giflée. Et ce n'était que plus tard, quand elle l'avait vue rouler ses manches pour faire la vaisselle, qu'elle avait compris. Les bleus mauve et jaune révélateurs sur ses avant-bras lui avaient mis la puce à l'oreille. Cela semblait toujours arriver quand son père rentrait tard, sentant l'alcool, le nez gonflé, le visage rubicond. Bien sûr, elle avait déjà entendu des cris, mais sans comprendre que sa mère subissait des sévices physiques. À partir du jour où elle avait découvert la vérité, elle avait pleuré tous les soirs.

De ce moment, Maxine s'était juré qu'une vie monotone, ponctuée uniquement par la violence, ne serait pas son destin. Plus tard, adolescente, elle avait développé une tendance rebelle prononcée. Elle avait essayé de parler des coups à sa mère. Mais Luisa l'avait fait taire. C'était différent quand ils vivaient en Italie, avait-elle expliqué. Au pays, Alessandro était un homme bon. La ferme l'avait pleinement accaparé et, même si s'occuper d'une exploitation était un travail éreintant, leur vie avait été gratifiante. Ils avaient été heureux. À l'époque, il ne buvait qu'au cours des repas, quand tout le monde partageait le vin, même les enfants. Avec un soupir, sa mère avait avoué que les problèmes avaient commencé parce qu'il ne s'était jamais remis d'avoir quitté sa patrie, malgré les années écoulées depuis leur départ.

— Quand tu aimes quelqu'un, tu l'aimes envers et contre tout, avait-elle ajouté tristement.

— Vraiment ? avait répété Maxine, horrifiée. Qu'importe ce qui arrive ? Tu laisses un homme te frapper.

Elle eut un pincement au cœur. Elle avait regretté de ne pas pouvoir l'aider plus. Mais sa mère avait trouvé de nouvelles excuses, disant que c'était normal. Cela lui avait suffi pour prendre sa décision. Une femme portait les enfants, était chargée de les élever, tout en travaillant à l'extérieur. Elle devait en plus assurer les courses, le ménage et s'occuper des plus âgés et des malades. Uniquement pour être brutalisée par un homme. Non ! Ce n'était pas pour elle. Si le destin de sa mère avait été de souffrir en silence, ce ne serait jamais le sien.

— Alors pourquoi ? demanda Marco, la ramenant au présent.

— Pourquoi quoi ?

— Pourquoi tes parents sont-ils partis ?

Elle fronça les sourcils.

— Tu me demandes ça maintenant ? Je ne te l'ai pas dit ?

— Pas vraiment. J'aime bien mettre les choses au clair.

— C'est plutôt que tu veux vérifier mon histoire.

— Tu m'en blâmes ? Nous n'avons pas beaucoup de belles Américaines qui viennent nous aider.

— La terre ne leur suffisait plus.

— Et c'était tout ?

— Pour autant que je sache. Oui.

— Et tu veux savoir d'où venait ta famille ?

— Exactement.

L'air perplexe, il demanda :

— Tu n'aurais pas pu venir avant la guerre, en temps de paix ?

— Eh bien, chaque fois que j'en évoquais la possibilité avec mes parents, ils m'en dissuadaient.

Il se mit à rire.

— Tu ne me donnes pas l'impression d'être quelqu'un qu'on dissuade facilement.

— C'est vrai.

Elle s'interrompit et se gratta l'oreille.

— Au bout du compte, je me suis passée de leur approbation. Ou, du moins, je suis partie à Londres en tant que journaliste, sans leur accord. Ils n'ont eu d'autre choix que de l'accepter. En fait, ils ne savent pas que je suis en Italie. J'ai reçu l'ordre de ne rien dire à ma famille.

— Mais pourquoi ne voulaient-ils pas que tu viennes en Italie avant la guerre ?

— Je ne sais pas vraiment. J'étais encore assez jeune et ils n'aimaient pas Mussolini.

— Je peux le comprendre, acquiesça Marco avec une grimace. Ici, nous devons le supporter depuis 1922.

Un court silence se fit.

— Tu ne veux pas en savoir plus sur moi ? demanda-t-il alors.

Surprise, elle se redressa et baissa les yeux vers lui. D'une main, il lui caressa les cheveux.

— Si. Mais je ne voulais pas poser de questions… Je pensais…

— Tu as raison. Nous nous entraînons à ne pas révéler qui nous sommes vraiment.

— Tu pourrais peut-être me dire pourquoi tu as rejoint les partisans ?

Il se frotta les yeux et elle s'allongea pour se blottir contre lui, une paume sur son torse, pour sentir son cœur.

— Avant la guerre, mon frère aîné a été emmené par les fascistes. Nous ne l'avons jamais revu.

— Oh ! Je suis tellement désolée !

— Nous ne sommes pas les seuls à qui c'est arrivé. Alors j'ai juré que dès que ce serait possible, je les combattrais. Mon frère n'a jamais supporté Mussolini. C'était le cas pour beaucoup d'entre nous. Mais il était trop virulent. Et, un soir, ils sont venus. Nous ignorons ce qu'ils lui ont fait, mais nous le devinons. J'ai une sœur, mais la perte de mon frère a brisé ma mère.

— Oh, Marco !

Il plongea les yeux dans les siens et, un long moment, ils gardèrent le silence. Émue par sa passion pour la cause pour laquelle il se battait, par sa passion en tant qu'homme, elle l'admirait sincèrement.

Ce fut lui qui brisa le silence.

— Tu as des frères et sœurs ?

— Un frère, d'un an plus âgé que moi.

— Il est gentil avec toi ?

— Suffisamment.

Il poussa un soupir.

— Ça ne doit pas devenir une habitude entre nous, tu sais.

Le plaisir s'évanouit et elle se sentit submergée par la tristesse. Ce n'était pas ce qu'elle voulait entendre. Ses mots lui déchiraient le cœur.

— Pourquoi pas ? demanda-t-elle d'une voix sourde.

— Parce que ce n'est pas sûr. Nous devons faire preuve de discrétion, maintenir nos identités séparées.

— Que fais-tu des sentiments ?

— Ils deviennent une faiblesse. L'ennemi est toujours aux aguets des maillons faibles de la chaîne.

— Dans ce cas, nous ferions bien d'en profiter maintenant, lança-t-elle avec une légèreté qu'elle était loin de ressentir.

Il l'embrassa sur les lèvres et secoua la tête.

— Il est temps de dormir.

Elle éteignit. Mais, tandis qu'elle écoutait sa respiration se faire régulière, ses pensées se bousculaient dans son esprit.

Pourquoi fallait-il qu'elle trouve un homme qui lui plaisait autant, à un moment aussi peu opportun ?

— Tu ne dors pas ? demanda-t-elle.

— Mmm, murmura-t-il.

— Je veux t'accompagner dans ta prochaine mission.

— Très bien.

— « Très bien » ? répéta-t-elle, surprise.

Il se mit à rire.

— Je suis prêt à dire oui à tout pour une bonne nuit de sommeil.

Chapitre 19

Sofia se réveilla à contrecœur et émergea lentement de sa torpeur en frottant ses bras froids. Quand elle ouvrit les rideaux, elle eut un mouvement de recul devant le spectacle des arbres qui se tordaient sous un vent violent. Mais au moins, il repoussait les nuages, dévoilant des pans de ciel d'un bleu éclatant. Espérant que l'air frais la rasséréneraít, elle s'habilla à la hâte et descendit. Elle tendit le bras vers le vieux manteau de Lorenzo accroché à sa place habituelle à côté de la porte de service. Il était si grand que, sur elle, il traînait par terre. Mais elle aimait l'odeur épicée de son after-shave et de ses cigares et l'enfilait souvent pour se réconforter, se réchauffer. Ne le trouvant pas, elle se rappela que Maxine l'avait porté la veille au soir.

Une fois dehors, elle leva les yeux vers la tour. Peut-être aurait-elle dû laisser les volets ouverts, comme ils l'étaient avant l'émission de radio. Quelqu'un pourrait remarquer qu'ils étaient maintenant fermés. Elle pressa le pas et, une fois à l'intérieur, prit la clé dans sa nouvelle cachette.

Au sommet, elle trouva tout exactement comme ils l'avaient laissé. Et James avait tiré une armoire à linge devant la porte du passage secret. Elle comptait aujourd'hui installer la pièce en atelier. Elle allait la remplir de peinture, de pinceaux, de térébenthine, de chiffons. Et d'une partie de ses livres d'art. Elle demanderait aussi à Aldo de transporter ses deux chevalets, avec son dernier travail en cours, jusqu'au sommet. La pensée de cette toile lui rappela que Lorenzo ne lui avait plus posé de questions à ce sujet. Elle ne supportait pas qu'il sache qu'elle lui avait menti en ne donnant pas ce portrait à encadrer. Il ne lui restait plus qu'à avouer la vérité et lui parler de James. Ce qu'elle ferait la prochaine fois qu'il serait ici. Il était rarissime que Lorenzo essaie de lui soutirer des réponses. En général, il abordait un sujet sans insister et attendait qu'elle soit prête à développer. Elle n'aimait pas mentir. Elle avait fait tellement de petits mensonges. Même si, pour la plupart, c'était par omission. Il était si facile de se bercer d'illusions, de manipuler une histoire, de croire à sa propre version, de sauver les apparences. Il ne s'agissait même pas de duper quelqu'un quand on était prêt à se duper soi-même. Savoir qu'au moins les informations qu'elle avait fournies à son mari n'étaient pas purement et simplement fausses la réconforta.

Elle retira le tissu opaque des fenêtres, le roula et ouvrit les volets. Puis elle redescendit.

Au cours des quelques minutes qu'elle avait passées dans la tour, le ciel avait changé. Réconfortée par son bleu étincelant, aussi loin que portait le regard, elle s'engagea d'un pas plus léger dans les ruelles pavées qui bordaient le village. Elle longea les potagers, les poulaillers vides. Puis, alors qu'elle passait devant les rangées sinueuses de maisons à deux étages, certaines avec de minuscules balcons, elle respira plus librement, l'exercice lui faisant oublier les angoisses de la nuit.

Arrivée à son endroit préféré, elle regarda par-dessus le rempart les reliefs ondulés du Val d'Orcia. Elle avait l'impression que le spectaculaire panorama des volutes de brume blanche flottant sur les vallées, avec le Monte Amiata se dressant bleu et sombre à l'horizon, avait été conçu pour elle seule. Et, comme toujours, sans qu'elle puisse l'expliquer, cette vue l'apaisa. Une fois qu'elle se sentit plus joyeuse, elle rebroussa chemin et passa devant deux femmes du village. Leur foulard fermement attaché sur la nuque, elles frottaient leurs perrons avec application. Les voir lui réchauffa le cœur.

Elle était frappée de constater qu'en dépit de la guerre, des privations, des pertes, ces femmes refusaient de se laisser aller. Reconnaissant Sara et sa voisine, la jeune Frederica, elle leur sourit. Le pauvre garçonnet de Frederica, qui avait un bec-de-lièvre, les regardait en silence, son pouce dans la bouche. Elle s'arrêta pour échanger quelques paroles avec elles.

En longeant le petit cimetière sur le côté de la tour, elle leva les yeux pour regarder un aigle qui fendait le ciel vers le nord, où il ferait encore plus froid. Quand elle baissa la tête, elle avisa une silhouette menue, blottie dans une alcôve.

— Gabriella, s'étonna-t-elle. C'est toi ?

Tremblante, l'air penaud, la jeune fille se colla encore plus près du mur.

— Gabriella, que diable fais-tu ?

Elle s'avança et lui tendit une main que Gabriella ignora. Ses cheveux emmêlés étaient pleins de brindilles et de feuilles, et sa peau était si bleue que Sofia prit peur. Elle n'avait quand même pas passé la nuit dehors ?

— Allez ! Il faut que tu rentres te mettre au chaud. Où est ton petit chien, Beni ?

Sofia lui parlait avec douceur. Néanmoins, Gabriella ne bougeait toujours pas. Peut-être aurait-elle dû aller chercher Carla ? Mais si elle la laissait seule, la jeune fille risquait de s'en aller de nouveau. Elle décida donc d'adopter une approche plus sévère.

— Gabriella. Ça ne va pas. J'insiste pour que tu rentres avant d'attraper la mort.

En entendant son ton impérieux, elle la regarda, puis se leva péniblement, flageolant sur ses jambes.

— Tu as passé toute la nuit dehors ?

Elle fit un signe d'assentiment. Sofia comprit alors que ce devait être elle que Maxine avait vue filer le long de la ruelle. À cet instant, Anna surgit au coin de la rue, le petit Alberto sur ses talons. Elle s'arrêta pour observer la scène.

— Que…, commença-t-elle, l'air furieux.

Sofia leva une main apaisante.

— Gabriella va rentrer se mettre au chaud. N'est-ce pas, petite ?

La jeune fille bougea à peine mais une lueur passa dans son regard.

— *Per Dio !* ragea Anna, pourquoi n'ouvre-t-elle jamais la bouche pour parler ?

D'un coup d'œil, Sofia lui intima le silence puis, soutenant Gabriella, l'aida à marcher vers la maison.

Mais Anna n'avait pas fini. Le regard flamboyant de colère, elle lâcha :

— Ma mère l'a gâtée. Et maintenant, regardez-la. A-t-elle passé la nuit dehors ? Et à faire quoi, si je peux demander ?

— Anna, tu as raison. Ta sœur va devoir s'expliquer. Mais, avant toute chose, elle a besoin de se réchauffer et de manger quelque chose.

— Bien sûr, madame la comtesse. Je suis désolée. Je ne voulais pas parler mal à propos.

— Ça ne fait rien. Tu es inquiète, je le sais.

Le fils d'Anna commença à tirer sur la jupe de sa mère en pleurnichant.

— J'étais en train d'emmener Alberto chez Rosalia, déclara-t-elle. J'ai… quelque chose…

— Tout va bien. Je comprends.

Anna scruta un instant son visage. Comme si elle se demandait combien elle en savait sur son activité de messagère. D'un signe du menton, Sofia la congédia. Après l'avoir regardée s'éloigner, elle soutint la cadette jusqu'à la cuisine du château et poussa la porte. Elle y trouva Carla, très agitée.

— Gabriella ! s'écria la cuisinière d'une voix tremblante. Je t'ai cherchée partout, mon enfant. Où étais-tu ?

Voyant qu'elle restait muette, Sofia décida d'intervenir.

— Je l'ai trouvée au cimetière. Je crains qu'elle ait passé la nuit dehors.

Les mains sur les hanches, Carla fronça les sourcils, sa colère s'amplifiant.

— Pourquoi ? Que diable… ?

— Je peux la garder avec moi. Essayer de la faire parler.

Se redressant, Carla répondit :

— Non, madame la comtesse. Merci pour votre proposition mais je préfère m'occuper de ma fille moi-même. Je ne vais pas tarder à savoir ce qui s'est passé.

Elle suivit sa fille dans sa chambre et, pendant quelques minutes, Sofia entendit sa voix s'élever. Puis ce fut le silence.

Lorsqu'elle revint, elle s'arrêta à côté du fourneau et secoua la tête.

— Elle ne dit toujours rien. Je pense qu'elle a besoin de dormir. Je l'ai enroulée dans une couverture et je vais lui apporter une boisson chaude dans un petit moment, voir si cela l'aide.

Sofia approuva d'un signe de tête.

— Laissez-lui un peu de temps.

— Oui. Vous avez raison.

— Alors c'était comment avec Maria hier soir ?

— Je lui ai offert du vin et un très bon fromage que nous cachons aux Allemands. Je lui ai dit qu'il était temps que nous fassions la paix.

— Elle l'a accepté ?

— Oui. Et, finalement, tout s'est bien passé. Elle n'a rien remarqué.

La cuisinière prit une brosse, remplit une bassine d'eau savonneuse et s'attaqua à la table de la cuisine.

Quand Aldo, l'air affamé, arriva du jardin, Sofia lui fit un clin d'œil pour lui rappeler de ne rien dire concernant les croquis du portrait devant sa mère. Ses yeux s'agrandissant, il lui lança un regard de conspirateur.

Carla finit de frotter la table, puis s'affaira à remplir la cuisinière de charbon. Elle sortit ensuite le balai du placard. Au moment où elle s'apprêtait à balayer, son fils le lui prit des mains pour s'en charger. Il mit alors le couvert du petit déjeuner pendant que sa mère préparait le café. Elle remplit la première tasse pour l'apporter à Gabriella.

Aldo s'assit à table et Sofia lui sourit. Rares étaient les hommes qui s'abaissaient à faire un travail de femme. Mais il avait toujours aidé sa mère.

— J'aime bien prendre mon petit déjeuner avec toi, jeune homme, dit-elle en s'asseyant en face de lui. Comment vas-tu depuis hier soir ?

Il eut un sourire en coin, embarrassé.

— Je ne sais pas si je comprendrai un jour le fonctionnement de la radio.

Elle lui tapota la main.

— Mais si.

Lorsque Carla revint dans la cuisine, elle s'enquit de Gabriella.

— Elle dort, répondit la cuisinière avec un haussement d'épaules. Nous verrons bien.

Puis elle sortit une miche de pain cuite la veille, quelques tomates du potager, une bouteille de leur huile d'olive et un peu de sel. Elle coupa les tomates en tranches fines et déballa les petites pâtisseries qu'elle avait préparées en même temps que le pain.

Sachant que c'était ce que préférait Aldo, Sofia demanda :

— Avons-nous des pêches séchées ?

Carla, qui croyait fermement au réconfort de la nourriture, fit signe que oui et entra dans le cellier où elle cachait le bocal. Profitant du fait qu'elle avait le dos tourné, Sofia chuchota alors :

— Peux-tu venir poser un moment ? Je voudrais finir les premières esquisses aujourd'hui.

Chapitre 20

Il faisait presque nuit et, dans la sécurité relative d'une ferme abandonnée, Marco dévisageait Maxine avec gravité.

— Tu pourras faire des rapports sur nos chiffres, sur notre manque d'armes et nos positions, mais pas de noms. Jamais.

Il l'agrippa par les épaules et ses doigts qui s'enfonçaient dans sa peau lui firent mal.

— Tu comprends ?

Tout en cherchant ses sous-vêtements, elle hocha vigoureusement la tête. Qu'avait-elle donc fait de son soutien-gorge ?

— Et rappelle-toi : tu ne peux parler à personne de ce que tu verras ce soir. Si nous rencontrons le moindre problème, tu te débrouilles. Tu te caches ou tu t'enfuis.

Elle trouva son soutien-gorge et attrapa le chemisier qu'il lui lançait, puis ils se rhabillèrent à la hâte. Elle le regarda passer des jumelles autour de son cou.

— Quoi ? demanda-t-il.

— Où diable les as-tu trouvées ?

Il se mit à rire et s'avança pour l'embrasser sur les lèvres.

— Je peux mettre la main sur n'importe quoi.

Ils passèrent dans la cuisine, où un groupe d'hommes aux visages implacables étaient rassemblés. L'un d'entre eux, mince, l'air sournois, lança un commentaire vulgaire en la déshabillant du regard. Tous se mirent à rire puis l'ignorèrent. Elle reconnut Lodo qu'elle avait vu l'autre soir. Surprise, elle vit aussi Aldo, l'air juvénile, hagard, inquiet. Pourtant, il souriait bravement.

Elle le prit par le coude et chuchota :

— Je croyais que tu comptais juste apprendre à faire fonctionner la radio ?

Il secoua la tête.

— C'est ce que j'ai dit à ma mère et à la comtesse. Mais ce n'est pas suffisant. Je veux voir de l'action.

— Marco est d'accord avec ça ?

— Je ne lui ai pas laissé le choix. Je l'ai suivi et me voilà.

Maxine jeta un coup d'œil à la ronde. Tous vêtus de noir, ils avaient recouvert leurs chaussures d'épaisses chaussettes.

Marco lui en tendit une paire.

— Toi aussi. Elles permettent de marcher en silence. Les femmes du village les tricotent pour nous.

— Tu es prêt, Aldo ? demanda l'homme maigre au garçon.

Marco intervint :

— Pas de vrais noms. Appelle-le « Petit ».

Aldo sourit.

Maxine sentait la surexcitation générale. La peur d'affronter le danger et de se faire prendre se mêlait à l'exaltation d'un possible succès et il en résultait une combinaison détonante. Alors que le groupe se mettait en branle, l'un d'entre eux cria à Aldo :

— Petit, tu marches avec moi.

Maxine baissa la tête pour éviter une branche basse et, absorbant l'énergie de leur enthousiasme, leur emboîta le pas.

Pendant les quarante-cinq minutes suivantes, personne ne prononça une parole. Quand ils arrivèrent à hauteur d'une voie ferrée, elle comprit qu'ils s'apprêtaient à faire un sabotage. Trois des hommes portaient des sacs à dos. Sûrement remplis d'explosifs, devina-t-elle.

— Si tu entends tousser, c'est un signal signifiant qu'un garde approche, lui chuchota Marco avant de s'éloigner. Nous espérons faire sauter un train de marchandises nazi, avec des wagons pleins de ravitaillement. Mais toi, tu restes en arrière.

De l'endroit où elle se trouvait, à la pâle lumière de sa torche mourante, elle regarda les trois hommes sortir d'étranges conteneurs ressemblant à de longs salamis. Retenant son souffle, elle les vit ramper jusqu'à la voie ferrée qui traversait la vallée vers San Giovanni d'Asso. Arrivés au petit pont qui franchissait la route, ils placèrent les explosifs sous les patins des rails. Ainsi, quand les roues du train passeraient dessus, ils exploseraient. Le but était non seulement de faire dérailler tous les wagons mais de détruire les voies ferrées. De temps à autre, ils déplaçaient des pierres qui s'entrechoquaient bruyamment, leur vacarme contrastant avec le profond silence nocturne. Chaque fois, ils se figeaient de peur d'être découverts. Maxine aperçut le reflet des jumelles de Marco dans la pénombre. Que pouvait-il voir ?

À partir de positions un peu plus élevées, les deux hommes qui faisaient le guet surveillaient les alentours, prêts à tousser ou à siffler s'ils remarquaient le moindre mouvement. À mesure que le temps passait, la tension se faisait de plus en plus forte. La nuit était très froide et elle semblait incapable de calmer ses tremblements.

Soudain, une vive lumière illumina l'obscurité, comme si le jour s'était levé tôt. Une patrouille nazie avait lancé des fusées éclairantes ! Des voix féroces se mirent à hurler en allemand et les partisans détalèrent en courant. Des coups de feu fusèrent. Plaquant une main sur sa bouche, Maxine étouffa un hurlement. Aldo venait de tomber. Mais il se releva et reprit sa course. Soulagée, elle le suivit des yeux pendant quelques secondes. Mais à l'instant où elle se détournait, horrifiée, elle vit l'un des Allemands l'attraper et le jeter à terre. Une nouvelle fois, le garçon se releva en chancelant. Elle chercha Marco des yeux. Elle était impuissante.

Les autres hommes couraient, se fondant dans les bois avant de se séparer. Son instinct de survie se réveillant, elle n'eut d'autre choix que d'en faire autant. Elle s'élança vers la forêt, trébuchant sur les racines d'arbres, les branches lui frappant et lui griffant le visage, les brindilles craquant sous ses pieds. L'eau dégoulinait des arbres parmi lesquels des animaux détalaient en grognant. Des sangliers ? Pouvaient-ils attaquer ? Elle ne voyait rien mais continua de courir à l'aveuglette, jusqu'à ce que, se prenant les pieds dans une racine, elle tombe la tête la première. Le choc lui coupa le souffle. La puanteur de la terre et de la végétation pourrissante lui emplit les narines et, sentant un goût infect dans sa bouche, elle vomit. Trempée, elle se força à se relever et, haletante, continua à grimper la pente escarpée en trébuchant, à peine consciente de sa direction. Le vent sifflait dans les arbres et, dans la nuit d'un noir d'encre, tout semblait bouger. Elle fonça dans un énorme chêne et dut lutter pour retrouver sa respiration. Soudain, une crampe lui paralysa le mollet et elle fut incapable de reprendre sa course. Des chiens aboyèrent. Des chiens allemands ? S'approchaient-ils ou s'éloignaient-ils ? Elle se traîna dans la montée de plus en plus raide, boitant douloureusement et en proie à une peur comme elle n'en avait jamais connu.

De dangereuse, la forêt était devenue terrifiante. Et elle était pourchassée. Les poursuivants étaient-ils en train de former un cercle autour d'elle, sur le point de la prendre au piège ? Des pas foulaient les sous-bois et elle s'accroupit pour se cacher. Elle entendit le bruit des bottes d'un soldat allemand qui avançait à travers les fougères, les repoussant de son fusil. À quelle distance était-il ? Trois mètres ? Quatre ? Elle retint son souffle. L'Allemand poussa un juron, un autre hurla des ordres. Puis le soldat revint sur ses pas et passa tout près d'elle, à quelques centimètres seulement.

Elle attendit quelques instants et laissa échapper un soupir de soulagement.

Les bruits étaient étranges maintenant. Déformés. Différents. Les voix enflaient, venant de nulle part. « *Halt ! Halt !* »

Les cris résonnaient dans sa tête. « *Halt! Halt!* » Où étaient-ils ? Elle sentit sa bouche se dessécher, incapable d'avaler sa salive. Elle ne voyait rien. Un instant elle se sentait brûlante, le suivant glacée. Puis une nouvelle déflagration la paralysa. Le cœur battant à tout rompre, elle imagina le coup de feu lui déchirer la chair d'une façon si convaincante que, l'espace d'un instant, elle eut l'impression que c'était vraiment arrivé. Une nouvelle détonation éclata, puis une autre. Avaient-ils attrapé quelqu'un ? Marco ? Avaient-ils attrapé Marco ? Mais comment les Allemands avaient-ils su que les partisans seraient ici ? Alors qu'elle était figée, l'évidence l'aveugla : ils avaient été dénoncés.

Au bout d'un moment, les coups de feu s'arrêtèrent, les voix s'évanouirent. Profondément soulagée, elle renifla. Quelle était cette odeur de feu de bois ? Elle suivit le sentier devant elle jusqu'à une petite ferme isolée flanquée d'une grange et d'une remise. Échevelée, le sang coulant de ses coupures et de ses griffures, elle se dirigea vers la grange. Elle avait bon espoir que Marco soit parvenu à s'échapper. Mais Aldo ? Seigneur ! Avait-il réussi à fuir aussi ?

Chapitre 21

Le lendemain, Sofia entendit gratter à la porte qui ouvrait directement sur ce qui avait été sa roseraie. Puis une voix qui chuchotait. Elle l'ouvrit et Anna s'écroula quasiment dans sa chambre. Les joues cramoisies, elle semblait très agitée. Elle jeta un coup d'œil à la porte communiquant avec la partie principale de la maison.

— Ma mère ne sait pas que je suis ici.

Sofia donna un tour de clé à la serrure. Anna prit une longue inspiration, comme si elle essayait de se ressaisir.

— Tu ne veux pas t'asseoir ?

Mais elle resta debout, les traits tirés, les yeux plissés par la peur.

— Alors, raconte, exigea Sofia.

— C'est Aldo, répondit la jeune fille en étouffant un sanglot.

Envahie par un pressentiment funeste, elle l'entendit alors balbutier :

— Ils l'ont pris.

— Qui, Anna ? Qui l'a pris ?

La jeune femme baissa la tête et, lorsqu'elle la releva, des larmes jaillirent de ses yeux bruns.

Sofia sentit son cœur faire un bond dans sa poitrine.

— Oh, Anna. Viens t'asseoir à côté de moi.

Elle s'avança en trébuchant et elle lui tendit les bras. Toutes deux s'installèrent sur le canapé en chintz. Anna pleurait.

— Raconte-moi tout. À partir du début.

— On dit qu'Aldo a peut-être été abattu en prenant part à des opérations de partisans, raconta-t-elle.

— Aldo était impliqué ? Ils le savent ?

— Un homme est venu à l'aube. Il n'était pas sûr qu'il s'agissait d'Aldo, ne savait même pas s'il était vivant ou mort. Mais ils pensent qu'il a été emmené au poste de police de Buonconvento.

— Ce sont les Allemands qui lui ont tiré dessus ?

Anna acquiesça d'un signe de tête tout en se frottant le front avec désespoir.

— Il a dit que quelqu'un avait dû dénoncer les partisans. Parce que les Allemands les attendaient. Je ne sais pas quoi faire. Aldo n'est pas rentré hier soir et je n'ose pas le dire à ma mère.

— Mais pourquoi l'ont-ils emmené à Buonconvento ?

— D'après la rumeur, l'un des partisans venait de là. Accepteriez-vous de m'accompagner ? De m'aider à découvrir ce qui s'est passé ?

— Tu n'as même pas besoin de me le demander.

Elle réfléchit un instant.

— Nous allons prendre la carriole à poney et nos paniers. Nous emprunterons le chemin de terre pour ne pas éveiller les soupçons. Mais il faudra rester sur le qui-vive, donner l'impression que nous faisons des courses.

Anna la regarda longuement.

— Si un Allemand a été tué, ils vont exécuter cinq hommes dans chaque village dont viennent les partisans.

— Ils n'ont pris qu'Aldo ?

— Je ne sais pas, répondit la jeune femme d'un ton pitoyable.

S'obligeant à recouvrer son sang-froid, elle déclara :

— Bien. Va m'attendre devant le portail principal. Fais en sorte que Carla ne te voie pas. J'ai besoin d'une demi-heure pour m'habiller et aller chercher le poney et la carriole. Où est Alberto ?

— Ma voisine le garde.

— Bien. Ne perds pas espoir. Nous ne sommes même pas sûres que c'est Aldo qu'ils ont capturé.

Avec un soupir, Anna acquiesça.

Pendant le trajet, elles ne prononcèrent quasiment pas un mot. La route sinueuse contournait des collines, des affleurements rocheux, et traversait des vallées. Arrivées à Buonconvento, elles entrèrent dans le village fortifié par la Porta Senese, une monumentale porte en bois au nord de la ville, en direction de Sienne. Encore peu de temps auparavant, le village, situé à l'embouchure des fleuves Arbia et Ombrone, était une halte bienvenue pour les voyageurs. Son nom signifiait « couvent heureux ». Mais Sofia ne pouvait imaginer appellation plus inappropriée aujourd'hui. Malade d'anxiété, elle voyait qu'Anna avait peine à garder le contrôle de ses nerfs.

— Allez, lui dit-elle. Nous ne savons rien encore.

Elles trouvèrent la via Soccini, la rue principale, déserte. Elles décidèrent alors d'attacher le poney et de s'engager dans le dédale des ruelles et des rues secondaires qui se déployaient derrière elles. Sofia venait habituellement à Buonconvento en voiture par la route principale et son endroit préféré était la petite *piazza* sur laquelle débouchait la via Oscura. Elle avait toujours aimé cette ville, ses rues médiévales, ses hauts bâtiments de briques rouges, richement décorés. Mêmes les étroites venelles secondaires étaient pittoresques. Pourtant, là non plus elles ne croisèrent pas âme qui vive. Le silence n'était troublé que par le bruit de leurs pas sur les pavés. L'endroit donnait l'impression d'un village fantôme. Elles finirent par tomber sur une femme qui, debout sur le seuil d'une porte, regardait fixement le sol.

— Pardon, commença Sofia.

Mais la femme se contenta de leur montrer du doigt l'autre extrémité de la ville.

Sofia sentit croître son angoisse. Il se passait quelque chose de terrible. D'habitude, Buonconvento bourdonnait d'activité. Même depuis le début de la guerre. Aujourd'hui, les rues étaient tellement vides que c'en était choquant. Et l'air semblait bruisser d'un étrange chuchotement.

Elles finirent par regagner la rue principale et se dirigèrent vers la Porta Romana, du côté sud.

C'est alors qu'elles les virent.

Les deux corps, leurs chairs couvertes de marques rouges, leurs doigts noirs, leurs visages violets, couverts d'ecchymoses. Le nœud qui lui noua la gorge coupa le souffle de Sofia.

Anna agrippa son bras et elles se joignirent à la petite foule silencieuse qui regardait les hommes pendus à la Porte. On ne pouvait entrer ou sortir sans les voir. Et, immédiatement, Sofia sut que l'un d'entre eux était le garçon longiligne qu'elle avait toujours aimé. L'autre était le partisan, Lodo. Elle plaqua une main sur sa bouche pour étouffer le hurlement qui montait de ses tripes. Elle suffoquait. Les maisons et les gens disparurent de sa vue brouillée par les larmes. Elle ne voyait plus qu'Aldo. Certains badauds s'éloignaient, terrifiés. D'autres s'avançaient, fascinés par l'odeur âcre de la mort, le goût métallique du sang sur leur langue, la puanteur des excréments. Dans le silence implacable de la rue, seuls résonnaient les pleurs d'un bébé et des chuchotements qui ne tarissaient pas.

Incapable de supporter cette vision, l'espace d'une seconde, Sofia ferma les yeux. Et, quand elle les rouvrit, elle comprit qu'elle ne serait plus jamais la même. Elle venait de devenir une tout autre personne dans un monde totalement différent. Cet acte de pure provocation faisait naître en elle un sentiment de rage et de répulsion qui la submergeait. Elle sentit le goût du sang et du sel dans sa bouche et une rage ardente comme jamais elle n'en avait éprouvé auparavant l'envahit. Elle voulait courir vers eux, couper la corde qui retenait leur corps, laver leur pauvre peau tuméfiée, les ramener à la vie. Et pourtant, elle savait que c'était impossible. Elle avait beau sentir le chagrin déferler en elle, elle ne pouvait même pas montrer qu'elle connaissait ces deux hommes. D'une rigidité totale, Anna s'agrippait à son bras comme si chacune d'elles empêchait l'autre de s'effondrer. Elles parvinrent à rester debout, hébétées, incapables d'y croire. Les images du petit garçon malicieux qu'avait été Aldo surgirent alors de sa mémoire. Elle le revit jouer sur son chariot, faire des bêtises quelque part dans le village, ses boucles tombant sur ses yeux joyeux, avec son grand sourire irrésistible qui lui valait toujours de se faire pardonner. Voir son corps ainsi, la tête roulant d'un côté, les os brisés, sa vie détruite, faisait naître en elle une douleur d'une intensité que jamais elle n'aurait pu imaginer. Sentant un spasme la déchirer physiquement, elle dut se faire violence pour ne pas s'écrouler.

Elle devait réprimer toute réaction avant d'avoir quitté cet horrible endroit. Elle leva les yeux vers la gauche. À l'une des fenêtres surplombant la scène, elle aperçut le visage impassible d'un officier allemand, les sourcils haussés en une expression de froide indifférence, et cette vue galvanisa sa colère. *Kaufmann*. Il la regarda droit dans les yeux et elle fut envahie par une haine si farouche qu'une certitude s'imposa à elle. Elle pouvait tuer. Elle voulait tuer. Et elle ressentit une telle violence qu'elle se fit peur à elle-même.

Elle essaya d'entraîner Anna.

— Viens. Il faut partir.

— Je ne peux pas le laisser. Pas encore.

Bien entendu, elle comprenait. Aussi restèrent-elles, malgré le risque.

Derrière elles, un remous secoua la foule qui s'était agglutinée. Soudain, Sofia vit Carla se frayer un chemin jusqu'au premier rang, le visage hagard.

— Qui lui a dit ? chuchota-t-elle.

Pétrifiée, Anna ne répondit rien.

Elle attendit le hurlement. Mais seule lui parvenait la rumeur des voix marmonnant. Le temps sembla se figer de façon intolérable. Carla semblait en transe. Comme si elle était toujours là mais loin de ce monde. Qu'arriverait-il si quelqu'un la réveillait ? Allait-elle se briser, se mettre à hurler pour son pauvre fils mort ? Avoir exactement la réaction que les Allemands attendaient ?

Sofia aperçut alors Maxine qui se frayait un chemin à travers la foule. Arrivée à hauteur de Carla, elle lui prit le bras et sembla lui souffler quelques mots. La cuisinière cligna des yeux. Pourtant, Sofia avait l'impression qu'elle ne voyait plus rien, que le choc l'avait anéantie. La tenant toujours par le bras, Maxine l'éloigna de l'atroce vision de son fils unique.

Embrasée par une détermination aussi soudaine que farouche, Sofia entraîna Anna et elles suivirent Maxine et Carla en titubant. À cet instant, elle se fit le serment qu'aussi longtemps qu'il le faudrait, elle ferait tout ce qui serait en son pouvoir pour débarrasser son pays de ces abominables intrus. La mort d'Aldo ne resterait pas impunie. Ce garçon si attachant, qu'elle avait vu naître, ne serait pas mort en vain. Et quand elle se souvint du revolver que son mari lui avait donné, elle fut prise d'une envie irrésistible d'en presser la gâchette.

Chapitre 22

Décembre 1943

L'absence d'Aldo remplissait chaque pièce. Le chagrin arrivait par vagues soudaines, accablantes, et, jour après jour, la stupeur renaissait aussi vive que la première fois. Son sourire espiègle hantait Sofia et il était partout où elle allait. Elle n'arrivait pas à se convaincre qu'elle ne le verrait plus jamais. La terrible vision de son jeune corps pendu l'obsédait, l'anéantissant. Rien ne pouvait apaiser la douleur qui lui broyait le cœur. Elle n'osait imaginer celle de Carla. Elle aurait tout donné pour voir Lorenzo rentrer. Sa présence lui aurait été d'un tel réconfort. Elle essayait de l'imaginer, à peine arrivé, lui tendant les bras, debout à côté de la porte.

Quand elle l'avait rencontré pour la première fois, sa confiance en lui, son assurance, l'avaient tout de suite mise à l'aise. Le colonel Schmidt, l'officier allemand qui s'était invité à dîner le soir de l'arrivée de Maxine, était tout l'opposé. Il semblait très mal dans sa peau. Grand et gauche, trop maigre, il entrait maintenant dans le salon, l'air tendu. Il s'avança vers elle à grands pas, puis sourit. Elle eut la même impression que la première fois. Cet homme aurait de loin préféré se tenir au coin du feu, chez lui, avec sa femme.

Consciente qu'elle ne devait pas perdre sa confiance, elle lui sourit en retour. Quand il s'inclina sur sa main tendue, elle sentit son eau de Cologne poivrée. C'est alors qu'elle s'aperçut qu'il n'était pas seul. Kaufmann se tenait juste derrière lui.

C'était une autre affaire. Surprenant son coup d'œil à son subalterne, Schmidt le désigna du menton.

— Capitaine Kaufmann, le présenta-t-il.

— Oui, nous nous sommes rencontrés, acquiesça-t-elle.

Elle se tourna vers l'officier. Avec son visage lisse, sans l'ombre d'une ride, ses yeux bleu pâle derrière ses lunettes à monture en écaille, son large front et ses fins cheveux châtain clair, il était l'archétype de la virilité aryenne.

Kaufmann se courba avec raideur, avant de survoler les lieux du regard.

— Bienvenue, dit-elle, sans doute un peu trop guindée.

Mais elle n'obtint pas la moindre réaction. Laissant Schmidt s'installer dans un fauteuil et croiser et décroiser les jambes comme il l'avait fait le soir du dîner, Kaufmann fit lentement le tour du petit salon, caressant chaque objet avec sensualité. Se penchant pour l'examiner de près, il le soulevait et le reposait pour en prendre un autre. Qu'espérait-il trouver ? Elle n'en avait pas la moindre idée.

Tout en essayant de s'occuper de Schmidt, elle l'observait du coin de l'œil. Les pieds écartés, les mains derrière le dos, il se tenait maintenant devant l'un de ses tableaux préférés, comme fasciné.

— C'est bien un Cozzarelli. Je me souviens de l'avoir déjà vu, ici.

Il se tourna vers elle.

— De l'école siennoise, influencée par l'art byzantin et bien moins connue que l'école florentine.

— C'est exact.

Il l'enveloppa d'un long regard imperturbable.

— Nous ne manquons pas de sensibilité artistique, quoi que vous puissiez penser. Je collectionne moi-même l'art italien. Je ne crois pas qu'il s'agisse de l'unique saint Sébastien.

— Mon mari saurait vous le dire. Cette œuvre est dans sa famille depuis des générations. Les villageois considèrent saint Sébastien comme leur protecteur.

Un frisson de répulsion la parcourut au souvenir de la façon dont Kaufmann l'avait regardée du haut de sa fenêtre, à Buonconvento. Sa présence aujourd'hui ne pouvait être une coïncidence.

Schmidt reprit la parole. Plein de sollicitude, il lui demanda, affable :

— Vous paraissez absente, madame la comtesse. Vous vous sentez bien ?

Elle se frotta la tempe et s'exhorta à rester aussi proche de la vérité que possible.

— Toutes mes excuses, colonel Schmidt. Je n'avais pas l'intention de vous sembler distraite. En fait, je souffre d'un mal de tête assez violent.

En réalité, c'était son cœur qui la faisait souffrir, non sa tête. Une nouvelle fois, l'horrible vision d'Aldo s'imposa à son esprit. Pour un peu, elle aurait presque senti cette écœurante odeur fétide de sang, d'excréments, de peur.

— Dans ce cas, nous ne vous retiendrons pas. Je suis simplement venu vous demander si vous aviez connaissance de la disparition de certains hommes de votre village.

Une fraction de seconde de trop, elle hésita. Espérant qu'il ne l'avait pas remarqué, elle répondit :

— Oh, je vois. Non, je n'ai entendu parler de personne. Bien sûr, nous avons aussi des fermes isolées. Pour lesquelles je ne serais pas nécessairement au courant. Du moins, pas tout de suite.

Schmidt fit un signe d'assentiment. Mais Kaufmann s'avança, l'air inflexible. Hochant imperceptiblement la tête, il persifla :

— Vraiment ?

Le colonel lui lança un coup d'œil irrité.

— Je suis sûr que nous pouvons faire confiance à la comtesse.

Haussant les sourcils, Kaufmann la scrutait maintenant ouvertement.

— Si je comprends bien, vous vous tenez informée de tout ce qui se passe sur vos terres. Tout particulièrement quand votre mari est en déplacement.

— Certes, je fais de mon mieux.

Elle prit une profonde inspiration et poursuivit :

— C'est mon habitude. Et maintenant, puis-je vous offrir une tasse de café ?

Le colonel secoua la tête. Mais elle pouvait voir que rien ne lui ferait plus plaisir qu'une tasse de café et un bref répit dans la guerre.

— J'en serais ravi, mais je crains que nous n'ayons pas assez de temps.

Kaufmann, qui était en train d'effleurer une statuette de bergère en porcelaine, la regarda de nouveau.

— Vous aimez les objets d'art anglais ?

Elle esquissa un sourire poli.

— J'aime collectionner toutes sortes de bibelots. Nous en avons aussi beaucoup dans le grand salon, si vous souhaitez les voir.

— Vous parlez anglais ? reprit-il, ignorant sa proposition.

— En effet.

Il lui jeta un coup d'œil soupçonneux.

— Et pourquoi ?

— J'ai passé un an à Londres. Mes parents considéraient que c'était essentiel à mon éducation.

Le capitaine baissa la tête et, avec une lenteur délibérée, retira un cheveu de l'une de ses manches. Puis il la dévisagea de nouveau. Elle attendit, se sentant soudain nauséeuse. Elle avait le pressentiment qu'une question déplaisante se préparait.

— Dites-moi, madame la comtesse, finit-il par murmurer en plissant les yeux. Une dernière question. Êtes-vous allée à Buonconvento, récemment ?

Chapitre 23

Quand Sofia alla prendre des nouvelles de Carla, elle la trouva assise à la table de la cuisine. Anna s'affairait. Après avoir préparé du café, elle coupait une miche de pain fraîche. Il flottait une odeur de pain cuit, d'herbes, de soupe de légumes. Elle sentit monter en elle une nouvelle nausée. Depuis qu'elle avait vu Aldo se balancer au bout d'une corde, elle semblait incapable d'avaler quoi que ce soit.

Elle regarda sa cuisinière, imaginant les derniers instants de leur garçon adoré. L'avaient-ils torturé avant de l'assassiner ? Bien sûr. Avait-il eu peur ? Avait-il su qu'il allait mourir ? Bien sûr. Et surtout, ils avaient dû essayer de lui extorquer des noms. Elle priait pour qu'il n'ait pas craqué, même si elle ne pouvait en être sûre. Après tout, il n'avait que dix-sept ans. C'était trop jeune pour mourir pour une cause.

Elle repensa à Enrico. À ses dernières heures, quand il étouffait dans une souffrance intolérable, alors que le cancer l'emportait. Pauvre Carla, qui croyait alors que rien ne pourrait arriver de pire que la mort de son mari. Comme elle s'était trompée ! Voir Aldo traité comme s'il n'était rien de plus qu'une vulgaire carcasse était d'une brutalité inégalable. C'était barbare. Elle revit son cher visage, ses yeux souriants, pétillants de vitalité. Comment sa mère pouvait-elle endurer un tel supplice ?

Assise elle aussi à la table, Maxine poussait une assiette de pain et de tomates en tranches vers la pauvre femme. Sofia huma l'arôme de l'ail et de l'huile d'olive. D'un geste brusque,

Carla la poussa à terre, où elle se brisa sur les dalles de pierre. Personne ne réagit. Comme si elles avaient décidé tacitement de préserver un calme factice dans l'espoir insensé d'atténuer la douleur.

Anna, les yeux rougis par les larmes, se munit d'une pelle et d'une brosse, s'agenouilla et nettoya le désastre. Sofia garda le silence et, à son tour, se frotta les yeux. Puis elle déclara :

— Le capitaine Kaufmann est venu. Il se pourrait qu'il revienne.

— C'est mauvais signe, déclara Anna en se redressant.

Maxine se leva et s'avança vers elle.

— Se doute-t-il de quoi que ce soit ?

— C'est difficile à dire. Je pense qu'ils ont des soupçons.

— « Ils » ?

— Le colonel Schmidt l'accompagnait. Mais je crois que Kaufmann m'a aperçue à Buonconvento.

Anna étouffa un cri.

— Il nous a reconnues ? C'est ma faute, je savais que je n'aurais pas dû vous demander de rester. Une fois que nous avions vu ce qui s'était passé, nous aurions dû partir.

— Comment aurions-nous pu ne pas rester ? lui demanda-t-elle avec douceur. Il est inutile de chercher des responsables. De toute façon, c'est moi qu'il a reconnue. Pas toi.

— Ils vont revenir, déclara alors Maxine avec conviction.

Sofia se rappela le regard de Kaufmann.

— Je sens qu'il peut lire en moi. Avec son éternel rictus, ce sourire crispé qui n'atteint pas ses yeux.

Quand, après s'être incliné, il avait tourné les talons pour partir, elle avait pris conscience que tout le temps qu'avait duré l'entrevue, elle avait pressenti une cruauté sous-jacente, profondément troublante.

— Le colonel est différent, ajouta-t-elle. Plus agréable, si l'on peut dire.

Elle s'aperçut que ses mains tremblaient.

— Mais ils en savent plus que ce qu'ils laissent entendre. Je crains qu'on leur ait dit qu'Aldo était d'ici.

— La plupart des gens du village préféreraient mourir plutôt que révéler quoi que ce soit, fit remarquer Anna.

Sofia poussa un soupir. Puis, s'avançant, elle posa une main sur l'épaule de Carla. Elles étaient impuissantes à l'aider. Elles attendaient qu'elle exprime sa douleur. Mais sa fidèle cuisinière semblait avoir perdu l'usage de la parole.

— Madame la comtesse, il y a autre chose, reprit alors sa fille. Gabriella dit qu'elle est amoureuse mais elle ne veut pas dire de qui. Elle persiste à afficher un étrange sourire énigmatique. Ça m'inquiète.

— Souhaites-tu que je lui parle ? proposa-t-elle.

— Je ne sais pas. Peut-être que maman le fera quand elle aura repris quelques forces.

— Très bien.

Perdue dans ses pensées, elle sortit de la cuisine en compagnie de Maxine. Ses souvenirs dérivèrent sur l'époque où Enrico et Carla habitaient la ferme, avec leurs enfants encore petits. Alors femme de cultivateur, Carla nourrissait les animaux de la basse-cour : dindes, canards, pintades, poulets. Elle préparait la viande pour une année entière, dépeçait les carcasses, faisait des saucisses pour toute la famille. Elle battait le grain, aidait aux vendanges, à la récolte des olives et du tabac. Elle ne manquait pas d'occupations. Pourtant, malgré son emploi du temps surchargé, dans son monde peuplé de rires d'enfants, de joies, elle coulait des jours heureux. Pauvre Carla. Comme elle devait regretter le bonheur de cette époque !

Chapitre 24

Quittant la cuisine, Maxine et Sofia se dirigèrent vers le potager où elles marchèrent lentement, flânant dans les allées, entre les rares choux. Il faisait froid et Maxine frissonna. Sofia semblait préoccupée. Ce qui n'avait rien de surprenant, après les événements de la veille.

— J'étais là, tu sais, déclara Maxine. On te l'a peut-être dit.

— Là ?

— La nuit où ils ont pris Aldo.

Sofia la scrutait du regard, à travers ses paupières mi-closes.

— Seigneur ! C'est effroyable !

— Ça l'était. Et terrifiant, en plus.

Elle prit une longue inspiration avant de poursuivre avec une grande douceur :

— Écoute, Sofia, je comprends à quel point c'est difficile pour toi. Mais nous ne pouvons pas nous permettre de renoncer. Il faut continuer. Nous le devons à Aldo et à tous les autres qui sont morts en luttant.

Sofia hocha lentement la tête.

— Je le sais. C'est juste que je n'arrive pas à tourner la page. J'ai vu Aldo naître et je l'aimais. J'étais en train de peindre son portrait pour en faire cadeau à Carla. Penses-tu que je puisse encore le lui offrir ?

— Je crois qu'avec le temps, elle l'aimera.

Sofia étouffa un soupir. Lui prenant la main, Maxine poursuivit :

— Ce qui est arrivé à Aldo est terrible, je le sais. Rien ne peut en apaiser la douleur.

Elle garda le silence quelques minutes et reprit :

— Mais nous avons du travail et je dois me remettre en rapport avec mon contact, lui communiquer ce que j'ai découvert sur les partisans d'ici.

— C'est-à-dire ?

— Que beaucoup d'hommes sont prêts à se battre mais qu'ils ont faim et qu'ils sont pauvres en armement. Progressivement, Marco les organise en unités fiables mais il faut d'urgence leur procurer des armes, des munitions et de la nourriture.

— Comment ?

— En ce qui concerne les armes, nous avons un contact qui travaille dans le bureau externe du consul d'Allemagne à Florence. Apparemment, il a des informations.

— Et la nourriture ?

— Je dois avoir un entretien avec Marco pour en discuter.

Le vent se leva, faisant bruisser les feuilles des arbres et dispersant l'herbe coupée. L'air hésitant, Sofia repoussa ses cheveux de ses yeux.

— Alors, ce soir ? Tu veux émettre ce soir ?

— Dès que possible.

— Pas de la tour. Ils vont nous surveiller.

— Non. Nous allons emporter le matériel.

— Vous n'aurez pas besoin de moi ?

Maxine secoua la tête.

— Non. Avec James, nous allons profiter de la nuit pour tout transporter dans le grenier de la nouvelle ferme dans laquelle il se cache. Elle est plus éloignée, mais dans un endroit relativement élevé. De toute façon, il faut continuer à changer la radio de place sinon, avec leur système de triangulation, les Allemands vont nous repérer. Nous transmettrons tout ce que je sais maintenant, et j'espère recevoir de nouvelles instructions.

Elles se turent de nouveau. Puis Maxine demanda :

— Que dit Anna au sujet de Gabriella ?

Sofia fit une grimace.

— Elle pense qu'elle est amoureuse. Elle n'est pas sotte mais, pour elle, l'école était compliquée.

— Comment ça ?

— Elle est un peu butée.

— Tu veux dire simplette ?

— Non, pas exactement. Mais son entêtement et son refus d'apprendre ne sont pas faciles à gérer. Je n'aime pas la cataloguer. Elle est comme elle est. Rêveuse, étourdie, un peu distraite. J'ai essayé de lui apprendre à lire, en vain. Elle disait que les lettres ne tenaient pas en place sur la page. Nous avons fini par renoncer. Mais elle est douée dans d'autres domaines. Elle connaît les plantes et les fleurs et elle est extraordinaire avec les animaux. Son petit chien à trois pattes l'adore.

— Ah, donc c'est un amour juvénile.

— Sans doute… Si nous rentrions ? Je suis frigorifiée.

Le lendemain, Maxine et Marco, tremblant de froid, avaient rendez-vous dans une clairière de l'épaisse forêt voisine de Giovanni d'Asso, avec trois partisans, dont un inhabituellement gros. Tout en battant la semelle pour se réchauffer, ils discutaient de la meilleure façon de ravitailler le maquis. Marco avait précédemment suggéré à chacun d'essayer de se procurer un poulet, des saucisses et un sac de pommes de terre. Quoi qu'ils puissent rapporter, ce serait toujours mieux que rien. Mais ils n'avaient pas trouvé grand-chose, à l'exception de Fazio qui tenait une oie dans ses bras.

Marco retira sa casquette et se gratta le crâne.

— Où diable as-tu déniché ça ?

— Qu'est-ce que ça peut te faire ? rétorqua le garçon avec une grimace hostile.

— Nous ne volons pas ceux qui n'ont presque rien, tu le sais. L'une des veuves de Giovanni élevait des oies.

Les traits du partisan se durcirent.

— Elle me l'a donnée.

Avec un soupir exaspéré, Maxine intervint :

— Est-ce que nous ne pourrions pas passer à l'action ? Il faut sûrement que nous allégions les Allemands de leurs réserves de nourriture.

— Plus facile à dire qu'à faire, marmonna Fazio, ponctuant sa remarque en crachant par terre.

— Nous savons qu'il y a un camp de ravitaillement allemand non loin d'ici, reprit-elle. Ne pouvez-vous pas en faire la cible d'une opération ?

Marco fit un signe d'assentiment.

— C'était exactement ce que je pensais. Et il y a une ferme à proximité. Elle appartient à Galdino. Il est âgé mais je pense qu'il nous aidera. S'il est d'accord, nous surveillerons le camp de ravitaillement ce soir. Puis nous dormirons dans sa grange. Fazio, tu vois où elle se trouve ?

Fazio acquiesça d'un signe de tête.

— Dis au reste des hommes de nous y retrouver demain soir à 22 heures. Toi, Maxine, il faut que tu pousses les Anglais à nous parachuter plus de colis de nourriture. Comme ça, chacun de nous participe.

Les hommes s'éloignèrent.

— Viens avec moi à la ferme, dit-il en lui prenant la main.

Elle la lui pressa puis la relâcha.

— D'accord. Écoute, Marco, mon contact anglais, Ronald, ordonne d'intensifier les opérations, poursuivit-elle. Il ne faut plus se contenter de semer la perturbation chez l'ennemi, il réclame un soulèvement armé. Rien que ça. Peux-tu prévenir les hommes ? Je mesure le défi que cela représente, étant donné le manque d'organisation actuel des partisans.

— Un « défi » ? Tu veux dire un enfer. Voilà ce que c'est. Nous faisons notre possible. Mais c'est dur. Nos hommes endurent le danger, l'oppression, la faim, le froid, sans voir le bout du tunnel.

— Je sais.

— Quand as-tu été en contact radio avec Ronald ?

— Hier soir. Il veut aussi plus de renseignements sur les positions des Allemands.

— Nous pouvons essayer d'en obtenir tout en intensifiant les sabotages. Mais ça va mettre les hommes à rude épreuve. Plus longtemps ça dure, plus ça devient difficile. Tant du point de vue mental que physique.

— Pourtant, nous n'avons pas le choix. Tu ne dois pas relâcher la pression mais, au contraire, encourager les partisans à ne jamais manquer une occasion de harceler les Allemands.

— Et en même temps, nous devons être à l'affût des espions qui jouent les partisans dans la journée pour, la nuit, devenir des informateurs pour les nazis.

— Je te fais confiance.

Ils marchèrent côte à côte un moment, pour arriver à une vieille ferme qui avait dû être très belle. Remarquant son état de délabrement, Maxine demanda :

— Qui habite ici maintenant ?

— Les vieux et les jeunes.

Ils s'avancèrent jusqu'à la porte et frappèrent.

Une femme mince, aux cheveux blancs, vêtue d'un tablier bleu usé, leur ouvrit et les précéda dans une pièce enfumée où, sans prononcer une parole, elle leur fit signe de s'asseoir. Manifestement, elle connaissait déjà Marco.

Ils prirent place sur deux chaises. Un feu timide réchauffait à peine la pièce. D'un côté de l'âtre, un vieil homme voûté, avec une mauvaise toux, était assis contre le mur. De l'autre, une femme beaucoup plus jeune berçait un bébé qui pleurait dans ses bras.

Elle comprit que le vieillard était Galdino. Il regarda la jeune mère et, avec un soupir, maugréa :

— Ne peux-tu pas faire taire cet enfant ?

— Vous savez bien qu'il a faim.

Marco leur dévoila alors le plan. Quand la jeune femme se mit à pleurer, il se leva pour aller s'agenouiller devant elle.

— Ils l'ont pendu, chuchota-t-elle. Ils ont pendu mon Lodo.

— Je sais.

Elle s'essuya les yeux avec un coin de son tablier puis déclara d'une voix ferme :

— Alors oui ! Vous pouvez utiliser la grange.

— Et si vous trouvez de la nourriture, pensez à nous en apporter, ajouta la vieille femme. C'est tout ce que nous demandons.

Sans un mot, Galdino acquiesça d'un signe de tête.

CHAPITRE 25

Pour les villageois, le jour férié du 8 décembre qui marquait la fête de l'Immaculée Conception était le début officiel de l'hiver. Pour la plupart d'entre eux, catholiques pratiquants, c'était la célébration la plus sacrée du calendrier religieux. Pour les autres, c'était le début des réjouissances de Noël. Ce jour-là, à la lumière des bougies, les maisons étaient décorées de branchages ramassés dans la forêt et de fleurs séchées à la fin de l'été. C'était aussi le jour où l'on faisait la crèche.

L'aube pointait quand Sofia leva les yeux vers le ciel d'un gris lugubre. Les cloches de l'église sonnaient. C'était déjà cela. Mais comment les nazis parvenaient-ils à avoir même une influence sur le magnifique ciel de Toscane ? Elle se rallongea dans son lit et écouta le carillon.

Un peu plus tard, elle fut appelée dans le grand salon. Elle descendit, le cœur lourd d'appréhension, et trouva Schmidt. Debout devant la fenêtre, les mains croisées derrière lui, il lui tournait le dos et regardait la tour. Qu'il était grand, maigre, voûté, et qu'il semblait las ! Pour un peu, elle aurait eu pitié de lui. En entendant le bruit de ses pas, il pivota immédiatement sur ses talons. Elle remarqua son air sombre, mais se força à sourire.

— Colonel, quel plaisir de vous revoir aussi vite. Mais nous serions contents d'apercevoir le soleil, n'êtes-vous pas d'accord ? Voulez-vous vous asseoir ? Je peux nous faire apporter du café et des viennoiseries à peine sorties du four.

— C'est très aimable à vous mais, aujourd'hui, je n'ai pas faim, madame la comtesse.

— Ah… eh bien, souhaitez-vous vous asseoir ? Le fauteuil en velours rouge est le plus confortable. Sinon, prenez la bergère.

Il s'avança vers le fauteuil en velours mais s'arrêta si près d'elle qu'elle décela l'odeur d'oignon de son haleine.

— Que puis-je faire pour vous, aujourd'hui ? demanda-t-elle.

Il sourit.

— Cela, ma chère dame, dépendra du capitaine Kaufmann.

Elle sentit son cœur se serrer.

— Il est ici ?

— Il ne va pas tarder.

Elle s'interrogea. Que savait-il ? Ou, plus exactement, que croyait-il savoir ?

— Votre mari est toujours absent ?

— Oui. Mais je l'attends pour bientôt.

Il approuva d'un signe de tête.

— C'est bien. Je n'aime pas vous savoir seule ici.

Elle garda le silence et s'aperçut qu'elle avait les mains crispées.

— Vous êtes un peu nerveuse aujourd'hui ?

Elle avait envie de hurler : « Bien sûr, je suis nerveuse. Indéniablement, je suis nerveuse. À quoi vous attendez-vous ? »

— Vous n'avez aucune raison d'être nerveuse, madame la comtesse. Du moins, je l'espère.

— Dites-moi, commandant, étiez-vous médecin ?

Il sembla pris au dépourvu.

— Je veux dire, avant. Étiez-vous médecin ?

— Qu'est-ce qui vous fait penser cela ?

— Vos questions. Vous me donnez l'impression d'être un homme plein de compassion.

Elle s'empressa de changer de sujet.

— Aimeriez-vous jouer ? Du piano, je veux dire.

— C'est très aimable à vous. Mais voici le capitaine Kaufmann. Je vais plutôt aller faire un tour dans le parc. Voir si le soleil a une chance de percer.

Il lui sourit et quitta la pièce.

— Madame la comtesse, la salua Kaufmann en entrant. Vous allez bien ?

Elle opina de la tête et lui fit un sourire qu'elle voulait convaincu mais qu'elle savait craintif.

— Bien. J'ai quelques questions à vous poser, poursuivit-il.

Elle se força à sourire de nouveau.

— Tout d'abord, capitaine Kaufmann, je vais nous faire apporter quelques viennoiseries.

— Vous n'avez pas encore pris votre petit déjeuner ?

— Non. Je suis descendue directement au salon.

Il avait dû penser qu'elle allait sonner une domestique. Mais elle le laissa seul et, une fois dans le vestibule, s'appuya contre la porte, le souffle saccadé, luttant pour rester calme. Elle se pinça l'arête du nez pour essayer de soulager sa tension. Tout ce qu'elle souhaitait, c'était fuir. Au lieu de cela, elle se dirigea vers la cuisine, où elle trouva Anna qui essayait de réconforter une Gabriella en larmes.

— Est-il parti, madame ? demanda Anna.

— Non. Je suis venue vous demander des viennoiseries. Si je ne mange pas vite quelque chose, je crois que je vais m'évanouir. Mais j'ai l'estomac si noué, je ne sais même pas si je vais pouvoir avaler une bouchée.

— Je vais vous les faire apporter par Giulia.

— As-tu du nouveau ? demanda-t-elle alors en lui montrant Gabriella.

Cette dernière avait enfoui son visage dans la jupe de sa sœur. Son petit chien Beni poussait des gémissements de détresse.

Anna se contenta de hausser les épaules.

— Bien, je ferais bien d'y retourner.

— Qu'est-il venu faire ?

— Jusqu'ici, je n'en ai pas la moindre idée. Il est très évasif.

Elle revint sur ses pas et, avant d'entrer de nouveau dans le grand salon, redressa les épaules. Kaufmann se retourna pour la regarder arriver, la transperçant de son cruel regard d'un bleu translucide.

— Vous ai-je dit à quel point vous me rappelez ma tante ?

— J'ai bien peur de ne pas m'en souvenir.

Avec un sourire froid, il répliqua :

— Eh bien ! Je suis sûr de l'avoir fait. Vous dansez, madame la comtesse ?

Perplexe, elle répondit :

— Je dansais. Avant la guerre.

— Ma tante danse. C'est une femme très séduisante. Comme vous.

Il traversa la pièce et lui effleura la joue d'un doigt. Elle sentit sa bouche se dessécher et dut se faire violence pour ne pas tressaillir à son contact et à l'odeur écœurante, sirupeuse que dégageait son haleine. Les paroles qu'il prononça alors la confortèrent dans ses soupçons.

— Ah, madame la comtesse ! Comme je regrette que vous ne m'ayez pas dit la vérité lors de ma dernière visite.

Pétrifiée, elle resta muette. Comme s'il lui avait enfoncé un poignard en plein cœur. La douleur était si vive, si réelle, qu'elle avait l'impression qu'il était sur le point de l'ouvrir et de libérer tous ses secrets. Malgré elle, ils allaient se répandre sur le sol, à la vue du monde entier. Elle était terrifiée.

Lisant clairement en elle, il persifla :

— Ne craignez rien. Mais, voyez-vous, nous n'apprécions pas que l'on nous mente.

— Comment cela ?

Elle pinça les lèvres et sentit les murs du château, les murs qui les protégeaient depuis des générations, se refermer sur elle.

— Je vous mets mal à l'aise ?

— Pas du tout.

Pourtant, elle sentait le sol se dérober sous ses pieds. Se fissurer en crevasses dans lesquelles elle allait tomber d'un instant à l'autre. Des crevasses qui signeraient sa fin. *Lorenzo, Lorenzo, j'ai besoin de toi.*

— Nous avons découvert le prénom de l'un des hommes que nous avons attrapés, reprit-il sur un ton presque nonchalant.

Elle s'arma de courage.

— Et quel est le rapport avec moi ?

— Aldo ? Ce nom vous dit-il quelque chose ?

Elle devait réfléchir très vite. S'il savait déjà, nier ne ferait qu'aggraver la situation. Et elle le soupçonnait de savoir et d'être ici pour la piéger, la pousser à un nouveau mensonge. En un éclair, elle prit sa décision.

— Madame la comtesse ?

— Pardon. Oui. Nous avons un Aldo, ici.

— Je pense que vous ne tarderez pas à découvrir que vous *aviez* un Aldo, ici, corrigea-t-il avec un sourire sardonique. Pourquoi ne pas nous avoir dit la vérité quand je vous ai demandé si des hommes du village avaient disparu ?

— A-t-il disparu ?

— Plus maintenant.

Il eut une moue de dédain et elle sentit le couteau s'enfoncer plus profondément dans son cœur. Assaillie par les souvenirs, elle pensa à ses hommes prenant la jeune vie d'Aldo et sa colère enfla. Un seul mot lui martelait l'esprit.

Assassin.

Assassin.

Assassin.

— Nous avons eu des informations. Ce qui nous a permis de remonter jusqu'à vous. Ou devrais-je dire jusqu'à votre cuisinière ?

Elle secoua la tête.

— C'était une racaille, ma chère dame. Pourquoi essayez-vous de protéger des gens comme lui ?

Sa réponse fusa, cinglante :

— Eh bien, si c'était le cas, ce serait trop tard, ne croyez-vous pas ?

Il se mit à rire de bon cœur.

— Quelle fougue ! J'aime voir un peu de tempérament chez une femme. C'est plus amusant.

Elle le foudroya du regard. Pourvu qu'elle n'en ait pas trop dévoilé.

— Et maintenant, concernant cet infortuné jeune homme… L'un de nous va devoir parler à sa mère.

— Aucun problème.

— Mais vous ne m'avez toujours pas dit pourquoi vous ne l'aviez pas reconnu.

— Si vous parlez des deux hommes pendus à Buonconvento, ils avaient été tellement brutalisés que je suis sûre que personne n'aurait pu les reconnaître.

Il prit un air offensé.

— Vous me prenez pour un homme violent ?

— Ce n'est pas ce que j'ai dit. Mais c'était une vision atroce. J'ai juste jeté un coup d'œil et j'ai aussitôt détourné le regard.

— Assurément, ce n'était pas beau à voir. Mais, voyez-vous, je surveillais la *piazza* et je suis sûr de vous avoir vue les fixer des yeux.

— Je n'en ai aucun souvenir.

— Nous aimons débusquer la famille, quand nous le pouvons.

— Si c'était vraiment notre Aldo, ce n'était qu'un enfant.

Il lui jeta un coup d'œil incrédule.

— Un enfant qui aurait tué l'un des nôtres sans le moindre état d'âme. Vous seriez surprise de voir à quel point certains d'entre eux sont jeunes.

Il marqua une pause.

— Maintenant, j'imagine que vous vous demandez ce que nous allons faire.

Elle sentit sa gorge se nouer.

— Bon ! Je veux bien admettre que pour une aristocrate, une femme de votre sensibilité, voir deux jeunes hommes pendus ait été un tel choc que vous n'avez pas reconnu le partisan Aldo.

— Pour l'amour du ciel, Aldo ne pouvait pas être un partisan !

— Comment le savez-vous ?

Incapable de trouver ses mots, elle fit son possible pour humecter sa bouche desséchée.

— Madame la comtesse ?

— Je jure que je ne savais pas que c'était lui. Et si je les ai regardés fixement, je vous assure que je ne m'en souviens pas. Tout ce dont je me souviens, c'est la vision abominable de deux hommes pendus. La vue…

Elle s'interrompit et plaqua une main sur sa bouche.

— L'odeur… Je n'ai pas imaginé une seconde que l'un d'eux puisse être Aldo.

— Eh bien, espérons que vous disiez la vérité.

Il s'interrompit.

— En tout cas, je suis sûr que vous pourrez trouver un moyen de nous récompenser de notre indulgence.

— Oh ?

— En permettant au colonel Schmidt de jouer de votre piano, je veux dire.

— Et vous ? demanda-t-elle.

— Moi ? J'aime vos tableaux, madame la comtesse.

— Je vois.

— Je vais revenir pour interroger votre cuisinière. Nous sommes toujours à la recherche de sympathisants des partisans.

Sur ces mots, il claqua les talons et sortit rapidement de la pièce. À peine la porte d'entrée refermée derrière lui par Giulia, dès qu'elle entendit le bruit de la voiture qui s'éloignait, elle se rua dans les toilettes du rez-de-chaussée pour vomir. Bien sûr, il n'avait pas cru un mot de son histoire. Alors pourquoi jouait-il ce jeu avec elle ?

Chapitre 26

Janvier 1944

En ce froid matin de janvier, Sofia fut réveillée par les cloches de l'église. Laissant Lorenzo dormir, elle alla à la fenêtre de la chambre. Le paysage, métamorphosé comme par magie, était d'une beauté à couper le souffle. Elle adorait la première neige de l'hiver : le ciel couleur lavande, la pâle lumière chatoyante du soleil, les toits poudrés de blanc. Mais alors qu'elle contemplait les arbres dont la noirceur se détachait sur le tapis immaculé qui recouvrait les champs, la pensée des partisans dans les bois l'emplit de crainte. Les femmes essayaient de les protéger de ce froid, leur tricotant sans cesse des pulls et d'épaisses écharpes. Mais cela ne suffirait jamais. Et s'ils voulaient survivre, les hommes auraient besoin de faire des feux qui trahiraient leur présence.

Ce n'était pas seulement les partisans qui avaient besoin de leur aide. Les hommes de Marco avaient réussi à faire une descente sur un camp de ravitaillement allemand. Ce qui leur permettait de tenir. Mais vers la fin décembre, des dizaines d'hommes, de femmes et d'enfants sans abri avaient envahi les routes et les forêts de la région, pour essayer de rejoindre les Alliés au sud. Sofia avait organisé des distributions de nourriture à certains d'entre eux, mais il n'y en avait pas assez pour tous. Certains étaient des prisonniers anglais, qui s'étaient évadés ou avaient été libérés par des soldats italiens. La région étant toutefois infestée d'Allemands, ils étaient en péril. Surtout avec des conditions météorologiques aussi rudes. Plusieurs de leurs fermiers plus âgés leur avaient offert des hébergements provisoires mais personne ne savait s'ils pourraient franchir les lignes allemandes. Puis, le jour de Noël, la radio avait annoncé le bombardement de Pise.

Kaufmann était revenu l'interroger. Après l'avoir intimidée, menacée, il avait fini par conclure qu'il n'y avait rien de plus à obtenir d'elle, du moins pour le moment. Elle avait été terrifiée à l'idée qu'ils prennent cinq hommes au village et qu'ils les massacrent en représailles de la descente au camp de ravitaillement. Mais la pendaison d'Aldo et de Lodo semblait les contenter. Elle en éprouvait un profond soulagement. Les seuls hommes qui restaient étaient vieux ou frêles. Juste avant de prendre congé, à la fin de leur entretien, Kaufmann lui avait demandé de revoir le tableau de saint Sébastien. Il l'avait regardé en silence pendant quelques minutes en se frottant les mains. Puis il s'était raidi et, se redressant, était parti. La lueur possessive dans son regard l'ayant profondément troublée, elle avait envisagé de le cacher et de raconter qu'il avait été vendu. Mais finalement, elle avait décidé de n'en rien faire.

Elle descendit, saisie par le froid mordant. Dans le petit couloir qui menait à la porte de service, Maxine et Marco, leurs têtes se frôlant, chuchotaient. Ce qui l'exaspéra. En partie parce qu'elle était toujours en robe de chambre, avec juste un châle sur les épaules. En partie parce qu'elle n'avait pas autorisé Marco à passer la nuit au château. Ce qu'il avait fait, apparemment. Elle resta un instant à les observer. Puis, sentant visiblement sa présence, ils se tournèrent vers elle.

— Oh, s'exclama Maxine en se frottant les yeux.

— Oh, en effet, répliqua-t-elle.

— Marco s'apprêtait à partir.

Sofia sentit sa mâchoire se crisper.

— Il a passé la nuit ici ?

Pour toute réponse, Maxine haussa les épaules.

— Écoute, Maxine, tu ne peux absolument pas inviter n'importe qui à dormir ici.

— Ce n'est pas n'importe qui.

— Pour l'amour du ciel, c'est un partisan, sous mon toit. Tu ne comprends donc pas ?

— Le matériel est pourtant dans ton souterrain, rétorqua-t-elle.

Maxine, acharnée, n'était pas une partenaire à sous-estimer. Mais sans se laisser intimider, Sofia siffla :

— Mais mon mari est ici. Pas dans le fichu souterrain. Cela ne doit pas se reproduire.

— Cela ne lui poserait sûrement pas de problème ?

— Que veux-tu dire ?

Avec un froncement de sourcils, Maxine fit remarquer :

— Il est clair qu'il n'est pas du côté des foutus nazis. Je me trompe ?

— Quelles que soient ses activités, ce ne sont pas nos affaires.

— Ah… Je vois.

Avec un sourire en coin, l'Américaine tapota affectueusement le bras de Marco.

— Quoi qu'il en soit, nous avons des nouvelles.

— De bonnes nouvelles ?

— Je crois. Nous avons reçu un message par le réseau de *staffette* me demandant de prendre contact d'urgence avec Ronald par la radio. James et moi avons essayé à plusieurs reprises mais la connexion n'arrive pas à se faire. C'est dû à la topographie, à la montagne. Mais grâce au système de préséance des messages, nous avons fini par obtenir une bonne communication hier. Nous savons que les Allemands ont établi des plans pour la défense des villes italiennes, dans lesquels ils prévoient un énorme arsenal qui sera entreposé dans le centre de Florence.

— Où, précisément ?

— Ça nous l'ignorons. Nous savons en revanche que les armes vont arriver par le train, dans des caisses de l'usine Beretta en Lombardie. L'usine fabriquait des armes pour l'armée italienne jusqu'à ce que les Allemands la réquisitionnent pour leur propre usage, après l'armistice.

— Lorenzo connaissait le directeur de Beretta.

— Eh bien, il a dû partir depuis longtemps maintenant. De toute façon, ce n'est pas tout. Je suis chargée de me lier d'amitié avec un officier SS du nom de Bruckner, ajouta Maxine. Gustav Bruckner. Normalement, il est basé à Florence mais il travaille avec Kesselring, le général en chef, et nous pensons que c'est lui qui décidera de l'endroit où les armements seront stockés.

Avec un signe de tête, Marco ajouta :

— Nous savons qu'il va être à Montepulciano pour des réunions avec des officiers venant de Rome.

— J'ai l'intention d'y aller et de rencontrer ce Bruckner.

— Et moi, je suis en contact avec certains des partisans de Florence, qui, j'en suis certain, feront leur possible pour nous aider à localiser l'arsenal, ajouta Marco.

— Donc, votre objectif est de déposséder les Allemands de leur nouvel arsenal à Florence ? demanda Sofia.

— Exactement, acquiesça Marco.

Maxine poursuivit :

— J'ai un cousin qui peut m'héberger à Montepulciano. Marco connaît les restaurants, les cafés, les bars que les Allemands fréquentent. J'espère faire connaissance avec Bruckner, lui soutirer toutes les informations possibles, puis rencontrer l'unité de partisans de Florence.

— Ils voudront connaître la raison de ta présence à Montepulciano, ton identité. Et s'ils découvrent que tu es…

Sofia finit par un haussement d'épaules mais ce qu'elle sous-entendait ne laissait pas de doute.

— Je sais, concéda Maxine.

Tandis qu'elle réfléchissait, Sofia se souvint qu'elle avait une armoire pleine de vêtements ayant appartenu à la sœur de Lorenzo. Après l'accident de voiture, en Suisse, qui avait coûté la vie à ses beaux-parents et à sa belle-sœur, quelques mois à peine après son mariage, elle n'avait pas eu le courage de s'en débarrasser. Or, la jeune femme faisait la même taille que Maxine.

Marco lui lança un regard interrogateur.

— Vous avez des amis à Florence ?

— Oui, beaucoup. Nous y avons un petit *palazzo*. Mais vous êtes au courant des arrestations par la SS ? Des interrogatoires, des tortures ?

Il fit un signe d'assentiment. Il pensait sûrement à ce que les gens appelaient la Villa Triste, via Bolognese, le quartier général de la Gestapo.

— C'est très risqué, ajouta-t-elle.

Maxine lui tendit une main.

— J'ai besoin d'un endroit où loger quand je serai à Florence. Si tu y étais aussi, ce serait une bonne couverture. Cela me donnerait une raison d'y passer quelque temps, en tant qu'amie.

— Et puis, vous devez avoir des relations, madame la comtesse ? ajouta Marco.

— Oui. Je connais le consul allemand, Gerhard Wolf. Et je connais l'un des résidents allemands les plus bienveillants, s'il est toujours là. Un homme jeune du nom de Reinhard. Il était avocat avant la guerre et pourrait se révéler utile.

Son visage s'illuminant, Maxine ajouta :

— Nous avons un homme qui travaille comme secrétaire au consulat d'Allemagne. Donc, c'est parfait. Tu peux essayer d'y prendre un rendez-vous avec Wolf et je viendrai à Florence dès que je le pourrai.

— Très bien. Je vais ouvrir le *palazzo*. Mais n'attendez pas trop de moi.

Marco la regardait d'un air encourageant.

— N'oubliez pas, la résistance prend de l'importance. Le travail forcé de milliers d'Italiens comme laboureurs ne joue pas en faveur des Allemands. Ils feront des erreurs.

Le lendemain matin, Sofia se réveilla, réconfortée par l'odeur de savon au bois de santal de Lorenzo, blotti contre elle. La joie pure de sentir sa proximité compensait son anxiété latente. Ils avaient toujours dormi ainsi, lui pelotonné contre elle ou parfois le contraire. Sa chaleur lui avait manqué et elle se sentait plus en sécurité maintenant. Même si elle voyait bien que quelque chose le perturbait. La veille, elle lui en avait demandé la raison mais il s'était contenté de secouer la tête et de dire que son travail devenait plus difficile. Il ne pouvait se défaire du sentiment qu'il était surveillé.

Bien entendu, cela l'avait inquiétée.

Elle se rappelait la première fois que Lorenzo l'avait regardée de ses yeux gris pleins de douceur et qu'elle avait eu l'impression de pouvoir lire ses pensées. Cela l'avait tellement prise au dépourvu qu'elle en était restée muette. Quand un homme fait tomber vos défenses pour la première fois, c'est incroyablement grisant, nouveau, mais cela vous laisse vulnérable. Mais, maintenant, il donnait l'impression de dresser des barrières, comme si c'était lui qui était devenu vulnérable.

Il avait neigé plus abondamment pendant la nuit et, quand ils se levèrent, elle découvrit qu'ils étaient coupés de tout. Plus de téléphone, plus d'électricité et, par conséquent, plus de radio. Il n'y aurait pas de courrier jusqu'à ce que la neige disparaisse. Et elle se sentit soulagée de savoir son mari à la maison. Après le petit déjeuner, en dépit du froid polaire, ils s'emmitouflèrent dans des manteaux, avec écharpes, chapeaux et gants, et partirent se promener dans la neige, leurs chiens sur les talons.

Dehors, le monde entier semblait enfoui dans le silence. Malgré le froid, le paysage était d'une beauté incomparable. Le ciel blanc était si bas que l'on aurait cru pouvoir le toucher. Chaussés de bottes en épaisse peau de mouton, ils avançaient le long d'un des sentiers menant à la route de San Giovanni d'Asso. Sofia adorait respirer l'air glacé et voir son souffle se mêler à celui de Lorenzo pour former des nuages.

Il la prit par le bras.

— Pourquoi par là ? lui demanda-t-elle.

— La route est plus protégée.

— Des bombes ?

— Des chutes de neige, idiote.

Ils se mirent à rire et elle se sentit un peu plus légère.

— Je voulais te parler de Rome, commença-t-il, changeant de sujet. Je n'ai jamais rien vu de pareil. Les gens se cachent partout dans la ville tant ils craignent pour leur vie. Les mitrailleuses tirent sans répit. Les explosions de grenades nous harcèlent littéralement jour et nuit. Et tout cela pendant l'un des pires hivers, peut-être.

Elle sentit son cœur se serrer d'inquiétude pour ses parents.

— Pas « peut-être ». C'est l'hiver le plus froid que j'ai jamais vécu.

— Mais la résistance est forte. Les tirs isolés sur les Allemands et les fascistes ne sont pas rares non plus. Hélas, les groupes de partisans sont trop divisés, ils ne travaillent pas toujours ensemble.

Elle osait à peine poser la question et quand elle parla, elle chuchotait :

— Mes parents ?

— Ils sont en sécurité pour le moment. Mais chaque fois qu'une grenade explose, tous les habitants du quartier sont arrêtés. Le pire, c'est que la confiance dans les Alliés faiblit et que la nourriture se fait de plus en plus rare.

— Que se passe-t-il avec les Alliés ?

— L'armée britannique est quasiment au point mort. Elle n'aurait parcouru que cinquante kilomètres en deux mois.

— Je n'avais pas mesuré la gravité de la situation.

— Les conditions sont effroyables. Dans la neige, le froid, la boue. Ils progressent mètre par mètre dans les montagnes, sans arbres pour les protéger, et les Allemands les mitraillent à partir des sommets. Avec des mortiers, des grenades, des mitrailleuses. Tout est bon. Ils doivent gagner Rome mais Dieu sait combien de temps cela leur prendra, avec ces montagnes aussi imprenables que des forteresses.

— Je compatis, dit-elle en prenant la main de son mari. Que me conseilles-tu de faire au sujet de mes parents ?

— À mon retour à Rome, j'essaierai de les convaincre de te rejoindre ici. Mais écris à ta mère de ton côté. Je ferai mon possible pour lui apporter ta lettre.

— Peut-être devrais-je aller la trouver. Tu as leur nouvelle adresse ? Je ne crois pas qu'elle ait reçu ma dernière lettre.

— Je sais. C'est parce qu'ils doivent constamment changer d'endroit.

— Oh, Lorenzo, murmura-t-elle, un sanglot lui nouant la gorge.

Puis des larmes brûlantes se mirent à tomber sur ses joues gelées : elle imaginait ses pauvres parents contraints de vivre une vie aussi marginalisée.

Il la prit dans ses bras et, l'espace de quelques minutes, ils restèrent aussi silencieux et immobiles que la campagne alentour, chacun perdu dans ses propres pensées.

Puis il la repoussa, avant d'essuyer ses pleurs.

— Allons, ma chérie. Marchons, puis nous passerons le reste de la journée au coin du feu. Si Giulia ne l'a pas déjà allumé, je m'en chargerai. Qu'en dis-tu ?

— C'est une merveilleuse idée. Mais je crains que Giulia ne soit retournée vivre avec sa grand-mère qui est souffrante, à Pise. Tu te souviens qu'elle y avait habité quelque temps avant de revenir ici ?

— Quand est-elle partie ?

— Hier. Cela faisait un moment qu'on ne pouvait plus compter sur elle. Puis elle a fait ses bagages et elle a rendu son tablier comme ça, en laissant juste un message à Carla pour moi.

— Je vois. Peux-tu te débrouiller sans elle ?

— Parfaitement.

— Elle ne te manquera pas ?

— Elle est restée si peu de temps que non.

— Ce sont les petites choses qui nous manquent le plus, tu ne trouves pas ?

Elle fit un signe d'assentiment. Elle se souvenait de tous les rituels familiers qui les liaient et constituaient leur vie. Des détails qu'ils tenaient pour acquis, jusqu'à leur disparition. Elle se languissait de la banalité de leur ancienne routine, de la façon dont les journées se suivaient, dans la paix et la sécurité.

— À quoi penses-tu ? demanda-t-il. Quelque chose t'inquiète ?

Elle savait qu'elle devait aborder le sujet de Florence.

— J'envisageais de peut-être passer quelques jours à Florence, c'est tout. Si cela ne te fait rien.

— Vraiment ? L'endroit aura besoin d'être aéré et la ville n'est pas sûre. Et les dégâts subis par le *palazzo* ?

— Ça a été réglé. Ils étaient minimes. Je peux emmener Anna, et puis nous y avons tellement d'amis, ajouta-t-elle, ignorant son expression désapprobatrice.

Il pencha la tête de côté et la regarda, ses yeux exprimant un mélange d'amour et d'inquiétude.

— Je préférerais que tu renonces à ce projet. Pourquoi ce changement soudain ?

— Oh… Je ne sais pas.

Sa voix s'étrangla. Elle prit une profonde inspiration pour se calmer puis, sans ambages, lui raconta tout. La lettre de sa mère, James, le poste émetteur, son implication avec les partisans, la tâche de Maxine chargée de découvrir l'endroit où les armes des nazis devaient être entreposées à Florence.

Parfaitement immobile, tête baissée, il fixait le sol. Quand, enfin, il leva les yeux et lui tendit la main, son regard était voilé d'anxiété.

— Bon sang, Sofia ! Tout cela est terriblement dangereux. À ce stade de la guerre, le simple fait de connaître Maxine peut te mettre en danger. N'importe quoi peut arriver. Je veux que tu restes à l'écart de tout ça.

Elle secoua la tête.

— C'est impossible. La mort d'Aldo a tout changé pour moi.

Lorenzo la dévisagea. Il avait l'air si bouleversé qu'elle faillit revenir sur sa décision. Mais sa détermination l'emporta. Lorenzo reprit :

— Je comprends. Néanmoins, je ne peux pas te laisser partir.

— Mais je ne peux pas rester à ne rien faire, c'est tout. Honnêtement. Maxine sera avec moi, Anna aussi. Elles feront le travail. Mais ma présence leur donne une raison plausible de séjourner dans notre *palazzo*. En outre, je veux voir Gerhard Wolf.

— Seigneur ! C'est de la pure folie. Tu veux vraiment le voir ? Rappelle-toi. Il est venu nous voir bien avant l'armistice. À l'époque, nous étions dans le même camp que les Allemands.

— Il saura peut-être quelque chose.

Avec un soupir accablé, Lorenzo rétorqua :

— Il ne pourra rien te dire, même si c'est le cas.

— Peut-être pas.

Elle prit une nouvelle inspiration :

— Écoute, Lorenzo, je vais y aller. Mais je préférerais de beaucoup le faire avec ta bénédiction plutôt que sans.

Un muscle de son menton tressautait, trahissant à quel point il était contrarié.

— Si t'arrive quoi que ce soit…

— Il ne m'arrivera rien, l'interrompit-elle. Je te le promets.

Il poussa un long et lent soupir et hocha la tête.

— Sais-tu si Reinhard est encore à Florence ? reprit-elle alors. L'avocat ? Tu t'en souviens ? Je l'avais trouvé plutôt sympathique avant la guerre.

— Il a été arrêté, indiqua Lorenzo.

— Tu en es sûr ?

— Espionnage pour le compte des Alliés.

— Et toi ? N'est-ce pas aussi ce que tu fais ?

— Je fais ce que je peux, comme tu le sais déjà. Quand j'en ai l'occasion, je leur communique des informations détaillées.

— Sur les mouvements du ravitaillement ?

— Exact.

Elle sourit. Elle savait bien que ce n'était pas tout. Mais elle savait aussi qu'il ne lui communiquerait pas de détails.

— Et ce que tu m'as dit sur ta sensation d'être surveillé ? Tu seras prudent ?

— Bien sûr.

— Tu crois que tu pourrais organiser le voyage de mes parents jusqu'au château ?

— J'essaierai.

Après un court silence, il reprit :

— Bon ! Si tu es déterminée à aller à Florence, je ne peux pas t'en empêcher. Déjà, tu auras moins froid qu'ici.

Avec un sourire gracieux, elle acquiesça d'un signe de tête.

— Regarde, il recommence à neiger, fit-il remarquer.

Les yeux levés, elle vit les cristaux blancs virevolter dans l'air. De sa main gantée, il repoussa quelques flocons des mèches de cheveux s'échappant de son bonnet.

— Tu es mon soleil.

— Tu dis toujours ça.

— Parce que c'est la vérité.

Il plongea son regard dans le sien.

— Promets-moi qu'il ne t'arrivera rien.

Malgré son sourire, elle voyait qu'il ne cesserait de s'inquiéter de la savoir à Florence.

— Il ne m'arrivera rien. Et maintenant, viens.

Main dans la main pour ne pas tomber mais aussi pour sceller leur amour, leur espoir d'un avenir, ils rebroussèrent chemin, leurs bottes s'enfonçant dans la neige qui crissait sous leurs pieds. Un rayon de soleil transperça les nuages neigeux et, au loin, les collines se parèrent de tons rouge et or. Sofia se retourna pour regarder leurs pas qui laissaient de profondes empreintes dans le tapis immaculé. Sachant que ce moment avec Lorenzo était un moment à chérir, elle le grava dans sa mémoire.

Chapitre 27

Assise, en compagnie de Lara, la femme de son cousin, dans le salon de leur maison de Montepulciano, le village médiéval surplombant une colline, Maxine attendait Davide. Avec les volets fermés et les lourds rideaux de velours des deux fenêtres donnant sur le jardin tirés, elle se sentait un peu prisonnière. Aucun feu accueillant ne brûlait dans l'âtre et seules deux bougies éclairaient la pièce rarement utilisée. Elle respira l'air rance et, en dépit du froid, regretta de ne pouvoir ouvrir sur l'extérieur. On était maintenant le 22 janvier.

Lors de sa toute première rencontre avec son cousin et sa famille, à l'automne, il avait commencé par montrer quelque réticence. Il avait fini par lui offrir de l'héberger, si un jour elle en avait besoin. Depuis l'exécution, une semaine auparavant, de six paysans du village qui avaient caché et nourri des prisonniers évadés, la tension était vive à Montepulciano. Maxine, qui avait rencontré deux des victimes la veille de leur arrestation, avait été bouleversée par la nouvelle. Ces hommes étaient des travailleurs ordinaires, trop âgés pour être mobilisés, avec des familles nombreuses qui comptaient sur eux.

Marco l'avait amenée ici pour qu'elle prenne contact avec certains des partisans du coin. Mais les miliciens fascistes étant arrivés en nombre, bien déterminés à aider la Gestapo à éliminer ceux qui sabotaient le travail du Reich, beaucoup d'entre eux se cachaient.

Des craquements dans l'escalier lui annoncèrent l'arrivée de Davide. Il entra dans la pièce et leur fit un clin d'œil. Puis il installa la radio qu'il cachait généralement dans le grenier. C'était le moment le plus grisant de la journée. Le cœur battant d'impatience, elle s'approcha du poste et se serra contre les autres, avide d'entendre les nouvelles du jour. Davide tripota les boutons et la radio émit des sifflements. Au début, il n'obtint qu'un son intermittent, décevant. Un grésillement. Un simple mot. Et quand ils commencèrent à percevoir des paroles, elles leur parvenaient incroyablement brouillées. Maxine retint son souffle. Allaient-ils apprendre quelque chose ce soir ? Ces derniers temps, le manque de bonnes nouvelles avait été un véritable supplice. Les gens se décourageaient, le ressentiment grondait et certains croyaient que les Allemands allaient vraiment gagner la guerre. Et avec les bombardements aveugles des Alliés, certains pensaient même que ce serait la meilleure solution. Bien entendu, les Alliés visaient les voies ferrées, les gares, les aires de stockage, les entrepôts et autres. Mais lorsque, tour à tour, les villages étaient frappés directement, la colère enflait. Les grésillements du poste continuèrent. Puis la voix des animateurs alliés qui, à 21 heures, diffusaient parfois des messages codés pour la résistance, s'éleva.

De temps en temps, des « messages personnels » étaient diffusés clandestinement parmi les nouvelles et les divertissements destinés à l'Europe occupée. Il s'agissait souvent de messages codés, à l'intention d'agents secrets. Maxine s'inquiétait de ne pas recevoir clairement le son. Enfin, ils perçurent une voix, ténue, aiguë, mais claire. D'abord muets de stupéfaction, ils échangèrent des coups d'œil incrédules. Ce qu'ils venaient d'entendre n'était pas un message codé mais une incroyable nouvelle. Était-ce possible ? Se pouvait-il qu'ils soient si près ? Le journaliste répéta le message : les Alliés avaient débarqué à Nettuno, à soixante-cinq kilomètres au sud de Rome. Et ce n'était pas tout. Certaines villes allemandes avaient subi des bombardements massifs qui avaient alarmé la population. À tel point que certains se demandaient s'ils n'étaient pas finalement en train de perdre la guerre.

Avec un cri de joie, Davide lui donna une tape dans le dos et embrassa sa femme sur les deux joues.

— Ça se fête avec ce qu'il y a de meilleur !

Jubilant, il lança le poing en l'air et sortit de la pièce. Avec un sourire, elle se tourna vers Lara.

— Merveilleux, tu ne trouves pas ? Espérons qu'ils libéreront bientôt Rome, maintenant.

S'il n'avait pas rejoint les partisans, Davide soutenait totalement ceux qui jouaient un rôle plus actif que lui. Son métier d'avocat aurait pu laisser croire qu'il souscrivait aux idées du régime fasciste. Mais, au lieu de cela, discrètement, en coulisse, il assistait ceux qui avaient été arrêtés par erreur et s'occupait de cacher ceux qui étaient menacés en lieu sûr. Elle avait mis du temps à le découvrir. Mais il avait fini par lui faire assez confiance pour le lui révéler.

Il revint avec une bouteille de l'un de ses meilleurs vins rouges. Avec un petit rire de satisfaction, il la déboucha et remplit trois verres.

— Je l'avais cachée. Je la gardais pour une occasion comme celle-là.

Quelques jours plus tard, Maxine retrouva Marco au *Caffè Poliziano*, via Voltaia Nel Corso. À cette heure matinale, l'endroit était encore calme. Ils choisirent une table dominant le splendide panorama qu'ils admirèrent un moment. Elle jeta un coup d'œil discret à son profil. Quand il tourna la tête pour lui faire face, elle fut soudain déstabilisée par l'intensité de son regard. L'espace d'un instant grisant, son cœur se mit à battre la chamade, et, troublée par ce feu d'artifice d'émotions, elle n'entendit pas ce qu'il disait.

— Tu ne m'écoutes pas ?

— Pardon.

Ne souhaitant pas lui expliquer la raison de sa distraction, elle marmonna quelque chose au sujet de la vue. Pourquoi le fait d'être en compagnie de Marco lui donnait-il toujours l'impression d'être une hypocrite ? Quelque chose en lui perçait la muraille qu'elle avait au fil des ans si laborieusement dressée autour d'elle et penser qu'il puisse, comme elle le soupçonnait, lire en elle comme dans un livre ouvert la perturbait.

La foudroyant du regard, il répondit, le visage sombre :

— *Santo Cielo*, qu'importe la vue ! Ne te rends-tu pas compte que l'état d'urgence a été déclaré à Rome ?

— Si. Je l'ai appris.

— Ils n'ont plus de vivres, les routes sont bloquées et le réseau d'alimentation en eau a lâché.

— Comment vont-ils survivre ?

— Tout le monde compte sur l'arrivée rapide des Alliés.

Maxine étouffa un soupir.

— Et s'ils n'arrivent pas ?

Elle le dévisageait mais il garda le silence. Après tout, que pouvait-il dire ? C'était une nouvelle tellement effroyable.

Il secoua la tête.

— Les Allemands vont se battre jusqu'au bout. De longues colonnes en provenance de Sienne sont déjà en route pour Rome.

— Tu les as vues ?

— Oui. Ce n'est pas un beau spectacle. Nos hommes les ont comptés. Allongés dans des fossés, cachés sous des buissons. Les Alliés auront besoin de cette information.

Ils se tournèrent tous les deux vers la fenêtre. Comme il semblait incongru d'admirer un paysage que le soleil d'hiver faisait scintiller sous un ciel d'un bleu presque irréel, quand de tels ravages étaient perpétrés si près.

— Alors… ? demanda-t-il avec un regard interrogateur en penchant la tête.

Elle jeta un coup d'œil derrière elle pour vérifier qui se trouvait dans la salle.

— Je crains que nous n'ayons pas grand-chose de nouveau sur l'emplacement de l'arsenal allemand à Florence. Mais j'ai localisé Bruckner. Il est ici, sans aucun doute, et fréquente le *palazzo* de la Piazza Grande.

— Qui ne manque pas d'excellents vins.

Maxine savait que Montepulciano était réputée pour son *Vino Nobile*. Et que les Allemands avaient pillé les caves à vin du *palazzo* du XIVe siècle qu'ils avaient réquisitionné sur la Piazza Grande, au nord de la ville.

— Tu vas devoir faire vite, ajouta Marco. Je ne pense pas qu'il s'attarde beaucoup ici.

— J'ai l'intention de passer à l'action ce soir. Tu as le nom du barman qui me fera entrer ?

— Oui. Ricardo. C'est lui qui fait entrer les filles. Je te présenterai.

L'air narquois, elle déclara :

— Je vais dire que je suis ici parce que ma mère m'a fait quitter Rome avant que les routes ne soient bloquées. Je peux ajouter que j'ai été hébergée par une amie, à la campagne, mais que je loge maintenant chez mon cousin et que je cherche du travail. Ils gobent tout ce que leur raconte un joli minois.

— À moins qu'ils te prennent pour une prostituée.

D'un coup d'œil, Maxine lui signifia que cela lui était égal. Puis, le dévisageant, elle demanda :

— Et toi ? Tu as quelque chose pour moi ?

— Oui. Quand tu arriveras à Florence, tu dois prendre contact avec le chef des partisans, Ballerini. Il pourra te donner des tuyaux sur ce qui se passe en ville et alentour et tu pourras les communiquer aux Alliés via *Radio Cora*.

— À quoi correspond *Radio Cora* ?

— La *Radio Commission*. Une radio clandestine qu'ils utilisent pour des contacts entre les Alliés et la résistance. Le mot de passe pour établir la liaison avec Londres est « l'Arno coule à Florence ». C'est un système radio assez rudimentaire qui a besoin d'être fréquemment déplacé, un peu comme celui que fait fonctionner James.

— D'accord. Alors, une fois que je suis à Florence, je collabore avec ce Ballerini. Pour voir ce que nous pouvons faire ensemble.

— Oui. Ici et à Monte Amiata, on a besoin de moi. Il est donc ta meilleure carte. Ensuite, tu iras au 12 Piazza d'Azeglio pour rencontrer le secrétaire qui travaille au bureau du consul d'Allemagne.

— Le bureau de Gerhard Wolf ?

— Oui.

Penchant la tête de côté, elle lui fit un sourire taquin.

— Allons-y ! Où est ton chapeau ?

— Je l'ai perdu, répondit-il avec un haussement d'épaules désabusé.

— Je n'ai pas oublié que tu as parlé de garder nos distances mais…

Il fronça les sourcils, feignant d'être scandalisé.

— Je n'ose même pas imaginer ce que tu es en train de suggérer.

— Mon cousin est au travail et sa femme est sortie pour la journée, donc…

— Tu aimerais m'inviter à boire un café ?

Son visage s'illuminant, elle acquiesça :

— Exactement.

Maxine adorait les élégants immeubles renaissance de la ville, ses églises séculaires, ses innombrables petites *piazze* et ses coins secrets. Lorsqu'elle se sentait lasse de la guerre, leur vue la rassérénait. Elle restait en contemplation devant le merveilleux Val d'Orcia ou devant les douces collines du Val di Chiana qui s'étendaient à l'infini. Ce fut donc l'esprit léger qu'elle précéda Marco jusqu'à la maison de Davide. Elle ne s'était pas attendue à le voir accepter. Mais maintenant, elle était décidée à profiter pleinement du temps qu'ils allaient passer ensemble.

Après avoir fait l'amour dans sa petite chambre du troisième étage, ils restèrent allongés dans le lit à bavarder. Il lui raconta ses espoirs pour le futur, à quel point il voulait avoir sa propre famille un jour, pensant que cela compenserait d'une certaine façon la perte de son frère. Il lui parla de sa sœur et de son neveu dont il voulait améliorer le sort.

Un peu étonnée par ses paroles, elle lui fit part de sa surprise. Souriant, il concéda :

— Je ne me donne pas souvent le luxe de me laisser aller à imaginer de belles choses.

— Peut-être la pensée de temps meilleurs nous aide-t-elle à supporter ce que nous vivons.

Il secoua la tête.

— Je vois ce que tu veux dire. Mais je trouve que cela rend la situation encore plus douloureuse. J'ai découvert que c'est uniquement en m'endurcissant que je peux faire ce que je fais.

Elle se redressa, tapota l'oreiller derrière elle, puis baissa les yeux sur ses paupières closes. D'un geste empreint de tendresse, elle lui effleura les sourcils.

— C'est difficile, non ?

Il rouvrit vivement les yeux et captura son regard.

— Quoi ?

— L'amour. Ou, plutôt, de vivre sans amour.

— Tu crois que c'est mon cas ?

Avec un haussement d'épaules, elle répondit :

— Tu n'as peut-être pas le choix.

L'espace de quelques instants, ils gardèrent le silence.

— Ne penses-tu pas que l'amour peut un peu contrebalancer les horreurs de la guerre ? finit-elle par demander.

— C'est possible ?

— Je veux le croire.

Il détourna la tête.

— Est-il vraiment possible d'aimer quand le monde est devenu si sombre ?

Elle répondit dans un soupir.

— Que reste-t-il sans l'amour ?

— La guerre. Il n'y a que la guerre.

La gravité de sa voix la réduisit au silence.

— Les sentiments affaiblissent, affectent les décisions, vous mettent en danger, vous et les autres, reprit-il. C'est pourquoi nous devons totalement nous couper de nos familles et endosser une nouvelle identité.

— Donc, tu n'es pas vraiment Marco ?

— Exact.

— Mais toi qui n'es pas Marco, tu éprouves des sentiments ?

Leurs yeux se croisèrent de nouveau et il la scruta du regard.

— Oui, tu en as, dit-elle d'un ton résolu, déterminée à aller au bout de cette conversation. Tu te sens coupable parce que ton frère a été pris et pas toi. C'est pourquoi tu prends tous ces risques. Je me trompe ?

Il se raidit. Elle poursuivit :

— Tu ressens de la peur. De la colère, aussi. Je le sais.

— Pas toi ?

— Bien sûr que si. Je ne le nie pas. Je ressens de la panique, de l'incertitude, des doutes, toutes sortes d'émotions. Mais tu ne peux pas ressentir tout ça sans ressentir d'amour.

— C'est insensé. Pourquoi pas ?

— Parce que si tu te fermes à l'amour, tu te fermes à tout.

— Et comment le sais-tu ?

— Mon père. Il s'est passé quelque chose. Dans le passé. Je ne sais pas quoi. Ils n'en ont jamais parlé devant moi. Mais j'ai surpris ma mère chuchotant avec ses amies. Quoi que ce soit, mon père s'est renfermé, a bloqué ses sentiments, verrouillé son cœur. Je me dis parfois que la seule émotion qui subsiste en lui, c'est la rage.

— Et tu penses que la colère ne suffit pas pour nous faire survivre ? C'est ce que tu es en train de dire ?

— Nous le pouvons mais ce n'est pas vraiment vivre. Si ?

Il la dévisagea.

— Tu penses que la colère est le pire des sentiments ?

— Je ne sais pas. Quel est le pire ?

— Depuis la guerre ou depuis toujours ?

— Les deux.

Il parut réfléchir.

— L'apathie. C'est le pire.

Un instant songeuse, elle acquiesça :

— Oui. Je pense que tu as raison. Surtout en ce moment.

— Une chose est sûre, on ne pourra jamais t'accuser d'être apathique, lui dit-il.

Il marqua une pause et, d'une voix étranglée, reprit :

— Je le vois toujours partout.

— Ton frère ?

Il hocha la tête.

— Je le vois marcher dans la rue, s'asseoir dans un café, rentrer les moissons. Je le vois avec mes parents, avec ma sœur. Je vois le père qu'il serait devenu un jour, les enfants qu'il aurait eus.

— Tu as déjà dit que c'était pour lui que tu faisais partie de la résistance. N'est-ce pas de l'amour ?

— Ou de la vengeance. Tu as pensé à la vengeance ?

Elle le dévisagea quelques secondes, puis murmura :

— Ce n'est pas la vengeance que je lis dans tes yeux, Marco.

— Qu'y lis-tu ?

Elle haussa les sourcils, lui prit la main et la porta à ses lèvres. Il eut la grâce de sourire. *Oh cet homme, cet homme ! Comme je l'aime.*

Ce même soir, Maxine se prélassait sur une chaise longue en velours dans le *palazzo* réquisitionné par les nazis, versant de temps à autre le vin qu'elle était censée boire dans une plante en pot derrière elle. Même si elle appréciait plus que tout un excellent *vino rosso*, elle avait besoin de garder l'esprit clair. S'ils avaient déjà leur contact dans le bureau du consul d'Allemagne à Florence, il lui fallait encore rencontrer Bruckner, l'homme qui, pensait-elle, allait prendre la décision au sujet du site du nouvel arsenal.

Un certain capitaine Vogler, Baltasar Vogler, d'un ennui profond, était en train d'affirmer que son nom de baptême signifiait qu'il était protégé par Dieu.

— Comme tous les Allemands, ajouta-t-il en riant.

Puis il commença à se plaindre du fléau des grèves des travailleurs du nord de l'Italie.

— Mais ne vous inquiétez pas, nous avons eu tôt fait de régler le problème.

Maxine lui sourit avec ce qu'elle espérait être un air admirateur. Mais, secrètement, elle regrettait de ne pas pouvoir couper la mèche de cheveux châtain clair qui balayait ses yeux de porcelet. Inhabituellement court et trapu – la plupart des officiers étant grands –, il dégageait une odeur repoussante de viande. Comme s'il était un peu avarié. L'imaginer pourrir lentement de l'intérieur la fit sourire. Bien entendu, il interpréta sa réaction comme si elle était pendue à ses lèvres.

— Vous aimeriez savoir comment ? demanda-t-il.

Sans attendre sa réponse, il enchaîna, se vantant d'avoir tout simplement fait fusiller un tiers des travailleurs.

— Ils n'ont pas demandé leur reste pour reprendre le travail, je vous le garantis.

Il se mit à rire, comme s'il venait de lui raconter une blague hilarante.

Maxine, ulcérée, parvint à sourire. Du coin de l'œil, elle surveillait la porte et restait consciente de la présence de deux autres hommes dans la pièce, qui semblaient absorbés dans une conversation. Vogler aimait s'écouter parler et elle n'avait rien d'autre à faire que paraître intéressée. Quand il posa une paume moite sur son genou, elle sentit sa chaleur poisseuse à travers la soie bleu paon de sa robe. C'était une de celles de la belle-sœur défunte de Sofia. Certes, elle était un peu démodée, mais la couleur rehaussait les reflets auburn de ses cheveux et le carmin de son rouge à lèvres.

La porte s'ouvrit soudain à la volée. Un homme entra. Il n'était pas spécialement grand non plus, mais était musclé. Ses cheveux très blonds coupés en brosse, il portait l'uniforme de la SS avec quatre points d'argent sur le col. Bruckner ? Elle retint son souffle, sentant un frisson de peur lui parcourir le dos, puis lui adressa un sourire hésitant. La SS, à l'origine une unité d'élite chargée de défendre Hitler, était maintenant l'organisation principale chargée de la sécurité et de la surveillance, et elle répandait la terreur en Allemagne et dans les pays occupés d'Europe. Elle allait devoir faire preuve d'une grande prudence.

— Ah, *Herr* Bruckner, que puis-je vous servir ? dit Vogler en se levant d'un bond.

— Est-ce qu'on a de la bière ?

— Non. Seulement du vin rouge.

L'officier trapu se mit à rire mais Bruckner se contenta de hausser les épaules.

Alors que Vogler s'éloignait en quête d'une autre bouteille, Bruckner baissa la tête vers elle. Elle battit des cils. Avant de plonger son regard dans les yeux les plus verts qu'elle ait jamais vus. Quel dommage qu'il s'agisse d'un nazi ! Elle se demanda ce que cela représenterait de coucher avec ce genre d'homme, si la fin pouvait justifier les moyens. Si elle arrivait à oublier qui il était un moment, ce ne serait peut-être pas si difficile. *Si* elle arrivait à oublier. Elle repensa aux paroles de Marco sur les sentiments qui vous affaiblissaient, vous mettaient en danger. Combien elle aurait aimé aller le retrouver au lieu d'être ici.

— Je suis Massima, se présenta-t-elle, s'obligeant à se concentrer.

Une lueur s'alluma dans son regard et il la complimenta :

— Jolie robe.

Puis il congédia d'un signe Vogler, qui était revenu avec deux bouteilles de rouge débouchées. Ce dernier quitta la pièce, suivi par les deux hommes qui discutaient devant la cheminée.

Resté seul avec elle, Bruckner la dévisagea.

— Alors, vous êtes d'ici ?

Maxine soutint son regard et secoua la tête. Elle lui exprima alors sa surprise à l'entendre parler si bien l'italien.

— Nous venions ici quand j'étais enfant. Ma mère adorait l'Italie, surtout les lacs. Elle avait une prédilection pour Lugano. Mais elle aimait aussi la Toscane. Comme nous tous.

— « Adorait » ?

— Hélas, elle n'est plus de ce monde. Notre immeuble a été bombardé. Seuls mon père et moi avons survécu car nous n'étions pas à la maison. Mon frère et ma petite sœur sont morts aussi.

— Je suis vraiment désolée.

Elle s'aperçut qu'elle était sincère. Après tout, les pertes d'âmes innocentes étaient toujours une tragédie, quel que soit le camp où vous vous trouviez.

— Vous avez un accent inhabituel, reprit-il alors.

Désarçonnée, elle dut réfléchir rapidement. La voix de sa mère la mit en garde. Celle de Ronald, avec son accent très britannique, lui fit écho : *« Tenez-vous-en à la vérité, d'aussi près que possible. »*

Cela avait été son mantra.

— J'ai passé quelques années à New York avec de la famille quand j'étais plus jeune, expliqua-t-elle. Mais je suis de Rome. Je suis en visite chez mon cousin à Montepulciano.

Après un court silence, elle demanda :

— Voulez-vous vous asseoir, *Herr* Bruckner ?

— Appelez-moi Gustav. Je ne suis pas en service, ce soir.

Il prit place à côté d'elle dans un nuage d'eau de Cologne citronnée.

— Vous sentez bon.

— Vous aussi. Qu'est-ce que c'est ?

Avant son départ pour l'Italie, elle avait choisi son parfum avec soin. Et celui sur lequel elle avait jeté son dévolu était sans doute le plus voluptueux de tous. Un bouquet composé des notes terreuses du patchouli auxquelles se mêlaient celles de l'œillet et de la vanille.

— *Tabu*, de Dana.

— Sensuel, murmura-t-il. Animal… Je pense que vous devez être une femme dangereuse.

Elle le lui confirma de son regard le plus enjôleur.

Au cours de l'heure suivante, elle découvrit qu'il lui était plutôt sympathique. Il ne ressemblait pas à l'idée qu'elle se faisait d'un nazi et elle sentit qu'il n'était pas tout à fait dans son élément. Bien qu'il soit sûrement impitoyable pour avoir été élevé si jeune au rang de *Sturmbannführer*, autrement dit commandant. Il lui raconta que, lorsque la guerre avait éclaté, il faisait ses études de médecine. Et qu'il avait arrêté pour s'enrôler dans la Wehrmacht. Il avait voulu se battre pour la patrie et défendre le pays qu'il aimait et avait commandé une unité d'assaut. Avoir un oncle au poste de vice-général en chef des forces armées avait été un atout.

— Le revirement de l'Italie a été un outrage, déclara-t-il alors.

Son ton cinglant ne lui échappa pas.

— Nous n'avons pas tous changé, répliqua-t-elle. Vous auriez dû voir Mussolini sur son cheval blanc proclamer son dessein d'unifier l'Italie.

— Un homme fier. Comme notre Führer. Mais il n'a jamais été assez fort. Vous ne pouvez être faible, pas plus que vous ne pouvez tolérer la faiblesse, si vous voulez changer le monde.

Sans relever, elle se félicita secrètement de l'objectif des partisans tout aussi déterminés qui voulaient changer le monde en paralysant la machine de guerre nazie.

Un silence se fit et il se leva pour alimenter le feu. Le moment était venu pour elle de faire basculer la soirée dans la direction souhaitée. Il revint et, quand il s'assit encore plus près d'elle, elle posa une main sur son poignet. Puis, prenant une voix rauque, sensuelle, elle demanda :

— Vous êtes ici pour longtemps ?

Il secoua la tête.

— Deux jours. Ensuite, je retourne à Florence.

Souriante, elle lui caressa le poignet.

— Puis-je vous proposer encore du vin ?

Il acquiesça.

Il n'avait pas cessé de boire et ses yeux commençaient à se voiler de l'irrépressible désir d'un homme en train de succomber aux charmes d'une femme. Mais elle devait le faire languir. Elle se leva et s'enquit :

— Serez-vous là demain soir ?

Les jambes écartées, il se cala dans le canapé, son bras sur l'un des accoudoirs.

— Et vous ?

Elle esquissa un sourire aguicheur.

— Bien sûr. Où d'autre voudrais-je être ?

— Dans ce cas, je serai ici aussi.

— Puis vous repartirez à Florence.

Il l'enveloppa d'un regard insondable.

— J'ai encore tout le temps.

— J'aimerais aller à Florence. C'est tellement morne ici.

— Qu'y feriez-vous ?

— Peut-être trouverais-je un travail. J'ai une amie qui habite près du fleuve. Je vais sans doute prendre le train et m'installer chez elle.

— Vous avez tous vos papiers ?

Elle lui lança un coup d'œil faussement surpris.

— Naturellement.

Ses faux papiers, procurés par les religieuses chez qui elle avait été emmenée au sud de Rome, lui avaient été bien utiles jusqu'ici.

Puis, après lui avoir envoyé un baiser, elle s'éclipsa. Si seulement elle parvenait à le convaincre de l'emmener à Florence en voiture…

Chapitre 28

Une fois Lorenzo reparti pour Rome, Sofia prépara son voyage à Florence. La veille de son départ, elle eut la surprise de trouver James à la porte de service. Il soufflait sur ses mains en les frottant.

— J'espère que vous ne m'en voudrez pas, dit-il, les lèvres bleuies par le froid. Je sais qu'il est tard mais la ferme est si humide que je m'y gèle. Je n'ose pas allumer de feu.

Elle réfléchit un instant, se félicitant que les chiens dorment dans la cuisine. Sinon, leurs aboiements auraient réveillé un mort.

— Le mieux serait sans doute que vous montiez dans ma chambre. Je peux faire du feu. S'il arrivait quoi que ce soit, vous pourriez rapidement vous glisser dans le passage secret.

— Merci.

— Il ne faut pas que vous retombiez malade. Avez-vous faim ?

Il se tapota l'estomac en un geste éloquent.

— Il doit y avoir des restes de tourte au lapin. Je vais regarder. Vous saurez retrouver ma chambre ?

Il acquiesça d'un signe de tête et demanda :

— Maxine est ici ?

— Non. Elle est toujours à Montepulciano. Montez maintenant. Personne ne vous verra.

Le laissant se diriger vers l'escalier, Sofia gagna la cuisine où elle trouva Carla encore affairée à essuyer la table.

— Oh ! vous n'êtes pas couchée ? s'étonna-t-elle.

— Si vous voulez quelque chose, je vous le servirai volontiers.

— En effet. Reste-t-il de la tourte au lapin ?

Carla se dirigea vers le cellier, d'où elle ressortit avec une part de tourte sur une assiette qu'elle posa sur la table.

— Je vais vous chercher une fourchette.

Elle l'observait d'un air inquiet.

— Tout va bien, madame la comtesse ?

— Oui. Qu'est-ce qui vous fait penser le contraire ?

Carla plissa les yeux, l'air inquisiteur.

— Vous êtes un peu pâle. Et puis, vous ne mangez jamais si tard le soir.

— Rien ne vous échappe, n'est-ce pas, Carla ? Mais, franchement, je vais bien. La tourte est pour James. Il a froid et faim. Je vais l'emporter dans ma chambre, ajouta-t-elle en prenant l'assiette et la fourchette que lui tendait la cuisinière.

À l'étage, Giulia avait pris l'habitude de toujours garnir la cheminée afin qu'elle soit prête pour allumer un feu. Désormais, Sofia s'en chargeait elle-même et, suivant l'exemple de la femme de chambre, gardait toujours une réserve de bûches. Bien entendu, elle aurait pu recruter une autre domestique. Mais, étant donné les circonstances, elle préférait ne pas faire entrer d'inconnu chez elle.

Elle tendit l'assiette à James, puis elle froissa du papier, le recouvrit de menu bois et de quelques petites bûches bien sèches. Sentant l'Anglais épier ses moindres gestes, elle avait une conscience aiguë de l'étrangeté de cette situation plutôt gênante. Elle gratta une allumette et le bois s'embrasa immédiatement. Puis elle avança des fauteuils devant la cheminée.

Sans le voir, elle sentait qu'il continuait à la fixer. Lorsque, enfin, elle leva les yeux, elle eut du mal à déchiffrer son expression. Une certaine mélancolie voilait son regard.

Peut-être avait-il le mal du pays ? Elle eut l'impression d'absorber la tristesse de ces yeux d'un bleu intense et se surprit à avoir envie de le réconforter.

Il finit sa tourte et lui sourit.

— Merci. C'est très généreux de votre part.

— Je vous en prie.

— J'ai cherché des emplacements, ajouta-t-il.

— C'est-à-dire ?

Elle se rendit aussitôt compte de la stupidité de sa question.

— De nouveaux endroits où installer la radio. Pas juste la ferme dans laquelle je me cache.

— En avez-vous trouvé ?

— Oui, un ou deux. Une grange à haut plafond, au sommet d'une colline, et le clocher d'une église abandonnée.

Il l'enveloppa du regard chaleureux qui lui était familier et, soudain, elle se sentit mal à l'aise, vulnérable.

— Alors… comment allez-vous ? demanda-t-il.

Elle se raidit. Elle n'était pas aussi timide, habituellement.

— Je vais bien, merci.

La conversation était de plus en plus guindée. Une réaction à sa gêne grandissante de se trouver seule dans sa chambre, si tard la nuit, avec un homme séduisant qui n'était pas son mari.

— Désolé, dit-il, sentant manifestement son embarras. Je ferais mieux de vous laisser.

Elle ne répondit pas tout de suite. Devait-elle le congédier ou se contenter de repousser sa suggestion ? Mais elle n'avait pas le cœur de le renvoyer dans sa ferme glaciale, ce qui l'aurait forcé à couvrir une distance considérable à pied. Aussi, essayant de garder un ton neutre, elle lui proposa quelques couvertures supplémentaires.

— Merci.

Il fit mine de se lever. Après une hésitation et voulant rattraper la situation, elle ajouta :

— Écoutez, vraiment… vous n'êtes pas obligé de partir tout de suite. Je vous en prie, commencez par bien vous réchauffer.

Il se rassit.

— Vous êtes très aimable.

Le silence se fit. Elle finit par le briser en demandant :

— Pourriez-vous me raconter quelque chose de votre vie ? En Angleterre, je veux dire.

Il se frotta le menton d'un air résigné.

— Je crains que nous ne soyons pas autorisés à partager des informations personnelles.

— Naturellement. C'est une question stupide.

— Pas stupide. Normale. Enfin… si les choses étaient normales, je veux dire.

Ils se turent de nouveau. Puis, soudain, parlèrent en même temps.

— Je vous en prie, lui dit-elle. Vous d'abord.

Il sourit et elle se sentit tellement désarmée par la lueur qui illumina ses yeux qu'elle fut envahie par diverses émotions complexes.

— Oh ! Et puis tant pis ! dit-il. Ce n'est pas ça qui va nous faire perdre la guerre, j'imagine. Je viens du Gloucestershire. Une ville du nom de Stroud. Un village à proximité, plus exactement.

— Pourriez-vous me le décrire ? Je ne connais que Londres.

— C'est très différent de Londres. De jolis cottages en pierres du Cotswold et quelques très beaux manoirs éparpillés dans des collines, expliqua-t-il en s'animant.

— Ça semble enchanteur. Ça doit vous manquer.

— En effet. Mes parents habitent à Minchinhampton, près du parc communal. C'est là que je promenais notre labrador.

— Comment s'appelle-t-il ?

— Il est mort, hélas. Mais je l'avais appelé Pluto.

Elle se mit à rire.

— C'est un nom amusant pour un chien.

Ils conversèrent agréablement pendant une heure. Il lui parla de l'Angleterre, de sa fiancée, Margaret, de sa maison, de ses plats préférés. Visiblement, tout comme eux, tout le monde là-bas parlait de nourriture, ou en rêvait. Il évoqua les saucisses avec de la purée, les *cottage pies*, les rôtis, les crumbles aux pommes. Elle lui avoua qu'elle n'avait pas été emballée par ce qu'elle avait mangé à Londres.

— C'est infect, concéda-t-il avec une grimace de dégoût.

Et tous deux se mirent à rire.

Assise avec lui au coin du feu, elle avait l'impression d'être protégée, dans une précieuse oasis de paix.

— Et vous ? demanda-t-il. Où avez-vous grandi ?

— À Rome. Les murs de notre appartement étaient tapissés de livres et de tableaux.

Elle sourit à ce souvenir.

— Mon père était au désespoir en voyant ma mère passer son temps à chiner des livres et des tableaux rares pour les apporter à la maison. C'étaient des gens attentionnés, de bons parents. Pour me faire plaisir, ils me permettaient parfois de veiller, lors de leurs soirées musicales mensuelles.

— Ce devait être merveilleux.

À cette pensée, une vague de tristesse la submergea.

— Ça l'était. Beaucoup d'amis de mes parents étaient artistes, écrivains, musiciens, poètes ou acteurs. Pas du genre à prendre la carte du parti fasciste. Mais, peu à peu, leur nombre a diminué.

— Que s'est-il passé ?

— Mussolini, voilà ce qui s'est passé. Certains ont disparu sans plus jamais donner de nouvelles. D'autres sont partis à l'étranger. Principalement aux États-Unis. Ma mère en a eu le cœur brisé.

— Je suppose que c'était un peu différent dans le milieu de votre mari.

— L'aristocratie avait tendance à soutenir Mussolini.

— Votre mari aussi ?

Elle répondit par un haussement d'épaules évasif et laissa ses pensées dériver vers Lorenzo. Elle était parfaitement consciente de ses réserves tout en sachant qu'il n'avait jamais critiqué ouvertement *il Duce.* D'ailleurs, rares étaient ceux qui l'avaient fait. Et lorsqu'ils avaient eu ce courage, ils l'avaient regretté. Pour peu qu'ils aient vécu. En tout cas, en général, Lorenzo n'avait jamais été aussi direct qu'elle. Ils n'avaient pas la même personnalité. En outre, à cause de son éducation, il était moins ouvert. Peut-être était-il naturel pour lui de se montrer un peu plus réticent.

— Il ne soutient pas Mussolini. C'est un homme bien, vraiment bien. Mais il n'est pas très communicatif.

— Et cela ne vous dérange pas ?

— La plupart des hommes ne sont-ils pas réservés ? Du moins, parfois ?

Il se pencha en avant et la scruta avec curiosité. Mais elle ne se faisait pas assez confiance pour ajouter quoi que ce soit. Même si elle l'avait voulu, et elle n'était pas sûre de le vouloir. Elle sentit qu'il voulait dire quelque chose, quelque chose qu'il avait sur le bout de la langue, mais il se redressa, se cala dans son fauteuil et, secouant la tête, détourna le regard.

Pendant quelques instants, ils restèrent silencieux. Elle s'aperçut alors que sa gêne s'était complètement dissipée. La présence de James et la franchise de leur conversation avaient été réconfortantes. Elle aimait sa simplicité et il était évident qu'un lien ténu commençait à se tisser entre eux.

Comme s'ils s'étaient mis d'accord, ils se mirent à parler de tout sauf de la guerre. Jusqu'à ce que, soudain, n'y tenant plus, elle demande d'une voix tremblante :

— Les Alliés vont-ils gagner la guerre ?

Avec un profond soupir, il répondit :

— Je l'espère bougrement !

— Mais ce n'est pas seulement une question de gagner ou de perdre, n'est-ce pas ? On est en pleine folie. Ça ne devrait même pas être possible.

Avec un grognement, il approuva :

— Personne ne veut cette guerre.

— Ma mère dit qu'il y a toujours une lumière au bout du tunnel.

— Et vous la croyez ?

— Je veux la croire… mais je sais que le contraire est aussi vrai.

L'heure avançant, elle commençait à se sentir somnolente et ne put retenir un bâillement.

— Je suis tellement désolé, s'excusa-t-il en bondissant sur ses pieds. Je vous empêche de dormir alors que vous tombez de sommeil.

Elle se leva à son tour et, se sentant soudain seule, en manque de contact humain, elle se retint juste à temps de lui suggérer de rester encore un peu.

Il la dévisagea comme s'il lisait en elle.

— Merci, dit-il en portant sa main à ses lèvres.

Elle s'appuya contre lui jusqu'à sentir battre son cœur, et remarqua à quel point James s'était réchauffé. Quelques instants passèrent et elle se retira, regrettant soudain de s'être autorisé une telle intimité.

— Je suis tellement désolé, répéta-t-il, l'air penaud.

— Je vous en prie. Mais vous feriez mieux de partir maintenant. Je vais descendre verrouiller la porte derrière vous.

Chapitre 29

Lorenzo ne s'était pas trompé. Quand Sofia et Anna arrivèrent à destination, dans le centre de Florence occupée, même si le froid était moins vif qu'à Castello, elles étaient transies, transpercées par l'humidité. Sofia se rappelait sa toute première vision du *palazzo* de la famille de Lorenzo. Elle avait été frappée par la beauté de la façadc percée de fenêtres en ogive et du portail. Lors de leur dernière visite, qui remontait à septembre, ils avaient eu de la chance. Aucune sirène ne les avait avertis de l'imminence du bombardement allié qui allait prendre la ville pour cible. Ils avaient paressé dans le salon, inconscients des événements à venir. Lorsque les horribles hurlements avaient commencé, elle s'était précipitée dans les bras de son mari et ils s'étaient agrippés l'un à l'autre, écoutant chaque sifflement perçant suivi d'un grondement qui finissait en explosion, avec l'impression de devenir fous. Alors que le cauchemar continuait et que les bombes alliées pleuvaient, ils avaient attendu, respirant à peine, ignorant s'ils y survivraient. Elle avait prié de toutes ses forces, de tout son cœur. S'était fait violence pour ne pas penser à ce qui pourrait arriver s'ils n'avaient pas de chance. Par miracle, ils en étaient sortis indemnes. Avec pour seuls dégâts certaines fenêtres du *palazzo* brisées. Mais ils avaient découvert que plusieurs bâtiments avaient été détruits et au moins deux cents civils tués. C'était difficile à accepter. Naguère leurs ennemies, les forces britanniques et américaines étaient devenues, du jour au lendemain, leurs amies. Maintenant, les Alliés faisaient sauter les ponts et les voies ferrées pour rendre la vie difficile aux Allemands. Hélas, cela n'épargnait pas les citoyens ordinaires.

C'était la première fois qu'elle revenait depuis. Toute la maison résonnait de l'absence de Lorenzo. Rien d'inconvenant n'avait vraiment eu lieu, la nuit précédente. Néanmoins, ce moment de proximité passé avec James lui avait fait prendre plus vivement la mesure d'à quel point son mari lui manquait. Pouvait-on l'en blâmer ? Elle était capable de faire face. Elle était parfaitement capable de faire face, mais elle regrettait que Lorenzo ne soit pas près d'elle, dans les pièces sombres aux persiennes tirées, et dans son lit. Après avoir retiré les draps de mousseline qui avaient protégé les meubles de la poussière, elle se sentit un peu rassérénée. Avec ses quatre étages, le *palazzo* était bien trop grand pour eux et ils avaient échafaudé le projet prometteur de le convertir en quatre appartements. Puis la guerre était arrivée, mettant un terme à leurs plans.

Au début de leur mariage, elle avait dû faire des efforts pour développer la confiance en elle nécessaire à son rôle de comtesse. Tout particulièrement à Florence où elle avait eu l'impression d'accomplir un exploit. Puis, peu à peu, elle s'était mise au diapason de leur société, avait assimilé les usages de son rang. Avant sa mort, sa belle-mère avait déployé des trésors de bonté. Sofia séjournait chez ses propres parents, à Rome, quand le terrible accident avait frappé sa belle-famille. Elle avait fait son possible pour soutenir Lorenzo dans cette épreuve jusqu'à ce que, finalement, son regard recouvre son éclat.

Laissant Anna, avec son sens pratique habituel, préparer le dîner, elle alluma un feu dans le salon. Ce qui réveilla le souvenir de James. La solitude et la peur constante pouvaient faire naître des pensées inimaginables en temps de paix. Une fois que la flambée crépita, la fumée emplit la pièce.

Impatiente de s'éclaircir l'esprit, elle décida de sortir se promener. Elle enfila un long manteau noir avec un épais col de fourrure et se coiffa d'un chapeau assorti. Hésitante, elle se demanda si elle devait prendre son revolver. Les rues étaient-elles sûres ? Mais elle y renonça. Ce n'était pas une bonne idée si elle devait être arrêtée et fouillée.

Plus tôt dans la journée, il avait dû pleuvoir abondamment car il lui fallut contourner les flaques dans les rues pavées, en évitant l'eau qui tombait des profondes corniches des bâtiments. Elle croisa très peu de Florentins. Les Allemands, en revanche, étaient partout, leurs camions et leurs véhicules militaires bien en évidence. Elle longea le Lungarno en direction du Ponte Vecchio dont les arches basses enjambaient l'Arno.

Lorsque les Médicis avaient quitté leur palais d'origine, le Palazzo Vecchio, pour le Palazzo Pitti sur la rive opposée du fleuve, ils avaient fait construire un corridor reliant les deux palais afin de pouvoir traverser l'Arno à l'insu du commun des mortels. Percé d'une rangée de petites fenêtres, le corridor de Vasari passait au-dessus des boutiques de bijoux du Ponte Vecchio. Quand, des années auparavant, elle avait rencontré Lorenzo, il avait été leur endroit romantique de prédilection. Dans le ciel d'un bleu éclatant, les façades des palais réverbéraient la lumière du soleil et brillaient comme de l'or. Les souvenirs affluèrent à son esprit et son cœur se serra. Elle se revoyait avec Lorenzo, tout particulièrement à l'heure magique du crépuscule, quand, bras dessus bras dessous, ils déambulaient sur les berges du fleuve sous un ciel pourpre. C'était l'heure à laquelle les collines autour de la ville se voilaient d'une brume bleutée, où les reflets des palais ambrés scintillaient sur l'eau, où l'air embaumait du parfum des fleurs d'oranger.

Soudain prise de panique, elle comprit que si les Allemands battaient en retraite de cette ville magnifique, ou s'ils devaient s'y défendre, ce pont si ancien risquait d'être détruit. Elle devait faire tout son possible pour découvrir si certains de ses amis avaient entendu des rumeurs sur l'endroit où l'ennemi stockait ses armes. S'ils devaient aider les Alliés à libérer Florence, les partisans en auraient cruellement besoin.

Le crépuscule tombait. Un brouillard d'un blanc diaphane montait du fleuve. Elle s'éloigna à regret et, entendant des coups de feu, se hâta, resserrant son col de fourrure autour de son visage pour se protéger du vent glacé. Lorsqu'elle arriva au *palazzo*, elle leva les yeux vers les deux lanternes en fer forgé fixées au bossage du mur, au-dessus de la grande porte cochère qu'elle poussa pour entrer dans la cour du XVe siècle. Une odeur d'oignon et d'ail frits l'accueillit. La vie devait continuer et, grâce au ciel, c'était le cas. Elle ignora le large escalier de pierre qui menait à ses appartements et se dirigea droit vers la cuisine dallée où Anna la salua d'un sourire chaleureux.

— Aimeriez-vous dîner ici, madame la comtesse ?

Elle acquiesça d'un signe de tête et, sans attendre, s'assit à la table où deux verres de vin étaient déjà servis.

Le surlendemain matin, quand Sofia ouvrit les yeux, elle vit que le mur face à son lit était illuminé d'une lumière vive. Pour elle, c'était le jour J. Il lui avait fallu téléphoner à deux reprises au bureau du consulat avant de pouvoir parler à Gerhard Wolf, le diplomate qui occupait le poste de consul. Mais elle était parvenue à prendre rendez-vous avec lui et s'en félicitait. D'un coup d'œil par la fenêtre, elle vit que les nuages s'étaient dispersés et que le ciel était azur. Le cœur encore plus léger, elle se réjouit qu'il fasse beau pour son entretien.

Tous deux amoureux des arts, Wolf et Lorenzo s'étaient rencontrés à une exposition à la National Gallery, à Londres, en juin 1935, puis à Berlin, un mois plus tard. Ils étaient devenus amis et avaient correspondu jusqu'à ce que la guerre éclate. Plus tard, quand Wolf avait été envoyé à Florence,

Lorenzo l'avait invité au *palazzo*. Aussi, grâce à son mari, elle n'avait pas eu de difficulté à obtenir ce rendez-vous. Elle savait que Wolf était né à Dresde et qu'il avait fait des études de philosophie, d'histoire et de littérature. En homme cultivé, il avait commencé par résister, refusant d'entrer au parti nazi. Il n'avait cédé que lorsqu'il était devenu évident que sa décision lui fermerait la porte de la diplomatie. Parmi les amis de Sofia, il se racontait qu'il avait aidé des Juifs à s'échapper et qu'il faisait maintenant son possible pour empêcher les nazis de s'approprier des œuvres d'art majeures et de les faire transporter à Berlin.

Tout en regardant, en contrebas, leur petit jardin scintiller sous le soleil matinal, Sofia se rappelait sa première rencontre avec Wolf : lors de l'un de ses premiers étés au *palazzo*, ils avaient bu ensemble des cocktails dans ce même jardin. Rares étaient les maisons dotées d'un jardin, surtout à proximité du fleuve. Aussi, bien que surplombé par d'autres maisons, il leur était précieux.

Elle décida qu'après avoir vu Wolf, elle rendrait visite à des amis pour leur faire savoir qu'elle était à Florence et prendre de leurs nouvelles. Comme on pouvait s'y attendre, beaucoup étaient déjà partis d'eux-mêmes ou sous la contrainte, quand leurs maisons, comme les meilleurs hôtels, avaient été réquisitionnées. Lorenzo lui avait dévoilé que les Allemands utilisaient la synagogue de la via Farini comme entrepôt et comme écurie. Peut-être y avait-il une chance pour que les armes y soient aussi entreposées. Elle allait faire de son mieux pour recueillir un maximum d'informations.

Chapitre 30

Sofia devait retrouver Wolf dans un café, non loin du consulat. Il lui avait expliqué au téléphone que ses bureaux étaient bien rudimentaires pour un diplomate. Il préférait donc lui donner rendez-vous à l'extérieur. Elle avait trouvé sa suggestion un peu bizarre mais elle était arrivée tôt et avait choisi une table tranquille, au fond de la salle.

Quand il entra, elle reconnut immédiatement l'homme bien bâti, au visage respirant la bonté. Elle se leva et ils se serrèrent la main.

— Merci d'avoir accepté de me voir, dit-elle.

— Tout le plaisir est pour moi. Je me souviens très bien de vous. Comment va votre mari ?

— Il est à Rome, en ce moment.

Elle mentait, car elle ne savait pas où était vraiment Lorenzo ni comment il allait.

— Toujours au ministère ?

Elle fit un signe d'assentiment.

— Bien, dit-il en joignant les mains. Que puis-je faire pour vous ?

— En fait, je ne sais pas trop. Je suppose que vous êtes au courant de notre inquiétude concernant les dégâts possibles ici, à Florence.

— Oui, bien entendu. Mais manifestement…

Il marqua une pause et esquissa un sourire teinté de compassion.

— … je n'ai aucune influence sur les bombardements alliés.

Elle sourit à son tour.

— Bien sûr ! J'espère que vous ne m'en voudrez pas de les évoquer mais il se dit que vous avez joué un rôle efficace dans la préservation ou, devrais-je dire, la protection des œuvres d'art qui devaient quitter l'Italie.

Il jeta un coup d'œil à la ronde pour vérifier qu'aucune oreille indiscrète ne traînait.

— Chère madame, vous devez comprendre que je ne peux faire de commentaire. Je suis citoyen allemand et, par conséquent, bien sûr, je souhaite que mon pays sorte vainqueur de cette guerre.

— Je comprends.

Après un instant de réflexion, elle essaya une tactique différente.

— Nous avons entendu dire que lorsque l'armée allemande battait en retraite, elle avait tendance à tout saccager sur son passage. Est-ce exact ?

Un moment, il contempla la table sans rien dire. Puis il releva la tête, ses yeux si bons voilés de tristesse.

— C'est profondément regrettable… Écoutez, comtesse de' Corsi, la seule raison pour laquelle je m'entretiens avec vous est ma vieille amitié avec Lorenzo.

Elle acquiesça d'un signe du menton.

— Florence, comme vous le savez, était une ville de riches banquiers et marchands aux XIIIe et XIVe siècles, poursuivit-il. Ils ont consacré leurs immenses fortunes à l'architecture, et ont rempli leurs palais d'œuvres d'art et de somptueuses fresques. Comment n'importe quel homme sain d'esprit pourrait-il supporter de voir ce trésor détruit ?

Elle secoua la tête.

— Je vous dis cela car j'essaie de rester humain en ces temps extrêmement éprouvants, poursuivit-il. Si c'est en mon pouvoir, je fais de mon mieux pour soulager les souffrances, et je m'efforce de préserver tout ce que je peux de la majesté de Florence. Je ne souhaite pas voir le monde perdre ce que vous avez ici.

— Bien sûr. Et j'imagine que vous n'approuvez pas les intentions de Kesselring ?

Avec un haussement d'épaules, il se concentra sur le plafond. Elle attendit, scrutant avec anxiété la bataille qui se livrait sur son visage. Une veine saillait à sa tempe et la tension creusait deux rides sur son front. Elle pouvait voir qu'il aurait aimé en dire davantage et s'en voulait de le mettre ainsi dans l'embarras.

Il finit par pousser un soupir et la regarda de nouveau.

— Même si Kesselring est un homme affable, mes pouvoirs sur notre général en chef sont extrêmement limités. Et maintenant, j'ai bien peur de devoir prendre congé.

Il se leva, lui serra la main et la laissa.

Chapitre 31

Afin d'éviter les bombardements alliés, ils avaient quitté Montepulciano à 5 heures du matin, dans une voiture avec chauffeur. Quand, lors de leur troisième rencontre, le commandant Gustav Bruckner lui avait proposé de l'emmener à Florence, Maxine avait naturellement accepté d'emblée. Assise à l'arrière avec lui, elle regardait maintenant le paysage nu défiler derrière la vitre, regrettant la lumière acidulée des matins de printemps.

Sur le siège du passager, l'air morose, le capitaine Vogler n'ajoutait pas un mot à la conversation déjà limitée. Bruckner tapotait le genou de Maxine. Mais, malgré son attirance flagrante pour elle, il n'avait montré aucun empressement à aller plus loin. Ils avaient passé le plus clair de leur temps plongés dans des conversations animées. Aussi trouvait-elle son silence déstabilisant. Si quoi que ce soit tournait mal, il lui serait difficile de fausser compagnie à trois Allemands et de s'enfuir d'une voiture.

Elle repensa à ce que Bruckner lui avait dévoilé sur son compte. Célibataire, il n'avait ni fiancée ni petite amie sérieuse en Allemagne. Comme il avait l'intention de finir sa formation médicale une fois qu'ils auraient gagné la guerre, le mariage ne l'intéressait pas. Il avait l'intention de voyager. En Allemagne, il préférait conduire une moto plutôt qu'une automobile. Il aimait la lecture et le théâtre. Mais il avait surtout une prédilection pour l'opéra. En bref, c'était un homme cultivé. S'il n'avait pas été un ennemi, il aurait vraiment pu lui plaire.

D'ailleurs, il lui plaisait et elle devait se rappeler qu'il était aussi un impitoyable officier de la SS.

Toutes les personnalités n'offraient-elles pas néanmoins des facettes différentes, voire opposées ? C'était assurément son cas. À Luisa, sa mère, qui persistait à la pousser à épouser l'épicier, elle avait répondu d'un ton de défi : « Non, je veux être moi-même. » Quand elle avait été priée d'expliquer ce que cela signifiait exactement, elle avait bafouillé. Ce qu'elle voulait vraiment, ce dont elle rêvait, c'était une vie sans entraves, une vie dans laquelle elle pourrait se découvrir, s'épanouir, et non se contenter de survivre comme l'avait fait sa mère. Et, certes, elle se surprenait elle-même en vivant cette expérience. Elle s'était découverte courageuse et intrépide. Et avait conclu que le mot « courage » ne pouvait s'appliquer que si l'on était confronté à la peur. Car, sans épreuve à surmonter, il était impossible de savoir si l'on avait cette force en nous ou pas. Le courage était un choix.

— Déjeunez avec moi, déclara le commandant à brûle-pourpoint. Je connais un endroit simple et tranquille où nous ne serons pas dérangés. Pourrez-vous gagner la maison de votre amie ensuite ?

Avec un sourire, elle accepta.

— Bien sûr. Quelle idée charmante. Je ne m'étais pas attendue à être invitée à déjeuner après avoir déjà profité de votre voiture.

— Ou, si vous préférez, je peux demander à mon chauffeur de vous déposer chez votre amie dès notre arrivée.

— Ne vous donnez pas cette peine. J'ai faim.

Il l'enveloppa d'un regard chaleureux.

Ils arrivaient devant *L'Excelsior*, l'élégant hôtel à six étages situé sur la rive nord de l'Arno, face à la Piazza Ognissanti. Maxine ne s'était pas attendue à trouver l'endroit si animé. Des camions allemands étaient garés tout autour de la *piazza* et, dans un ballet incessant, des voitures s'arrêtaient devant l'entrée et repartaient. Bruckner la pria d'attendre un instant dehors et entra. Manifestement, le bâtiment avait été réquisitionné. Néanmoins, quand elle jeta un coup d'œil par la fenêtre, elle fut ébahie de voir que le grand hall à colonnes de marbre grouillait d'officiers allemands et de fascistes, sans une seule femme en vue.

Après le déjeuner, elle se rendit au 12 Piazza d'Azeglio, l'adresse que lui avait donnée Marco. Elle devait y rencontrer le clerc de Gerhard Wolf, qui pourrait lui en apprendre plus sur Ballerini, le chef des partisans. Elle découvrit un très beau jardin classique, comme inspiré par certains des squares qu'elle avait brièvement admirés lors de son séjour à Londres. Ses allées ombragées de micocouliers et de platanes étaient bordées de massifs de fleurs et l'architecture des bâtiments qui l'entouraient, au lieu d'être médiévale, semblait remonter au XVIIIe ou au XIXe siècle.

Elle frappa à la porte d'entrée et une femme d'une cinquantaine d'années, avec un nez crochu et des cheveux teints en brun, vint lui ouvrir. Maxine lui donna le mot de passe et fut introduite dans une pièce au fond de la maison, où un jeune homme soigné, portant des lunettes, faisait les cent pas. Il semblait nerveux, inquiet. Il lui tendit la main.

— Antonio, se présenta-t-il.

— C'était votre mère ?

— Je n'habite pas ici, répondit-il en secouant la tête.

— Partisans ?

Il fit un signe d'assentiment.

Un autre homme entra alors dans la pièce. Il avait l'air miteux, affamé. Elle comprit à l'expression crispée de son visage mince qu'il s'agissait de l'un des partisans de Florence. Il déclara s'appeler Stefano.

Elle se présenta brièvement. Antonio lui confirma alors qu'il était employé au consulat d'Allemagne et qu'il avait des informations. Deux officiers nazis devaient rencontrer Wolf d'ici quelques jours. Il avait découvert que l'un d'eux serait Kesselring et avait l'intention d'écouter ce qui se dirait. Maxine le regardait, sceptique. Elle doutait fort qu'il en soit capable sans se faire repérer. Mais étant donné qu'il était leur seule option, elle devait fonder ses espoirs sur lui.

— Kesselring, fit-elle remarquer avec un sifflement.

L'homme qui commandait toutes les forces allemandes en Italie.

— Quel est le but de cette rencontre ? reprit-elle.

Cette fois, ce fut Stefano qui répondit :

— Antonio a déjà compris que cela aurait peut-être un lien avec l'organisation du stockage des armements. C'est pourquoi le partisan Marco vous a envoyée. Wolf est inquiet parce que des armes ont déjà été stockées dans l'un des plus grands palais de la ville. Bien que nous ne sachions pas encore lequel.

Maxine fronça les sourcils, perplexe.

— Mais, il est allemand. Pourquoi estime-t-il que c'est un problème ?

— Parce que s'il est touché par les bombes alliées, toute la rue partira en fumée et tous ses bâtiments seront détruits. Or, Wolf est déterminé à préserver à tout prix ce fleuron de l'art médiéval et de la Renaissance qu'est Florence.

— Nous savons maintenant que l'arrivage venant de l'usine Beretta sera là d'un jour à l'autre. Nous surveillons la gare de Florence ainsi que celles de la périphérie. Mais depuis que les partisans se sont emparés des mitraillettes Beretta directement à l'usine, en octobre dernier, les Allemands ont doublé la sécurité sur les trains.

— Le consulat est très petit, précisa Antonio. Juste quatre pièces entre la mission évangélique allemande et le presbytère luthérien. En rusant un peu, il n'est pas difficile de surprendre une conversation.

Maxine hocha la tête et le secrétaire poursuivit :

— Figurez-vous que Wolf a enlevé les portraits d'Hitler du mur derrière son bureau. Il les a remplacés par une lithographie de Goethe. Sa tête et ses épaules de trois quarts, avec un col de fourrure.

— Ça ne va pas plaire à Kesselring, fit remarquer Maxine.

Tous sourirent.

— Wolf est un homme bien. Il a eu du travail pour persuader les nazis de lui donner le poste de consul, ici. Il est arrivé il y a trois ans, avec sa femme et sa fille. Je vous ferai passer un message disant où et quand nous nous retrouverons si j'obtiens plus d'informations.

— Vous connaissez *Radio Cora* ? demanda alors Stefano en la regardant droit dans les yeux. C'est par ce biais que vous pourrez informer les Alliés de l'emplacement de l'armement et que vous pourrez leur faire savoir si nous nous en emparons ou pas. Ils trouveront peut-être un moyen de nous aider.

— Je dois aussi informer mon officier de liaison de la situation, ici.

— Que voulez-vous dire ?

— La position des partisans, leur nombre, etc. Pas seulement s'ils ont des armes. On m'a demandé de trouver Ballerini.

Avec un soupir accablé, Stefano répondit :

— Ballerini a été tué récemment. Un homme courageux. Notre chef anarchiste.

— Je suis désolée de l'apprendre.

Bon sang ! Elle ne s'était pas attendue à ça.

— Et en décembre, Manetti et Ristori, les chefs de l'autre groupe, ont été abattus. Ils se cachaient sur Monte Morello. C'est la plus haute montagne de la plaine de Florence. Il faut environ quatre heures de marche pour l'atteindre. Peut-être une demi-heure en voiture.

— Alors qui est leur chef, maintenant ?

Il se renfrogna.

—C'est tout récent. Le groupe de Ballerini a rejoint un autre groupe du nom des *Loups Noirs de Garibaldi.*

—Ils sont dans les monts Calvana maintenant.

—Où est-ce?

—À une quarantaine de kilomètres. On y accède par des sentiers cachés qui traversent les forêts, les collines, et les hameaux perdus. C'est là qu'ils ont pris le maquis.

—Et à Florence même?

—Ils vont et viennent. Il faut que vous parliez à Luca, il vous le dira.

—Et Luca est…

Elle fut interrompue par la femme qui revenait.

—Vite! Ils sont quatre. Dans la rue. Ils viennent par ici.

Antonio pâlit mais réagit au quart de tour. Stefano et lui firent signe à Maxine de les suivre vers le fond de la maison, puis dans une ruelle qui débouchait sur une rue à quelques mètres de l'endroit où se tenaient les quatre soldats allemands. Elle sortit la première et, déambulant dans la rue d'un air aussi nonchalant que possible, s'éloigna. Elle pensa d'abord leur avoir échappé. Puis, perturbée par un besoin inexplicable de prudence, soudain nerveuse, elle s'inquiéta que ce ne fût pas le cas. Le souffle court, elle s'empressa de tourner à droite, espérant rebrousser chemin et prendre ce qu'elle espérait être la bonne direction vers le fleuve, loin des Allemands.

Il lui fallait rejoindre le Ponte Vecchio. Elle espérait trouver sans peine le palais de Sofia en se fiant à ses instructions. Mais avant même de voir les quatre soldats s'avancer d'un pas conquérant dans sa direction, elle sentit son estomac se nouer. Ils avaient simplement fait le tour par l'autre côté et venaient maintenant vers elle. D'un simple coup d'œil à leur démarche arrogante et à leurs fusils en bandoulière, elle comprit qu'elle était sur le point de devenir leur proie.

Le plus grand d'entre eux la dévisagea sans ciller, ses yeux d'un bleu glacial inexpressifs.

— Vos papiers ! lui ordonna-t-il, en lui tendant une main gantée.

Un autre alluma une cigarette.

Serrant les dents, elle sortit ses faux papiers et les lui tendit. Allaient-ils passer cette fois ? Les minutes s'égrenaient lentement et elle sentit sa bouche se dessécher. Elle commença à compter dans sa tête. Cela l'aidait à gérer sa peur. D'un instant à l'autre, l'homme pourrait soupçonner les papiers d'être des faux. Dans ce cas, elle devrait être en possession de toute sa présence d'esprit.

Le soldat continuait à se donner de l'importance, et il lança une blague en allemand aux trois autres qui, lui décochant des bourrades dans le dos, se mirent à rire à gorge déployée. Ils jetaient des coups d'œil à Maxine, se délectant visiblement de son appréhension. Puis le plus grand, les sourcils haussés, la scruta du regard.

— Que faisiez-vous Piazza d'Azeglio ? demanda-t-il. Nous la surveillions.

— Je demandais mon chemin.

Il pencha la tête de côté.

— Pour aller où ?

— Chez mon amie.

— Et où est-ce ?

— Sur le Lungarno, près du Ponte Vecchio.

Il émit un sifflement.

— Vous avez des amis bien élégants.

Ils s'entretinrent quelques instants en allemand. Elle ne comprenait presque rien. Puis, après l'avoir narguée encore un peu, le soldat lui rendit les papiers.

— Vous allez devoir courir si vous voulez arriver à temps, dit-il avec un coup d'œil à sa montre. Couvre-feu.

— À mon avis, elle n'a aucune chance, ricana un autre.

Elle l'ignora, laissa échapper un long soupir et s'éloigna d'un pas preste en sentant leurs regards la suivre.

Le couvre-feu n'était pas encore en vigueur, mais les rues grouillaient de patrouilles allemandes et fascistes. Elle entendait les quatre soldats toujours sur ses talons. Elle s'engouffra dans une ruelle, dans l'espoir d'un raccourci dans la bonne direction, mais quand elle aperçut les hommes maintenant devant elle, le cœur battant à tout rompre, elle recula. Comment avaient-ils fait ? Avec ce dédale de rues et d'allées qui communiquaient, tout était possible. *Ressaisis-toi !* s'intima-t-elle. Après tout, il lui suffisait de revenir sur ses pas. Perplexe, elle tourna sur place, essayant de décider dans quelle direction aller et, totalement perdue, se gratta la nuque, tout en délibérant. Elle regarda sa montre. Plus que cinq minutes avant le début du couvre-feu.

Se collant aux pierres froides des murs, elle se faufila d'une ruelle pavée dans une autre, jetant des coups d'œil dans des bars enfumés, à l'éclairage feutré, où des soldats allemands aux visages rubiconds buvaient et tapaient dans leurs mains tout en marquant le rythme sur les tables. Un chien qui se mit à aboyer derrière elle la fit sursauter. Le chien d'une patrouille ?

Un cri de femme s'éleva quelque part et des bruits de bottes à talons de fer résonnèrent dans la rue. Mais où ? Elle frôla un bord de fenêtre, essayant de se cacher, et heurta accidentellement un pot de fleurs qui tomba avec fracas sur le pavé, leur parfum emplissant l'air. En entendant une voix crier « *Halt!* » en allemand, suivi par un « *Halt!* » plus insistant, elle se figea. Ce ne pouvait être encore ces quatre hommes ! Elle étouffa un juron, puis, s'en remettant à sa chance, se mit à courir aussi vite que possible pour atteindre le fleuve et le premier pont sur son chemin. Au pire, elle trouverait une cachette sous les ponts ou même sur un bateau.

Elle sut que sa chance avait tourné quand elle atteignit le Ponte Vecchio. Hélas, il était bien gardé. Elle aperçut les Offices qui s'étiraient en direction du fleuve, flanqués de leurs arches et de leurs élégantes colonnes. Au lieu de suivre la rivière, elle allait devoir s'engager dans les ruelles secondaires et trouver la bonne entrée de service. Après s'être encore trompée plusieurs fois de direction dans ce dédale qu'était la ville médiévale, ce fut avec un profond soulagement qu'elle tomba sur l'étroite venelle au bout de laquelle elle reconnut les hautes grilles de fer forgé décrites par Sofia. Elle leva les yeux. Dans l'obscurité du crépuscule qui tombait, elle farfouilla dans une rangée de pots de fleurs contre le mur pour finir par en extraire la clé. Sofia avait dû huiler la serrure et les gonds car la grille s'ouvrit sans bruit.

Quand elle atteignit l'arrière de l'énorme bâtisse, elle frappa à la porte de service et attendit. Personne ne répondit. Quelque chose faisait frémir la végétation et elle vit la lune percer les nuages. Elle s'apprêtait à lancer une pierre sur l'une des fenêtres quand une persienne s'ouvrit au-dessus d'elle et, éperdue de reconnaissance, elle vit Sofia se pencher à la fenêtre.

Quelques instants plus tard, elle venait lui ouvrir. Elle l'attrapa par le bras et l'attira dans un vestibule lugubre.

Maxine exhala bruyamment son souffle.

— Ouf! Je commençais à croire que tu ne m'ouvrirais jamais.

— Allons dans la cuisine.

Elle lui emboîta le pas. Dans la grande pièce, la lumière était tamisée et les persiennes étaient solidement fermées. Assise à la table, Anna les enveloppa d'un regard insondable.

— Eh bien, déclara-t-elle. Vous avez pris votre temps.

— Je ne suis arrivée à Florence qu'aujourd'hui. Mais j'ai des tas de nouvelles à vous raconter.

— Je peux te proposer un *aperitivo*, dit alors Sofia.

Elle apporta une bouteille et une assiette de *bruschetta* à la tomate et à l'ail.

Maxine se rappela les descriptions nostalgiques que sa mère donnait du rituel de l'apéritif. Ce n'était pas, comme elle l'avait imaginé, un simple verre précédant le dîner. C'était toujours accompagné de délicieux amuse-bouches. Elle avait rêvé de cette *bruschetta* avec ses garnitures variées : tranches de mortadelle ou de jambon fumé, mozzarella, tomate et basilic. Et pourtant, elle ne l'avait vue que sur les tables fréquentées par les Allemands au *Caffè Paskowski* ou dans ce type d'endroit en vogue.

Elle prit une chaise et s'assit en face d'Anna. Sofia se tenait debout, dos au fourneau. Elle remarqua sa pâleur. Il ne faisait pas chaud dans la cuisine.

Elle entreprit alors de leur raconter sa rencontre avec Bruckner, comment il lui avait offert de profiter de sa voiture pour faire le trajet entre Montepulciano et Florence. Puis elle décrivit son rendez-vous avec Antonio, le secrétaire de Gerhard Wolf, et avec le partisan, Stefano.

Sofia hocha la tête.

— J'ai moi-même rencontré Gerhard Wolf. Il n'a pas dévoilé grand-chose. J'ai eu le sentiment qu'il aurait aimé en dire plus, mais qu'il ne le pouvait pas.

Chapitre 32

Sofia se réveilla, déçue que la tarte crémeuse aux figues et à la ricotta dont le goût persistait sur son palais ne fût qu'un rêve. Elle en avait encore l'eau à la bouche. C'était une tarte qu'elle faisait avec sa mère. Elle était chargée de moudre les amandes et de les ajouter à la farine pour préparer la pâte. Puis, ensemble, elles concoctaient la garniture en mélangeant à la ricotta égouttée des œufs, du miel, des zestes de citron et de la vanille. Une fois la tarte sortie du four, elles la décoraient de quartiers de figues. C'était un régal.

Ces rêves du passé étaient sa manière d'échapper au présent, elle en était sûre. Faisant glisser ses jambes sur le côté du lit, elle se leva. Le froid lui arracha un grognement. Elle s'habilla sans se laver et s'élança bravement à travers le vestibule et les couloirs vides qui résonnaient du cliquetis des volets secoués par le vent. Quand elle arriva dans la cuisine, Anna était déjà en train de remplir le fourneau et la chaudière. Au moins, elles avaient une réserve de fioul qui n'avait pas été utilisée. Même si, n'ayant pas la moindre idée de la durée de leur séjour à Florence, elle ignorait si elle leur suffirait. L'incertitude des lendemains la remplissait d'appréhension. Mais, pour le bien d'Anna, elle se ressaisit et, souriante, lui demanda :

— Tu as bien dormi, Anna ?

— Pas vraiment, vous savez…, répondit cette dernière d'un air épuisé.

— Je sais.

Pendant que le café passait, elles gardèrent le silence. S'apercevant soudain que c'était du vrai café, Sofia s'exclama :

— Seigneur !

Enchantée de sa surprise, Anna montra un placard du doigt.

— Je l'ai trouvé au fond de cette étagère, déjà moulu, et dur comme le roc. Il m'a fallu toutes mes forces pour l'écraser.

Elle leur en versa à chacune une tasse. Il avait perdu tout son arôme mais son goût lui fit monter les larmes aux yeux. *Souvenirs.* Toujours les souvenirs des temps meilleurs.

— J'ai encore rêvé de nourriture, dit-elle alors.

Avec une grimace, Anna répondit :

— C'est parce que nous avons toujours faim. Je ne rêve jamais.

— Tout le monde rêve. C'est notre façon de trouver un sens à la vie. Tu ne te rappelles pas tes rêves, voilà tout.

La jeune femme pencha la tête de côté, l'air songeur.

— Je rêve de mon mari, quelquefois. Du moins, je rêvais de lui.

Sofia lui lança un regard plein de compassion.

— Ça n'a pas été facile pour toi.

— Comme pour beaucoup d'entre nous.

Elles se turent un moment, perdues dans leurs pensées.

— Maxine n'est pas levée ? finit-elle par demander.

Anna secoua la tête. Mais, quelques instants plus tard, elle l'entendit qui arrivait sur le seuil et se tourna vers elle. Enroulée dans une couverture, ses boucles auburn emmêlées, elle était toujours aussi belle.

— Fichu mausolée ! On gèle, maugréa-t-elle en entrant.

Elle s'assit à la table et se servit un café.

— C'est du vrai, je vois. Qu'y a-t-il à manger ?

Anna était en train de couper la dernière des deux miches de pain qu'elles avaient apportées. Elle était déjà rassise.

Elle fit griller les tranches dans une poêle, puis apporta du sel et de l'huile d'olive.

— Que ne donnerais-je pas pour un bagel au fromage ! s'exclama l'Américaine.

Avec un haussement d'épaules résigné, elle mordit à belles dents dans son pain grillé.

Sofia se mit à rire.

— Moi aussi j'ai rêvé de nourriture.

— De brownies ?

— Non. D'une tarte à la ricotta et à la figue.

— Oh non ! Ma mère en faisait.

— Raconte-nous ce que tu sais de son village.

Le regard de Maxine se voila d'une expression rêveuse.

— Il s'appelle Poggio Santa Cecilia. Et il est perché au sommet d'une colline. Non loin de Sienne, en voiture. Les fermes sont regroupées autour. Celle de mes parents avait un pigeonnier dans le toit, que ma mère adorait. Elle se dressait au milieu des champs d'oliviers, des vignobles, des champs cultivés, entourés de bois. Sans oublier les deux lacs dans lesquels elle aimait nager. Et même si c'était interdit, elle passait outre.

— C'est un très bel endroit, approuva Anna. J'y suis déjà allée.

Les yeux de Maxine s'adoucirent encore.

— Ma mère affirme que c'est l'endroit le plus serein au monde.

— Cela a dû être pénible pour elle de le quitter, fit remarquer Sofia.

— Oui. Absolument.

Voyant l'expression mélancolique qui se peignait maintenant sur son visage, elle sentit que sa nouvelle amie regrettait cette vie qu'elle n'avait jamais connue.

— Elle me parlait aussi des vergers. Des prunes, des pommes. Le village est entouré des remparts en ruine d'un vieux château.

Sofia acquiesça :

— Je me suis assise sur ces remparts. Et je sais que la plupart de ces bâtiments remontent au XVe siècle.

— Il est habité par les gens qui travaillent sur le domaine et par la famille d'aristocrates qui est propriétaire de tout ce bazar, railla Maxine avec un sourire en coin.

Puis, rougissant soudain, elle jeta un coup d'œil à son hôtesse.

— Sans vouloir t'offenser.

— Je ne me sens pas du tout offensée, répondit Sofia. De naissance, je suis une roturière. Mais n'avais-tu pas le projet de le visiter ?

— J'en ai bien l'intention. Mais il y a toujours un imprévu pour m'en empêcher. Et je déteste l'idée que des Allemands l'occupent. Ma mère en mourrait si elle le savait. Je regrette que mes parents aient dû quitter la Toscane.

— Je suis allée à Santa Cecilia à plusieurs reprises avant la guerre, reprit Sofia. Pour des soirées, des récitals, ce genre d'occasions. Les plafonds à caissons de la villa principale sont magnifiques, ses murs décorés de fresques somptueuses, ses cheminées immenses. On accède au premier étage par un majestueux escalier de pierre. Là, le salon ouvre sur une verrière surplombant les jardins en terrasses. Par comparaison, notre château est petit. Mais Santa Cecilia a changé. La famille qui en est propriétaire est partie. Seule la grand-mère est restée. Une vieille dame charmante. Or, j'ai entendu dire que, comme les Allemands ont réquisitionné la villa, elle habite maintenant une maison du village.

— Ils ont un sacré culot, tu ne trouves pas ? J'irai peut-être quand tout cela sera fini.

Maxine s'interrompit.

— Envisagerais-tu de m'accompagner ? demanda-t-elle après réflexion. Si tu connais quelqu'un au village, cela nous donnera une excuse pour y aller. Nous pourrions prendre ma moto.

Sofia commença par rire. Mais elle s'aperçut soudain de la vulnérabilité qu'exprimaient les yeux de Maxine. Si elle ne dévoilait pas beaucoup d'elle-même, elle était plus sentimentale qu'elle ne voulait le laisser croire. Elle l'avait déjà remarqué quand elle regardait Marco. Et il était manifeste que visiter le village de ses parents lui tenait à cœur.

— Monter sur une moto sera assurément une expérience nouvelle pour moi. Lorenzo en possède une. Mais je ne l'ai jamais conduite. Je suis sûre que je finirais dans une haie.

— Tu vas adorer, affirma Maxime avec un sourire chaleureux.

Sofia s'aperçut alors qu'elles avaient choisi de discuter de projets qui promettaient d'ensoleiller leur morne présent. Parfois, elles n'avaient pas le choix.

— J'ai entendu des coups de feu, cette nuit, reprit soudain l'Américaine. Pas toi ?

— J'en entends toutes les nuits. C'est toujours horrible. On ne peut s'y habituer.

Se tournant alors vers Anna, Maxine lui demanda :

— Pourriez-vous prendre contact avec certaines des *staffette* locales ? L'une d'entre elles devrait savoir où je pourrai trouver un partisan du nom de Luca.

— Qui est-ce ?

— Je pense qu'il pourrait être le nouveau chef du réseau local.

Chapitre 33

Février 1944

Même si Maxine mettait désormais presque tous ses espoirs en Antonio, le secrétaire de Wolf, pour obtenir des informations, elle savait que le fait de connaître Bruckner pouvait être un avantage supplémentaire. Aussi, lorsque la brume matinale se fut dissipée, elle passa plusieurs heures à le chercher dans la ville. Elle avait opté pour une tenue sobre, un vieux manteau marron, un foulard noué sous le menton, un feutre informe lui descendant bas sur le front et des lunettes à monture d'acier. Elle ne voulait surtout pas attirer l'attention.

Les magasins étaient presque vides. Elle comprit pourquoi en apercevant des camions allemands garés devant chacun d'eux. Les occupants étaient en train de se servir. Heureusement, elle savait que les commerçants avaient été assez malins pour cacher certaines marchandises. Tout en déambulant le long de la viale Michelangelo, elle ne put s'empêcher d'admirer la Piazza Signora, sa célèbre tour et sa loggia. Ce faisant, elle épiait les bars répertoriés par Marco, guettant Bruckner et prenant garde qu'il ne la repère pas avant qu'elle soit prête.

Ses pensées dérivèrent alors sur Ronald, l'officier anglais qui était son contact. S'il appartenait visiblement à la bonne société britannique, elle ne savait rien de plus sur lui. Il s'était toujours montré serviable, affable, mais distant. Peut-être était-ce la réserve propre à la haute société anglaise.

Elle l'ignorait. De toute façon, plus les Alliés auraient de détails sur la région, et sauraient à qui faire confiance ou non, plus ils progresseraient facilement vers le nord en repoussant les Allemands. Surtout si les partisans étaient bien armés. Plus tard, dans la journée, elle avait l'intention de se mettre en relation avec Luca.

Enfin, elle aperçut Bruckner. Qui déjeunait tôt, en compagnie d'un autre officier. Elle se dissimula dans l'ombre d'une porte et attendit, prête à retirer son foulard et son manteau pour dévoiler une robe de soie rouge, quand elle l'intercepterait.

Quelques instants plus tard, elle faillit le manquer. Marchant à longues enjambées décidées, il quitta le restaurant avec l'autre homme qu'elle reconnut pour être Baltasar Vogler. Elle les suivit et, sans avoir eu le temps d'enlever son manteau, s'arrêta de l'autre côté de la *piazza* en les voyant se diriger vers l'hôtel *Excelsior*. Vogler entra le premier, suivi de Bruckner. À cet instant précis, deux hommes vêtus de noir passèrent en courant devant elle, la renversant au passage. Le temps qu'elle recouvre son équilibre, un bruit assourdissant ébranla les lieux. L'explosion fut d'une telle violence que, traversant la *piazza*, son souffle la percuta. Aveuglée par la poussière qui lui piquait les yeux, mitraillée par des fragments de pierre et de verre, elle s'accroupit, protégeant sa tête de ses bras. Lorsque le bruit s'atténua, elle s'essuya les yeux de sa manche. Mais il était impossible de distinguer quoi que ce soit dans les nuages de poussière et de fumée qui s'élevaient devant elle. Des hommes criaient, des femmes hurlaient, sans qu'elle puisse localiser la provenance de leurs cris.

Elle se releva tant bien que mal. Il fallait qu'elle parte d'ici au plus vite. Gênée par les débris, les briques, le mortier et le verre éparpillés sur le sol, elle trébucha. Des petits feux parsemaient maintenant la *piazza* et, la fumée se dissipant peu à peu, elle vit des flammes jaillir des fenêtres de l'hôtel.

La bombe avait-elle été posée à l'intérieur ? Ou bien lancée de l'extérieur ? Elle se rappela les deux hommes qu'elle avait vus s'enfuir et la pensée de Gustav Bruckner lui traversa l'esprit. Si sa seule relation allemande utile avait été tuée, il devenait d'autant plus urgent de trouver Luca. Antonio et lui étaient désormais ses seuls espoirs.

Chapitre 34

Sofia venait de s'installer dans son douillet salon surplombant l'Arno quand une explosion assourdissante la fit sursauter. Elle posa son livre, se leva et se précipita à la fenêtre du vestibule. Un nuage de fumée montait d'un quartier de la ville.

Quand, un quart d'heure plus tard, Maxine entra précipitamment, les joues rougies par le froid, elle la regarda, stupéfaite. Son visage, ses cheveux, ses vêtements couverts d'une fine couche de poussière, elle ressemblait à un fantôme. Et, pour couronner le tout, elle tremblait de façon incontrôlable. Tandis qu'elle essayait de parler, ses yeux cernés de rouge, scintillants, erraient sur la pièce, hagards. Elle était visiblement choquée.

Sofia lui proposa de lui préparer une boisson chaude mais elle avait peine à reprendre son souffle. Puis, toujours muette, elle se plia en deux, comme prise de douleurs physiques.

Quand elle se redressa, Sofia l'entoura de ses bras et l'attira contre elle. Puis, sentant que Maxine commençait à se calmer, que sa respiration s'apaisait, elle recula d'un pas et scruta son visage.

— J'ai entendu l'explosion. Que s'est-il passé ?

L'espace d'un instant, Maxine ferma les yeux. Quand elle les rouvrit, elle remarqua que son regard était vide.

— Peux-tu me raconter ?

— Une bombe…

Sa voix était rauque, indistincte.

— Où ? Je n'ai pas entendu un seul avion.

Elle prit une longue inspiration et souffla lentement.

— Tout va bien, prends ton temps, lui murmura Sofia, apaisante.

— Pas les Alliés. Près de *L'Excelsior*. J'étais en train de regarder Bruckner y entrer par la porte principale et la seconde suivante… Boum…

— Il est mort ?

— Je ne sais pas. Sans doute. J'ai dû m'enfuir. Je ne sais pas pourquoi je suis si bouleversée, vraiment. Je ne suis pas si pitoyable, d'habitude.

— Ne sois pas bête. Tu es la personne la moins pitoyable que je connaisse. C'était inattendu, c'est tout. Tu as eu un choc.

— Je pensais être hermétique aux chocs, railla-t-elle avec un petit sourire amer.

Sofia secoua la tête.

— Personne ne l'est.

— Ils vont allonger le couvre-feu, maugréa Anna.

Toujours vêtue de son manteau, l'air inquiet, elle entrait dans la pièce.

— *Per Dio.* Ces têtes brûlées nous rendent la vie impossible.

Maxine pivota sur ses talons pour la regarder.

— Vous avez vu ?

Anna se laissa tomber dans un fauteuil, puis lança un coup d'œil à sa patronne, comme pour lui demander l'autorisation de s'asseoir.

Sofia lui sourit.

— Allons ! Je pense que nous avons dépassé ces vieux protocoles depuis longtemps. Tout va bien. Mets-toi à l'aise.

Anna regarda alors Maxine, qui était debout devant l'une des deux fenêtres fermées.

— *Madonna !* Dans quel état vous êtes ! Non, je n'ai pas vu, mais j'ai entendu.

— Dieu merci, vous êtes toutes les deux saines et sauves ! s'exclama alors Sofia. Mais il faut aller te laver, Maxine. Tu as été vue à proximité de l'hôtel ?

Elle secoua la tête.

— Personne ne m'aurait remarquée. Je portais ce vieux manteau, un chapeau et un foulard.

— Et moi, je suis rentrée par le chemin le plus long pour passer inaperçue, renchérit Anna. Et les rues étaient plutôt animées. Ils ne peuvent pas tous nous arrêter.

— Vous croyez ça ? demanda Maxine avec amertume.

Son regard allant de l'une à l'autre, Anna annonça alors, lugubre :

— Il y aura des représailles.

À la pensée de cette possibilité, plus que réelle, Sofia sentit une flèche d'une douleur fulgurante la transpercer.

L'air sombre, Maxine reprit :

— Il faut pourtant que je sache si Bruckner est mort.

Tôt le lendemain matin, Sofia faisait les cent pas dans le jardin. Agitée, anxieuse, elle attendait de connaître le sort réservé aux Florentins à la suite de l'attentat. Comme elles n'avaient pas de radio, Anna était sortie voir quelles informations elle pourrait glaner.

Enfin, elle entendit la grille du fond s'ouvrir et la vit entrer. Il était évident à voir son visage aux traits tirés par l'angoisse que les nouvelles n'étaient pas bonnes. Elle parla d'une voix haletante, les mots fusant à un débit plus que rapide.

— Je suis revenue aussi vite que possible. Toute la nuit, les Allemands ont ramassé ceux qui étaient connus pour soutenir, même de très loin, les partisans. Plus tous ceux qui ne soutiennent pas activement le Reich.

— Donc, désormais, seuls les fascistes sont en sécurité.

— Exactement.

— Quel sort nous…

Elle ne finit pas sa phrase.

— Tu as croisé quelqu'un ? reprit-elle alors.

— Depuis l'explosion, les hommes se font rares. Ils sont soit en prison, soit en fuite dans les collines. Mais j'ai vu une femme… Elle s'appelle Irma.

— Une *staffetta* comme toi ?

— Oui. Elle m'a dit qu'elle retrouverait Maxine à 15 heures aujourd'hui, via Faenza. Qu'elle devait la présenter à Luca, leur chef d'unité.

— Et la bombe ?

— On dit qu'une grenade a été lancée dans l'hôtel. J'aimerais rentrer à Castello maintenant. C'est terrible ici. Les gens ont faim. Ils se battent pour des miettes, des restes jetés par les restaurants. Ils se font fusiller pour essayer de sortir en catimini de la nourriture pour leurs familles.

« À la maison ». Sofia se sentit abattue en pensant au château. Elle aussi regrettait de ne pas être *« à la maison »*.

— Il faut que je parle d'Irma à Maxine, ajouta Anna.

Elles gardèrent le silence quelques minutes.

— Dis-moi quelque chose de positif, finit par plaider Sofia. Quelque chose pour compenser tout ça.

Anna la dévisagea avec une expression désespérée.

— N'importe quoi ? insista-t-elle. Quelque chose ?

Réfléchissant, la jeune femme se frotta la nuque.

— Mon fils, Alberto. C'est un bon petit.

— Je suis d'accord. Il est adorable ! approuva-t-elle avec ferveur.

Son esprit s'échappa vers les jours ensoleillés du passé. Sur Lorenzo l'embrassant sur le front pour la première fois, devant ses parents. Sur l'air entendu de son père, les sourcils haussés, sur le sourire plein de douceur de sa mère. Sur leur escapade après leurs fiançailles, quand ils étaient partis explorer les villes et les villages fortifiés surplombant les collines de la Toscane.

La voix d'Anna la ramena soudain au présent.

— C'est bien pour ça que nous faisons tout ça, non ? Pour récupérer notre pays et pour que tous nos enfants grandissent dans un monde en paix.

— Oui. Et ça ne saurait plus tarder, affirma-t-elle. Les Alliés vont gagner cette guerre. Nous devons continuer à y croire.

Chapitre 35

Le jour se levait à peine quand Anna alla répondre à des coups légers à la porte. Une Italienne au visage mince jeta un regard furtif de droite à gauche puis derrière elle.

— Oui ? s'étonna Anna.

La femme répondit à voix basse, d'un ton rapide et pressant.

— Dites à Massima qu'Antonio l'attendra au 12 Piazza d'Azeglio. Dix heures précises. Qu'elle ne soit pas en retard.

Anna commençait à la remercier mais, sans lui laisser le temps de finir sa phrase, la femme s'éloigna en hâte. Elle monta alors réveiller Maxine et lui transmit le message. Quand elle redescendit préparer le petit déjeuner, cette dernière lui emboîta le pas, en robe de chambre.

— Est-ce tout ce qu'elle a dit ? Vous a-t-elle donné son nom ?

Anna secoua la tête. Maxine insista :

— Croyez-vous qu'elle pourrait travailler pour les Allemands ? L'un d'entre eux m'a dit qu'ils surveillaient la *piazza*.

— Je l'ai crue. Que puis-je dire de plus ?

— À quoi ressemble-t-elle ?

— La cinquantaine, très brune avec un grand nez.

— Un nez crochu, diriez-vous ?

Anna acquiesça d'un signe de tête.

— Au moins, vous avez tout le temps avant votre rendez-vous avec Irma, via Faenza, à 15 heures.

Maxine avait hâte d'apprendre les nouvelles d'Antonio. Mais, curieuse de voir l'étendue des dégâts causés par la bombe, elle fit d'abord un crochet par l'hôtel. Elle avait attaché ses cheveux, maintenant dissimulés sous un foulard quelconque comme en portaient de nombreuses femmes, enfilé un manteau d'un gris terne et avait fait l'impasse sur son rouge à lèvres si personnel.

Quand elle arriva à *L'Excelsior*, elle remarqua que plusieurs ouvriers étaient déjà à l'œuvre pour réparer les dégâts. Elle flâna un petit moment. Elle devait donner l'impression qu'elle n'était qu'une simple ménagère italienne, curieuse. Puis elle s'approcha d'un contremaître à l'air tyrannique, qui se pavanait en donnant des ordres aux ouvriers. Elle se glissa à côté de lui et, les mains sur les hanches, lança :

— Dites donc ! Mon mari, Tomasso, m'a dit que c'était un sacré chantier. Il n'avait pas tort, je vois. Combien de temps va-t-il falloir pour tout remettre en état ?

— Trop longtemps, répondit l'homme avec un haussement d'épaules.

— Y a-t-il des victimes ?

— Qu'est-ce que ça peut vous faire ?

— Je n'habite pas loin. J'ai entendu l'explosion. Dans la rue, tout le monde l'a entendue. Tomasso dit que quelqu'un a dû être tué. J'ai pensé que c'était peut-être une fuite de gaz, mais Tomasso m'a parié que c'était une bombe.

— Et alors ? Vous êtes venue vérifier ?

Se renfrognant, elle croisa les bras, feignant d'être vexée.

— Mais non ! Je vais voir une amie. Je ne faisais que passer.

— Vous ne faisiez « que passer », c'est ça ! Eh bien, si vous voulez savoir, un important officier de la SS, du nom de Bruckner, a été tué. C'est ce que j'ai entendu, en tout cas. Pour être honnête, ils ne disent pas grand-chose.

Il se détourna pour crier un ordre à l'un des ouvriers. Saisissant l'occasion, elle s'éclipsa. Si Bruckner ne devait plus décider de l'endroit où seraient entreposées les armes, qui le ferait ? Sa mort l'attrista un peu. Elle avait une envie aussi soudaine que poignante de retrouver les odeurs, les goûts, les sensations de sa ville. Elle adorait l'effervescence de New York, les délicieux cheesecakes, les tramways, la vapeur qui montait du métro. Mais, surtout, elle aimait ces moments où, assise sur des marches, dans la moiteur de l'été, elle regardait les passants défiler. Dans un monde sans nazis, sans guerre. New York lui semblait tellement loin. Comme à l'autre bout de la Terre.

Mais c'était sa quête d'aventure qui l'avait entraînée en Italie. Avait-elle pris une décision insensée ? Aussi stupide que futile ? Certes, comme il fallait s'y attendre, sa vie n'avait jamais été simple. Mais maintenant qu'elle commençait à mieux se connaître, elle comprenait que son intrépidité était intrinsèquement liée à la relation entre ses parents. Être témoin de la violence de son père adoré envers sa mère avait été pour elle une intolérable souffrance. Elle avait tout fait pour refouler sa peine, n'en avait jamais parlé. Mais c'était sûrement ce qui avait motivé sa détermination à ne jamais se trouver confrontée à la même situation. Voilà pourquoi elle avait toujours voulu se dépasser, n'écouter que son courage. Pourtant, ses peurs la rattrapaient encore parfois. Peut-être était-ce normal.

La mort de Bruckner et son rendez-vous clandestin avec Antonio provoquant en elle une étrange réaction, elle imaginait une menace en chaque passant. Elle s'exhorta à la raison, se forçant à regarder les gens, à les regarder vraiment. Leurs yeux mornes ne trahissaient que leur lutte instinctive pour passer inaperçus. Ces inconnus n'étaient pas des menaces, ne pourraient jamais l'être. Ils avaient faim, ils avaient perdu tout espoir, et elle avait pitié d'eux.

À 10 h 05, elle arriva sur la Piazza d'Azeglio, qu'elle arpenta de long en large. Puis elle emprunta les allées du jardin public et fit le tour de la *piazza*. Quelques instants plus tard, elle se faufila dans l'une des ruelles perpendiculaires pour s'assurer que les Allemands ne surveillaient pas les lieux. Rassurée, elle ne vit aucun signe de leur présence. Du moins, pas de la rue. Bien sûr, il se pouvait qu'ils épient derrière l'une des hautes fenêtres, en face. Elle finit par frapper à la porte de la même maison que la première fois et la même femme vint lui ouvrir.

— Vous êtes en retard, lui fit-elle remarquer.

— Désolée. Je ne me souvenais pas que c'était si loin. Antonio est là ?

La femme acquiesça d'un signe de tête avant de la précéder à travers plusieurs pièces, jusqu'à un jardin. Puis elle ouvrit la porte arrière d'une maison contiguë. Elles entrèrent et elle désigna du doigt une porte sur la gauche.

— Il est là. Quand vous partirez, ne passez pas par la Piazza d'Azeglio. Sortez par la porte d'entrée de cette maison et empruntez la via Colonna.

Suivant les instructions, Maxine poussa le battant de la porte indiquée. Debout dans la pièce, Antonio regardait par la fenêtre.

— Je dois faire vite, déclara-t-il d'une voix tendue. Trois partisans qui se cachaient dans l'une des maisons de la *piazza* ont été découverts ce matin, à l'aube. Ils ont été abattus.

— Par les Allemands ?

— Non. Par les fascistes italiens. Mais nous nous attendons à ce que les Allemands fouillent toutes les maisons de la *piazza*, maintenant. Ils étaient furieux que les partisans n'aient pas été amenés à la Villa Triste pour être interrogés avant d'être tués.

— Alors, que voulez-vous me dire ?

— Kesselring est venu rencontrer Wolf. Il était accompagné d'un autre homme du nom de Vogel ou Volker, quelque chose comme ça.

— Vogler ?

— Oui, c'est ça. Je n'ai pas tout entendu. Mais Wolf s'est mis très en colère. Cela ne lui ressemble pas d'élever la voix, mais ça m'a aidé. Kesselring et lui, je crois, se disputaient au sujet de l'entreposage des armes dans les palais. Kesselring insistait sur le fait qu'elles devaient se trouver au cœur de la ville, là où toute descente serait impossible, mais Wolf les voulait à la périphérie.

— Et alors ?

— Alors, ils ont trouvé un compromis.

Et, pour la première fois, elle le vit sourire, avant de poursuivre :

— Les anciennes casernes des *carabinieri*, à côté de la gare. C'est la gare qui a fait pencher la balance. Les caisses doivent arriver par le train dans quarante-huit heures. Puis elles seront transportées dans des camions qui couvriront la courte distance jusqu'à la caserne.

— Et les *carabinieri* ?

— Vous savez peut-être qu'en tant que force militaire, sous Mussolini, ils avaient été chargés d'éliminer l'opposition. Si ce n'est qu'une fois l'armistice signé, les nazis ont démantelé la plupart des unités.

— Je vois.

— Certains des *carabinieri* du sud ont rejoint la résistance. Mais, dans le nord, ils sont restés majoritairement fascistes. Pour la plupart, les Allemands les ont désarmés, à l'exception des rares qu'ils utilisent encore pour les services de sécurité et de garde. Luca était dans les *carabinieri* et il connaît la caserne comme sa poche.

— Je dois le rencontrer aujourd'hui. Avons-nous une idée de la quantité d'armes qui arrive ?

— Non. Pas plus que nous ne savons qui gardera la caserne. Répétez à Luca tout ce que je vous ai dit.

Un peu avant 15 heures, Maxine prit la direction de la via Faenza, l'étroite ruelle où elle devait retrouver Irma, la *staffetta* avec qui Anna avait déjà été en contact. Il pleuvait à torrents. Arrivée devant la porte, elle chuchota le mot de passe communiqué par Marco, et Irma la scruta des yeux, en silence, après lui avoir ouvert. Elle était de petite taille, et une lueur inflexible, déterminée, brillait dans son regard gris-vert. Au bout de quelques instants, elle lui fit signe de la suivre dans l'escalier.

Arrivée dans la pièce du haut, Maxine inspecta les lieux, s'étonnant des deux chaises en bois au milieu. Elle étendit ses bras dont l'eau dégoulina sur le plancher.

— Je suis trempée.

— Je vois ça.

— Nous sommes chez vous ?

La femme pinça les lèvres et l'enveloppa d'un regard glacial.

— Pourquoi cette question ?

— Pardon. Je ne voulais pas…

— Qui êtes-vous ? demanda Irma, soudain hostile.

Manifestement, elle ne faisait confiance à personne.

— Massima.

— Ce n'est pas votre vrai nom ?

— Non.

— Bien, concéda-t-elle. Alors… dites-moi pourquoi vous êtes ici.

— Je suis ici pour voir Luca.

— Écoutez, les gens vont et viennent. C'est une maison sûre. Je ne sais pas à qui elle appartient. Partout dans la ville, des maisons sont abandonnées. Quant à Luca, lui aussi va et vient. Nous faisons partie des GAP… Vous connaissez ?

— Bien sûr. *Gruppi di Azione Patriottica.*

— Eh bien, depuis la bombe, je veux dire la bombe à l'hôtel, beaucoup de nos hommes se sont dispersés.

Elle se rembrunit et, malgré son ton cassant, Maxime lut toute la détresse qu'exprimait son regard.

— Je suis désolée.

— Ou bien ils ont été arrêtés. Nous changeons d'endroit tout le temps. Les gens disparaissent. Vivants ou morts, personne ne le sait. Vous attendez, vous espérez. *Merda*, vous ne savez pas si votre mari, ou votre frère, a été torturé, fusillé ou emmené dans un de leurs camps de travail.

Pleine de compassion, Maxine baissa la tête. Puis demanda :

— Les hommes qui se cachent, vont-ils revenir ?

— Bien sûr.

Hésitante, elle ajouta :

— Avez-vous perdu quelqu'un ?

Irma laissa échapper un rire amer.

— « Perdu » ? Oh oui. J'ai bien perdu mon mari ! Ils l'ont aveuglé et l'ont jeté à la rue comme un chien. Il a rampé jusqu'à la maison uniquement en se guidant avec ses mains.

— Il est toujours en vie ?

— Non, il m'a demandé son revolver et il s'est suicidé sous mes yeux.

— Oh ! Je suis sincèrement désolée.

Irma leva la tête vers le plafond. Puis elle la scruta du regard.

— Avez-vous déjà tué quelqu'un ?

Elle secoua la tête.

— Il paraît que c'est difficile pour les femmes, reprit alors Irma. Parce que vous êtes celles qui s'occupent des bébés, ils croient que vous ne pouvez pas tuer aussi facilement que les hommes. Qu'en pensez-vous ?

— Je pense qu'une femme est capable de faire tout ce que peut faire un homme, et même plus.

La porte s'ouvrit alors sur un petit homme nerveux, aux sourcils très bruns et aux yeux d'un noir inquiétant, qui entra d'un pas décidé. Il échangea un coup d'œil avec Irma puis s'assit sur l'une des chaises et regarda Maxine.

— Alors ?

— Je devais rencontrer Ballerini mais j'ai appris récemment qu'il était mort et que vous étiez désormais la personne à voir, commença-t-elle.

— Continuez, lui intima-t-il, l'air sombre.

Elle expliqua qu'elle travaillait avec les Anglais et que sa tâche était d'identifier l'importance de la résistance dans la région et, tout particulièrement, l'aide qu'elle pourrait apporter à la libération de Florence.

— C'est tout ?

— Non. Je suis chargée de déterminer où, quand et comment nous pouvons collaborer pour subtiliser les stocks d'armes des nazis.

Elle lui rapporta alors tout ce que lui avait dit Antonio.

Il émit un petit sifflement et, enfin, son regard s'éclaira.

— Si je comprends bien, nous avons du pain sur la planche.

— Pouvez-vous armer suffisamment d'hommes pour une descente ?

— Désormais, la plupart des hommes sont dans les collines et les montagnes. Mais nous pouvons en faire revenir suffisamment par le réseau d'égouts.

— Mon Dieu ! Par les égouts ? Vraiment ?

Avec un haussement d'épaules, il renifla.

— L'autre problème, ce sont les véhicules. Il faut sortir les armes de la ville. Je peux me procurer un, peut-être deux camions Fiat 232 avec l'essence nécessaire, et je peux sans doute armer une unité de huit hommes.

— Ce sera suffisant ?

Il haussa les épaules et demanda :

— Combien êtes-vous ?

— Trois.

— Des hommes fiables ?

— Des femmes.

L'air surpris, il expliqua néanmoins :

— Nous allons renforcer notre surveillance sur la gare et la caserne des *carabinieri*, et nous attendrons deux ou trois jours après l'arrivée des armes. Puis nous frapperons. Une *staffetta* vous informera du moment où nous aurons besoin de vous. Je vais simplifier le plan et vous utiliser, vous et les deux autres femmes, pour faire le guet.

Maxine regagna le palais de Sofia par le portail de derrière et entra par la porte de la maison déverrouillée. Elle les trouva à l'étage, Anna et elle, affairées à tripoter les boutons d'une radio.

— Vous avez perdu la tête ? les réprimanda-t-elle. La porte de derrière n'était même pas fermée à clé. N'importe qui aurait pu entrer et vous surprendre.

Sofia sursauta comme si elle avait été ébouillantée.

— Pardon. C'est ma faute.

— Je croyais que tu n'avais pas de radio ici, répliqua-t-elle avec une grimace.

— Moi aussi. Mais j'en ai eu assez de rester à ne rien faire. Alors je suis montée au grenier avec Anna et j'ai trouvé ça.

— Très intelligent de ta part.

— Je veux voir si nous pouvons capter l'émission des Alliés à 21 heures. J'espérais qu'il y aurait un message codé pour la résistance que tu pourrais comprendre.

— Nous avons aussi trouvé des piles de vieux vêtements, renchérit Anna. Des manteaux, des vestes, toutes sortes de choses. Certaines pourraient se révéler utiles. Et vous, quelles nouvelles ? Vous avez appris quelque chose sur Bruckner ?

— Il est mort. Mais j'ai progressé. Antonio sait où les armes vont être stockées et le chef de l'unité de partisans requiert notre aide pour faire le guet pendant la descente. Êtes-vous partantes, toutes les deux ?

Elle regarda Sofia se diriger vers la fenêtre et, tremblante, presser son front contre la vitre. À son silence, elle devinait son anxiété. Puis la comtesse revint vers elle et déclara :

— Il faut que j'y réfléchisse. Mais, pour le moment, nous avons besoin de nous réchauffer. Anna, s'il te plaît, peux-tu préparer une belle flambée ?

Avec un grognement, Maxine retira son manteau.

— Excellente idée ! Avec cette sale pluie, je suis trempée.

— Le problème, c'est que nous avons même oublié comment être heureuses.

Avec un sourire triste, Anna répliqua :

— Ça n'a rien d'étonnant.

Mais Maxine, s'animant soudain, regarda Sofia.

— Avons-nous du vin ?

— Oui.

— Hourrah pour le vin ! Je propose de tout oublier pendant une soirée. Absolument tout. J'ai envie de m'enivrer à en rouler par terre.

Chapitre 36

Le lendemain matin, songeuse, Sofia regardait le soleil se lever sur les collines qui entouraient Florence. La soirée lui laissait le souvenir flou d'éclats de rire entrecoupés d'évocations nostalgiques. Et, peu à peu, l'anxiété s'était dissipée. Un coup de téléphone de Lorenzo interrompit sa rêverie. Il voulait savoir si elle était en sécurité. Elle s'était tellement languie d'entendre sa voix. Mais, évidemment, elle ne pouvait lui parler ni de ses projets ni de rien d'important au téléphone. Elle s'appliqua à le convaincre d'un ton léger de ne pas trop s'inquiéter. À son tour, il lui affirma qu'il allait bien, et il lui dit de ne pas s'alarmer si elle ne pouvait pas entrer en contact avec lui pendant quelque temps car les lignes téléphoniques étaient souvent coupées à Rome. Elle ne lui posa aucune question sur ses activités. Elle savait qu'il ne pourrait ou ne voudrait pas lui en parler. Quand elle lui demanda des nouvelles de ses parents, il lui répondit qu'ils allaient bien et qu'ils avaient choisi de rester dans la capitale. Après avoir raccroché, elle croisa les bras et prit plusieurs inspirations en chuchotant :

— Je t'aime. Je t'aime. Je t'aime.

Lorenzo n'aurait pas d'ennuis. Il était prudent.

Maintenant, elle avait besoin de réfléchir. Aussi sortit-elle pour une promenade matinale à travers Florence, étincelante sous la lumière matinale. Le ciel était bleu et le soleil inondait les moindres recoins de la ville. Pour un peu, elle aurait pu croire qu'il s'agissait d'une journée comme une autre. Qu'elle avait rêvé de se voir suggérer de prendre part à une opération extrêmement dangereuse. Elle repensa à la mort d'Aldo. Repensa à sa volonté féroce de tuer Kaufmann, quand il l'avait toisée de ce regard glaçant. L'aurait-elle vraiment pu ? Et si elle passait à l'acte, serait-il une autre victime de guerre ? Ou, si elle était honnête, le tuerait-elle pour venger Aldo ?

Mais, malgré les morts et la désolation dont ils étaient les témoins au quotidien, prendre une vie, une seule, était un geste tellement effroyable qu'elle n'arrivait pas à le concevoir. À une certaine époque, elle aurait juré pouvoir reconnaître le bien du mal. Aujourd'hui, la frontière entre les deux était trop floue.

En dépit du soleil, une odeur d'humidité flottait sur la ville. Sur l'immense Piazza della Republica, construite au XIXe siècle sur le site du forum romain, puis, par la suite, sur le vieux ghetto démoli depuis longtemps, elle eut la nette impression qu'elle était surveillée. Elle mit cette sensation sur le compte de son imagination débordante. Et revit toutes les fois où, avec Lorenzo, ils étaient venus déguster des *spaghetti al pomodoro* dans l'un des restaurants, ou les délicieuses pâtisseries de leur café préféré, le *Caffè Giubbe Rosse*, baptisé en l'honneur des vestes rouges de ses serveurs. Par temps de pluie, ils trouvaient refuge dans les pièces lambrissées, enfumées, où, tout en sirotant leur café, ils passaient des heures à refaire le monde. Par beau temps, ils paressaient à la terrasse, à l'une des tables aux jolies nappes rouge et blanc et, à l'ombre d'un grand parasol, ils parlaient et riaient en regardant les passants.

Jamais ils n'auraient pu imaginer le spectacle qui s'offrait à ses yeux aujourd'hui. Plus de marché, mais des camions allemands et des voitures militaires pour seuls véhicules.

Elle décida de marcher jusqu'au Ponte Vecchio, de le traverser et de se diriger vers San Niccolò et le jardin Bardini, avec ses grottes, son orangerie, ses statues de marbre et ses fontaines. Il n'était pas ouvert au public mais, Lorenzo connaissant le propriétaire, ils étaient autorisés à monter les marches conduisant à la Villa Barbini, construite au XVIIe siècle, d'où ils pouvaient contempler toute la ville. Ils avaient pris l'habitude d'y venir en avril et en mai, quand les azalées, les pivoines et la glycine étaient en fleurs. Aujourd'hui, en quête de calme, elle voulait juste se revigorer en escaladant la colline et passer une demi-heure dans le jardin.

Quand elle arriva au sommet, essoufflée par son ascension, elle s'assit sur l'une des marches, ferma les yeux et offrit son village au soleil. Apaisée par le calme de la nature, elle s'y sentait protégée.

Absorbée dans ses pensées, elle entendit vaguement quelqu'un parler. Un toussotement et une voix qui prononçait son nom la tirèrent soudain de sa rêverie. Elle la reconnut. Fouettée par le vent, elle fut soudain saisie d'un tel sentiment de solitude qu'elle eut envie de pleurer. Elle leva les yeux et, une main en visière pour les protéger du soleil, elle essaya de dissimuler son anxiété.

— Il me semblait bien vous avoir reconnue, dit-il sèchement. Vous êtes bien loin de votre château.

— Bonjour, capitaine Kaufmann.

Il survola le jardin du regard, avant de croiser ses yeux.

— Commandant Kaufmann, maintenant. C'est agréable ici, n'est-ce pas ? Par une aussi belle journée.

Désarçonnée par ce badinage anodin, elle ne sut que répondre. L'avait-il suivie ?

Il esquissa son habituel sourire en coin, celui qui n'éclairait jamais son regard.

— Nous avons réquisitionné la villa, ajouta-t-il en montrant vaguement le haut des marches. Puis-je m'asseoir à côté de vous ?

Sans attendre de réponse, il prit place à côté d'elle. Elle réprima son envie de répondre : « Non je ne veux pas que vous veniez troubler ma tranquillité, ni maintenant ni jamais. » Mais c'était impossible.

— Allez-vous retourner à Sienne ou à Buonconvento ? demanda-t-elle. Pour rejoindre votre supérieur, je veux dire.

— Très probablement...

Il haussa les épaules sans rien ajouter sur Schmidt.

— Je suis en train de m'apercevoir que Florence me plaît.

— Vous n'êtes certainement pas ici pour faire du tourisme.

Son rire cynique la troubla.

— Nous faisons des plans, nous tenons des réunions... pour décider du futur de l'Italie.

Il rit de nouveau et, d'une voix pleine d'un mépris glaçant, poursuivit :

— Et du reste de l'Europe, bien entendu.

Elle étouffa un soupir mais garda le silence. Il jeta un coup d'œil derrière lui puis la regarda droit dans les yeux, avec un dédain flagrant.

— Puisque le hasard me fait croiser votre chemin, je pense que vous m'autoriserez à vous rendre visite dans votre palais.

Sous son regard scrutateur, elle battit des cils, sachant parfaitement qu'il n'avait pas besoin de sa permission.

— Vous savez où il se trouve ?

Il inclina la tête.

— Très peu de choses nous échappent, si vous voyez ce que je veux dire.

Elle ignora son dernier commentaire.

— Quand aimeriez-vous venir ?

— Je passerai quand j'en aurai l'occasion. Je me suis laissé dire que votre mari avait une cave exceptionnelle.

Il marqua une pause, avant de changer de sujet.

— Possède-t-il d'autres tableaux de Cozzarelli ? Je pense vous avoir déjà dit que j'étais collectionneur. Je ne m'entoure que du meilleur.

— Mon mari n'en a pas d'autres. Tout au moins, pas à ma connaissance.

— Vous savez qu'il a peint sur des panneaux de bois, Cozzareli, déclara l'Allemand en se levant. Absolument merveilleux. Et il a peint cet autel à Montepulciano… L'avez-vous vu ?

— Bien entendu.

D'une main, il épousseta quelques feuilles qui s'étaient posées sur son uniforme.

— Eh bien, cela a été un moment des plus agréables mais je dois prendre congé.

Elle s'attarda un peu après son départ. Sa journée s'était soudain assombrie. La dernière chose dont elle avait besoin, c'était ce commandant fouinant partout dans son palais.

Quand elle rentra, elle fut accueillie par l'arôme du café. *Encore ?* Quelle quantité avait bien pu trouver Anna, emmagasinée sous le placard ? Elle se dirigea vers l'escalier menant à la cuisine où elle la trouva avec Maxine, absorbée dans une discussion sur la descente dans la caserne des *carabinieri*.

— Avant d'aller plus loin…, commença-t-elle.

Et elle leur raconta son entrevue avec le commandant, ajoutant qu'il avait l'intention de venir au palais.

— Bon sang ! s'exclama Maxine en passant une main dans ses cheveux. Espérons que, d'ici là, nous aurons mené l'opération à bien.

Chapitre 37

Sofia ne pouvait ni manger ni dormir. Maintenant que la nuit de la descente était arrivée, elle avait tellement hâte que tout soit fini qu'elle pouvait à peine respirer. Maxine avait reçu les instructions la veille. Les hommes de Luca étaient en place, cachés dans les immeubles autour de la caserne, via Fume, et dans les jardins Valfonda. La plupart des *carabinieri* s'étant enfuis ou ayant été désarmés, ils étaient en très petit nombre. Ceux qui étaient restés avaient été forcés de garder le ravitaillement qui y était habituellement entreposé. Et, d'après leurs renseignements, leur mission s'arrêtait là. Mais une nouvelle livraison était arrivée. Qui ne contenait ni farine ni haricots. Deux *carabinieri* armés patrouillaient le périmètre pendant environ une heure. L'un à l'avant, l'autre à l'arrière du long bâtiment. Puis tour à tour, ils rentraient à l'intérieur pendant un quart d'heure, de façon qu'il y en ait toujours un à l'extérieur. Le plan consistait pour les hommes de Luca à profiter de leur surveillance à l'avant et à l'arrière du bâtiment pour s'y introduire par le côté. Une fois à l'intérieur, ils devaient assommer les autres gardes, les attacher, leur couvrir les yeux d'un bandeau et les bâillonner. Ils ne pouvaient ni tirer sur les deux hommes à l'extérieur ni les enlever, car une patrouille allemande aurait pu entendre le bruit ou remarquer leur absence. En outre, ils avaient tous reçu la consigne de ne pas tirer, à moins que les bombardements alliés soient assez assourdissants pour étouffer le bruit. Quelques jours plus tôt, Luca avait capturé le frère de l'un des *carabinieri*.

En échange de la vie du prisonnier, la porte qui permettait d'accéder dans le bâtiment par le côté devait être fermée à clé mais le verrou ne devait pas être mis. La serrure ne serait pas difficile à forcer. Le *carabinieri* complice et son frère seraient ensuite conduits en sécurité dans les montagnes.

À 1 heure du matin, Sofia quitta son palais en compagnie de Maxine et d'Anna. Empruntant chacune un itinéraire différent, elles se dirigèrent vers le quartier de Santa Maria Novella, près de la gare. Sofia s'était munie de son revolver et Anna et Maxine d'un couteau chacune.

Suivant les consignes, un vieux foulard trouvé au grenier lui masquant le visage, son chapeau bas sur le front, elle se posta au bout d'une ruelle sinistre qui partait d'une rue étroite à proximité de la gare et sentait les légumes pourris et les excréments d'animaux. Habillée en homme, Anna se tenait à l'autre extrémité. L'attente n'en finissait pas. Le temps s'arrêta et, dans le silence de cet horrible endroit, Sofia écouta les bruits de la ville et des collines qui les entouraient. À cette heure de la nuit, ce n'était qu'une rumeur légère mais reconnaissable. Elle imagina les occupants du bâtiment sombre, dormant ou essayant de dormir. Et ressentit de nouveau un impérieux besoin de tout arrêter. Maxine et Irma surgirent alors, habillées en prostituées. Il était trop tard pour faire marche arrière.

Côte à côte, les deux femmes déambulaient d'un pas dégagé, s'en tenant aux endroits les plus sombres. Les réverbères étaient éteints, il n'y avait pas de clair de lune. Mais elles avaient pour mission de repérer tout ce qui pouvait paraître inhabituel. Dans la ruelle, Sofia continuait à observer aussi discrètement que possible la porte latérale de la caserne. Luca attendait le moment exact où ses hommes ne pourraient être vus par les deux sentinelles. Quand il donna le signal, les cinq partisans habillés en noir le suivirent à pas de loup jusqu'à l'entrée de côté. Ils cassèrent la serrure sans difficulté et, une fois à l'intérieur, furent rejoints par Irma qui devait les attendre sur le seuil. Si Maxine, Anna ou Sofia remarquaient quelque chose, elles devaient aller l'avertir afin qu'elle donne l'alerte aux hommes.

Sofia reconnut alors le véhicule qui arrivait dans la rue sur laquelle débouchait sa venelle. Ce n'était pas une voiture de patrouille habituelle mais la nouvelle Lancia Artenas, construite à la requête de l'armée italienne, pour véhiculer les officiers. Lorenzo en conduisait une de la même marque, même si la sienne était plus ancienne. Elle aperçut les silhouettes sombres du chauffeur et de son passager, à l'arrière, et les observa discrètement, sur sa droite.

Une fois la voiture à l'arrêt, le passager, chargé d'une mallette, en descendit. Elle retint son souffle. Que devait-elle faire ? Elle essaya de se répéter mentalement les instructions reçues et regarda l'homme entrer dans une maison. Quelques instants plus tard, il en ressortit sans mallette, fit signe au chauffeur d'ouvrir sa vitre et se pencha pour lui parler. Puis il remonta à l'arrière et, avec un soupir de soulagement, elle suivit des yeux la voiture qui s'éloignait lentement. Au même moment, elle entendit la première bombe tomber dans la direction de Fiesole.

Les minutes s'égrenaient avec une lenteur insoutenable. Elle n'avait pas la moindre idée de la progression de l'opération, à l'intérieur de la caserne. Hormis la Lancia, elle n'avait rien vu. Finalement, elle parvint à distinguer avec peine un camion Fiat qui arrivait vers elle en provenance de la via Bernardo Cennini. Il s'arrêta juste devant l'entrée de côté, puis trois hommes en descendirent et neutralisèrent les sentinelles. Le bruit maintenant masqué par le bombardement allié, ils prirent le risque de tirer et traînèrent les corps à l'intérieur du bâtiment. Puis ils commencèrent à sortir des caisses pour les charger dans le camion. Dès qu'ils eurent fini, Irma apparut et y monta avec le chauffeur et un autre homme. Luca et le reste des partisans se dispersèrent.

Ce n'était pas plus mal que Luca n'ait réussi à obtenir qu'un seul camion car, peu après son départ, la Lancia réapparut et s'arrêta en dérapant. Si d'autres avaient été en train de se faire charger, ils auraient été pris. La voiture s'était arrêtée au moment où Maxine arrivait sur le côté du bâtiment, et un officier allemand en uniforme en était déjà descendu. Il sortit son revolver et lui fit signe d'approcher. Il était trop tard pour qu'elle prenne la fuite. Le pouls de Sofia battait si fort qu'elle crut qu'elle allait vomir. Le dos tourné à la voiture, l'officier ne vit pas Luca déboucher d'une ruelle latérale et plaquer un revolver sur la tempe du chauffeur resté au volant, sa vitre baissée. Du coin de l'œil, Sofia vit alors Anna s'avancer discrètement vers Maxine et l'officier, puis battre en retraite à l'ombre d'un porche. Elle avait manifestement décidé de surveiller l'Américaine.

Il lui demanda alors :

— Vous avez entendu un véhicule ?

— Oui. Le vôtre.

— Pas ma voiture, idiote ! Un moteur de camion.

Elle secoua la tête.

— Attendez, je vous connais, non ?

Avec un signe affirmatif, elle lui tendit un étui à cigarettes.

— Massima, c'est ça ? Que faites-vous dehors si tard ?

Tout alla alors très vite. L'homme déclina la cigarette offerte et remit son revolver dans son étui. Puis il sortit l'une des siennes de sa poche. Sans doute le type turc, que certains d'entre eux fumaient. Il la porta à ses lèvres et pencha la tête quand Maxine lui offrit du feu.

— Il ne doit plus y avoir d'essence, dit-elle avec un rire aguicheur. Désolée. De toute façon, j'ai des allumettes.

Elle prit une boîte dans son sac, en gratta une, et il baissa de nouveau la tête.

À cet instant, Sofia vit le chauffeur plonger en avant et déclencher le klaxon dans un bruit assourdissant, juste avant que Luca ne le tue. Les yeux écarquillés, l'officier regarda en l'air, puis dans toutes les directions. Comprenant soudain que Maxine était d'une façon ou d'une autre impliquée, il l'agrippa par le bras.

— Que se passe-t-il, bon Dieu ? lâcha-t-il.

De son autre main, il sortit son revolver et le braqua sur sa poitrine, rugissant :

— Vous allez payer pour ça !

Puis, sans la lâcher, il se tourna vers la voiture, l'arme toujours braquée sur elle. Les yeux fixés sur son chauffeur écroulé sur le volant, il ne vit pas Anna qui, vive comme l'éclair, était sortie de sa cachette et se trouvait maintenant juste derrière lui.

Elle sortit un couteau de sa poche, attrapa l'homme par les cheveux, lui tira la tête en arrière et lui trancha la gorge avec assez de force pour couper l'artère principale et la trachée. Le sang gicla et Maxine se dégagea de l'emprise de l'officier. Le liquide chaud se déversait à flots sur le mur et sur les pavés. Avec un gargouillement horrible, l'Allemand, enfin, s'écroula à terre, inconscient.

Pétrifiée, Sofia hésitait. Elle s'exhorta au calme. En vain. Néanmoins, elle se ressaisit suffisamment pour retirer son manteau et s'élancer vers Maxine qui était maintenant couverte de sang. Malgré la faible lumière, elles se dévisagèrent, leurs regards exprimant la même terreur, avant de regarder la flaque sombre qui s'écoulait.

— Merci Anna, chuchota Maxine.

Elle s'agenouilla devant l'homme.

— Je le connais, reprit-elle à mi-voix. Vogler. C'est Vogler.

— Il est mort, maintenant ? demanda Anna.

— Presque. Il se vide de son sang. Seigneur, quelle odeur !

Sofia regarda le spectacle atroce de l'entaille irrégulière et sanguinolente dans son cou charnu. Puis elle lança le manteau à Maxine.

— Vite. Enfile ça. Il cachera le sang sur tes vêtements.

— Dépêchez-vous ! Nous devons filer d'ici, et vite, siffla Anna. Maxine, prenez le chemin le plus long. Nous prendrons l'autre itinéraire.

Elles s'éloignèrent. Sous le choc, Sofia tremblait de tous ses membres sans pouvoir s'arrêter. Anna, en revanche, était anormalement calme. Lorsqu'elles arrivèrent sur le Ponte Vecchio, d'une voix mal assurée, elle chuchota :

— Tu avais déjà fait ça ?

— Juste à un cochon, répondit Anna avec un rire amer. Ce n'était pas tellement différent.

— Tu vas devoir essuyer tes chaussures. Elles sont pleines de sang.

— J'en suis couverte aussi. Heureusement qu'il fait nuit.

Le souffle coupé, Sofia sentit un goût aigre dans sa bouche. Même si elle n'avait pas dû presser la gâchette ni se servir du couteau, elle avait été témoin du meurtre d'un homme. Un Allemand, mais aussi un homme. Et elle ne savait pas comment elle pourrait vivre avec cette vision.

Comme si elle devinait ses émotions, Anna lui murmura :

— N'y pensez pas. Ne rejouez pas la scène dans votre tête. Il faut rentrer sans nous faire prendre, brûler nos vêtements et nous laver. C'est tout. Nous aurons tout le temps de réfléchir demain. Ce soir, nous dormons.

Le bon sens et l'instinct de survie l'emportant sur sa terreur, elle ne lui répondit pas qu'elle se demandait si elle pourrait jamais dormir de nouveau.

Chapitre 38

Après le meurtre de Vogler et de son chauffeur et la descente dans la caserne, les routes furent barrées et des postes de contrôle installés partout. Acculées comme des animaux dans un terrier, les trois femmes n'eurent d'autre choix que d'attendre que les jours passent. La rumeur disait qu'une montagne de mitrailleuses, de mortiers, de pistolets et de munitions avaient été volés, et que les Allemands étaient en rage. Personne ne pouvait quitter la ville et les policiers militaires armés patrouillaient dans les rues. Vingt-quatre heures s'étaient écoulées depuis qu'Anna avait tué Vogler. Et Sofia avait beau se répéter qu'elle avait ainsi sauvé la vie de Maxine, elle en était malade. Elle arpentait les corridors, les pièces vides, essayant de trouver dans cette immense maison un endroit où elle se sentirait en sécurité. La peur la poursuivait jusque dans sa chambre, quand elle s'y réfugiait et claquait la porte derrière elle. Elle ne parvenait pas à s'en débarrasser.

Elle avait hâte de quitter Florence, la ville qu'elle avait tant aimée autrefois. Pendant l'heure sombre qui précédait l'aube, elle resta allongée, les yeux ouverts, tremblant de désespoir. Ce qu'elles avaient fait était incompréhensible. Était-ce vraiment arrivé ? Ou était-elle prise au piège d'un cauchemar interminable dont elle ne pouvait se réveiller ? Tout s'enchaînait trop vite. Une minute, avait-elle envie de supplier. Ne pouvaient-elles pas remonter le temps et réfléchir ? Quand elle fut levée, la douleur dans ses os s'intensifia d'heure en heure. Hantée par le meurtre, elle rôdait dans la maison vide et se languissait de Lorenzo. Lui seul aurait pu l'aider à rester ancrée dans leur vie d'avant. Mais même lui ne pourrait rien changer. Et elle était profondément perturbée par les bouleversements qu'elle sentait en elle.

Tuer était-il jamais acceptable ? se surprit-elle à se demander encore une fois. Elle avait entendu des gens raconter qu'après avoir tué une fois, la deuxième fois était plus facile. Elle espérait de toutes ses forces ne plus jamais être témoin d'un meurtre. Anna n'avait pas de tels scrupules. Pour elle, c'était un Allemand et, à cause des Allemands, elle avait perdu un mari qu'elle adorait et un frère. Pour elle, il était inutile de ruminer ainsi. Elles avaient le devoir de continuer à vivre aussi normalement que possible, surtout si le commandant Kaufmann leur rendait visite. Comment Sofia dissimulerait-elle sa culpabilité si elle n'arrivait pas à jouer la comédie en se comportant comme d'habitude ? Elle se glissa dans le jardin, en quête de réconfort. Mais ce n'était plus les oiseaux qu'elle entendait. C'était le bruit des bottes frappant les pavés. C'était les cris des Allemands hurlant des ordres, leurs rires tandis qu'ils brutalisaient les gens. Elle voyait leurs visages grossiers, imaginait leurs cruels desseins. Et elle tremblait intérieurement. Mais elle devait chasser ces sombres images de son esprit.

Quand elle rentra dans la cuisine, Anna l'observa avec attention.

—Madame la comtesse, vous devez manger. Absolument ! Vous êtes trop maigre. Vous allez vous rendre malade et, s'ils viennent, ils verront que quelque chose ne va pas. Je vous en prie. Ça vous fera du bien.

—À quoi bon tout ça ?

— « À quoi bon » ? Avez-vous envie de parler allemand le reste de votre vie ? Et de manger des saucisses et de la choucroute au lieu de *spaghetti al pomodoro* ?

Sofia eut un reniflement de dégoût.

— C'est bien ce que je pensais, approuva la jeune femme avec un faible sourire.

— Donc nous nous battons pour notre cuisine ?

— Exactement.

Elle posa un bol de bouillon sur la table et lui avança une chaise.

— Maxine est levée ? demanda alors Sofia.

— Pas encore.

— Je ne sais pas comment elle peut dormir aussi tard.

Elle s'assit et se força à manger. En un sens, Anna avait raison. Il s'agissait de préserver leur culture. Mais cela allait bien au-delà. Personne n'acceptait d'être contrôlé par quelqu'un d'autre. Il en allait de même pour un pays.

Elle regagna ensuite sa chambre et, une joue pressée contre la vitre froide de la fenêtre, resta en contemplation devant l'Arno et le sud de la ville. Elle pensa à la basilique di Santo Spirito, Piazza Santo Spirito, sur les marches de laquelle, le dimanche, elle allait s'asseoir avec Lorenzo, pour regarder les passants. La paisible petite *piazza* ombragée d'arbres était l'une de ses préférées. Son attention fut soudain attirée par du tumulte dans la rue. Des soldats allemands étaient en train de traîner un jeune homme vers l'un de leurs véhicules. « Emmenez-moi ! » voulait-elle crier. Comme si cela devait alléger le sentiment de culpabilité qui la submergeait.

Elle voulait haïr les Allemands, tous les Allemands, et elle haïssait Kaufmann. Mais Vogler ? Elle ne le connaissait même pas et pourtant il était mort. Le pire, toutefois, c'était qu'elle n'avait plus une once de pitié en elle. Elle savait que, tout comme Wolf, certains Allemands étaient bons et généreux. Qu'ils n'avaient jamais voulu la guerre et, assurément, jamais voulu Hitler. De nombreux Italiens n'avaient pas voulu Mussolini non plus et beaucoup de familles des deux côtés ne demandaient qu'une chose, reprendre le cours de leur vie. Mais la guerre les transformait tous en monstres.

Chapitre 39

En descendant l'escalier, Sofia n'entendit ni coups déchaînés sur la porte ni hurlements. Anna resta à l'étage. Elle nettoya le sol sous la trappe du grenier et rangea l'échelle dans le placard. Elle venait tout juste de cacher la radio et le revolver pour la énième fois, toujours inquiète à la pensée qu'on puisse aisément les trouver. Pourtant, si les soldats y montaient, il y régnait un tel bazar qu'il leur serait difficile d'y dénicher quoi que ce soit. Il débordait de cartons de vêtements, de rideaux, de draps, de caisses de vieux jouets, de chevaux à bascule, de maisons de poupées, de tableaux mis au rebut, de vaisselle, de chaises de cuisine et de salle à manger, de vieilles tables et autres meubles, de cadres de lits en fonte et de matelas usés. Les parents et les grands-parents de Lorenzo n'avaient jamais rien jeté.

—Anna, appela-t-elle. La porte.

Elle était tout à fait capable d'ouvrir elle-même. Mais elle voulait l'avertir au cas où elle n'aurait pas entendu.

À son tour, la jeune femme descendit à la hâte et lui chuchota :

—Tout est rangé. Allez au salon. Je vais répondre.

—Ton tablier. Regarde.

Le tablier blanc était taché de noir. Anna l'arracha et le lui tendit.

—Emportez-le à la buanderie. Mettez-le avec le linge sale qui trempe dans une bassine d'eau. Je vais les faire entrer dans le salon. Quand vous remonterez, dites que vous étiez dans le jardin.

Quelques instants plus tard, elle trouva Kaufmann debout devant la fenêtre de son salon. Il contemplait le Lungarno et la rue qui longeait la berge du fleuve, en contrebas. En l'entendant, il pivota sur ses talons et s'avança vers elle d'un pas alerte. Elle esquissa un sourire.

— Commandant Kaufmann, le salua-t-elle aussi chaleureusement que possible. J'attendais votre visite.

— Ah oui ?

— Auriez-vous oublié ? Dans les jardins Bardini. Vous aviez dit que vous passeriez peut-être.

— C'est vrai.

— Excusez-moi de vous avoir fait attendre. J'étais dans le jardin.

Il fronça les sourcils et ses yeux d'un bleu d'acier se plissèrent imperceptiblement.

— Il ne fait pas vraiment un temps à jardiner.

Elle repoussa son commentaire d'un geste.

— Je ne jardine pas, en général. Nous avons des gens pour cela. J'aime écouter les oiseaux.

— J'ai cru vous entendre demander à votre domestique de répondre à la porte.

La tête penchée, elle réfléchit rapidement.

— En effet. Parce que je sortais dans le jardin pour voir si je ne trouverais pas quelques fleurs précoces. J'aime avoir des fleurs fraîches chez moi. Pas vous ? J'ignorais que vous étiez mon visiteur.

— Et en avez-vous trouvé ?

— « Trouvé » ?

— Des fleurs.

Elle feignit la déception.

— Je n'ai pas eu le temps d'en chercher. Je suis montée ici dès qu'Anna m'a appelée. Mais, à cette époque de l'année, il n'est pas rare de voir des crocus, quelques violettes et quelques jacinthes. Je dois avouer que j'ai été un peu souffrante. Je ne suis donc pas sortie aussi souvent que d'habitude.

Haussant les sourcils, il scruta son visage.

— Vous êtes pâle. Rien de grave, j'espère.

Elle répondit d'un haussement d'épaules. Et comprit à son regard impérieux qu'il se pensait invincible.

— Qu'est-ce qui me vaut le plaisir… ? Vous ne m'avez pas précisé le but de votre visite.

— Je ne faisais que passer.

— Je vois.

Un rayon de soleil illumina la pièce. Elle s'avança vers la fenêtre et regarda ses hommes qui l'attendaient en fumant.

— Le soleil s'est levé. C'est agréable, fit-elle remarquer, une idée germant dans son esprit.

— Vous avez entendu parler du meurtre de deux de nos officiers ?

Dieu merci, elle lui tournait encore le dos. Elle dut se faire violence pour ne pas se raidir. L'espace de quelques atroces secondes, elle eut l'impression que, malgré elle, ses lèvres allaient laisser échapper chaque détail. Qu'elle allait lui décrire le sang, l'entaille irrégulière. Lui raconter comment elles avaient fait le guet. Lui confier qu'elle pouvait à peine respirer.

— Oui, je suis au courant, finit-elle par répondre, se ressaisissant. Les rumeurs vont bon train.

— Nous avons procédé à plusieurs arrestations.

Elle n'avait plus d'autre choix que de lui faire face et, sachant que ce qu'elles avaient fait allait entraîner des représailles, elle sentit sa gorge se nouer.

— Je suppose que vous étiez chez vous, il y a deux jours ? Nous interrogeons tout le monde.

— Je sors rarement de chez moi le soir. Aussi, oui, j'étais chez moi.

— Je ne vous ai pas parlé du soir.

Elle se força à un petit rire.

— Je suppose que ce genre de chose n'arrive pas en plein jour, commandant.

Le regard toujours insondable, il répéta :

— « Ce genre de chose » ? Quel genre de chose ?

— Un meurtre… d'un officier… ou de deux, avez-vous dit ?

Il hocha la tête avec raideur.

— Qui d'autre habite ici ?

— Mon amie Massima, et Anna, qui fait la cuisine pour nous.

— Votre mari ?

— Non, hélas. Nous vivons des temps difficiles. En fait, commandant, comme je vous le disais, je me sens un peu souffrante. Je me demandais si vous pourriez me rendre un grand service.

— Oh ?

Peu après l'aube, trois jours plus tard, Sofia s'aspergea le visage avec l'eau de sa table de toilette, puis se hâta dans la salle de bains où elle avait déjà préparé ses vêtements. Depuis la visite de Kaufmann, sa nervosité n'avait fait que croître. Mais, au moins, elles quittaient Florence, et par la voie officielle. Prétextant sa santé fragile comme raison pressante de partir, elle avait requis cette permission du commandant. Et, heureusement, il avait accepté de l'aider.

Comme souvent, la lumière dorée du matin illuminait Florence dans toute sa beauté, comme si elle se préparait à rejeter le linceul gris implacable qui la recouvrait depuis le premier jour de l'occupation allemande. En dépit de la douceur du soleil, elles se sentaient toutes les trois tout aussi euphoriques que nerveuses. Tour à tour graves et joyeuses, leur humeur conditionnée par la peur d'être finalement forcées de rebrousser chemin.

Maxine avait réussi à fixer le revolver à l'une des roues de la voiture, dissimulé derrière l'enjoliveur. Certes, il était dangereux de l'emporter, mais elle les avait convaincues que c'était nécessaire. Alors qu'elles sortaient lentement de la ville et approchaient de leur premier poste de contrôle, les deux soldats leur parurent somnolents. Sofia aurait parié qu'après une nuit de permanence, ils faisaient du surplace en attendant la relève.

Elle avait tort. Le plus petit des deux hommes exigea de voir leurs papiers et leur laissez-passer. Puis, les tenant en joue, il leur ordonna de descendre de voiture pendant que l'autre ouvrait le coffre, sortait leurs valises et les jetait par terre sans ménagement. Quand le premier leur eut rendu leurs papiers, elle regarda les collines au loin. Elle se sentait détachée, absente de ce qui était en train de lui arriver. Sous le regard scrutateur de l'homme, elle se figea, comme coincée entre deux mondes. D'un côté, une sécurité relative, de l'autre l'inconnu menaçant.

Elles reçurent l'ordre d'ouvrir leurs valises. Agenouillées dans l'herbe mouillée, elles s'exécutèrent. Les hommes, n'y ayant rien trouvé d'autre que des vêtements, s'en désintéressèrent et entreprirent l'examen du véhicule. Ils inspectèrent l'espace sous les sièges, tapotèrent les parois de l'habitacle en quête de compartiments secrets. Certaine qu'ils allaient démonter les enjoliveurs et qu'elles seraient toutes trois abattues sur place, Sofia sentit venir ses derniers instants. Lorsqu'ils ouvrirent le capot, Maxine toussota et lui lança un coup d'œil de mise en garde.

« Garde ton calme. »

Elle retint son souffle.

L'un des hommes s'allongea sur le gravier à côté de la voiture pour regarder dessous. Elle avait l'impression d'une pantomime. Que les deux sentinelles s'ennuyaient et saisissaient cette occasion pour se distraire.

Le soldat se releva tant bien que mal et s'épousseta. Puis, d'un haussement d'épaules, il leur indiqua qu'ils avaient fini. Pendant qu'elles remettaient leurs valises dans le coffre, il apposa un tampon sur leur laissez-passer et leur fit signe d'avancer. Sofia était ivre de soulagement. Elle accéléra, ayant peine à rouler droit. Elles rentraient enfin à la maison.

Chapitre 40

Castello de' Corsi

Par une belle journée ensoleillée entrecoupée de giboulées, Sofia, Carla et Gabriella, assises sur un banc du jardin de la cuisine, regardaient le petit Alberto jouer avec un ballon et un bâton. Il courait le long des sentiers, entre les massifs, en poussant des cris de joie, poursuivi par les chiens qui aboyaient, surexcités. Même si, après leur fuite angoissante de Florence, elle se sentait apaisée par la journée lumineuse et l'odeur de terre qui montait du jardin, Sofia, qui ne parvenait pas à se réchauffer, frissonna.

Depuis leur retour, la maison lui paraissait étrange. Inquiétante, comme si elle les surveillait. Malgré les fantômes dont elle sentait les ombres tournoyer, sans jamais les voir, elle gardait sa présence d'esprit. Elle sentait leur jugement, leur pitié, mais aussi leur désespoir. Et, parfois, au milieu de ces sentiments étranges, elle avait l'impression que sa raison l'abandonnait.

La voix de Carla interrompit le fil de sa rêverie :

— Madame la comtesse, pourrez-vous rester si je pose quelques questions à Gabriella ?

— Si vous êtes sûre d'y tenir.

Carla hocha la tête. Puis elle se tourna vers sa fille, qui déambulait maintenant dans l'allée.

— Alors, comment te sens-tu aujourd'hui, Gabriella ?

— Un peu nauséeuse, marmonna cette dernière.

— Ça passera. Ça a été terrible pour ton frère. Ça ne dure pas.

Sans répondre, la jeune fille s'élança en courant vers le fond du jardin. Sofia se rappelait sa naissance. L'accouchement n'avait pas été facile. Mais, quand Carla lui avait mis le bébé dans les bras pour qu'elle le berce, elle s'était émerveillée devant la beauté de la fillette. Même si, malgré elle, son chagrin de ne pas avoir d'enfants en avait été ravivé. Aussi, apprendre en rentrant au château que Gabriella était enceinte avait été un choc.

Habituée à ses lubies, elle ne fut pas très surprise de la voir se volatiliser au fond du jardin. Mais elle compatissait pour Carla, qui souffrait de la honte de voir sa fille sans mari mais enceinte. Or, étant donné qu'elle avait l'âge légal pour se marier, du moins avec le consentement parental, ce serait vraiment la meilleure option. Si seulement elles pouvaient découvrir qui était le père de l'enfant. Jusqu'ici, Gabriella s'obstinait à taire son nom.

Carla se leva et, à l'aide de la fourche qu'elle avait posée contre le mur, commença à bêcher la terre pour récolter les quelques pommes de terre qui restaient.

— Des pommes de terre avec un œuf au plat feront un délicieux déjeuner, murmura-t-elle.

Sofia pensa à tous les plats succulents de la cuisinière. Tout le monde adorait ses pommes de terre rôties. Elle imagina Carla en train de les couper en fredonnant, avant de les mettre dans son plat préféré et d'y ajouter de l'huile, du vin, de l'ail, du sel et du poivre. Elle finissait par du romarin et de la sauge ou, quelquefois, du fenouil. Puis elle les enfournait pour les servir avec une viande qu'elles accompagnaient délicieusement. L'eau lui en venait à la bouche. Elle avait continué à préparer ce plat sans le poulet ni la viande, quand les pommes de terre abondaient encore. Elle avait aussi des recettes secrètes apprises de sa grand-mère.

Il leur restait une provision de courges vertes d'hiver, empilées dans le cellier à côté des chapelets d'oignons, d'ail et de piments. Rien de tel qu'une courge rôtie, quand sa peau noircie éclatait et qu'on en dégustait la chair avec la focaccia à l'ail de Carla.

Tout en se remémorant les talents de la cuisinière, Sofia surveillait Alberto, qui avait suivi Gabriella. Quel dommage qu'un enfant aussi adorable ait grandi privé de père. Et maintenant qu'Aldo était parti, il n'avait plus aucun homme dans sa vie. Le cri du garçonnet la fit soudain sursauter :

— *Nonna*, viens vite, *nonna* !

Carla se précipita. Beni se mit à aboyer comme un fou et Sofia les suivit, ses propres chiens sur les talons. Prise de panique, elle sentit son estomac se nouer. Si quoi que ce soit arrivait au petit Alberto… Mais quand elle les rejoignit, l'enfant avait le doigt pointé sur la petite remise à outils. Elle resta sur le seuil et regarda Carla y entrer d'un pas décidé. Soudain, son souffle s'arrêta. Les jambes croisées, Gabriella était assise par terre. Et, malgré l'obscurité, elle vit qu'elle agrippait un couteau cranté.

— *Dio mio !* hurla Carla en se ruant vers elle pour s'emparer du couteau. Qu'est-ce que tu fais, mon enfant ?

Sofia remarqua instantanément que Gabriella saignait.

— Idiote ! Stupide ! s'écria sa mère. Qu'as-tu fait ?

Elle agrippa sa fille par les poignets, dont l'un était entaillé. La plaie n'était pas assez profonde pour mettre sa vie en péril, mais du sang en suintait.

— Pourquoi ? la pressa la cuisinière. À quoi penses-tu que ça te mènera ?

Gabriella baissa la tête et se mit à pleurer.

Sofia fit un pas en avant et posa une main sur l'épaule de Carla, dans l'espoir de la calmer. Mais il était trop tard. Emportée par la colère, elle frappa sa fille au visage.

— Pour l'amour du ciel ! rugit-elle avant de regretter aussitôt son geste. Je… je suis désolée, chuchota-t-elle d'une voix saccadée en lui tendant une main tremblante.

Murée dans son silence, Gabriella ne prit pas la main offerte. Se mordant la lèvre inférieure, Carla reprit :

— Je t'en prie, arrêtons de pleurer. Nous devons être pragmatiques. Il faut que je nettoie ta plaie.

Gabriella murmura une réponse étouffée. Mais elles ne purent distinguer ses paroles.

— Qu'as-tu dit ?

La jeune fille secoua violemment la tête et leva un regard suppliant vers sa mère, ses yeux pleins de détresse.

— Tu ne comprends pas.

— Eh bien, dis-moi, alors. Comment puis-je comprendre si tu ne me dis rien ?

— Aldo. Sa mort, gémit-elle. Tout était ma faute.

Et elle se mit à osciller d'avant en arrière, sanglotant désespérément.

Un peu plus tard, Sofia et Carla étaient assises à la table de la cuisine. Gabriella se tenait debout devant le four à pain. Elles l'avaient apaisée avec du café sucré et une tranche de pain grillé tartinée de miel. Et, en ne la pressant pas immédiatement d'expliquer ce qu'elle avait voulu dire, elles parvinrent à la calmer encore plus. Bien qu'elles aient vraiment besoin de savoir.

Puis, doucement, Sofia commença :

— Bon. Peux-tu nous parler maintenant ? Pourquoi as-tu dit que c'était ta faute ? Personne ne t'en voudra.

Retrouvant son expression tourmentée, Gabriella courba les épaules.

— *Tesoro*, je suis sûre que ça ne peut pas être si terrible, affirma sa mère avec un sourire encourageant, d'un ton qu'elle voulait léger.

Toujours muette, Gabriella fixa le sol et se gratta le crâne. Sofia jeta un coup d'œil à Carla qui, d'un signe de tête, lui fit comprendre qu'elle allait aborder le sujet d'une façon détournée.

— Viens ici. Ce sont encore les poux ? Je vais te peigner.

Sans lever les yeux, Gabriella fit signe que non.

— Dans ce cas, peux-tu jeter un coup d'œil à la soupe ?

Sans faire un mouvement, elle chuchota alors :

— Je l'ai dit à Maria.

Enfin, elle leva vers Sofia et Carla son visage chiffonné par le chagrin.

En entendant le nom de Maria, Sofia pressentit le danger. Mais elle prit une inspiration et refoula son appréhension.

— Tu lui as dit quoi ?

Gabriella fuyait son regard.

— Gabriella ?

— Je lui ai parlé du plan pour faire sauter la voie ferrée.

— Ne sois pas stupide, la rabroua-t-elle. Tu ne pouvais rien en savoir.

— Je savais. Je me promenais dans les bois et j'ai surpris une conversation entre Aldo et un autre homme. Il s'appelait Lodo.

Carla prit un air perplexe.

— Ça n'a aucun sens. Et tu l'as dit à Maria ?

Sa fille hocha la tête d'un air pitoyable.

— Mais pourquoi ?

— Je voulais l'impressionner.

— Pour quelle raison ?

— À cause de Paolo, son petit-fils. Vous voyez, je voulais qu'il m'aime et je pensais que si je le lui disais, elle le lui dirait, et que…

Elle s'interrompit et refoula un sanglot.

— … et qu'il reviendrait.

— Et donc tu as parlé du plan à Maria ?

La jeune fille baissa les yeux et les garda de nouveau fixés sur le sol.

Alors qu'elle assimilait tout ce que signifiait cette révélation, Sofia vit Carla plaquer une main sur sa bouche pour étouffer un hurlement. Elle baissa la tête un instant avant de regarder de nouveau Gabriella. C'était impossible, ça ne pouvait pas être vrai.

Elle l'entendit alors déclarer à sa mère :

— Je l'aime.

Les battements de son cœur s'affolant, Sofia dut lutter contre le poids qui lui comprimait la poitrine. Elle rappela alors à la jeune fille :

— Tu sais que nous ne faisons pas vraiment confiance à Maria ni aux Chemises noires.

Gabriella ne répondit rien.

— Gabriella, c'est la vérité ? intervint alors Carla. Dis-moi, honnêtement.

Un instant, elle fixa sa mère, puis détourna le regard.

Sofia réfléchissait. Il était impossible de savoir si Maria l'avait répété à Paolo. Peut-être n'en avait-elle rien fait. Elle disait le voir rarement. Et peut-être pourrait-elle lui poser la question en personne. Mais si elle lui mentait… que faire ? Soudain accablée, elle lui murmura :

— Oh, Gabriella, je ne sais que te dire.

La mâchoire crispée, Carla se leva. Sofia savait qu'elle aimait ses filles du même amour farouche avec lequel elle avait aimé Aldo. Cette effroyable nouvelle devait l'anéantir.

— Je suis désolée, dit la jeune fille, tressaillant sous le regard étincelant de rage de sa mère.

Celle-ci l'attrapa fermement par les épaules, comme si elle s'apprêtait à la secouer.

— Je suis désolée, répéta-t-elle, les joues maintenant baignées de larmes.

Sofia tressaillit. On n'aurait pu imaginer pire scénario. Carla avait peut-être perdu son fils unique par la faute de sa fille cadette. Qui aurait provoqué la mort de son propre frère. La vision du corps brisé d'Aldo pendu à Buonconvento passa devant ses yeux.

Carla leva le bras et Gabriella recula. Mais elle regarda sa main sans la frapper. Sans secouer sa fille. Pourtant, comme elle devait en avoir envie ! songea Sofia.

Elle-même aurait voulu la gifler. Lui faire payer sa stupidité. Mais elles devaient se ressaisir. Rien ne pourrait jamais effacer ce drame. *Jamais.* Après avoir envisagé la situation sous tous ses angles, elle finit par déclarer :

— Anna ne doit pas savoir. Elle adorait Aldo.

— Et elle m'a toujours reproché de me montrer bien trop indulgente avec Gabriella, renchérit Carla. Si elle l'apprend, elle la tuera.

Elle avait raison, Sofia le savait. Le visage sinistre, elle l'entendit alors dire à sa fille :

— Et maintenant, tu vas bien m'écouter. Tu ne dois jamais en parler à personne. À personne. Jamais. Tu as compris ?

Gabriella resta sans réaction.

— Tu devras vivre avec ça toute ta vie. D'un autre côté, il est possible que Maria n'en ait pas parlé à Paolo. Les Allemands étaient peut-être au courant, de toute façon. Ils ont pu l'apprendre par quelqu'un d'autre. Tu n'es pas forcément responsable.

La jeune fille esquissa un petit sourire triste.

— Ce Paolo, poursuivit sa mère, c'est vraiment le père de ton bébé ? Oui ?

Elle fit un signe d'assentiment.

— Et c'est arrivé le soir où ils sont venus à la porte de ta sœur, pendant que nous tricotions à l'étage ?

Elle acquiesça de nouveau en silence.

— Oh, ma fille ! Que vais-je faire de toi ? dit Carla en secouant la tête, consternée.

Au bout de quelques minutes, elle reprit :

— Bon, les choses étant ce qu'elles sont, nous allons devoir faire pour le mieux, j'imagine. Comme toujours.

Chapitre 41

Buonconvento

En entrant dans le café de Buonconvento, Maxine jeta un coup d'œil à la ronde pour s'assurer de la sécurité des lieux. Deux vieilles commères cancanaient dans un coin, indifférentes à tout. À une table à côté de la fenêtre couverte de buée, une jeune mère essayait de convaincre son bambin de manger un biscuit. Anna avait réussi à faire passer un message à Marco, qui devait arriver d'une minute à l'autre. Les trois femmes avaient fait un pacte. Elles ne parleraient plus jamais de ce qui s'était passé à Florence. Mais elle savait qu'il aurait été informé de la descente dans l'entrepôt d'armes.

Il entra et lui lança son sourire chaleureux, si séduisant. Immédiatement, elle sentit son cœur fondre.

— Ainsi, tu as été bien occupée. Félicitations.

Malgré ses éloges qui lui gonflaient le cœur d'allégresse, elle fit une moue, comme si c'était insignifiant. Ils savaient tous les deux que c'était loin d'être le cas.

L'enveloppant d'un regard calme, plein de sincérité, il ajouta :

— Tu as fait preuve d'autonomie, de courage et de débrouillardise. Accepte le compliment.

— Merci, Marco. Ça me touche beaucoup.

— Tu as informé les Alliés du succès de la descente ?

— Oui. James m'a aidée hier soir. Il est revenu dans la ferme voisine. Dans celle qui est plus haut, sur la colline, le toit s'est écroulé. Nous y avons utilisé la radio. Que nous avons ensuite cachée dans les souterrains, sous la maison de Sofia.

— Tu sais ce qui est arrivé à la *staffetta* de la GAP ?

— Irma ?

— Oui.

— J'espère qu'elle a réussi à rejoindre les montagnes avec les hommes, répondit-elle.

— Elle sait qui vous êtes, toutes les trois ?

Son ton soudain plus brusque, énergique, il était sur le qui-vive.

— Que veux-tu dire ?

— Elle connaît des noms, des lieux ?

— Non. Tu veux du café ?

Il ignora l'offre.

— Elle pourrait t'identifier ?

— Peut-être. Mais j'avais une apparence très quelconque. Un foulard, pas de maquillage. Elle ne pouvait pas avoir la moindre idée de notre destination, après la descente.

Montrant alors sa tasse du doigt, il répondit à sa question précédente.

— Je ne peux pas boire cette saleté de café. Et puis, quoi que tu portes, tu ne pourras jamais avoir l'air quelconque, ajouta-t-il, changeant de sujet.

Elle esquissa une petite moue. Se levant, il recula alors sa chaise, qui érafla le sol.

— Tu viens ?

— Oui.

— Tu as ta moto ?

Elle acquiesça. Au moment où il s'apprêtait à sortir du café, la femme au bambin le dévisagea d'un air adorateur. Le regard qu'il lui lança, mélange d'inquiétude et d'affection, n'échappa pas à Maxine. À sa grande honte, elle s'aperçut qu'elle était jalouse.

Essayant de se contrôler, elle fit remarquer :

— Elle est très jeune.

— Oui.

— C'est une de tes petites amies ? gronda-t-elle, incapable de dissimuler ses émotions.

Il éclata de rire.

— Jalouse ?

— Ne sois pas ridicule.

— Eh bien, moins tu en sais…

Elle poussa un soupir, pas convaincue. Comme c'était commode !

— Tu veux revenir chez moi ?

Il avait posé la question d'un ton un peu trop nonchalant à son goût.

— Dans ta vieille ferme qui sent le moisi ? railla-t-elle.

Vexé, il répliqua :

— J'habite plus près maintenant. Et dans un endroit un peu plus confortable. Un lit avec un vrai matelas et, pour toute compagnie, deux rats. Sans oublier les cafards à demeure, bien entendu.

Elle regarda son visage anguleux. Il était plus mince qu'avant. Puis, avec une petite bourrade dans les côtes, elle lui lança :

— Ça, tu sais parler aux filles ! De toute façon, je ne peux pas rester. Je me rends à Santa Cecilia dès la première heure demain matin, avec Sofia.

— Dans ce cas, nous avons toute la journée. Je vais te faire un repas.

— Tu sais cuisiner ?

Avec son sourire le plus charmant, il la prit par le bras.

— Conduis-moi à ta moto.

Le nouveau logement de Marco fut une agréable surprise. S'il ne comportait qu'une seule pièce, il était meublé d'un vrai lit et d'un vieux canapé, et avait même une petite cuisine.

— Je ne comprends pas pourquoi tu n'es pas dans les montagnes ou les bois, avec les autres hommes.

— Mon travail est de tout écouter sur le terrain, de faire la liaison avec toi et d'étoffer le réseau. Je ne suis pas le chef d'une unité de combat. Je suis un coordinateur. Ma jambe, précisa-t-il en lui jetant un coup d'œil.

Pour être honnête, en dépit de sa claudication et de sa canne, elle avait oublié la blessure de sa jambe.

— Tu es vraiment blessé ?

Il hocha la tête.

— J'ai bien cru que tu ne poserais jamais la question. Pourtant, tu auras remarqué que, curieusement, je semble guérir quand nous sommes en tête à tête.

Elle se mit à rire.

— Alors, que vas-tu cuisiner pour moi ?

— Des *spaghetti al pomodoro.* J'ai pensé que nous pourrions les faire ensemble. Tiens, prends ça.

Il lui passa un sac en papier marron.

— Tu peux couper les tomates. À moins que tu préfères écraser l'ail ?

— Non, ça me va très bien.

Il lui tendit un couteau et tous deux se penchèrent sur une petite table de bois bancale.

— Tu aimes cuisiner ? lui demanda-t-il alors.

— Ce n'est pas mon truc, répondit-elle en secouant la tête.

Il feignit un cri d'horreur.

— Tu ferais bien de ne pas l'ébruiter sinon tout le monde saura que tu n'es pas une vraie Italienne.

— Et toi ? Tu penses que je suis une vraie Italienne ?

Il posa son couteau puis se pencha pour l'embrasser par-dessus la table qui oscilla frénétiquement.

— Je vais te montrer quel genre d'Italienne je pense que tu es.

Elle se mit à rire et recula, malgré ses jambes soudain en coton.

— Faisons nos pâtes. Je meurs de faim.

— Bien madame.

Ils finirent de couper les ingrédients. Puis il mit une marmite d'eau à bouillir, avant de faire chauffer l'huile dans la poêle.

— Il est important qu'elle ne fasse ni bulles ni fumée, expliqua-t-il en lui montrant un autre sac de papier marron.

Elle le lui passa et il en sortit cinq feuilles de basilic.

— Et les spaghettis ?

Il versa du sel dans l'eau bouillante et y ajouta les pâtes. Pendant qu'elles cuisaient, il vint se placer derrière elle et, tout en faisant voguer une paume sur ses seins, l'embrassa dans la nuque. Elle sentit ses mamelons se durcir de désir et, s'offrant à sa caresse, se plaqua contre lui.

Avec un petit rire, il reprit sa place devant la cuisinière.

— Bien, elles sont *al dente*.

Une fois les pâtes égouttées, il les ajouta dans la poêle pour qu'elles finissent de cuire dans la sauce chaude avec les feuilles de basilic.

— Ça sent délicieusement bon, dit-elle, refrénant l'envie de lui arracher ses vêtements et d'oublier leur repas.

— En vérité, la sauce devrait être passée au moulin, dit-il. Mais je n'en ai pas.

Lorsqu'ils eurent fini de manger, assis sur le canapé, leurs assiettes sur les genoux, souriante, elle le taquina :

— Je devrais peut-être y aller maintenant ?

— Je te le défends !

Il emporta les assiettes dans l'évier puis lui tendit la main et l'entraîna vers le lit. Où il commença par la déshabiller, avant d'en faire autant. Puis ils firent l'amour. Leur complicité semblait s'intensifier à chacune de leurs rencontres et elle n'arrivait pas à imaginer sa vie sans cet homme merveilleux. Ensuite, ils restèrent allongés, enlacés.

Languide, elle lui demanda d'une voix ensommeillée :

— Quel a été le meilleur moment de ta vie, Marco ?

— À part celui-ci ?

Il lui mordilla l'oreille et elle sentit de nouveau le désir la submerger.

— Sérieusement.

— Je pense que mon moment le plus magique a été la naissance de mon neveu.

— Je ne savais pas que tu aimais autant les enfants.

Il esquissa une petite grimace.

— Je ne sais pas si je les aime ou pas. J'aime cet enfant.

— Mais tu veux tes propres enfants ?

Avec un soupir, il répondit :

— Certes, je l'ai dit un jour. Mais je ne sais plus. Quand tu perds quelqu'un que tu aimes, que tu aimes vraiment, tu perds aussi la partie de toi qui l'aimait. Et tu ne peux jamais combler ce vide.

— Tu penses à ton frère ?

Il acquiesça.

— Je pense que j'aurais peut-être trop peur de devoir un jour affronter de nouveau le même chagrin si j'avais des enfants. Et toi ?

— Si je veux des enfants ?

— Non, quel a été le meilleur moment de ta vie ?

— J'ai adoré mon séjour à Londres, avant de venir ici.

— Et le pire ?

— Quand j'ai appris que mon père battait ma mère.

Au souvenir de son choc quand elle avait découvert le vrai visage de son père, elle sentit les larmes lui brûler les paupières. Gênée de pleurer devant lui, elle essaya de les contenir. Mais elles se mirent à ruisseler sur ses joues. Tremblante, elle sanglotait, hoquetait. Il la serra contre lui,

lui murmurant des mots apaisants tout en lui caressant le visage jusqu'à ce que ses larmes commencent à se tarir. Il lui tendit un mouchoir.

—Oh, mon amour! murmura-t-il. Ne t'inquiète pas, il est propre.

Elle renifla, s'essuya les yeux et le visage et lui sourit, se sentant soudain plus légère d'avoir libéré cette tristesse qu'elle refoulait depuis bien trop longtemps. Inondée d'une chaleur soudaine, elle sentait sa peau parcourue de picotements. Ne l'avait-il pas appelée « mon amour » ? Le lien entre eux était plus intime que jamais. Leur relation, aussi simple que spontanée, lui faisait oublier la guerre. Comme si, derrière ces quatre murs, elle n'existait pas.

—Devine quoi ? Tu sens l'ail et le basilic, lança-t-elle, soudain mutine.

—Vraiment ? s'étonna-t-il.

—Mais ça m'est égal parce que vous êtes un sacré chef, *signore*.

Il effleura ses paupières de ses lèvres et ils refirent l'amour. Puis elle lui parla de nouveau de sa famille.

—Comme la plupart des femmes, ma mère avait été élevée pour servir son homme. Elle m'a élevée de la même façon. Je me demande parfois si je serais devenue comme elle si je n'avais pas découvert ce qui se passait vraiment entre eux.

—Curieusement, j'en doute.

—Avec les hommes, je n'ai jamais été du genre soumise. Pas plus que je n'aime user de mon charme pour obtenir ce que je veux. Bien sûr, je le peux. Mais, si je suis honnête, je dois reconnaître que j'ai toujours été trop directe.

—Et aussi, je le répète, intrépide, résolue, courageuse.

Avec un sourire, elle continua, pensive :

—Ce qui m'a attiré des ennuis à l'école. Et en dehors, d'ailleurs. Certains hommes semblent détester les femmes décidées. Ils ne veulent qu'une chose, les faire taire, les rabaisser.

— Ils ont peur. Ils se sentent menacés par les femmes décidées.

— Et toi ? Tu te sens menacé ?

Il se mit à rire.

— Tu penses ! Non, Maxine chérie. Ne change jamais. Je t'aime comme tu es.

Chapitre 42

Mars 1944

La moto cahotait sur les routes de terre des environs de Rapolano Terme. Maxine roulait en direction du village de ses parents, Sofia s'accrochant fermement à elle. Elles s'arrêtèrent au pied d'une colline et partagèrent une bouteille d'eau et un sandwich. En dépit de tous ses soucis, Carla, qu'elle soit bénie, avait réussi à grappiller quelques tranches de salami pour elles.

Sofia mordit dans le sien et jeta un coup d'œil à la ronde. La journée était magnifique. L'hiver enfin terminé, le printemps arrivait à vive allure. Au-dessus des champs vert émeraude, des nuages argentés flottaient dans un ciel bleu saphir. Dans la lumière transparente, la campagne resplendissait. La caresse du soleil lui réchauffant les bras, grisée d'air pur, Sofia sentit l'espoir renaître en elle. La dernière partie de la route bordée d'arbres qui menait à Santa Cecilia étant pleine de nids-de-poule, elles décidèrent de marcher en admirant la vue. Elles finirent par arriver devant un portail imposant, surmonté d'un blason armorié, encastré dans un mur d'enceinte en pierres.

Devant le silence inhabituel de Maxine, Sofia comprit que son amie était en train de vivre l'un de ces moments uniques dans une vie où les mots sont inutiles. Le portail n'étant pas fermé à clé, elles entrèrent dans le hameau et commencèrent à inspecter prudemment les lieux. Il régnait un calme étrange. Que seul le pépiement des oiseaux venait troubler.

— Tu crois que les Allemands sont partis ? finit par chuchoter Maxine.

— Je ne sais pas. On s'attendrait à voir leurs véhicules, non ?

Elles passèrent sous des arches de pierre, longèrent d'étroites ruelles, des venelles ombragées. Quand elles arrivèrent au château, Sofia, incapable de contenir sa curiosité, annonça à voix basse qu'elle voulait jeter un coup d'œil par les fenêtres en ogive du rez-de-chaussée.

Elles s'approchèrent. L'endroit semblait désert. Elle écrasa son nez sur une vitre sale et aperçut des murs humides, des plâtres cassés, des tas de gravats, des meubles retournés. Les nombreux piliers de marbre semblaient avoir besoin d'un bon nettoyage et les murs décorés de fresques étaient en piteux état. Quand elle se retourna, elle vit que la grille donnant sur le parc avait été arrachée de ses gonds. Elles la franchirent pour découvrir que l'endroit était envahi par les mauvaises herbes. Les plantes avaient pris le dessus et les allées en pierre étaient couvertes de mousse et de lichen. Pour un peu, on se serait cru dans un jardin enchanté où aurait pu surgir une nymphe dansant dans la lumière dorée du soleil. Les Allemands n'étaient arrivés que six mois auparavant. La maison n'avait donc pas été fermée assez longtemps pour expliquer une telle décrépitude. Elle se souvint alors que les propriétaires des lieux s'étaient réfugiés à Sienne bien avant la guerre, laissant leur villa à l'abandon.

Elles rebroussaient chemin vers le centre du village quand une voix impérieuse les fit sursauter.

— Que faites-vous dans mon jardin ? Vous savez que vous êtes dans une propriété privée ?

Elles se retournèrent pour se trouver face à une femme d'un certain âge, aux cheveux argentés, habillée de noir de la tête aux pieds. Les mains sur les hanches, elle se tenait à côté de la grille cassée.

Sofia s'avança vers elle.

— Je suis vraiment désolée. La grille était ouverte. Je venais ici avant la guerre… Oh, mais… c'est vous ?

Une main en visière, la femme la scruta d'un regard curieux.

— Nous nous connaissons ?

— Je suis Sofia de' Corsi… De Castello de' Corsi. Je suis vraiment désolée, je ne vous ai pas tout de suite reconnue. Mais vous devez être Valentina.

— En effet, acquiesça la propriétaire des lieux avec un sourire circonspect. Mais que faites-vous ici ?

— Je vous présente mon amie Maxine, dit-elle en faisant un geste vers l'Américaine. Elle est venue voir le village dont sa famille est originaire. Ils ont dû déménager.

— Elle est italienne ?

— Oui, intervint Maxine.

— Votre accent est un peu différent, fit remarquer Valentina d'un air perplexe. Quel est votre nom de famille ?

— Caprioni.

Un large sourire éclairant soudain son visage, Valentina s'exclama :

— Quel plaisir ! Votre père s'occupait de nos chèvres, c'est bien ça ? Avec lui nous avions un magnifique troupeau.

— En fait, il était fermier. Mais mon grand-père était sans doute berger, en effet. Ma mère travaillait au château.

— Comment s'appelait-elle ?

— Luisa.

— Ma mémoire me joue des tours, maintenant. Mais je connais ce nom. Il est arrivé quelque chose, je crois… Si vous alliez au petit café, sur la *piazza* ? Quelqu'un se souviendra peut-être d'eux.

— Il est ouvert ? s'étonna Maxine.

— Nous pensions trouver les Allemands ici, renchérit Sofia.

L'air méprisant, la vieille dame répondit :

— Ils viennent tout juste de partir... Ils ont tout dévasté. Les villageois qui sont toujours là restent entre eux, les autres se cachent. Partager notre beau village de Santa Cecilia avec ces étrangers nous a été fort désagréable. Le mieux serait de parler avec Greta, au café. Essayez de frapper s'il n'est pas ouvert.

— Merci. Encore mille excuses de vous avoir dérangée.

— Je vous inviterais bien à entrer dans la villa. Mais c'est la première fois que je reviens depuis leur départ. J'habite une maison du village maintenant.

— Votre famille va rentrer de Sienne ?

— Pas avant la fin de la guerre.

— Et votre régisseur ?

— Il a fui quand les Allemands sont arrivés. Il avait été très virulent contre les fascistes. Et avait rejoint les communistes, d'après ce que je sais. Il n'était plus en sécurité ici.

Ne sachant même pas si elle lui répondrait, Sofia lui posa alors la question piège :

— Et vous ? Vous étiez en sécurité ?

Valentina qui, visiblement, n'était pas dupe, lui lança un regard ironique.

— Si vous me demandez si je soutiens les fascistes, la réponse est non. Mais je sais me taire.

Acquiesçant d'un signe de tête, elle lui sourit d'un air entendu. Puis elles prirent congé et se dirigèrent vers la *piazza* principale.

— Que penses-tu qu'elle ait voulu dire par « il est arrivé quelque chose » ? lui demanda alors Maxine.

N'ayant pas la réponse, Sofia choisit de se taire.

Le seul indice désignant le café était l'unique table en fer forgé et les deux chaises dépareillées, installées sur la terrasse.

Maxine essaya d'ouvrir la porte fermée à clé. En vain. Elles suivirent donc le conseil de Valentina et frappèrent. D'abord sans résultat. Puis, au bout de quelques instants, elle s'ouvrit à la volée sur une femme minuscule d'une quarantaine d'années enveloppée dans un immense tablier.

— Vous voulez de la bière maison ? Ou du café d'orge ?

— Auriez-vous de la limonade ?

Elle secoua la tête.

— Alors, deux cafés d'orge, s'il vous plaît.

La patronne leur montra l'unique table.

— Asseyez-vous.

Elles s'installèrent puis survolèrent la *piazza* du regard. Les villageois ayant dû décider qu'elles ne représentaient aucun danger, un semblant d'activité animait à nouveau cet endroit qu'elles avaient trouvé désert. Blotties l'une contre l'autre, dans un coin, trois vieilles femmes en noir partageaient leurs potins. Un vieillard aux cheveux blancs, le menton sur la poitrine, ronflait sur l'un des quatre bancs en fer forgé. Un enfant, sans doute son petit-fils, jouait à ses pieds.

Quand Greta revint avec leurs cafés, Maxine lui demanda si elle avait entendu parler d'une famille du nom de Caprioni, qui était partie en 1910.

Les sourcils froncés, la femme répondit :

— J'étais trop petite. C'est à lui qu'il faut poser la question, ajouta-t-elle en montrant du doigt le vieil homme.

Sofia retint Maxine qui, déjà, se levait pour aller l'interroger.

— Finissons d'abord nos cafés.

Mais, n'y tenant plus, l'Américaine bondit sur ses pieds.

— Finis le tien. Je ne peux pas attendre.

Elle la regarda se diriger vers le banc et s'y asseoir. Puis, après avoir payé Greta, elle la rejoignit.

Le vieil homme ne bronchant pas, Maxine se mit à jouer avec l'enfant, dont les éclats de rire réveillèrent son grand-père.

L'homme leva son visage basané, ridé comme une pomme, et la regarda. Surpris de voir qu'il n'était plus seul sur son banc, il ferma les yeux à demi. Puis, avec un accent guttural de vrai paysan, il demanda :

— Qui êtes-vous ?

— Je suis désolée de vous déranger. Je m'appelle Maxine. J'essaie de trouver quelqu'un qui aurait connu mes parents.

— Parlez plus fort, ma fille. Vous voulez trouver vos parents, dites-vous ?

— Non. J'essaie de trouver quelqu'un qui les a connus. Ils sont partis en 1910.

— Ah bon. Il fallait le dire tout de suite.

Visiblement perplexe, Maxine se gratta l'oreille. Allait-elle réussir à en tirer quelque chose ?

— Leur nom ? reprit-il.

— Caprioni.

Soudain très pâle, il la dévisagea.

— Tu es la fille d'Alessandro ?

Avec un sourire chaleureux, elle répliqua :

— Oui.

Le vieil homme lui agrippa la main.

— Ton père était mon ami le plus cher. Jamais je n'aurais pensé avoir de ses nouvelles un jour.

— Vous le connaissiez ?

— Oh oui. J'étais plus âgé que lui mais nous nous sommes toujours bien entendus. Je travaillais à la ferme de son père. Et j'ai continué quand il a pris sa suite. Oh, mon petit... la façon dont ils sont partis. Quelle tragédie !

Elle le regarda, perplexe.

— Que s'est-il passé ? J'ai toujours pensé qu'ils étaient partis parce que la famille ne pouvait plus vivre de la terre.

— C'est ce qu'ils t'ont dit ?

— Oui.

— Tu as entendu parler du petit Matteo ?

— De qui ? s'étonna-t-elle.

— C'était un petit garçon, leur aîné.

L'air stupéfait, Maxine répliqua :

— Je pense que vous faites erreur. Ils n'ont jamais eu de fils du nom de Matteo.

— Avant ta naissance. Un enfant aux boucles blondes. Un chérubin. Ils l'adoraient.

Sofia remarqua que sa voix s'était faite plus rauque, comme étranglée par la douleur.

— Que lui est-il arrivé ? lui demanda-t-elle alors.

Il se tourna vers elle, comme s'il venait tout juste de s'apercevoir de sa présence.

— Il a été abattu d'un coup de feu.

Maxine étouffa un cri d'horreur.

— J'avais un frère ? Qui a été tué ? Comment ? Pourquoi ? C'était un accident ?

— Il a dit que c'était un accident. Nous savions tous que ce n'était pas vrai.

— Quelqu'un voulait le tuer ? le pressa-t-elle, les yeux écarquillés par la stupeur.

Le vieillard haussa les épaules.

— Qui sait ? Peut-être voulait-il juste le blesser. Il n'avait que trois ans, le petit Matteo. Quelle tragédie !

— Pour quelle raison l'a-t-on tué ? Et qui l'a tué ?

— Chaque chose en son temps. C'est arrivé derrière la grange, à la ferme de ton père. L'homme a affirmé qu'il voulait abattre un sanglier et que le gamin était sorti en courant, juste à ce moment-là.

— C'est l'homme qui a donné l'alarme ?

Il secoua la tête.

— Le salaud aurait dû. Mais non. C'est ta mère qui a entendu le coup de feu et qui a trouvé ton frère.

— Mort ?

— Il est mort peu après. Hémorragie.

— Et c'est pour ça qu'ils sont partis ?

— Ça les a brisés. Elle a pleuré pendant des semaines. Elle était inconsolable. Ils ne pouvaient pas rester, c'était impossible. Ta mère savait qu'Alessandro tuerait l'homme. Alors ils sont partis en Amérique.

— Mais, si c'était intentionnel, pourquoi cet homme aurait-il voulu abattre un enfant ?

— Vengeance.

— *Dio santo !* Vengeance de quoi ?

— Une querelle de famille. Qui a dégénéré. Je ne sais pas trop pourquoi. C'était lié à une dispute à propos du bétail. Qui avait volé qui, je l'ignore, mais ça a été le début des problèmes.

— Et cet homme a tué un enfant pour ça ?

Le vieillard haussa de nouveau les épaules avec résignation.

Un moment, Maxine fixa le sol. Quand elle regarda Sofia, ses yeux exprimaient une peine infinie. Elle semblait soudain vidée de toute sa belle énergie. Sofia sentit des larmes lui brûler les paupières. La femme qui lui faisait face n'avait plus rien à voir avec celle qu'elle avait appris à si bien connaître.

Elle lui prit doucement la main et murmura :

— Allons-y.

Maxine se leva, remercia le vieil homme et, à pas lents, elles se dirigèrent vers le portail.

— Passe le bonjour à Alessandro, lui cria-t-il.

Elle ne répondit pas. Sofia se retourna et lui adressa un petit salut de la main.

Elles franchirent le vieux porche puis redescendirent la colline en silence, jusqu'à la moto.

Se retournant alors vers le hameau isolé, Maxine chuchota :

— Rien n'était vrai. Cette vie merveilleuse qu'ils avaient vécue ici. Rien n'était vrai.

— C'était peut-être le cas… avant.

— Ils ne m'en ont jamais soufflé mot. Jamais !

— C'était trop douloureux. Peut-être voulaient-ils tourner la page sur une pareille tragédie.

— Je comprends un peu mieux leur relation.

— Tu veux m'en parler ?

Un instant indécise, elle finit par avouer :

— Mon père pouvait être violent. Je n'avais jamais compris pourquoi.

Sofia promena son regard sur les collines qui ondulaient sous le ciel bleu.

— Je suis vraiment navrée.

Changeant brusquement de sujet, Maxine suggéra :

— Et si nous remontions sur notre bécane l'essoreuse ? Nous avons eu de la chance jusqu'ici. Pas de mitrailleuses, pas de bombes !

Avec un sourire, Sofia répliqua :

— C'est une bonne journée alors ! Profitons-en tant que nous le pouvons.

Chapitre 43

La tempête soudaine n'avait pas tout à fait disparu, mais une demi-heure plus tôt, les rafales de vent qui rugissaient autour d'eux les auraient empêchés d'entendre quoi que ce soit. Maintenant, au bruit d'un moteur qui approchait, Sofia et James échangeaient un regard anxieux. Cela ressemblait plus à une voiture qu'à une moto. Ce ne pouvait donc pas être Maxine. De toute façon, à peine son dernier rapport envoyé aux Alliés, elle était partie retrouver Marco, en dépit du mauvais temps.

James commença prestement à remballer le matériel. Ils perçurent une espèce de cliquetis, comme si quelqu'un frappait sur un bidon. Puis les chiens se mirent à aboyer, surexcités.

— Carla a dû les laisser sortir, fit remarquer Sofia.

— À cette heure ?

— C'est le meilleur moyen de nous avertir.

Jusqu'à récemment, la radio était restée cachée dans le souterrain. Mais le temps était devenu si instable qu'il avait fallu trouver un endroit plus élevé pour émettre. À nouveau, ils l'avaient transportée en haut de la tour.

Sofia le regarda tout ranger avec soin pour s'assurer que la mallette fermerait bien, avec l'impression qu'il mettait un temps fou. Impuissante, elle le vit se démener avec un élément qui refusait de s'y encastrer.

— Vite ! Descendez et entrez dans le passage dérobé, lui chuchota-t-il. Laissez-moi.

— Pas sans vous.

Quelques instants plus tard, ils entendirent Carla redoubler de bruit. Elle était en train de se disputer avec quelqu'un sur la *piazza*, juste en dessous de la tour. Au moment où ils s'apprêtaient à ouvrir le passage secret pour y cacher le matériel, James laissa échapper une fiche de radio.

— Merde ! jura-t-il dans sa barbe.

Il se mit à quatre pattes et commença à la chercher sous la table. Sofia le pressa :

— Elle a dû rouler. Laissez-la.

— Je ne peux pas. Si les Allemands montent, ils la trouveront et ils comprendront immédiatement. Vous serez arrêtée.

— Il fait nuit. Ils ne pourront pas la voir dans le noir.

— Ils ont des torches.

— Se pourrait-il que ce soit des réfugiés ? Des prisonniers anglais échappés ? Des soldats italiens ?

— Qui se seraient débrouillés pour s'emparer d'une voiture ?

Il continuait à chercher. Mais elle savait que, même s'il retrouvait la fiche, ils n'avaient pas la moindre chance de tout transporter en bas. Pendant qu'elle attendait, les secondes s'égrenaient trop vite et le suspense devenait insoutenable.

— *Per Dio*, siffla-t-elle quand, enfin, il mit la main dessus. Vite ! L'escalier qui mène au toit.

L'escalier, aux marches inégales et incroyablement étroit, datait de l'époque de la construction de la tour. James se chargea de la plus lourde des deux caisses pendant qu'elle prenait l'autre. Ils se faufilèrent par l'ouverture et, osant à peine respirer, montèrent à pas de loup jusqu'à la plate-forme d'où les marches continuaient en colimaçon, jusqu'au toit. Arrivés au sommet, ils en trouvèrent la porte fermée à clé et n'eurent d'autre choix que de s'asseoir sur la dernière marche, blottis l'un contre l'autre.

James n'aurait pas eu besoin de sa présence. Celle de Maxine lui aurait suffi. Mais elle avait eu envie de le revoir. Sans doute en réaction à l'absence de Lorenzo depuis janvier. Elle se sentait rongée par la solitude.

Elle entendit que l'on déverrouillait la porte donnant sur la *piazza*. La voix sonore de Carla qui montait l'escalier jusqu'à la pièce maintenant vide résonna :

— Voilà ! Je vous avais bien dit qu'elle n'était pas là. Comme je vous l'ai précisé, j'ai dû oublier d'éteindre quand j'ai fait le ménage.

Emportés par leur peur d'être découverts, James et Sofia se pressèrent encore plus près l'un de l'autre, les deux caisses coincées sur la dernière marche au-dessus d'eux. Le tissu opaque avait-il glissé des volets ? Ne l'avait-elle pas accroché assez solidement ? Était-ce pour cela que les Allemands avaient repéré la lumière ? Elle sentait le cœur de l'Anglais battre à coups précipités, à l'unisson du sien. Quand il l'enlaça d'un bras, elle se pelotonna contre lui.

Ils entendirent des marmonnements. Puis une voix claire qui demandait :

— Où mène cette ouverture ?

Kaufmann ! Affolée, Sofia sentit sa respiration s'arrêter. S'il décidait de monter à leur suite ? En un éclair, elle comprit que, incapable de réprimer la terreur qui menaçait de la submerger, un glapissement était sur le point de lui échapper. Elle se colla aussi étroitement que possible contre James. Il la tint fermement et plaqua une main sur sa bouche.

— Elle permet d'accéder au toit, répondit Carla. La porte au sommet est toujours verrouillée et je n'ai pas la clé. Personne ne monte de peur de recevoir une bombe.

— Je veux quand même vérifier, quand j'aurai fini ici, dit Kaufmann.

Le silence se fit. Mais lorsqu'elle comprit que l'Allemand fouinait partout, Sofia se mordit l'intérieur de la joue et se concentra sur le goût de son sang.

— Passe-t-elle beaucoup de temps ici ? disait Kaufmann. J'aurais pensé qu'il y faisait trop froid pour peindre.

— Ma fille lui a tricoté des mitaines.

L'attente se transforma en une véritable agonie. Était-ce à cela que ressemblait un infarctus ? Le sentiment que tout vous échappait. D'être acculé, désarmé, avec le sang qui vous battait aux tempes pendant que votre sort se jouait inexorablement. Ils étaient fichus. Elle le savait. James aussi devait le savoir. Et pourtant, en dépit de sa peur, elle devina une rage frémissante qui couvait en elle, prête à exploser.

— Y a-t-il de la lumière dans cet escalier qui mène au toit ? demanda alors Kaufmann.

Elle retint son souffle et compta mentalement. *Un, deux, trois, quatre, cinq.*

C'était fini.

— Non, répondit Carla.

Au même instant, ils entendirent le bruit d'une moto qui arrivait, suivi de plusieurs coups impérieux du klaxon d'une voiture. *Pourvu que ce ne soit pas Maxine !* pria-t-elle silencieusement. *Pourvu qu'elle se soit tenue à son plan de ne rentrer que demain matin.*

— *Verdammt noch mal !* jura Kaufmann. Descendez devant moi dans l'escalier. Je ne veux pas me rompre le cou dans le noir.

Submergée par le soulagement, Sofia murmura d'une voix inaudible :

— Je vous souhaite de vous rompre le cou.

Puis elle retint son souffle. Quelques instants plus tard, ils entendirent verrouiller de nouveau la porte de la tour. Ce répit lui procura une indicible sensation de liberté. Elle expira longuement et sentit tout son corps se relâcher, libéré. Comme un raz-de-marée se déchaînant en elle.

— Ouf! s'exclama James. C'était moins une.

Elle était incapable de prononcer une parole.

Un long moment, ils restèrent enlacés, les battements de leurs cœurs s'apaisant peu à peu. Puis l'euphorie d'être sains et saufs les grisa. Elle sentait son souffle chaud caresser son visage et, d'un baiser plein de douceur, il lui effleura le front. Il s'arrêta et pencha la tête comme s'il s'apprêtait à l'embrasser sur les lèvres. À regret, elle détourna la tête, refoulant une avidité qu'elle n'aurait jamais dû éprouver.

Chapitre 44

Une semaine plus tard, Sofia reçut la visite surprise de Schmidt, qu'Anna introduisit dans le grand salon.

— Madame la comtesse… Sofia. J'espère que vous ne m'en voudrez pas de mon absence de formalité si je vous appelle par votre prénom.

Il s'avança, une main tendue. Elle la serra.

— Bien sûr que non. Que puis-je faire pour vous ?

Il alla vers la fenêtre et, l'espace d'un instant, contempla le jardin. Puis il se tourna vers elle avec un regard si démoralisé qu'elle fut prise de court. Son air déconfit la laissa perplexe.

— En fait, cette fois, il s'agit plutôt de ce que je peux faire pour vous.

— Vraiment ? s'étonna-t-elle, son intonation exprimant sûrement la surprise qu'elle ressentait.

— C'est assez délicat.

— Oh ?

Il commença à tourner en rond dans la pièce et, malgré son silence, elle remarqua à quel point il semblait tendu. Ses mains crispées, ses épaules raidies, son attitude préoccupée, le trahissaient.

— Colonel Schmidt ? Quelque chose ne va pas ?

Un moment, il baissa la tête.

— Klaus, je m'appelle Klaus. Et ma femme, Hilda.

Elle fit un signe d'assentiment.

— Je vois.

Si ce n'était que, bien entendu, elle ne voyait rien du tout. Quel était le but de sa venue et que diable se passait-il ?

— Vous avez une très belle vue d'ici, dit-il en la dévisageant d'un regard intense, déconcertant. Je regrette que notre présence ait troublé votre tranquillité.

Ce fut à son tour de rester silencieuse.

— Mais je sais de quoi ils sont capables. Vous comprenez ?

Il semblait marcher sur des œufs. Elle fit son possible pour dissimuler son étonnement.

— « Ils » ?

Avec un petit signe de tête, comme doutant de lui, il précisa :

— Nous.

C'était étrange. L'homme qui lui faisait face était mélancolique, vulnérable. Jamais elle ne l'avait vu aussi peu solide.

— Écoutez, je n'en ai pas la certitude et je n'ai pas de détails. Je suis juste ici pour vous dire qu'il est possible que vous soyez bientôt des « personnes dignes d'intérêt ». Soit, susceptibles d'être surveillées.

Elle recula d'un pas. Se sentant soudain brûlante, elle repensa à Florence.

— Moi ? Pourquoi moi ?

— Non, non, répliqua-t-il. Laissez-moi clarifier les choses. Ce n'est pas tant vous, mais votre famille peut-être.

Elle plaqua une main sur son cœur.

— Je ne comprends pas. Que voulez-vous dire ? C'est Lorenzo ? Mon père ? Ma mère ?

— Croyez-moi, je regrette de ne pas pouvoir être plus explicite. Rien n'est sûr et je ne dis pas que vous êtes en danger. Mais, bien sûr, il est envisageable qu'ils puissent…

Encore une fois, il avait dit « ils ». Prenait-il ses distances avec les nazis ?

— Je voulais vous mettre en garde et vous dire…

— Quoi ? Me dire quoi ? l'interrompit-elle.

— S'il y a quelque chose, quoi que ce soit… Ah, je ne sais pas vraiment comment l'exprimer… S'il se passait quelque chose ici, au château. Vous voyez ? Quoi que ce soit de douteux, je veux dire. Vous devez faire attention.

Elle se sentait tout étourdie.

— Bien sûr, parvint-elle à murmurer.

— Et maintenant je dois prendre congé. Je rentre à Berlin, donc je vous dis adieu.

— Oh, je vois. Quand partez-vous ?

— Demain. Je voulais vous parler avant mon départ. Mais maintenant, je dois y aller.

Se sentant chanceler, elle prit une profonde inspiration. Mais son cœur battait à coups précipités.

— Eh bien, merci, colonel Schmidt.

— Klaus.

Elle hocha la tête et reprit :

— Mais franchement, vous n'avez aucune inquiétude à avoir.

Il la fixa sans ciller.

— Je suis heureux de vous l'entendre dire. Je regrette de ne pas vous avoir connus, le comte et vous-même, en des temps plus heureux.

Il claqua des talons et se dirigea vers la porte. Puis il se retourna pour la regarder.

— Ma femme et moi sommes une famille, voyez-vous. Une petite famille, mais une famille. Comme votre mari et vous.

Avec un imperceptible signe de tête, il referma la porte derrière lui.

— Je vous suis reconnaissante d'être venu, lança-t-elle alors, sans savoir s'il l'entendait.

Un jour de la deuxième semaine de mars, Sofia ouvrit la porte de service à Marco et à James qui attendaient, appuyés contre les murs du porche.

Elle leur fit signe d'entrer.

— Dépêchez-vous. Merci d'être venus.

Avec un sourire, James répondit :

— Nous avons fait attention. Personne ne m'a vu.

— Bien. Voulez-vous rester déjeuner ?

Elle regarda Marco qui contemplait le sol.

— Vous aussi Marco, si vous voulez.

Il secoua la tête et, se dandinant d'un pied sur l'autre, répondit :

— En fait, j'aimerais trouver Maxine.

— Elle est par là. Pourriez-vous lui dire que le déjeuner est prêt ?

— Entendu.

— Je dois d'abord vous dire qu'un de vos amis a téléphoné avec des nouvelles.

— Et ?

— Les Alliés bombardent Rome sans trêve. Florence aussi, de nouveau. Visiblement, les Allemands ne défendront pas Rome. Il le tient d'un membre du gouvernement.

— Mais ils vont continuer à défendre la périphérie de Rome ?

— Ils vont bloquer les routes, mais, d'après les services secrets, leur ultime intention est de former une ligne de défense solide de l'autre côté de la chaîne des Apennins.

— En d'autres mots, ils croient que Rome et Florence vont être libérées, déclara Marco.

— Hourra ! s'exclama James. Je suis désolé pour les bombardements. Vraiment. Mais je suppose que c'est la seule solution.

Ne sachant que lui répondre, Sofia se tourna vers Marco.

— Maxine est au village, je pense. Il n'y a pas grand monde dans les parages. Dites-lui que je lui garderai de la soupe.

Avec un signe d'assentiment, il s'éloigna.

— Voulez-vous de la soupe, James ?

Il lui répondit de son sourire franc et chaleureux et elle le regarda, rayonnante. Puis, assaillie par un sentiment de gêne soudain, elle traversa le vestibule, sans l'attendre.

Pendant le déjeuner, elle put à peine prononcer une parole. Elle se sentait tellement déchirée que c'en était douloureux. Sans nouvelles de Lorenzo depuis des semaines, elle était terriblement inquiète. Surtout depuis l'étrange visite de Schmidt. Elle ne comprenait pas pourquoi son mari n'avait pas pu la contacter. Elle savait qu'il serait absent longtemps, mais ne pensait pas que cela durerait autant. Et maintenant, James la dévisageait, le visage sombre, le regard inquiet. Elle avait envie de pleurer.

Après avoir porté un plateau à Gabriella dans sa chambre, Carla, qui les avait rejoints, semblait surprise par la tension qui régnait autour de la table de la cuisine.

— Vous avez à peine mangé, la rabroua-t-elle soudain.

Sofia baissa la tête vers son bol de soupe au pain et à l'ail.

— Je pense que j'ai perdu l'appétit.

Sa réponse lui valut un regard désapprobateur.

James repoussa alors sa chaise.

— Je ferais bien de partir. Merci beaucoup pour le déjeuner.

Se sentant rougir, Sofia lui dit :

— Ne partez pas. Venez me tenir compagnie dans le jardin un moment.

Il accepta. Laissant Carla débarrasser, elle suggéra alors :

— En fait, ne préféreriez-vous pas marcher dans les bois ? C'est très sûr si nous restons sur les sentiers qui font le tour des remparts.

Elle ne tenait pas à encourager les commérages dans le village.

— Bonne idée, approuva-t-il en jetant un coup d'œil par la fenêtre. Même si j'ai bien l'impression qu'il va pleuvoir.

— Prenez l'un de nos cirés en sortant. J'aime marcher sous la pluie. Pas vous ?

Après avoir franchi les murs d'enceinte, ils s'engagèrent sur le sentier, sans parler.

Dans la forêt humide, l'étrange lumière, verdâtre sous la voûte de feuillages, créait une atmosphère mystérieuse, comme si le temps s'était figé. Ces bois étaient si anciens que l'on pouvait aisément croire les troncs d'arbres habités par des lutins ou des elfes. Elle aimait imaginer des mondes parallèles. Mais en entendant les oiseaux s'agiter dans les branches et les animaux détaler dans les fourrés, elle se mit à rire d'elle-même. Voilà ce qu'était son monde parallèle.

James la regarda d'un air perplexe.

— Qu'est-ce qu'il y a de si drôle ?

— Pardon. Ce n'est rien. J'imaginais juste les esprits de la forêt.

Un sourire illuminant son regard, il approuva :

— L'idée me plaît. Pour un peu, on pourrait oublier que nous sommes en guerre.

— Pensez-vous qu'elle sera bientôt finie ?

Il émit un petit sifflement.

— Je l'espère. Même si, une fois que nous les aurons chassés de Florence, elle ne sera pas finie. Mais elle le sera pour vous.

— Pour moi ?

— Pour tous les gens d'ici, je veux dire.

— Figurez-vous que Schmidt est venu me mettre en garde avant son départ, raconta-t-elle alors. Du moins, je pense que c'était une mise en garde. Il m'a laissée entendre que ma famille pouvait être sous surveillance. Or, je n'ai aucune nouvelle de personne. Ni de ma mère, ni de mon père, ni de Lorenzo.

James garda un instant le silence et ils s'arrêtèrent. Il lui prit la main. Ses yeux s'embuèrent mais elle ne la retira pas.

— Je ne peux pas supporter de ne pas savoir s'ils sont blessés… Ou… pire, finit-elle d'une voix tremblante.

Quelques larmes roulèrent sur ses joues.

— Je sais que c'est difficile mais essayez de ne pas penser au pire.

Un moment, il garda sa main dans la sienne. Puis elle parvint à se ressaisir et recula, ses pleurs se calmant.

— Ça va mieux maintenant ? lui demanda-t-il.

De ses paumes elle essuya ses joues mouillées et hocha la tête.

— Écoutez, je voulais vous prier de m'excuser pour l'autre soir. La fièvre de l'instant…

— Ce n'est pas nécessaire.

Il voulut continuer mais, plongeant son regard dans ses magnifiques yeux bleus, elle l'interrompit.

— James, je suis une femme mariée qui aime son mari de tout son cœur. Or, en ce moment, il me manque cruellement.

Un court silence se fit. Ses yeux noyés dans les siens, elle sentit la tension croître entre eux. Elle voyait que c'était un homme bien, décent. Qui, comme elle, se sentait seul. Mais elle se détourna. Ils étaient trop proches. Il était trop près.

— Je comprends, finit-il par dire.

Sentant sa gorge se nouer, elle lui jeta un coup d'œil.

— Je veux que vous sachiez une chose, commença-t-il.

Une main levée, elle recula.

— Non. Je vous en prie. Non.

Il y eut un nouveau silence embarrassé.

— Laissez-moi juste vous dire que vous êtes la femme la plus belle, la plus généreuse, qu'il m'ait jamais été donné de connaître. Si la situation était différente…

— « Si » est un mot bien trop dangereux.

— Vous avez raison.

Ils marchèrent encore un peu et elle poussa un profond soupir.

—C'était un soupir à fendre l'âme, lui fit-il remarquer.

—Je ne sais pas. Nos âmes régissent tout, ces jours-ci, non ?

Elle s'interrompit, se demandant comment exprimer ce qu'elle ressentait.

—Je ne sais plus quoi penser. Que faites-vous quand vous n'en pouvez plus ?

—De quoi ? Pas de la vie, je suis sûr. Vous ne pensez pas à ça ?

—Non, je ne crois pas. De la guerre, je veux dire. Quand je pense à la victoire, j'en arrive même à me demander si ça a encore de l'importance, étant donné tous ceux que nous avons perdus.

Il se rembrunit.

—Vous devez vous protéger de telles pensées.

—Et pourquoi ?

—Elles ne mènent à rien.

—Les pensées doivent-elles toujours mener quelque part ?

Un coup de tonnerre soudain l'interrompit et, sentant les premières gouttes, elle esquissa un faible sourire.

—C'est Dieu qui nous demande de rentrer, dit-elle.

—Je suppose que je ferais aussi bien de retourner à ma ferme.

—D'accord.

Elle lui effleura la main et se sauva.

Au château, elle trouva Maxine qui l'attendait, les traits tirés par l'anxiété. Elle la pressa de la suivre au salon.

—Que se passe-t-il ? lui demanda Sofia. Je te croyais avec Marco. Il est venu te voir.

—Marco est parti. Il y a eu un coup de téléphone.

—Oh ?

— De ta mère. Je lui ai dit que tu n'allais pas tarder, mais elle a répondu qu'il lui serait difficile de rappeler.

Un atroce pressentiment l'envahit.

— C'est mon père ?

Maxine garda un instant le silence.

— Dis-moi, la pressa-t-elle.

— C'est Lorenzo.

— Lorenzo, haleta-t-elle, prise de vertige. Mort ?

— Non, il n'est pas mort, répondit-elle en lui tendant une main apaisante. Il est porté disparu.

Sofia la regarda, alarmée. Elle ne comprenait même pas le sens de ces paroles.

— Il avait prévu d'aller voir tes parents, m'a dit ta mère. Il leur a dit exactement quand. Mais il n'est jamais venu. Ils ont attendu, attendu, puis finalement ils ont dû partir. Personne ne l'a vu depuis bientôt un mois. Personne au ministère ne sait où il est.

— Il doit être en voyage pour son travail, pour repérer la circulation des réserves en ravitaillement, dans des silos à grain, des entrepôts, et autres lieux.

Même si elle voulait se convaincre de ce qu'elle disait, elle savait bien qu'elle se faisait des illusions. Si tel était le cas, il lui aurait téléphoné.

— Le ministère dément. Il s'est tout simplement volatilisé. Tout comme l'officier allemand avec lequel il voyageait.

Il y eut un court silence pendant lequel elle regarda Maxine. Au bout de quelques instants, cette dernière lui demanda :

— Tu penses à la même chose que moi ?

Sofia s'écroula sur le canapé. Elle lui avait parlé de l'étrange visite de Schmidt. Cela devait avoir un lien avec ce que le colonel lui avait dit.

— La mise en garde de Schmidt ?

Maxine acquiesça d'un signe de tête puis vint s'asseoir à côté d'elle. Passant un bras autour de ses épaules, elle l'étreignit. Soudain, les larmes qu'elle retenait jaillirent sans que, cette fois, elle puisse les retenir et elle s'y abandonna : la perte d'Aldo, la terreur des événements de Florence, ses sentiments balbutiants pour l'Anglais. Et, surtout l'anéantissement absolu, avec la disparition de son mari adoré. Comme frappée par la foudre, elle prit toute la mesure de son amour pour lui. Et elle remercia le ciel qu'il ne se soit rien passé avec James. Puis, après avoir promis silencieusement au Seigneur de ne plus jamais trahir personne, elle chuchota :

— Protégez mon mari. Faites qu'il soit vivant. Je vous en supplie, ne le punissez pas pour ce qui n'a été qu'un désir passager. Laissez Lorenzo me revenir. Je vous en prie.

Chapitre 45

Sofia rêvait qu'elle volait, très haut. Elle tournoyait au-dessus des montagnes en direction du sud, parcourant des yeux les champs, les villages à flanc de colline et les fermes en contrebas. Puis elle plongeait pour s'élever de nouveau dans le ciel, au-dessus des nuages, là où tout rayonnait dans l'azur serein. Où elle planait dans la brise légère. Flottait librement. Allégée. Aérienne. Délestée de tout. Elle se réveilla, les joues humides.

— Lorenzo, chuchota-t-elle. Tu me faisais sentir le bonheur d'être moi, le bonheur de ma vie, et maintenant, je suis à la dérive. Loin de flotter librement comme dans mon rêve. Au lieu de cela, j'éprouve un atroce sentiment de flou, de solitude absolue. Sans toi, ce vide envahit tout mon être.

Cela faisait maintenant une semaine. Elle avait contacté tous les hôpitaux, harcelé leurs amis, leurs relations, mis tout en œuvre pour le trouver. Non sans difficulté. Sachant que les lignes téléphoniques étaient souvent sur écoute, tous avaient utilisé une espèce de code étrange. Mais elle n'avait toujours aucune nouvelle. Se pouvait-il qu'il soit mort, allongé dans un fossé, victime d'un mitraillage allié ? Ou pire encore ? Au cœur de la nuit, elle s'entendait hurler son nom, même si ce n'était qu'un effet de son imagination.

Elle s'assit dans son lit et resta immobile quelques minutes. Puis elle se dirigea vers la fenêtre et ouvrit les volets sur une magnifique aube de printemps. Mais son humeur n'était pas en accord avec le beau temps. En entendant Maxine entrer, elle se tourna vers elle. L'Américaine avait été un ange en cette sombre période. Elle l'avait encouragée à manger, à se laver, n'avait cessé de trouver des idées pour chercher Lorenzo.

— J'ai apporté du café, lui annonça-t-elle.

Touchée par sa compassion, elle baissa un instant la tête pour refouler ses larmes. Puis elle la regarda. Maxine n'avait pas besoin de parler. Ses yeux exprimaient toute sa pitié, sa compréhension.

Elle prit le café et elles restèrent debout près de la fenêtre.

— Je pense que je vais partir, annonça Sofia. Pour Rome.

Maxine lui prit la main.

— J'y ai réfléchi. Laisse-moi y aller pour toi. Laisse-moi voir si je peux trouver Lorenzo. Pour être honnête, tu n'es pas en état de le faire.

— Ce devrait être moi.

— Ta mère m'a donné le mot de passe à utiliser.

— Pardon ? Au téléphone ? demanda-t-elle, stupéfaite.

— Pas exactement. Hier, pendant que tu dormais, nous nous sommes parlé. Elle m'a donné des indices et j'ai plus ou moins dû le deviner. Mais elle avait l'air de penser que j'étais sur la bonne voie. Elle ne veut pas que tu y ailles, Sofia.

— Tu vas la voir ? T'assurer que tout va bien ?

— Oui. Je vais voir tes parents et faire mon possible pour découvrir ce qui est arrivé à Lorenzo.

Sofia lui pressa la main.

— Tu seras prudente ?

Maxine hocha la tête.

— J'en ai déjà parlé avec Marco. Il va m'accompagner. À Rome, il a tout un réseau de contacts. C'est lui le mieux placé pour nous aider.

Sofia remarqua soudain qu'elle avait les yeux humides.

— Merci Maxine. Merci pour tout.

— C'est à cela que servent les amis. Tu en ferais autant… Et maintenant, assez. Allons voir si Carla a quelque chose à manger pour nous. Je meurs de faim.

Avec un sourire, Sofia répliqua, un peu taquine :

— Tu meurs tout le temps de faim.

— Mais toi, tu as besoin de prendre du poids. Viens.

— Je te suis. Donne-moi juste un petit moment.

Restée seule, Sofia s'aperçut qu'elle ne savait pas comment elle aurait fait sans Maxine. Carla était là, bien sûr, avec sa gentillesse, sa générosité, son instinct nourricier. Toutefois, il y avait leur différence de rang qui, encore maintenant, comptait. Elle se sentait profondément reconnaissante pour la compagnie de la New-Yorkaise.

Chapitre 46

Rome

Maxine put constater que la Ville éternelle avait déjà subi de lourds bombardements. Elle ne tarda pas à découvrir que les raids aériens se poursuivaient tous les soirs. La rumeur voulait que les Américains aient critiqué la destruction de Rome. Mais il était évident qu'au cabinet de guerre britannique cet avis n'était pas partagé. La capitale italienne était devenue une ville terrifiante. Et Maxine avait choisi d'y arriver au milieu des bombardements intenses, des privations massives et des brutalités accrues. Par son décret « Nuit et Brouillard », Hitler exigeait que quiconque mettant en danger la sécurité allemande soit arrêté et fusillé, ou capturé secrètement sous couvert de la nuit. Jeunes et vieux étaient ainsi continuellement enlevés. En outre, tous les hommes en bonne santé de moins de soixante ans étaient emmenés pour le travail forcé. Partout, l'air irrespirable empestait la fumée, l'essence. L'atmosphère était déjà moite, en ce mois de mars. Nuit et jour, le danger rôdait dans les rues. Elle avait l'impression d'être arrivée au cœur de l'enfer.

Les régiments allemands continuaient à défiler ; les bombes à tomber. Des soldats aux casques d'acier, armés de fusils, montaient la garde devant chaque rue ou bâtiment interdit d'accès. Au mois de juillet précédent, les Alliés avaient visé la gare de triage et l'aciérie de San Lorenzo. Mais le quartier résidentiel très peuplé avait été touché, ce qui avait coûté la vie à des milliers de civils. Et, aujourd'hui, la même tragédie se répétait.

Avec Marco, ils avaient pris le train pour se rendre à Rome depuis la Toscane. Et ils avaient dû de temps en temps marcher quand il n'y avait pas de train.

Elle se dirigeait aujourd'hui vers l'adresse la plus récente qu'elle avait pour Elsa et Roberto Romano, les parents de Sofia. Alors qu'elle marchait par les rues romaines, elle repensa à ses propres parents. Combien la mort de ce frère dont elle n'avait jamais entendu parler avait dû les affecter ! À part ses explosions de violence, son père n'avait jamais laissé paraître aucune émotion, aucun sentiment. Elle comprenait maintenant que, depuis ce drame, il faisait semblant de vivre. Comment pouvait-on jamais retrouver une vie normale après avoir perdu un enfant de façon aussi tragique ?

Quant à sa mère, elle avait toujours eu un fond acariâtre, comme si quelque ressentiment caché l'animait. Maxine n'avait jamais compris pour quelle raison elle semblait prendre un malin plaisir à la blesser. Quelquefois, elle ne l'avait remarqué qu'après coup. Quand il était trop tard pour contester ou riposter. Elle avait appris à identifier ses piques et à ne pas en souffrir trop longtemps. Les circonstances atroces de la mort de leur fils expliquaient beaucoup de choses. Mais elle regrettait que ses parents ne lui aient pas dit la vérité.

Avec un soupir accablé, elle poursuivit sa route. Dans cette ville qui grouillait de sans-abri affamés, Marco devait prendre contact avec une unité de partisans locaux dans l'espoir de trouver un endroit sûr où loger. La deuxième nuit de leur séjour, il y avait eu une descente dans leur refuge. À quelques minutes près, ils l'avaient échappé belle. Ils avaient donc dormi dans un immeuble désaffecté, près de la gare centrale, avec les clochards et les réfugiés des villages bombardés. Même ceux qui n'avaient pas perdu leur logement l'avaient déserté de crainte d'être identifiés et arrêtés. Une réaction aux affiches menaçantes de la propagande nazie qui couvraient les murs de la capitale. Les gens vivaient désormais dans les abris antiaériens ou dans les immondes caves des bâtiments publics, à proximité des égouts. Ou encore, s'ils avaient de la chance, dans des maisons abandonnées, glaciales. Le jour, elle les voyait blottis sur les marches des églises, silhouettes grises, spectrales, qui avaient perdu leurs familles et leurs espoirs.

Elle devait retrouver Marco plus tard, dans un petit bar sans tables qui ressemblait au *Caffè dei Ritti*, à Florence. Il avait suggéré en plaisantant qu'ils se retrouvent au *Caffè Grecco*, via dei Condotti, le plus vieux café de Rome. Mais elle avait eu un reniflement de mépris, devinant que l'endroit grouillerait d'officiers allemands. Ils ne pouvaient plus se permettre ce genre de culot.

Les épaules voûtées par l'épuisement mais déterminée à ne pas succomber à sa fatigue, elle se hâtait, le regard aux aguets. De très rares passants arpentaient les rues silencieuses, jonchées de gravats. En revanche, de longues files de gens s'allongeaient vers les fontaines. Lorsqu'elle posa la question, on lui expliqua que les maisons n'avaient plus d'eau mais que des marchands ambulants en vendaient à des prix exorbitants. Il n'y avait plus d'essence, plus de charbon non plus. Plus de bus. Seuls quelques tramways roulaient encore. Elle remarqua les queues devant des épiceries, mais les rares denrées que l'on pouvait encore acheter à prix d'or ne valaient guère la peine d'attendre si longtemps.

— Vous pouvez obtenir de la soupe au Vatican, lui dit quelqu'un.

La soupe était bien le cadet de ses soucis. Elle passa devant un groupe d'enfants aux ventres gonflés, en haillons, et son cœur se serra. Repoussant ses cheveux derrière ses oreilles, elle resserra autour de son visage le foulard terne qu'elle portait, puis le noua sous son menton. Elle devait passer inaperçue. Rome était devenue bien plus inquiétante que lors de sa dernière visite, en novembre.

Quand elle fut convaincue d'avoir enfin identifié le bâtiment qu'elle cherchait, un immeuble de trois étages, elle hésita. Il était impossible qu'il soit habité. La peinture s'écaillait, les murs étaient zébrés de fissures qui zigzaguaient jusqu'au toit et une section partiellement démolie confirmait qu'il avait été touché par une bombe alliée. Un escalier intérieur escaladait un mur, désormais à l'air libre. Elle se fraya un passage entre les gravats, franchit la porte ouverte, trouva l'appartement numéro six et frappa. Elle fut accueillie par le bruit d'une dispute, une voix féminine aiguë à laquelle répondait celle d'un homme, brusque et de plus en plus irritée. Elle attendit. Enfin, la porte s'ouvrit sur une femme corpulente au visage rubicond surmonté de cheveux frisés en bataille.

— Quoi ? rugit-elle.

Puis elle recula d'un pas pour recommencer à invectiver l'homme.

Maxine se raidit, refoulant sa frustration.

— Je cherche Elsa et Roberto.

— Il n'y a personne de ce nom ici.

— Un homme et une femme d'un certain âge. Ils habitaient via del Biscione.

— Ah !

La femme aux joues rouges marqua une pause.

— Mais pourquoi devrais-je vous le dire ? Qui êtes-vous ?

— Je dois dire : « J'ai des nouvelles de Gabriella. »

Elle plissa les yeux, comme si elle essayait de se décider.

— Très bien. Ils sont partis au Trastevere, au sud de la ville.

— Avez-vous une adresse ?

Avec un haussement d'épaules, la femme répondit :

— Comment le saurais-je ? Demandez à la basilique Sainte-Cécile.

Après l'avoir remerciée, Maxine revint sur ses pas, et prit la direction de la rive gauche du Tibre. Elle traversa le fleuve sur le pont Garibaldi d'où elle se retourna pour regarder la synagogue. Encore une fois, la pensée de ce qui s'était passé dans le ghetto juif la fit frémir d'horreur. En octobre, le lendemain de son arrivée, elle avait regardé, les yeux écarquillés d'épouvante, les hommes, les femmes, les enfants, forcés d'avancer dans le dédale de ruelles pavées du ghetto, grouillant de monde, pour être entassés comme du bétail dans les camions qui attendaient. Traités de vermine par les nazis. Les rumeurs allaient bon train mais qui savait où ils avaient été emmenés ? Cependant, ce qui se passait aujourd'hui derrière les fenêtres condamnées du ghetto était sans doute encore plus terrifiant. Elles abritaient les salles de torture de fortune de la Gestapo où les bourreaux détruisaient les âmes avant de sacrifier les corps.

Elle ne tarda pas à trouver son chemin vers l'ancien quartier populaire du Trastevere. En arpentant les ruelles pavées, elle s'étonna des couleurs des bâtiments. De la vigne vierge grimpait sur les murs et des géraniums précoces tombaient en cascades des balcons. Après avoir demandé sa direction à deux reprises, elle trouva la Piazza di Santa Cecilia et la basilique à laquelle la femme avait fait référence.

Assis sous le porche, un prêtre âgé s'entretenait avec une jeune fille habillée pauvrement, visiblement affamée. Il lui tendit un morceau de pain qu'elle enfourna, avant de se sauver. Maxine en profita pour s'avancer vers lui et prononcer la phrase qui, Elsa l'avait promis, faisait office de sésame.

— J'ai des nouvelles de Gabriella.

Il se leva lentement.

— Et vous cherchez ?

— Un couple d'un certain âge. Elsa et Roberto.

— Je sais peut-être de qui vous parlez. Essayez la via Giulio Cesare Santini. Ce n'est pas loin.

Il lui indiqua la direction.

— Vous prenez à gauche puis de nouveau à gauche. Frappez à la maison qui fait le coin avec la via Zanazzo Giggi.

Elle suivit ses instructions et, en quelques minutes, se retrouva devant l'adresse indiquée. Par le passé, elle avait été peinte d'une chaude couleur *terracotta*. Mais aujourd'hui, avec sa peinture écaillée et sa porte d'entrée déformée et blanchie par la sécheresse, elle semblait vraiment miteuse. Elle frappa et attendit. Au bout de quelques minutes, un vieillard voûté, à l'expression inquiète, entrouvrit la porte et la regarda.

— Oui ?

— Le prêtre m'envoie.

— Et vous êtes ?

— Massima. Je cherche Elsa et Roberto.

Il secoua la tête.

— J'ai des nouvelles de Gabriella.

Il ouvrit alors la porte plus grand.

— Vous êtes seule ?

— Bien sûr.

Après l'avoir regardée de la tête aux pieds, il demanda, avec plus d'espoir que de conviction :

— Vous êtes médecin ?

Elle secoua la tête.

Avec un soupir désabusé, il leva les yeux au ciel, puis lui fit signe de le suivre par le fond, à travers un nouveau dédale de ruelles. Ils finirent par atteindre la porte de service d'une autre maison, qu'il ouvrit avant de s'effacer devant elle.

— Deuxième porte à droite, dit-il avant de la laisser.

Arrivée devant la porte d'un marron terne, elle frappa doucement. Une femme ouvrit avec prudence.

—Oui?

—J'ai des nouvelles de Gabriella, chuchota-t-elle.

—N'en dites pas plus. Entrez.

Les rideaux tirés, la pièce était lugubre et sentait le moisi. Au premier abord, elle ne distingua pas Roberto, allongé sur un lit dans un coin, sous une mince couverture. Mais quand elle le vit, elle recula d'un pas, sous l'effet de la surprise.

—Oh, je suis vraiment désolée. Je n'avais pas compris.

Sans parler, il toussa par intermittence.

—Il souffre d'une infection pulmonaire, lui expliqua Elsa, visiblement touchée par sa détresse.

Maxine savait bien, hélas, qu'une toux aussi hachée, à laquelle s'ajoutait cette pâleur effrayante, suggérait un mal plus grave.

—Il est d'une maigreur extrême, souligna-t-elle. Et très blanc.

—Je vous rappelle que je suis ici, dit-il avant de hoqueter.

Ignorant son commentaire, Elsa la présenta:

—C'est Maxime. Tu te souviens d'elle?

—Bien sûr, grommela-t-il. Mon cerveau et ma vue vont très bien.

Sa femme se rembrunit puis, avec un sourire triste, indiqua:

—Il peut être susceptible.

Maxine jeta un coup d'œil à la ronde. Elle avisa le lavabo fendu dans un coin, le plancher nu, et la pile de draps et de couvertures usés sur une chaise en bois, contre le mur.

—Mais pourquoi êtes-vous ici…? s'étonna-t-elle. À vivre ainsi?

—Ce n'est pas si terrible… Nous avons une lampe à pétrole, répondit Elsa avec un geste vague vers le lavabo. En fait, le nom de Roberto a été divulgué. Nous ne savons pas comment, mais les nazis ont appris qu'il faisait partie de ceux qui cachaient la presse d'imprimerie. Ils le recherchent. Nous n'osons pas passer plus de deux jours au même endroit.

— Comment faites-vous pour bouger ? J'ai entendu dire que des tireurs embusqués étaient à l'affût.

— C'est difficile. Fascistes, nazis, partisans. Nous ne savons jamais à qui nous avons affaire. Et il y a sans arrêt des représailles allemandes, pour tout, quelle que soit la gravité du « délit ». Il leur suffit de vous regarder pour vous abattre d'un coup de feu.

— Seigneur ! Il faut que vous quittiez Rome. Avez-vous des faux papiers ?

— Le prêtre nous en a promis. Nous aurions dû les recevoir aujourd'hui. Mais vous n'avez pas à vous inquiéter, nous nous débrouillons. Les gens nous aident. Et maintenant, dites-moi, comment va Sofia ?

Un instant, Maxine baissa la tête, avant de parler :

— Anéantie par la disparition de Lorenzo.

— Nous n'avons aucune nouvelle de lui, et je crains le pire.

— Vous savez quelque chose ?

— Pas vraiment. Mais quand quelqu'un disparaît aussi soudainement, sans laisser de traces, nous craignons toujours le pire.

— Écoutez, je ne vais pas tarder à aller retrouver un ami. Je veux vraiment vous aider à vous mettre en sécurité, votre mari et vous. Si je vous abandonne ici, Sofia ne me le pardonnera jamais. Je vais donc vous laisser mais je reviendrai avec de la nourriture et, je l'espère, un plan.

Elsa la regarda intensément.

— Vous êtes très bonne mais c'est inutile… Juste une chose… Je vous en prie, ne dites rien à Sofia, ni de l'endroit où nous sommes ni de la maladie de Roberto.

— Elle voudrait le savoir.

— Si elle l'apprend, elle va venir. Or, plus que tout au monde, je veux qu'elle reste en sécurité, à Castello.

Maxine comprenait. Et décida de ne rien raconter des événements de Florence. Manifestement, chaque famille avait ses secrets.

Chapitre 47

Juste avant l'aube, le lendemain matin, Maxine et Marco entendirent le bruit des moteurs qui grondaient de plus en plus fort dans le ciel. Les avions alliés survolaient la ville à basse altitude, par vagues successives. Le hurlement de la sirène annonça le raid aérien. Il fut suivi du sifflement aigu des bombes précédant les coups de tonnerre des explosions qui faisaient voler leurs cibles en éclats. Puis vint le crépitement des tirs de mitrailleuses, se répétant inlassablement. Maxine se couvrit les oreilles de ses mains. Les cris qui s'élevaient quelque part dans la rue résonnaient dans sa tête. Quand ce fut fini, ils entendirent les ululements de la sirène de fin d'alerte. Elle se glissa hors du lit et sortit dans la rue. Les nuages de poussière et de fumée s'étaient suffisamment dissipés pour qu'elle puisse distinguer des voitures de patrouille allemandes qui passaient en trombe.

Bientôt, ils allaient essayer d'emmener Elsa et Roberto loin de Rome. Tard dans la nuit, Marco et elle avaient élaboré leur plan. Ils se feraient passer pour une famille prenant le train et gagneraient les lointaines collines du nord-est de Rome. Même si le hameau de la grand-mère de Marco, dans celles du sud de la capitale, aurait été préférable. Mais les sorties sud étaient trop bien gardées. Et, au moins, une fois au nord de la capitale, il leur serait plus facile de regagner la Toscane et Castello.

Elle rebroussa chemin, se recoucha et se blottit contre Marco. Il murmura quelque chose dans son sommeil puis la prit dans des bras.

— Je t'aime, chuchota-t-elle. Je t'aime.

Elle se rappelait les paroles de sa mère : « *Quand tu aimes quelqu'un, tu l'aimes envers et contre tout.* »

Il roula sur le côté pour lui faire face et, délicatement, repoussa les cheveux de son visage.

— Quand la guerre sera finie…, commença-t-elle.

Mais, d'un doigt sur ses lèvres, il la fit taire. Sans se laisser dissuader, elle reprit :

— Quand la guerre…

Cette fois, il l'interrompit en s'emparant de sa bouche. Sur ce matelas à même le sol de cette chambre qui sentait mauvais, qu'il avait trouvée pour eux, ils échangèrent un long baiser, un baiser dont l'intensité reflétait leurs pensées inexprimées, l'impossibilité d'envisager le futur. Elle voulait Marco dans sa vie pour toujours. Mais il n'y avait pas de toujours. Plus maintenant.

Ils firent l'amour avec fièvre, se réconfortant mutuellement de la seule manière qu'ils connaissaient. Son charme, son audace, sa passion, son courage : elle aimait chaque partie de lui, chaque mouvement de son corps, chaque râle que les sensations qu'il lui procurait lui arrachaient. Il avait fait tomber les barrières qu'elle avait si soigneusement élevées autour d'elle. Elle l'aimait. L'aimait vraiment. Et ne l'avait jamais aimé autant qu'en cet instant, alors qu'ils étaient aussi proches qu'il soit possible de l'être. Et jamais les nazis ne pourraient détruire l'amour. Ce miracle divin était plus fort que la peur et la haine. C'était l'espoir, la vie même, et elle en exultait. Quand ce fut fini, ses paupières la brûlaient de ses larmes contenues. Les lèvres de Marco bougeaient silencieusement. Et elle comprit ses paroles. « *Ti amo anch'io.* » De toutes les fibres de son être, elle sentait qu'il l'aimait aussi.

Au bout d'un moment, elle murmura :

— Je suis fatiguée.

Il prit appui sur un coude et effleura son front d'un baiser.

— Nous sommes tous fatigués, *tesoro*. Nous sommes fatigués et nous avons peur.

— Et pourtant nous continuons à lutter.

Avec un soupir affligé, il répondit :

— Que pouvons-nous faire d'autre ?

— Trouver un endroit au loin pour se cacher.

— Jusqu'à ce que tout soit fini ?

— Oui.

— Tu n'es pas sérieuse.

— Non, évidemment.

Mais quelque part, elle l'était. Elle voulait l'emmener à l'abri et le garder en sécurité.

— N'as-tu jamais envie de fuir ? demanda-t-elle alors.

— Quelle différence cela ferait-il ? Nous fuyons déjà quelque chose.

— Que fuis-tu, Marco ?

L'air un peu narquois, il répondit :

— La peur d'une vie banale, peut-être.

— Mais n'est-ce pas ce que nous voulons tous ? Retrouver une vie normale ?

Il se mit à rire.

— Si tu rêvais d'une vie normale, tu ne serais jamais venue en Italie. Es-tu en train de dire que tu le regrettes ?

Elle secoua la tête. Elle ne regrettait pas d'être venue. Elle voulait seulement que ce soit fini.

— Juste une chose, reprit-il. Comme ça pourrait te servir un jour, je veux que tu connaisses mon nom de famille.

— Pourquoi cela devrait-il me servir ?

— Pour t'entraîner à le prononcer. Que penses-tu de Maxine Vallone ?

Un instant bouche bée, elle bredouilla :

— Es-tu en train de me demander de…

— Qu'est-ce que tu en penses ?

Chapitre 48

23 mars 1944

Sur le qui-vive, Marco et Maxine gagnèrent prudemment la *piazza* où ils avaient déjà rencontré les partisans des *Gruppi di Azione Patriottica.* Des précautions étaient prises pour préserver l'anonymat des membres du groupe. Ils furent donc escortés les yeux bandés jusqu'à un officier britannique caché dans une cave de la ville. Lorsque Maxine l'interrogea au sujet de Lorenzo, il répondit qu'il était certain que ce dernier avait été arrêté. Ils étaient convenus d'un rendez-vous auquel il n'était jamais arrivé.

— À quand cela remonte-t-il ?

— À un mois environ.

— Et l'aviez-vous rencontré auparavant ?

— À deux reprises.

Marco demanda à l'officier de le lui décrire. Il le présenta comme de haute taille, les yeux gris, les tempes grisonnantes. Manifestement, ils parlaient bien de la même personne.

— Il était cultivé, éduqué, ajouta le Britannique. Issu visiblement d'un milieu privilégié. Il parlait un très bon anglais. Je l'appelais « le comte » et il m'a bien dit qu'il était originaire de Toscane.

— Alors pourquoi pensez-vous que les Allemands l'ont arrêté ?

L'officier britannique lui lança un regard entendu.

— Ils ont dû comprendre qu'il nous aidait.

— Il n'était plus au ministère ?

— Non. Absolument plus. Il avait largement dépassé ça.

Après l'avoir remercié, ils se mirent d'accord pour se retrouver plus tard. Marco devait aller s'assurer de leur nouveau logement pendant que Maxine ferait la queue à une fontaine.

Trois heures plus tard, un peu anxieuse, elle surveillait les alentours. Elle n'avait pas pensé attendre Marco aussi longtemps. Enfin, rassurée, elle finit par l'apercevoir. Hélas, il était coincé par une colonne de soldats de la SS qui défilaient en chantant sur la Piazza di Spagna. Tout le monde détestait ces démonstrations du pouvoir allemand, visant à intimider les citoyens et à discréditer la résistance. Les passants faisaient de leur mieux pour les ignorer, refoulant leur ressentiment ou optant pour l'indifférence. Aucun des hommes défilant ne regardait Marco. Il était particulièrement doué pour passer inaperçu, ne paraître rien de plus qu'un malheureux éclopé rasant les murs. Les nazis n'avaient que faire des faibles. Pour eux, il n'existait même pas. Seuls les forts les intéressaient.

Quelques instants plus tard, elle vit qu'il avait réussi à dépasser furtivement les Allemands et l'avait repérée via Rasella, à une centaine de mètres. Elle leva son bidon d'eau pour lui indiquer qu'elle aussi l'avait aperçu.

Alors qu'il commençait à s'avancer vers elle, elle remarqua un balayeur de rues en train de pousser un chariot à ordures. La scène qui se déroula alors sous ses yeux ébahis devait rester gravée en elle à jamais : inexplicablement, le balayeur prit soudain la fuite en courant. Marco se dirigeait vers elle quand, dans un gigantesque éclair, le fracas d'une explosion déchira l'air. Des nuages de fumée s'élevèrent. La chaleur était si intense qu'elle laissa tomber son bidon d'eau et se pressa la poitrine. Aveuglée, elle ne voyait plus rien. Où était Marco ? *Où ?* Autour d'elle, les gens, paniqués, se jetaient à terre, prenaient la fuite en courant. Quand la fumée commença à se dissiper, elle vit des dizaines de corps de soldats de la SS éparpillés, inertes. Démembrés, décapités, leur sang se déversant à grands flots. Ceux qui étaient encore debout tremblaient et, se soutenant mutuellement, essayaient désespérément de s'éloigner. Elle vit un homme dont la poitrine avait été éclatée, un autre sans jambes. Un autre essayait de se lever, le sang coulant de sa tête. Des éclats de verre, des débris, s'étaient répandus partout. L'un de ceux qui avaient eu de la chance, un officier, s'éloignait clopin-clopant. Les passants hurlaient de courir. Elle cherchait toujours Marco quand, tout à coup, submergée par un soulagement intense, elle le vit qui s'avançait en titubant vers elle. Dieu merci.

Elle avait eu la certitude qu'il avait été victime de l'explosion. Mais il était là. Surprise par le crépitement des mitrailleuses, elle regarda autour d'elle. Était-ce déjà la riposte de la SS ? Mais quand elle se retourna vers lui, avec un sentiment funeste, elle le vit agripper sa poitrine. Comme une vision au ralenti, ses yeux croisèrent les siens, la surprise se peignit sur son visage, ses genoux fléchirent. Et il s'écroula. L'espace de quelques secondes, le monde s'arrêta de tourner. Pétrifiée, sceptique, elle resta un instant indécise.

— Non, non, non, se murmura-t-elle. Pas Marco.

Puis elle s'élança en courant, trébuchant sur du verre et des débris, priant à haute voix. Le souffle saccadé, elle lui hurla de l'attendre. Mais, quand elle le rejoignit, il était déjà parti. Elle se laissa tomber à son côté, plaqua sa paume sur la blessure à sa poitrine, comme pour arrêter le sang. Puis, le prenant dans ses bras, elle enlaça son corps sans vie.

— Mon amour, chuchota-t-elle. Mon amour.

La police allemande tirait maintenant sans relâche. Il fallait partir. Mais comment pouvait-elle laisser Marco ? Elle s'agrippa à son corps, ses vêtements s'imbibant de son sang, et ignora les hurlements lui ordonnant de partir. Elle finit par être chassée par un soldat qui la repoussa de la crosse de son fusil. Elle le supplia de l'abattre aussi, espérant un instant qu'il accéderait à sa prière. Mais il se contenta de rire et trouva une nouvelle victime à harceler.

Elle fut incapable de se rappeler comment elle était parvenue à retourner jusqu'au prêtre qu'elle avait rencontré à Trastevere. Trop désorientée pour réfléchir où aller, elle avait pris la direction de son église comme une automate.

Après l'avoir confiée à des religieuses, le père Filippo lui rendit visite quotidiennement. Au bout de quelques jours, il découvrit l'origine de l'attentat et les terribles représailles qu'il avait entraînées. Maxine l'écouta, le regard vide, lui annoncer d'un air consterné que pour chacun des trente-trois soldats tués, dix otages seraient exécutés. Et, même si elle reconnaissait que c'était une effroyable tragédie, seul Marco occupait ses pensées.

Quelques jours plus tard, le père Filippo lui raconta qu'une religieuse avait suivi à bicyclette les camions emmenant les victimes jusqu'à une zone rurale à la périphérie de la ville. Là, dans les tunnels des carrières désaffectées de *pozzolana*, non loin de la via Ardeatina, le massacre avait eu lieu. La sœur, qui s'était cachée derrière des rochers, avait rapporté que l'on avait commencé par distribuer de longues rasades de cognac aux soldats choisis pour procéder à l'exécution. Puis ils avaient reçu l'ordre d'emmener les prisonniers, les mains liées dans le dos, dans les grottes. Si elle n'avait pas pu voir ce qui se passait à l'intérieur, elle avait compté chaque coup de feu. Trois cent trente-cinq : une scène d'une telle brutalité que rien ne pourrait l'effacer de son esprit jusqu'à sa mort.

Les Allemands voulant garder l'emplacement du massacre secret, il lui recommanda, pour sa propre sécurité, de ne pas divulguer ces informations. Quand elle comprit que les hommes assassinés venaient des prisons, elle reprit soudain ses esprits. Plus de trois cents hommes pris au hasard. Seigneur !

Et si Lorenzo avait fait partie des sacrifiés ? Quant à l'attentat, on savait désormais qu'il avait été commis par au moins seize membres de l'organisation de résistance communiste, *Gruppi di Azione Patriottica*, qui n'étaient autres que les partisans qu'avait rencontrés Marco. La bombe improvisée avait été fabriquée avec une charge de TNT dans un étui de métal, à l'intérieur d'un sac. Qui avait été placé dans la poubelle poussée par un partisan déguisé en balayeur des rues. Le fusible avait été allumé quarante secondes avant l'arrivée des soldats. L'explosion avait bien coûté la vie à trente-trois d'entre eux, même si certains n'étaient morts de leurs blessures que quelques jours plus tard. Tous les partisans impliqués, dont certains avaient aussi tiré sur la patrouille allemande et, qui sait, avaient peut-être tué Marco, s'étaient volatilisés dans la foule et s'étaient retrouvés en lieu sûr.

Elle avait beau être anéantie, elle ne put s'empêcher de noter l'ironie de la situation.

Quand elle reprenait un peu de force, elle faisait des plans pour partir. N'était-elle pas toujours responsable d'Elsa et de Roberto ? Mais elle avait parfois l'impression qu'elle ne serait plus jamais vraiment forte. Incapable de pleurer le seul homme qu'elle ait jamais aimé, elle avait passé des heures assise, à penser à lui. Pourquoi n'avait-elle pas pu verser une larme ? Elle se rejouait sans cesse l'instant de sa mort dans son esprit. Comme si elle pouvait changer la fin par sa seule volonté. Bien sûr, elle ne le pourrait jamais. Marco n'échapperait jamais à cette balle. Pour finir, elle avait dû se faire violence pour accepter sa mort. Enfin, elle l'admit. Elle ne serait jamais Maxine Vallone. Plus maintenant. Mais elle devait honorer sa mémoire en continuant à se battre pour ses convictions. En dépit de tout, une certitude restait ancrée en elle : Marco vivait en elle pour toujours et resterait le grand amour de sa vie. C'était un homme courageux, exceptionnel, et elle lui devait d'être courageuse aussi. Elle ne pouvait pas se permettre d'être faible. Ç'aurait été le trahir. Aussi, rassemblant tout son courage, elle s'obligea à prendre une décision. Au lieu d'emmener Elsa et Roberto dans l'un des villages des collines des environs, elle allait les conduire en Toscane, chez Sofia.

Chapitre 49

Deux jours plus tard, Maxine était allée chercher les parents de Sofia et leur avait procuré leurs nouveaux papiers. Ils étaient maintenant installés dans un train sur le point de partir. Un sifflement sonore, suivi par celui d'un jet de vapeur, annonça qu'il se mettait en marche dans un cliquetis de métal. Il roula d'abord lentement, par saccades, s'arrêta presque, avant de prendre de la vitesse.

Coiffée d'un fichu de paysanne, Maxine portait une jupe et un chemisier de couleurs ternes. Restée debout, elle surveillait la valise du couple. Roberto, assis sur la banquette en bois, s'appuyait sur elle. À voir la pâleur maladive de son visage, elle avait peur qu'il n'arrive pas vivant au *castello*. À côté de son mari, Elsa, vêtue de la même tenue quelconque, le regard soucieux, tenait fermement un panier dans lequel une miche de pain était enveloppée dans un torchon à carreaux bleus et blancs. Maxine devinait le sentiment de honte qui l'habitait. Personne ne voulait fuir sa ville adorée comme un voleur dans la nuit. En outre, l'angoisse que lui causait la santé déclinante de son mari était visible. Ce dernier faisait preuve d'un grand courage. Rien n'aurait raison de lui s'il pouvait l'éviter.

Le train, bondé de religieuses, de soldats et de gens fuyant la ville, sentait le tabac froid et l'urine. Une jeune mère était accroupie sur le sol, un bébé qui pleurait dans les bras, ignorée par deux soldats allemands qui auraient pu lui proposer un siège. Des monstres. Un soldat beaucoup plus jeune, presque un gamin, se leva pour lui laisser sa place. Maxine lui sourit et il rougit en croisant son regard. *Il est tellement jeune*, pensa-t-elle. La guerre ne l'avait pas encore endurci au point de lui faire perdre toute humanité. Non loin, deux garçonnets, leurs visages crasseux portant les traces de larmes récentes, leurs bras et leurs jambes couverts de plaies à vif, s'agrippaient aux jupons de leur grand-mère.

— Leur maison a été bombardée, expliquait la vieille dame à qui voulait l'entendre. Je dois les emmener. Ils n'ont personne d'autre que moi.

Elsa murmura une réponse mais la femme se contenta de répéter ce qu'elle venait de dire.

Une fois le train sorti de Rome, les arbres, les buissons, les champs et les fermes isolées se mirent à défiler derrière la fenêtre. Parmi les passagers, trop épuisés, trop découragés, pour avoir quoi que ce soit à raconter, le silence régnait. Maxine ferma les yeux, le bruit métallique et rythmé des roues s'évanouissant pendant que ses pensées dérivaient. Tout le monde fuyait, d'une manière ou d'une autre, et il n'y avait plus rien de stable. Et elle rêvait de calme et de pouvoir dormir sans être réveillée. Peut-être au *castello*. Elle se concentra sur Sofia. Jusqu'ici, tout ce qu'ils avaient découvert, c'était qu'un homme correspondant à la description de Lorenzo avait très probablement été arrêté. Comment pouvait-elle le lui annoncer alors qu'il allait déjà falloir qu'elle découvre l'état de santé de son père ? Elle en avait parlé avec Elsa qui, elle aussi, croyait probable l'arrestation de son gendre.

Environ une heure plus tard, elle commençait à s'endormir quand, dans un crissement de freins, l'arrêt brutal du train les fit basculer les uns sur les autres. Ils essayèrent alors de s'agripper tant bien que mal à quelque chose. Elle jeta un coup d'œil à Elsa, qui haussa les sourcils d'un air interrogateur. Puis des cris menaçants s'élevèrent :

— *Aufstehen, Aufstehen !* Dehors ! Dehors !

Maxine réfléchit quelques minutes et déclara :

— Je vais aller voir.

Elle atteignit difficilement la porte. Quand elle parvint à descendre du train, elle vit une cohorte d'officiers de la SS en faire sortir de force des femmes suppliantes et des enfants en larmes, avant de les pousser brutalement sur le sol. Au souvenir de Marco, elle se sentit écumer de rage et put à peine les regarder. Elle parvint à échanger quelques mots avec une femme d'un certain âge qui se préparait à s'enfuir.

— Ils emmènent les hommes dans les bois, lui dit la femme. On sait ce que ça veut dire. Ils vont être abattus, en représailles.

Après avoir glané d'autres informations, elle se hâta de regagner le wagon.

— Les voies ferrées sont très endommagées. Il y a eu un déraillement plus haut, expliqua-t-elle à l'intention des autres passagers.

Puis elle ajouta uniquement à l'intention d'Elsa :

— Nous devons descendre. Les soldats de la SS sont déjà dans le train. Ils le fouillent, vérifient les papiers et obligent tout le monde à sortir sous la menace des armes. Ils vont renvoyer tous les passagers à Rome par le prochain train.

— Je ne sais pas si Roberto en est capable, chuchota la mère de Sofia.

Une soudaine rafale de coups de feu fut suivie de cris. Maxine jeta un coup d'œil au vieil homme.

— Nous n'avons pas le choix.

— Était-ce une bombe alliée ?

— Ça peut être des partisans. Ils ont bien avancé dans cette région. J'ai appris qu'ils avaient formé un comité de libération nationale.

Du wagon suivant leur parvenaient des pleurs. Elsa prit la main de son mari, Maxine l'aida à se lever et, ensemble, elles parvinrent à le faire descendre du train, titubant et toussant.

— Nous allons d'abord suivre la route puis nous bifurquerons vers les collines, déclara-t-elle alors.

Le regard anxieux, Elsa demanda :

— Va-t-il même pouvoir atteindre les collines ?

— Oui. Elles ne sont pas très hautes.

Un camion allemand couvert d'une bâche de toile attachée aux barres latérales par des cordes les doubla en klaxonnant. Il se dirigeait vers la ville, suivi par une moto. Un soldat avec un casque d'acier était assis dans le side-car. Puis vinrent deux chevaux tirant des carrioles remplies de sacs, qui allaient aussi vers Rome. Ensuite, à part quelques voitures brûlées, la route fut déserte. Elle sinuait à flanc de colline. Ralentis par Roberto qui souffrait, ils progressaient lentement.

— Nous pourrions peut-être trouver une mule pour le porter ? suggéra Elsa.

Maxine poussa un soupir accablé.

— C'est une possibilité. Maintenant, nous allons quitter la route, pour nous reposer sans être vus. Nous pourrons peut-être prendre un autre train, plus haut sur la voie ferrée.

Ils s'engagèrent dans un chemin boueux qui les mena jusqu'à des vallons boisés, traversés par des ruisseaux. Elles firent allonger Roberto sur la mousse d'une berge, à l'ombre d'un arbre, puis s'assirent à côté de lui. Maxine tira une bouteille d'eau de son sac et la passa à Elsa, qui la porta aux lèvres de son mari. Mais, à voir son expression, elle comprit que la malheureuse s'était résignée à l'inéluctable.

— Il faut que nous trouvions une grange ou une église pour la nuit, dit-elle alors. Il va faire froid quand le soleil se couchera.

Les yeux voilés de tristesse, Elsa acquiesça. Maxine lui pressa la main.

— Je vais partir en reconnaissance. Voir ce que je peux trouver.

L'air inquiet, Elsa répliqua :

— Une femme seule ici est en danger.

— Je n'ai pas peur.

— Eh bien, vous devriez, répondit-elle en secouant la tête.

— Je vais y aller, dit Maxine en se levant. Ne vous inquiétez pas.

Elle était à peine partie qu'elle sentit ses cheveux se dresser sur sa tête. Des voix allemandes résonnaient dans les bois. Était-ce un tour de son imagination ? Elle retint son souffle, se rassurant en se disant qu'elle entendait des voix allemandes partout. D'autres bruits suivirent. Soulagée, elle aperçut alors deux femmes réfugiées qui cherchaient des herbes sauvages à manger. Elles passèrent sans un mot. Le silence revint, que seul venait troubler le bruit des moteurs des avions qui survolaient la campagne.

Quand elle eut trouvé ce qu'elle cherchait, Maxine se dépêcha de rebrousser chemin pour aller retrouver Elsa.

— Il y a une grange à dix minutes de marche. Elle a été touchée par une bombe. Elle a un grand trou dans le toit et un cratère dans le sol mais les murs sont sûrs. Pouvons-nous y arriver ?

Soutenant Roberto qui avait maintenant les yeux fermés, elles gagnèrent la grange, le portant tant bien que mal. Là, Elsa rassembla un peu de foin pour lui faire un lit sur le sol en pierres dures. Maxine ramassa des morceaux de bois de ce qui avait été des box à chevaux et fit un petit feu pour le réchauffer. Il était totalement immobile, ne montrant des signes de vie que lorsqu'il avait une quinte de toux. Ensuite, pris de convulsions, haletant, il pouvait à peine respirer.

Cette nuit-là, elles ne dormirent presque pas. Par le trou dans le toit, Maxine regarda les fusées des Alliés qui, comme venant d'un autre monde, flottaient dans le ciel et tombaient progressivement, illuminant le sol. *Si seulement ils pouvaient arriver*, se dit-elle. *Pourquoi mettent-ils tant de temps à prendre Monte Cassino ?* Une fois cette bataille gagnée,

Rome suivrait. Mais toutes les nouvelles rapportaient que les Alliés devaient mener un combat terrestre acharné et que, jusqu'ici, les Allemands s'agrippaient à leur plus solide ligne de défense. Jusqu'à ce que l'armée anglaise ou américaine puisse franchir le Rapido, un fleuve lourdement gardé, il n'y avait pas le moindre espoir de prendre Monte Cassino. On avait appris que des centaines d'hommes avaient déjà essayé et s'étaient noyés ou avaient été tués, leur sang rougissant les eaux du fleuve. En une seule tentative, les Américains avaient perdu deux mille hommes en vingt-quatre heures.

Le clair de lune illuminait la campagne comme en plein jour. Les Alliés avaient à peine besoin des fusées. Des souris filaient le long des murs de la grange et, à l'extérieur, de plus gros animaux, des sangliers peut-être, chassaient. Un peu avant l'aube, Maxine entendit des soldats crier, pas très loin. Avec leurs chiens qui aboyaient, ils faisaient une battue des sous-bois. Quand le calme revint, elle essaya de chasser ses peurs de son esprit. Mais, dans ce silence angoissant, éperdue de solitude, elle chercha la main de Marco. Le chagrin la frappa de nouveau de plein fouet et sa vue se brouilla. Marco n'était pas ici. Il n'y serait plus jamais.

Quelques instants plus tard, l'aube pointant, elle distingua la silhouette d'Elsa blottie contre Roberto, le protégeant de son propre corps. Soudain glacée, elle comprit que quelque chose n'allait pas. Depuis plusieurs heures maintenant, elle ne l'avait pas entendu tousser.

La lumière, encore très pâle, était néanmoins plus claire. Elle vit Elsa se redresser avant de s'agenouiller à côté de son mari. Elle lui effleura le visage, baissa la tête l'espace d'une seconde ou deux, avant de lui jeter un coup d'œil. Une larme roulait sur sa joue.

— Voilà, chuchota-t-elle. Maintenant, les Allemands ne pourront plus lui faire de mal.

Une dernière fois, elle porta sa main froide à ses lèvres, avant de se lever, droite et fière. Elle resta un instant immobile puis s'éloigna.

Maxine allait la suivre quand elle comprit qu'elle avait besoin d'être seule.

Bientôt, il leur faudrait trouver un moyen de rejoindre le château. Mais, pour commencer, elles devaient recouvrir de branches le corps de Roberto et essayer de se consoler. Toutes deux faisaient désormais partie du gigantesque régiment des femmes qui avaient perdu un être aimé. Et elles étaient nombreuses à pleurer des frères, des maris, des pères, des amants et, le plus tragique peut-être, des fils. Tous partis. Les bons, les méchants. Tous des victimes de cette terrible guerre. Maxine ne savait plus s'il était réconfortant de se savoir membre de cette communauté endeuillée ou pas.

Chapitre 50

Castello de' Corsi
Avril 1944

Même si Maxine n'était toujours pas rentrée en apportant des nouvelles de Lorenzo, Sofia ne pouvait se permettre de rester à se morfondre. Sentant que le moment était venu d'avoir une nouvelle conversation avec Gabriella, elle avait convoqué la jeune fille dans son petit salon, avec Carla. Assises en face d'elle sur le canapé capitonné de chintz, les deux femmes semblaient un peu nerveuses, pas à leur place. Chaque famille avait sa propre façon de gérer ses problèmes et elle n'était pas totalement convaincue de l'utilité de son intervention. Néanmoins, elle avait promis à sa cuisinière de l'aider chaque fois qu'elle en aurait besoin. Et, même si cette dernière était trop fière pour le lui demander directement, elle lui avait laissé entendre que Gabriella n'assumait pas la situation.

Se composant ce qu'elle espérait être une expression pleine de compassion, elle commença :

— Alors, est-ce que tu sais quand le bébé doit arriver ?

— Certainement vers la fin juillet, répondit Carla.

— Il est préférable de laisser votre fille parler pour elle, Carla.

La cuisinière fit un signe d'assentiment.

Sachant que Gabriella pouvait se sentir gênée par ce sujet, Sofia décida de l'aborder avec douceur. D'un ton encourageant, elle lui demanda :

— Ta mère dit vrai ?

Avec un haussement d'épaules, Gabriella défia ouvertement Carla du regard. Refoulant un soupir, Sofia reprit :

— Gabriella, tu comprends que nous essayons de t'aider ?

La jeune fille baissa la tête en marmonnant :

— Je n'ai pas besoin d'aide.

— Mon enfant, tu es très jeune. Tu vas devoir t'occuper d'un bébé et tu n'auras pas de mari pour t'aider. Ce ne sera pas facile. Tu le sais ?

Gabriella parut vouloir la foudroyer du regard, sans oser. Mais la manière dont elle la scruta, une lueur obstinée dans les yeux, trahissait ses pensées.

Les devinant, Sofia poursuivit :

— Tu as raison. Je n'ai pas d'enfant. Mais je connais beaucoup de mères de famille. C'est le travail le plus difficile au monde.

Quand la jeune fille releva la tête, elle vit que son expression butée s'était un peu atténuée. Et elle commença à déceler sa peur derrière son attitude provocatrice.

— Ma mère m'aidera, dit-elle, incapable de contenir le tremblement de sa voix.

Sofia secoua la tête.

— Ta mère a son lot de tâches à accomplir. Elle n'aura pas le temps de s'occuper d'un bébé. Tu en seras donc seule responsable. Je lui ai expressément demandé de ne pas intervenir.

Gabriella la dévisagea comme si elle n'en croyait pas ses oreilles.

— Mais…

— Il n'y a pas de « mais », je le crains. Bien sûr, tu pourras nous demander conseil quand tu le souhaiteras. Nous serons toujours disponibles. Toujours disposées à t'en donner volontiers, tu peux en être sûre.

Elle se mura dans le silence. Comme si elle avait besoin d'assimiler ces paroles. Bien sûr, Carla lui avait déjà expliqué tout cela mais elle ne l'avait pas crue. Peut-être, venant d'elle, seraient-elles plus convaincantes. Même si elle ne voulait pas l'effrayer. Mais Carla lui avait rapporté que sa fille cadette pensait pouvoir s'amuser avec son futur bébé comme avec une poupée. Or, il fallait qu'elle assume les conséquences de ses actes. Non seulement parce qu'elle avait couché avec un fasciste, ce qui aurait pu mettre sa famille en danger. Sans parler de Lorenzo et d'elle-même. Mais aussi à cause de la honte qu'elle allait causer aux siens en mettant au monde un enfant illégitime. Et bien pire encore. Elle avait laissé fuiter des informations susceptibles d'avoir provoqué la mort de son propre frère. Sofia voulait qu'elle prenne conscience de la gravité de sa conduite. Sans pour autant en porter la culpabilité toute sa vie, elle devait montrer des remords sincères. Or, elle n'en avait donné aucun signe depuis le jour où elle s'était, sans grande conviction, ouvert une veine. Se montrait-elle trop sévère ? Elle doutait qu'elle ait eu vraiment l'intention d'attenter à ses jours. Mais elle avait eu besoin d'aide, avait voulu faire éclater la vérité. Et cela avait été un début.

— Et maintenant, Gabriella, je veux te parler de ce que tu as dit à Maria, reprit-elle.

Toujours muette, la jeune fille regarda par la fenêtre, sans se départir de son air insolent.

— Tu as dit l'avoir prévenue des projets de sabotage des partisans afin qu'elle en informe son petit-fils, Paolo.

Elle refusait toujours de croiser son regard. Pourtant, Sofia sentit qu'elle faisait un pas dans la bonne direction.

— Qu'est-ce qui t'a poussée à faire ça ?

La jeune fille cligna des yeux à plusieurs reprises, avant de répondre :

— Il a dit qu'il m'aimait. Mais il n'est pas venu. J'étais triste et je voulais qu'il revienne et qu'il me dise encore qu'il m'aimait.

— Oh ! Malheureuse ! s'exclama-t-elle.

— Pourquoi n'est-il pas revenu ? demanda alors la coupable dans un souffle.

Son regard exprimait un tel chagrin qu'elle eut pitié d'elle.

Soudain, Anna fit irruption dans la pièce. Elle avait manifestement surpris leur conversation. Elle foudroya sa mère puis sa sœur du regard.

Pétrifiées, elles la regardèrent se précipiter sur cette dernière, l'agripper par les cheveux et la traîner à moitié à travers la pièce.

— Espèce de stupide garce gâtée ! siffla-t-elle en la giflant avec une telle violence qu'elle la fit tomber.

Tout alla si vite que personne n'eut le temps d'intervenir. Gabriella se mit à ramper vers Carla pour se mettre à l'abri, mais Anna n'avait pas fini. Elle se pencha pour la tirer de nouveau par un bras.

Sofia se leva vivement.

— Anna, arrête ! Arrête immédiatement ! lui ordonna-t-elle.

La jeune femme obéit. Et lui lança un regard où se mêlaient la souffrance et la rage.

— Ne fais pas ça, Anna. Ça n'avancera à rien.

Elle serra les poings. Il était évident que l'envie de frapper de nouveau sa sœur la démangeait. La frapper jusqu'à faire disparaître sa propre douleur. Si ce n'était que c'était impossible. Ce genre de douleur ne disparaissait pas.

Elle fit un pas vers elle et l'insulta avec véhémence.

— *La puttana !* Elle n'a pas le droit de s'en tirer comme ça. Je vais frapper son visage d'idiote jusqu'à ce qu'elle comprenne ce qu'elle a fait.

Sofia l'écarta et elle se laissa faire sans résister.

— Madame la comtesse…, dit-elle, le visage déformé par une infinie détresse.

— Je sais, mais ça ne servira à rien. Et tu le sais. S'attaquer à Gabriella ne fera pas revenir Aldo.

Elle la relâcha et Anna inspira profondément. Avant de prendre Carla pour cible.

— Tu l'as toujours gâtée, fulmina-t-elle. Et maintenant, regarde.

— Je sais que tu veux trouver quelqu'un à blâmer, mais ta mère n'est pas responsable, Anna, intervint Sofia. Que voudrais-tu que nous fassions ? La livrer aux partisans ?

— Pourquoi pas ?

— Et que penses-tu qu'ils lui feraient ? Elle est enceinte, pour l'amour du ciel.

— Elle n'aurait que ce qu'elle mérite.

— Non. Pense à ce que cela te ferait. Elle porte ton petit neveu ou ta petite nièce.

— Le bâtard d'une ordure de Chemise noire, siffla-t-elle avec mépris. Maman aurait dû l'emmener chez la sorcière de Buonconvento.

Sofia avait entendu parler de la vieille femme qui prescrivait des herbes à certaines femmes enceintes. Aucune n'avait jamais admis être allée la voir et pourtant tout le monde connaissait son existence.

— Tu sais que c'est un crime, chuchota Carla. Contre Dieu.

Son aînée la toisa dédaigneusement. Recroquevillée sur le sol, Gabriella avait enroulé ses bras autour des jambes de sa mère.

— Relève-toi ! lui ordonna sa sœur.

Gabriella tressaillit, essayant de se faire toute petite. Carla lui caressait les cheveux.

— Arrête, maman. C'est ce qu'elle fait toujours. Elle joue le bébé, et tu lui passes tout. Elle doit se lever.

Carla arrêta de lui caresser la tête et lui chuchota quelques paroles à l'oreille.

— J'ai dit « lève-toi » ! répéta Anna.

— S'il te plaît, ne me frappe pas, plaida Gabriella de sa voix puérile, geignarde, qu'elle utilisait si fréquemment.

— *Per amor del cielo.* Je vais te frapper. Lève-toi.

Elle obéit, tant bien que mal. Pensant qu'Anna n'aurait plus recours à la violence, Sofia décida de les laisser se débrouiller et envisagea de quitter la pièce. C'était une affaire de famille, après tout. Mais l'équilibre de la situation était si fragile qu'elle n'osait pas le perturber.

Une fois Gabriella debout, Anna se plaça face à elle.

— Et maintenant, répète après moi. « J'ai couché avec une Chemise noire fasciste. »

— J'ai… couché… avec une Chemise noire…

Gabriella marqua un temps d'arrêt.

— « Fasciste ».

— Fasciste, répéta la cadette d'une voix tremblante.

— « Même si je savais que cela pourrait nuire à ma famille. »

Chuchotant maintenant, elle répéta :

— Même si je savais que cela pourrait nuire à ma famille.

— « Je vais avoir ce bébé et couvrir ma famille de honte. »

Gabriella répéta.

— « Et j'ai dévoilé des informations qui ont provoqué la mort de mon propre frère. »

Cette fois, la jeune fille garda le silence. Elle semblait à bout de nerfs, si vulnérable. Horrifiée par la brutalité d'Anna, Sofia sentait qu'elle aurait dû lui faire comprendre d'un regard d'y mettre un terme. Mais elle était fascinée malgré elle par la scène qui se déroulait sous ses yeux. Carla n'avait pas réussi à tirer quoi que ce soit de Gabriella. Et si la méthode d'Anna fonctionnait ? Elle retint son souffle.

— Dis-le ! rugit cette dernière. Dis-le !

Avec un long soupir tremblant, elle obéit :

— Et j'ai dévoilé des informations…

Elle fondit en larmes.

— Finis ta phrase. « J'ai dévoilé des informations qui ont provoqué la mort de mon propre frère. »

D'un revers de main, elle s'essuya les joues.

— J'ai… dévoilé des informations… qui ont provoqué…

Les épaules secouées par les sanglots, elle se mit à gémir. Des gémissements qui exprimaient une douleur si profonde, si déchirante, qu'elle en était intolérable. Sofia dut serrer les lèvres pour retenir ses larmes. Les yeux humides, elle fut prise d'un besoin instinctif de prendre la jeune fille dans ses bras. Et quand elle entendit Carla sangloter à son tour, son cœur vola en éclats.

— « Qui ont provoqué la mort de mon propre frère », répéta Anna.

— La… mort… de… mon… propre… frère, hoqueta Gabriella entre deux sanglots.

— Bien, dit son aînée, enfin satisfaite.

Soulevant un coin de sa jupe, Gabriella s'essuya le visage.

— Je suis désolée, Anna. Je t'en prie, crois-moi.

— Je suis heureuse de l'entendre, répondit-elle, le visage blême.

D'une voix tremblante, elle poursuivit, redevenant adulte :

— Je sais que tu ne pourras jamais me pardonner et je ne m'y attends pas.

Anna la dévisagea. Les sanglots de Carla s'étaient taris.

— Mais je suis tellement désolée. Sincèrement.

Personne ne prononça un mot. Puis elle reprit dans un chuchotement :

— Je ne me le pardonnerai jamais.

Anna restait impassible. On aurait pu entendre une mouche voler.

— Je vais partir. Je ne veux pas jeter la honte sur vous tous. Je sais que je ne peux rien faire pour effacer ma faute.

Dans la pièce, la tension était à son comble. Sofia n'avait pas la moindre idée de la direction qu'allaient prendre les événements. Elle prit une profonde inspiration et exhala très lentement. Le moment était-il venu pour elle d'intervenir ? Encore une fois, elle décida que non et se tourna vers la fenêtre. Elle avait besoin d'air.

C'est alors que, abasourdie, elle vit l'aînée ouvrir les bras à sa cadette. Carla regardait ses filles, l'air aussi stupéfait qu'elle.

— Viens ici.

Pétrifiée, Gabriella lui lança un regard perplexe.

— Viens ici, répéta Anna.

Son visage s'illuminant soudain, elle se jeta dans les bras de sa sœur.

— Tu n'iras nulle part, lui chuchota cette dernière. Nous allons gérer la situation en famille.

— Je te promets de ne plus jamais te trahir, dit Gabriella d'une voix étranglée.

— Je ferai en sorte que tu n'oublies pas cette promesse.

Gabriella acquiesça d'un signe de tête.

— Et maintenant, il est temps de sécher tes larmes. Nous ne pouvons pas passer la journée ici. Nous avons du travail.

Le regard rayonnant, le visage radieux, la jeune fille semblait soudain allégée d'un énorme fardeau.

— Je vous prie d'accepter toutes nos excuses pour cette intrusion, madame la comtesse, s'excusa alors Anna.

Sofia faillit éclater de rire de l'entendre s'adresser à elle de manière si formelle.

— Je t'en prie.

Les deux sœurs quittèrent la pièce, côte à côte, et une nouvelle page se tourna. Elle regarda alors Carla.

— Eh bien, je ne m'attendais pas à cela.

La cuisinière secoua la tête, incrédule.

— Moi non plus. Qui aurait pu l'imaginer ? Anna a peut-être toujours eu raison. J'ai trop gâté Gabriella.

— Nous savons toutes les deux que vous avez fait de votre mieux. Vous avez fait votre possible pour protéger une enfant vulnérable.

— Merci. Je pense qu'aujourd'hui, Gabriella est devenue enfin adulte.

— Même s'il ne sera jamais facile pour elle de vivre avec le rôle qu'elle a joué dans la mort d'Aldo.

— Non, mais au moins elle a reconnu sa responsabilité et peut commencer à… en fait… je ne sais pas exactement quoi…

— Se racheter ?

Avec un sourire, Carla répondit :

— Quelque chose dans ce genre.

Chapitre 51

Quelques jours plus tard, un peu avant minuit, Maxine et Elsa arrivèrent au *castello*, sales, exténuées. Alarmée par les joues creuses de sa mère, Sofia s'élança vers elle. Mais, le regard voilé, Elsa semblait hébétée, tremblant de fatigue. Anxieuse de savoir où était son père, elle se tourna vers Maxine. Quand son amie, les yeux empreints de chagrin, secoua la tête, elle comprit immédiatement qu'il était mort. D'une voix tremblante, elle pria Carla de leur faire couler à chacune un bain et de leur préparer des vêtements de nuit. Puis, quand elle leur fit porter de la soupe et du pain dans leurs chambres respectives, Carla l'informa qu'elles s'étaient couchées.

Malgré le bruit des avions qui survolèrent le village toute la nuit, il lui fut impossible de ne pas entendre les sanglots étouffés de sa mère. Elle aurait voulu aller la réconforter. Pourtant, quelque chose lui disait qu'elle avait besoin d'être seule. Les questions se bousculaient dans son esprit. Elle voulait savoir exactement ce qui était arrivé à son père. Et s'il y avait des nouvelles de Lorenzo. Rongée par l'angoisse, elle ne ferma pas l'œil de la nuit.

Le lendemain matin, elle était dans son petit salon quand Maxine arriva sur le seuil de sa porte, Elsa sur ses talons. D'une maigreur extrême, sa mère avait une silhouette spectrale. Devant l'expression grave de son amie, elle sentit sa gorge se serrer. Visiblement, elle se préparait à lui annoncer quelque chose. Décidant de rester debout, elle se retint à un mur pour ne pas chanceler et leur fit signe de s'asseoir. Tandis que l'Américaine se pelotonnait sur le canapé de velours bleu, Elsa prit place sur une chaise. Droite comme un I, elle avait le visage livide. Se tournant vers Maxine, Sofia l'implora du regard.

— Alors ? demanda-t-elle, anxieuse du récit qui l'attendait.

Elsa commença d'une voix monocorde, dénuée d'émotion.

— Roberto…

Sofia enfonça son poing dans sa bouche pour ne pas hurler. Quand elle parla, elle chuchotait presque.

— Ils… ils… l'ont tué ?

— Pas exactement.

Elsa lança un coup d'œil à Maxine et lui adressa un petit signe de tête, comme pour l'autoriser à prendre le relais.

— Ton père a dû se cacher, Sofia.

Incapable d'assimiler cette nouvelle, elle cligna des yeux.

— « Se cacher » ? Pourquoi ?

— Quelqu'un l'a dénoncé, reprit sa mère d'une voix toujours aussi étouffée. Ils ont découvert qu'il faisait partie de ceux qui imprimaient les tracts illégaux. Puis il est tombé malade et nous n'avons pas pu lui procurer le traitement dont il avait besoin.

Sofia les regarda tour à tour. Elsa secouait la tête d'un air accablé.

— Nous avons dû le faire sortir de Rome, reprit Maxine. Je suis sincèrement navrée. Il n'a pas résisté. Il est mort pendant le voyage.

— Oh, *Dio mio* ! Non. Pas mon pauvre père ! Pas lui.

Elle sentit sa gorge se nouer, les larmes lui brûler les paupières. Maxine et Elsa gardaient le silence.

— Tu… étais avec lui ? demanda-t-elle à sa mère avec un sanglot.

Elsa acquiesça d'un signe de tête.

— Je ne peux pas le supporter. Le savait-il ? A-t-il souffert ?

— Il était très malade. Il savait qu'il n'en avait plus pour longtemps. Mais sa fin a été paisible. Il s'est endormi, simplement.

Elle sentit ses larmes jaillir.

— Savait-il combien je l'aimais ? Je ne le lui ai jamais dit, *mama*. Jamais.

— Oh, ma fille chérie, bien sûr qu'il le savait. Tu étais le soleil de sa vie.

Au bout de quelques instants, Sofia chuchota :

— Pourquoi « nous » ? Maxine a dit « nous ». Était-ce juste vous deux ?

Se tordant les mains, elle regarda dans la pièce, comme s'attendant à voir quelqu'un dans la pénombre. Puis se tourna vers son amie. Clignant des yeux et luttant pour retenir ses larmes, cette dernière soutint son regard.

— Marco vous a-t-il aidées pour papa ? Où est-il maintenant ?

D'une voix étranglée mais calme, Maxine annonça :

— Marco est mort, Sofia.

Elle étouffa un cri d'effroi.

— Mon Dieu ! Pas Marco aussi. Qu'est-il arrivé ?

— Nous avons été surpris par l'explosion de la bombe via Rasella. Il a été abattu en essayant de s'enfuir.

— Oh non ! Je suis tellement désolée, s'exclama Sofia en faisant un pas vers son amie.

Mais, baissant les yeux, celle-ci secoua la tête.

Un long et pénible silence se fit. La gorge toujours nouée par l'émotion, Sofia finit par murmurer :

— Mais l'attentat a eu lieu il y a trois semaines. Pourquoi n'êtes-vous pas arrivées plus tôt ?

Elsa expliqua :

— Nous sommes parties huit jours après l'attentat. Mais il nous a fallu deux semaines pour arriver ici. Le train a déraillé. Ça a été un voyage effroyable, terrifiant… tellement de barrages… tellement d'Allemands montant vers le nord. Sans parler des avions alliés. Affreux.

Sofia pencha la tête et ferma les yeux. Elle n'avait pas les mots pour décrire tout ce malheur. Et elle fut saisie d'un besoin soudain de blâmer quelqu'un pour la mort de son père.

— Si mon père était si malade, n'aurait-il pas été préférable de rester à Rome ?

— Nous avions épuisé toutes nos cachettes. Il n'y avait plus d'eau, plus rien à manger. Tu ne peux pas imaginer.

— Vous auriez dû…

Sa voix s'étranglant de nouveau, elle s'interrompit.

— Vous auriez dû venir ici comme je vous l'avais demandé.

Maxine la dévisagea avec compassion.

— Cela ne nous avance à rien de nous faire des reproches. Nous avons tous fait ce qui nous a paru le mieux, sur le moment.

Sachant qu'elle avait raison, Sofia acquiesça d'un signe de tête.

— Je crains que ce ne soit pas tout, reprit sa mère.

Alarmée par son ton hésitant, elle demanda :

— Qu'y a-t-il d'autre ? Vous avez trouvé Lorenzo ?

— Nous sommes presque certaines qu'il a été emprisonné, déclara Maxine.

Elle jeta un coup d'œil à Elsa, qui poursuivit :

— Nous pensons que les nazis ont découvert qu'il travaillait pour les Alliés.

Bouleversée, Sofia plaqua une main sur sa bouche.

— Il faut te préparer à être forte, Sofia, lui conseilla Maxine. Nous ne pouvons rien affirmer pour l'instant. Mais il est possible qu'il ait été l'un des hommes abattus en représailles de l'attentat. Ils en ont pris plus de trois cents dans les prisons.

Sofia restait debout, le regard dans le vide. Elle ne voyait plus rien. Ne savait même plus si quelqu'un parlait. Des éclairs passaient devant ses yeux, son sang s'était glacé. Elle se sentait gelée, puis brûlante, puis de nouveau gelée. Un sentiment de révolte enflait en elle. Incapable d'une autre réaction, elle agrippa ses cheveux par poignées et les tira aussi violemment que possible, comme si le fait de les arracher pouvait atténuer son insoutenable douleur.

Elsa essaya de repousser ses mains. Mais elle résista.

— Ce n'est pas vrai, chuchota-t-elle. Ça ne peut pas être vrai.

Puis, le souffle coupé, elle se plia en deux avec un râle, comme si elle avait reçu un coup de poing dans l'estomac. Quelqu'un l'aida à s'asseoir. En dépit du temps printanier, un silence glaçant emplissait la pièce. Elle se balançait d'avant en arrière, incapable d'imaginer la vie sans son père et sans… cette simple pensée lui était intolérable… Lorenzo. Elle jeta un coup d'œil au tableau de saint Sébastien.

— Vous ne l'avez pas protégé, lui murmura-t-elle.

Puis, sans qu'elle puisse le contrôler, un cri de désespoir jaillit du tréfonds de son être, d'un endroit si sombre qu'elle en ignorait jusqu'à l'existence.

— Salauds ! hurla-t-elle. Salauds ! Salauds d'assassins.

La pensée de Lorenzo prisonnier, peut-être mort, de son père si doux, si aimant, mort, lui lacérait le cœur. C'était trop. Même s'ils gagnaient cette ignoble guerre, que lui resterait-il ? Elle ferma les yeux et vit son mari endormi, son souffle régulier soulevant sa poitrine. Elle revit le regard flamboyant d'amour dont il l'enveloppait. Comment un sentiment d'une telle force pouvait-il disparaître ? Cette lumière. Cette quintessence. Il ne pouvait pas avoir été fusillé. Il ne pouvait pas avoir été assassiné. Il était trop bon. Trop honnête. Elle ne pouvait pas le croire. Ne voulait pas le croire.

— Il est peut-être encore en prison, entendit-elle sa mère murmurer. Il y a une chance, ma chérie.

S'agrippant à un lambeau d'espoir, elle demanda :

— Ils n'ont pas diffusé la liste des morts ?

Maxine secoua la tête.

—Non. Ils veulent étouffer toute l'affaire.

Se ruant hors de la pièce, elle alla se réfugier dans sa chambre. Elle savait qu'elle aurait dû réconforter sa mère. Et elle le ferait. Mais, pour le moment, elle avait besoin d'être seule pour pleurer les deux hommes qu'elle aimait le plus au monde. Elle se jeta sur son lit et, un oreiller sur la tête, hurla sa douleur jusqu'à en perdre le souffle.

Au cours de la semaine suivante, tout le château résonna de leurs pleurs. Sofia sentait ses yeux la brûler constamment d'un mélange d'épuisement et de larmes. Ceux d'Elsa étaient gonflés et elle mangeait à peine. D'une maigreur alarmante, elle errait dans la maison, l'ombre de la femme pleine de vie qu'elle avait été. Quand Sofia surprenait sa mère à regarder dans le vide, elle aurait tout donné pour atténuer sa peine. Mais elle était impuissante. Ni son père ni Lorenzo ne quittaient ses pensées. Elle se rappelait Roberto lui faisant la lecture quand elle était enfant et qu'elle s'assoupissait au son de sa voix si chaude. Son amour inconditionnel était le cadeau qu'il lui avait légué. Ce même amour qu'elle avait trouvé chez son mari. Allongée dans son lit, elle se recroquevillait sur elle-même en pensant à Lorenzo. Elle voulait toucher de nouveau sa peau, voir l'éclat de ses yeux et, surtout, elle voulait le serrer de nouveau dans ses bras.

Chapitre 52

Comme pour narguer Sofia, le printemps était d'une incroyable beauté. Plus longs, les jours chassaient la mélancolie de l'hiver et, la plupart du temps, le soleil réchauffait leur monde. À cette époque de l'année, on s'attendait toujours à la pluie et au froid mais, jusqu'ici, il faisait un temps splendide. Les coquelicots agitaient leurs joyeuses fleurs le long des coulées d'herbe entre les jeunes pieds de vigne et envahissaient les collines couvertes d'oliviers. Les marguerites blanches aux cœurs jaunes parsemaient les prés. Des églantiers aux fleurs d'un rose délicat dévalaient les bas-côtés des allées, des genêts et de la moutarde tapissaient les bords des champs. Tout en promenant ses chiens, elle ramassait des herbes sauvages sous un ciel si bleu qu'elle avait l'impression que, en dépit de tout, la vie vaudrait un jour, de nouveau, la peine d'être vécue.

Elle répartit les fleurs dans des petits vases, comme des bouquets d'espoir à travers toute la maison. Leur parfum frais et délicieux la réconforta légèrement. Elsa sortait lentement de son silence et recommençait à manger un peu. Maxine allait et venait. Elle parlait mais n'abordait jamais le sujet de son chagrin. Sofia voyait qu'il enflait en elle, encore et encore, et craignait de la voir craquer. Elle ne lui posait aucune question sur ses activités. Avec l'aide de quelques partisans, James avait transporté le matériel radio à un autre endroit et Maxine lui avait rapporté qu'un grand nombre de renseignements d'une grande précision avaient été transmis aux Alliés.

La liste des victimes des représailles de la bombe de la via Rasella n'avait toujours pas été divulguée mais, sous l'azur intense du ciel, Sofia décida que, à moins d'avoir la confirmation officielle de la mort de Lorenzo, elle n'y croirait pas, tout simplement.

Elles apprirent que des partisans avaient pillé certains endroits, ce qui prouvait hélas qu'ils manquaient de vivres. Mais ils étaient maintenant plus de quatre mille qui se cachaient à Monte Amiata. Une véritable armée.

Un jour, en fin d'après-midi, Maxine entra en trombe dans la cuisine, le regard brillant, les vêtements déchirés.

— Que diable… ? s'exclama Sofia, alarmée.

Maxine agitait les bras dans tous les sens.

— J'étais là. J'ai tout vu.

Devant son aspect déplorable, Sofia secoua la tête.

— Quoi, bon sang ?

— Tu n'es pas au courant de la bataille ?

— Non.

Mais elle avait deviné depuis longtemps que la méthode de son amie pour surmonter son chagrin serait de se mettre de nouveau en danger.

— C'était merveilleux. J'étais à Monticchiello… par hasard, évidemment.

— Évidemment, persifla Sofia.

Maxine sourit.

— En fait… j'avais entendu des rumeurs.

— Alors, que s'est-il passé ? s'impatienta-t-elle.

— J'étais derrière les remparts, avec les partisans. Quelqu'un m'a passé un fusil. Un fusil, tu imagines ? Les fascistes attaquaient d'en bas. Pas des Allemands, des fascistes italiens. Des centaines, et nous n'étions que cent cinquante contre eux. Des femmes aidaient à charger les fusils, d'autres apportaient sans cesse du ravitaillement et des boissons. J'aurais aimé que tu sois là, Sofia, c'était extraordinaire.

— Si je comprends bien, vous avez gagné ?

Le regard brillant d'excitation, Maxine acquiesça :

— Oui. Oh, la joie de tuer ces ordures ! Les partisans du coin avaient arrêté un camion de blé et apporté son contenu aux villageois. Les fascistes sont arrivés en représailles, mais ils ont fini par décamper, en tirant leurs morts derrière eux.

— Vous avez subi beaucoup de pertes ?

Maxine se rembrunit.

— Une ou deux victimes, hélas ! Mais eux, ils ont perdu des dizaines d'hommes. Les idiots. Nous leur avons fait goûter leurs propres méthodes. J'y retourne. Il va y avoir une fête. Discrète, bien sûr. Mais je voulais mettre une jolie robe.

— J'espère que vous savez ce que vous faites. Ne faut-il pas craindre de nouvelles représailles ?

Avec un clin d'œil, Maxine répondit :

— Ne t'inquiète pas de ça.

Devant son enthousiasme, Sofia ne put s'empêcher de sourire.

— Tu peux m'emprunter ce que tu veux, si tu le souhaites.

— Merci. Des boucles d'oreilles et un châle seraient les bienvenus.

Au premier étage, elles passèrent quelques minutes à inspecter la penderie. Puis Maxine en sortit des chemisiers de fine soie, qu'elle effleura avec envie. Mais elle les jugea trop petits. Bientôt, des vêtements de couleurs vives jonchèrent le lit. Aucun ne convenait. Alors, Sofia ouvrit le tiroir dans lequel elle rangeait ses foulards et brandit un châle d'une somptueuse soie carmin, bordé de franges d'or.

— Oh ! s'extasia Maxine en le pressant contre son visage. Il est tellement doux. Tu me laisserais te l'emprunter ?

— Je te demande juste d'essayer de le rapporter.

Tout en la regardant l'admirer, elle se rappela le jour où Lorenzo et elle l'avaient déniché dans une minuscule boutique de Montmartre, située en haut d'une rue pavée. Elle était tombée amoureuse de l'atmosphère de village du quartier et encore plus amoureuse de Lorenzo. Pour peu que ce soit possible.

Avec un sourire, elle ajouta :

— Mais si par hasard tu le perdais, nous devrions retourner à Paris pour en trouver un autre.

— Tu l'as acheté avec Lorenzo ?

— Oui.

— Et tu es sûre de vouloir me le prêter ?

Son cœur battant à coups redoublés, Sofia la serra dans ses bras. Maxine avait été si bonne avec Elsa. Elle comptait maintenant tellement pour elles deux.

— Emporte-le et profites-en. Tout le monde a le droit de s'amuser de temps en temps, non ? Et si quelqu'un le mérite, c'est bien toi. Maintenant, cherchons des boucles d'oreilles.

Quand elles eurent trouvé la parfaite paire de créoles dorées, Maxine les mit à ses oreilles. Puis elle enfila une robe noire qui avait appartenu à la sœur de Lorenzo, libéra la cascade de ses cheveux auburn et drapa le châle carmin sur ses épaules.

— Tu ressembles à une divine danseuse gitane, la complimenta Sofia.

— Ce n'est pas trop osé ?

— Qu'est-ce qui pourrait l'être sur toi ?

Elles partirent d'un éclat de rire.

— Puis-je aussi t'emprunter un rouge à lèvres rouge ?

— Bien sûr.

L'embrassant sur la joue, elle lança :

— Merci. Tu es une véritable amie. Je ne rentrerai pas tard.

Chapitre 53

Les célébrations eurent lieu sur la grand-place du bourg et tous les habitants y prirent part. En raison des raids aériens, aucune lampe ne fut allumée. Quant à la lune, elle était cachée. Mais le vin local coulait à flots et un violoniste jouait doucement. Il ne fallut pas longtemps aux jeunes pour se lever. Même si danser dans ces conditions était bien étrange. Ils se percutaient dans le noir, essayaient de ne pas faire trop de bruit. Mais, curieusement, cela donnait aux réjouissances une atmosphère encore plus exceptionnelle. Et personne ne devait jamais oublier cette nuit où les fantômes étaient venus valser. Parce que, d'une certaine manière, ils étaient tous devenus des fantômes, les ombres de ceux qu'ils avaient été, même en plein jour.

Dès le début de la soirée, Maxine se lia d'amitié avec Adriana, une villageoise qui avait perdu son mari au début de la guerre alors qu'il se battait du côté allemand.

Assises ensemble, elles faisaient une pause pour reprendre leur souffle quand elle lui raconta :

— Ça a été difficile. Quand nous avons changé de camp, je veux dire. Je haïssais les Alliés d'avoir tué mon Gianni. Je voulais qu'ils perdent. Mais plus tard, quand j'ai vu ce que les Allemands nous faisaient subir, j'ai compris que c'était la seule solution.

C'est la vérité, songea Maxine en écoutant l'air mélancolique que jouait maintenant le violoniste. La tristesse de la mélodie assombrit son humeur. Tous devaient être en train de penser aux êtres chers qu'ils avaient perdus ou qu'ils craignaient de perdre.

— Je vous ai vue charger les fusils tout à l'heure, dit-elle alors.

— N'était-ce pas magnifique ? demanda Adriana, son regard s'illuminant.

Après un silence, elle reprit :

— Vous avez perdu quelqu'un ? C'est la raison pour laquelle vous êtes ici ?

Maxine baissa la tête.

— C'est ça, non ? N'en parlez pas si vous ne le souhaitez pas.

— Ça ira, répondit Maxine.

Après un court silence, elle reprit :

— C'était un partisan. Il est mort à la suite de l'explosion d'une bombe.

— Comment s'appelait-il ?

— Marco. Marco Vallone.

Les yeux écarquillés par la surprise, Adriana s'exclama :

— Vraiment ? Mon nom de naissance est Vallone. Mais mon frère s'appelle Luciano.

— Il ne m'a dit son nom qu'à la fin quand il…

Au souvenir de l'instant qu'ils avaient partagé, elle sentit sa gorge se nouer.

— Il n'a jamais vraiment évoqué sa famille. Il me disait qu'il ne voulait pas la mettre en danger. Il ne m'a même pas dit d'où il était originaire.

— Et vous ? D'où venez-vous ? Vous n'avez pas un accent d'ici.

— De New York. Mais mes parents sont de Toscane.

— À quoi ressemblait votre Marco ? Était-il beau ?

Se rappelant l'éclat de ses yeux, Maxine sourit.

— Très. Il avait un côté malicieux.

— Luciano aussi est beau. Venez, je vais vous montrer sa photo.

Maxine la suivit dans sa petite maison du village. Et dès qu'elle vit la photo sur le buffet de la salle principale, son esprit se vida. Les yeux remplis de larmes, elle la prit et, un moment, la contempla. Comment allait-elle pouvoir dévoiler la vérité, maintenant ? Au bout de quelques minutes, elle essuya ses joues mouillées d'un revers de main.

Au visage blême d'Adriana, Maxine comprit qu'elle avait tout deviné.

— Votre Marco ? C'est mon Luciano, chuchota-t-elle.

Effondrée de devoir lui annoncer ainsi une telle nouvelle, l'Américaine murmura :

— Je suis désolée.

Adriana cligna des yeux, prit la photo de Luciano et l'embrassa à plusieurs reprises. Des larmes roulaient sur ses joues.

— Mon pauvre frère. Pouvez-vous me raconter ce qui s'est passé ? Les circonstances de sa mort ?

Et, pour la première fois depuis la mort de Marco, Maxine se libéra de tout ce dont elle n'avait pas voulu parler, des mots qu'elle avait été incapable de prononcer jusqu'à ce soir. Puis elle serra Adriana contre son cœur et, ensemble, elles laissèrent libre cours à leur chagrin.

Quand, enfin, elle sécha ses yeux, elle avoua :

— Jamais je n'ai aimé un autre homme.

— C'était pareil pour Gianni, murmura Adriana d'une voix altérée. Au début, la douleur paraît insurmontable. Puis, après un temps, elle s'atténue.

— Vraiment ? demanda-t-elle en la regardant sans ciller.

— Disons plutôt que l'on s'habitue. Mon frère était un homme si bien. Je suis heureuse qu'il vous ait aimée avant de mourir. Il m'a tellement manqué. Mais je pense que je savais qu'il ne reviendrait pas. J'ai toujours attendu le jour où j'apprendrais sa mort. C'était son destin.

Sans lui répondre qu'elle ne croyait pas au destin, Maxine demanda alors :

— Vous avez toujours vos parents ?

— Il n'y a plus que moi et mon fils, Emilio. Mon frère aîné est mort aussi, emmené par les fascistes avant la guerre. J'étais très jeune à l'époque.

Elle se rappela Marco lui racontant cette autre tragédie.

— Je compatis. Cela a dû être affreux. Vous avez perdu tant d'êtres aimés.

— J'ai mon fils, répliqua-t-elle, soudain radieuse. C'est le portrait craché de Luciano.

— Et où est-il en ce moment ?

— Chez l'une de mes amies, à Montepulciano. Je savais qu'en arrêtant le camion de blé pour nous apporter son chargement, les partisans allaient provoquer le chaos pendant quelques jours. Je ne voulais pas qu'il soit ici pendant les représailles.

— Vous pensez qu'il y en aura d'autres ?

— Disons que je ne dormirai pas sur mes deux oreilles, cette nuit.

Maxine la regarda. La ténacité et le courage qu'exprimait le regard de cette femme la remplissaient d'admiration.

— Je vais vous faire un lit sur le canapé et vous prêter des vêtements. Vous ne voulez pas que les Allemands vous voient habillée comme ça. Vous êtes bien trop séduisante.

Le lendemain matin, Maxine fut réveillée par des coups assourdissants à la porte d'entrée. Elle sauta du lit et cacha ses cheveux sous un foulard qu'elle noua sous son menton. Toute la rue résonnait du fracas des portes sur lesquelles on tambourinait.

Adriana dévala l'escalier et prit une profonde inspiration.

— Prête ?

Elle acquiesça et son hôtesse ouvrit la porte. Deux soldats allemands, des casques de fer sur la tête, l'air impitoyable, entrèrent en trombe et retournèrent tout dans la maison. Laissant tout sens dessus dessous, ils ressortirent bredouilles. Elles ne subirent aucuns sévices physiques. Juste des menaces de coups si elles n'obéissaient pas. La scène se répéta dans chaque maison du village.

— Vous saviez qu'ils ne trouveraient rien ? demanda Maxine, impressionnée.

Adriana fit « oui » de la tête.

— Pour nous protéger, les partisans ont tout caché dans les bois.

Le calme revint. Puis la nouvelle arriva que des fascistes avaient fait une descente dans la forêt dans le but d'éliminer les partisans, une opération qui s'était soldée par un lamentable fiasco. Les Chemises noires avaient fini par se battre entre eux. Quant aux partisans et à leurs armes, ils s'étaient littéralement évanouis dans la nature. Au moins, cette nouvelle tentative de représailles avait échoué. Les Allemands avaient certes fouillé le village mais ils devraient s'en tenir là. Leur combat se concentrant désormais principalement sur les Alliés, ils ne s'inquiétaient plus trop de soutenir les fascistes italiens.

Chapitre 54

Mai 1944

Le 3 mai, la terrible nouvelle arriva : Florence avait de nouveau subi d'intenses bombardements. Le cœur lourd, Sofia se demanda si leur palais était toujours debout. Une semaine plus tard, à Castello, peu après l'aube, une bombe tomba si près qu'elle ébranla la villa. Elle se précipita dans la chambre de sa mère et trouva Elsa debout devant la fenêtre. Elle se tourna vers elle et lui dit :

— Cela aurait bien pu être nous. C'est vraiment le hasard, n'est-ce pas ?

Elles devaient apprendre plus tard que l'explosion avait détruit un hameau voisin, coûtant la vie à des femmes et à des enfants qui gisaient maintenant au milieu des gravats. Ces bombardements apparemment aveugles des Alliés attisaient la colère des villageois. « Pourquoi bombardent-ils nos villages ? » demandaient-ils.

Sofia n'avait aucune réponse. Elle pouvait seulement leur dire qu'il était impératif de bloquer la progression des Allemands qui remontaient vers le nord. Que, quelquefois, ils manquaient de précision. Et les gens finissaient par s'interroger secrètement : les Alliés leur faisaient-ils confiance ? Comptaient-ils pour eux ? Après tout, ils avaient changé de camp après avoir combattu pour l'Allemagne. Et si les Alliés ne le leur avaient pas pardonné ? Était-ce ce qui les rendait aussi négligents dans le choix de leurs cibles ? Encore une fois, elle n'avait pas d'explication. Mais sachant ce que les armées alliées enduraient, elle leur pardonnait.

Des rumeurs circulaient sur des soldats de la SS qui auraient infiltré des groupes de partisans de la région. Sur des dénonciations, à Florence, qui conduisaient à l'arrestation d'antifascistes. Pour sauver leur propre peau, il arrivait que des voisins, nourrissant de vieux ressentiments, donnent aux Allemands des renseignements sur ceux que ces derniers considéraient comme des traîtres. Des membres d'une même famille en arrivaient à dénoncer l'un des leurs qui avait été un conscrit réfractaire ou avait caché un Juif.

Elle ne voyait plus beaucoup James. Par Maxine, elle savait qu'il travaillait avec les partisans et qu'il continuait à recevoir et à transmettre des informations. Elle s'inquiétait de le voir garder ses distances à cause d'elle.

Puis arrivèrent le 19 mai et la nouvelle qui les combla de joie. Dans cette maison qui ne comptait que des femmes, rassemblées dans la cuisine, Sofia, Maxine, Elsa, Carla, Anna et Gabriella écoutaient la radio clandestine. Elles l'accueillirent par des cris de joie, des larmes d'espoir et de soulagement. Cassino était enfin tombé. La ligne Gustav avait été percée et les Alliés avançaient vers la ligne Adolf Hitler. Carla déboucha deux bouteilles de leur meilleur vin et leur servit un verre à chacune. Puis elle porta un toast.

—À l'avenir !

Sofia pria silencieusement pour que les Alliés atteignent Rome rapidement et libèrent Lorenzo. Elle avait le pressentiment qu'il était vivant. Gabriella entama une petite danse, sautillant comme une marionnette. Et, au milieu des éclats de rire, elles burent, vibrant d'un espoir qui ne tarda pas à emplir toute la pièce. Elles se sentaient légères, joyeuses, heureuses.

La nouvelle avait même fait renaître un peu de joie chez Elsa. Aussi, le lendemain, Sofia décida de l'emmener faire une promenade. C'était la première fois que sa mère s'aventurait au-delà des remparts de Castello. Elle siffla ses chiens. Mais ils prenaient de l'âge et préféraient parfois rester dormir dans la cuisine.

Suivant son habitude, elle avait son revolver dans sa poche. Elle calcula qu'en empruntant le sentier qui contournait le village, elles seraient protégées des bombes. Même si, heureusement, aucun avion n'était en vue. Arrivée dans les bois, Elsa s'assit sur un tronc d'arbre renversé et lui fit signe de la rejoindre.

— Je n'ai plus l'énergie d'autrefois.

— Je pense que tu me survivras, maman.

Elsa se contenta de sourire et leva les yeux vers le ciel. Songeuse, Sofia se perdit dans la contemplation d'une colonne de fourmis à son pied.

— Tu penses vraiment qu'ils ont arrêté Lorenzo parce qu'ils ont découvert ses activités ? demanda-t-elle enfin.

— Oui.

— A-t-il été trahi par quelqu'un ? reprit-elle à contrecœur.

Devant le signe de tête affirmatif de sa mère, elle poussa un gémissement.

— Comment peut-on trahir ?

— Ça arrive. Cela a été aussi le cas pour ton père. Je suppose que, quelquefois, les gens ont leurs raisons. Peut-être pour sauver leur propre peau.

Dans le silence qui suivit, elles n'entendirent plus que le pépiement des fauvettes et des geais qui chantaient toute l'année.

Une main tendue, Sofia se releva.

— Tu veux marcher ?

Elsa prit la main offerte, se leva à son tour, et elles s'enfoncèrent sous la futaie où le soleil qui passait à travers les branches créait un jeu d'ombres et de lumière. Le parfum de la menthe sauvage, l'une de ses herbes préférées, lui chatouillant les narines, Sofia déclara :

— J'adore ce goût dans une salade de fruits, pas toi ?

— Tu te rappelles quand nous cuisinions ensemble, dans ton enfance ?

— Bien sûr, acquiesça-t-elle, souriant à ce souvenir.

— Le sucre dans les pâtes, plaisanta sa mère en lui donnant un petit coup de coude.

— Oh, mon Dieu ! Tu m'avais dit de mettre une cuillère à soupe de sel dans l'eau qui bouillait et j'avais mis du sucre. Quelle bourde ! Tu te souviens de la tête de papa ? Il était horrifié.

— Totalement !

— Et j'étais tellement mortifiée que je suis allée me cacher sous mon lit.

— Puis Roberto est venu te trouver.

— Il m'a dit que ce n'était pas grave et qu'il était important de faire des erreurs parce que c'était comme ça qu'on apprenait.

— Il avait toujours des petites phrases de ce genre, murmura Elsa avec un soupir nostalgique.

Elles se turent un moment et Sofia repensa à d'autres repas cuisinés ensemble et dégustés avec son père. Leur table de salle à manger avait une odeur d'encaustique citronnée à laquelle se mêlait l'arôme du plat préféré de Roberto, les haricots aux champignons et à l'ail. La voix de sa mère interrompit sa rêverie :

— Te rappelles-tu quand nous écossions les petits pois sur le balcon ?

— Oui, et les fleurs de courgette frites que je faisais toujours brûler.

— Sans parler de la cuisine qui avait failli prendre feu.

— C'est vrai ! Ce n'était pas ma faute si le torchon était trop près de la flamme.

— Non. Ça devait être le génie de la poêle à frire.

En riant, Sofia s'exclama :

— Ce sera merveilleux de pouvoir de nouveau cuisiner des petits plats !

— J'ai envie de bruschetta de foies de volaille.

— Oui. Ou de lapin à la sauce d'anchois. Même si Carla nous en a fait il n'y a pas si longtemps. Nous mangeons du lapin à toutes les sauces.

— Où a-t-elle trouvé les anchois ? s'enquit Elsa.

— Des conserves qu'elle avait en réserve.

Elle esquissa un sourire mélancolique, revoyant le jour où elle avait caché la nourriture avec Aldo et sa mère.

— Elle a été d'une loyauté sans faille, je suppose.

— Cela n'a pas été facile, surtout depuis qu'Aldo…

— Je sais. Et maintenant, avec sa fille enceinte. Comment va-t-elle gérer la situation ?

Décidant de ne pas se perdre dans les détails, Sofia expliqua :

— Gabriella a beaucoup mûri ces derniers temps. Elle se débrouillera. Tout au moins, elle apprendra.

À la lisière de la forêt, elles arrivèrent à un champ où les récoltes abondantes étaient d'un vert si éclatant qu'elle se sentit remplie d'optimisme.

— À ton avis, qui des Américains ou des Anglais viendra par ici ? demanda-t-elle.

— Les Américains auront du chocolat, souligna sa mère.

Elles partirent d'un éclat de rire et Sofia sentit l'eau lui venir à la bouche. À pas lents, elles contournèrent le champ.

— Il fait chaud, dit alors Elsa. J'aurais dû prendre un chapeau.

— Nous pouvons rentrer.

Après une courte pause, Sofia demanda à sa mère comment elle se sentait. Son regard s'assombrissant soudain, elle répondit :

— Roberto me manque à en mourir. À chaque minute de chaque jour.

— Je sais.

— Et pourtant la vie continue. Curieusement, je pense que je ne comprendrai jamais comment c'est possible. Pourtant, c'est ainsi.

— Eh bien moi, je ne crois pas que Lorenzo soit mort. Je le sentirais.

Elsa l'enveloppa d'un regard plein d'une compassion bouleversante. Sofia l'enlaça d'un bras et la serra contre elle. Sa petite mère si brillante, si triste.

— Ça va aller, *mama*, tu ne crois pas ? Nous allons surmonter tout ça.

À leur retour, une merveilleuse nouvelle les attendait : les Alliés avaient franchi la ligne Hitler. Alors qu'elles s'étreignaient, joyeuses, Sofia jeta un regard au tableau de saint Sébastien. Peut-être les protégeait-il, après tout.

Chapitre 55

Juin 1944

Les combats avaient été rudes au sud de Rome et, en dépit de son récent optimisme, Sofia ne pouvait pas se défaire du pressentiment que quelque chose de terrible allait arriver. Les routes de la région étaient bombardées sans relâche et personne n'osait aller nulle part. Pas même sortir pour une promenade. Jour et nuit, dans leur détermination acharnée d'arrêter les Allemands, des avions de chasse alliés volaient très bas, en petites escadrilles, et prenaient pour cible tout ce qui bougeait. Des missions bien difficiles ! Elle plaignait les pilotes. Puis, le matin du 5 juin, elle revit James. Elle s'était attendue à le voir revenir d'un jour à l'autre car les partisans avaient récemment rapporté la radio et l'émetteur pour les cacher de nouveau dans les souterrains.

Pourtant, elle fut étonnée de le trouver dans sa cuisine à 8 heures du matin. Les cheveux en bataille, le regard encore somnolent, il donnait l'impression d'être tombé du lit. Avec un sourire radieux, il demanda :

— Vous n'avez pas entendu ? Je suis venu immédiatement.

— Entendu quoi ? Ma radio ne marche pas bien.

— Les Alliés sont entrés dans Rome.

— Non ! C'est vrai ?

En le voyant hocher la tête, submergée par le soulagement, elle sentit ses yeux se remplir de larmes.

— Oh, merci mon Dieu. Merci mon Dieu. Mais comment le savez-vous ?

— J'ai ma propre petite radio cachée, maintenant.

Il était tellement animé, tellement heureux d'apporter cette nouvelle, qu'il semblait incapable de s'arrêter.

— J'étais sûr que vous seriez contente de le savoir. Les unités de partisans sont prêtes.

Sofia poussa un profond soupir. Elle avait encore peine à croire la nouvelle.

— Désormais, vous pouvez me faire confiance, nous nous occupons de ces salauds.

— Enfin ! Je n'ai pas pu dormir hier soir, à cause du bruit des camions qui remontent vers le nord.

— Des camions allemands. Ils battent en retraite. Ils sont en fuite. Et nous les talonnons. Nous avons renversé la vapeur.

Elle le dévisagea, s'apercevant soudain qu'elle était toujours en robe de chambre.

— Je suis sûre que vous aimeriez bien prendre un petit déjeuner. Nous avons des œufs.

— Ça me paraît parfait.

— Donnez-moi cinq minutes et je vous rejoins. Nous pourrons nous installer dans le jardin.

— Et regarder tomber les bombes ?

Elle sourit. Même cela lui paraissait drôle aujourd'hui. Pourtant, ça ne l'était guère.

— Je vais demander à Carla de servir le petit déjeuner dehors.

Quand elle redescendit, elle trouva James assis à la table de jardin, une tasse de café brûlant à la main.

— Les Américains vont-ils apporter du vrai café ? demanda-t-elle.

— Je pense qu'ils remontent à l'ouest de votre région. Mais on ne sait jamais. Nous, nous apporterons plus probablement du thé.

Elle se mit à rire et le regarda boire une gorgée du breuvage.

— Vous partirez, à l'arrivée des Britanniques ?

— Oui. Nous emporterons le matériel plus au nord.

— Ne pourrez-vous pas d'abord rentrer chez vous ?

— J'en doute, répondit-il avec une grimace. Mais peut-être. Pour une courte permission.

— Vous me manquerez, dit-elle avec sincérité.

Un long silence s'installa. Et elle pensa à leur amitié, à quel point elle l'avait estimée.

— Je suis vraiment désolée si je vous ai donné une fausse impression, reprit-elle, se sentant un peu gauche. Tout a été… je suppose que l'année a été difficile.

— Je le sais.

— J'aime toujours mon mari et je suis sûre qu'il est vivant. S'il ne l'était pas, je le sentirais.

— Ne vous excusez pas. C'est inutile. La guerre réunit les gens de façon imprévisible.

— Ou les sépare.

— Dans un sens ou dans l'autre, les émotions sont…

— Exacerbées ? Confuses ?

— À vif, je pense. Nul ne sait comment il va réagir quand il sera acculé à un mur.

Elle sourit. Elle revit la nuit où ils s'étaient cachés dans l'escalier.

— Dans notre cas, c'était au sens littéral.

— Vous vous sentiez seule et moi aussi.

Plongeant ses yeux dans son regard chaleureux, elle reprit :

— Pouvons-nous juste oublier ?

— Absolument. Ma chère, je suis un homme de parole. J'espère que vous savez, surtout, que je suis votre ami et le resterai aussi longtemps que vous en éprouverez le besoin.

Il prit ses deux mains entre les siennes.

— Croyez-vous que Lorenzo puisse encore être vivant ? demanda-t-elle.

— Tout est possible.

— Avec les Alliés maintenant à Rome, le saurons-nous bientôt ?

— J'imagine que les choses risquent d'être un peu chaotiques au début, mais oui, je le crois.

Au bout de quelques instants, il libéra les mains de Sofia, et ils restèrent encore un moment sans parler.

— Merci… pour tout, finit-elle par dire.

— Non. Merci à vous.

D'un long soupir à l'unisson, ils mirent un terme à cette partie de leur conversation.

— Et maintenant, passons aux choses pratiques, lança-t-il.

— Je sais, il est temps. Trêve d'introspection pour aujourd'hui.

— Nous avons besoin d'envoyer aux Alliés des informations détaillées sur les positions allemandes des environs.

— L'émetteur ?

— Il faudrait le réinstaller au sommet de la tour, si vous le permettez. En hauteur, il émet de façon beaucoup plus fiable.

Elle lui confirma son accord.

Après son départ, elle eut l'impression que la lumière avait changé. L'atmosphère s'était soudain teintée d'optimisme. Elle aussi se sentait changée. Quand elle traversa le jardin, son pas léger refléta l'impatience qu'elle commençait à ressentir. Tout allait s'arranger. Son pressentiment d'une catastrophe imminente avait disparu. Elle se sentait libérée de la tristesse de la guerre, de sa peur pour Lorenzo. Il ne lui serait rien arrivé. Ce 5 juin resterait la date mémorable de l'entrée des Alliés dans Rome, et le jour où elle avait retrouvé son espoir en l'avenir.

Chapitre 56

Depuis le dernier étage de la maison, Sofia et Carla regardaient les bombardiers alliés survoler les convois allemands, à basse altitude, et poussaient des acclamations quand les bombes tombaient, avant que les avions, indemnes, s'éloignent en décrivant des grands arcs de cercle. Ces pilotes, qui osaient voler si bas au-dessus d'une région grouillant maintenant de troupes et de camions allemands, étaient animés d'un immense courage. Une détermination nouvelle, plus forte, envahit Sofia. Mêlée de l'espoir d'avoir bientôt des nouvelles de Lorenzo. Un espoir qui n'était encore qu'une petite flamme tremblotante, mais prête à s'embraser.

Au cours des semaines précédentes, les fascistes s'étaient enfin effondrés. Au sud de Castello, des centaines de partisans étaient prêts à tendre des embuscades aux véhicules allemands qui se repliaient. Au château, on ne parlait que de leurs actions comme les ponts qui explosaient, les voies ferrées détruites, les routes rendues infranchissables. Ces intenses combats des partisans étaient la conséquence d'un discours dans lequel le général Alexander exhortait tous les Italiens à prendre part aux opérations qui pourraient freiner les Allemands. Ce peuple, occupé comme il l'avait été, voulait désespérément protéger son pays, ses maisons.

Les combats remontaient du sud, dans leur direction. Un matin, à l'aube, Sofia entendit le bruit d'avions tournoyant au-dessus de leur petit village, suivi de tirs de canons et de mortiers. La maison tremblait à tel point que le flacon d'*Arpège*, son parfum, tomba de la coiffeuse et vola en éclats. La pièce se remplit de la fragrance épicée, sensuelle, aux notes de rose, de lys et de jasmin. L'espace d'un instant, elle eut la sensation des bras de Lorenzo autour d'elle, de son nez sur son cou, là où elle déposait quelques gouttes de parfum. La divine odeur, tellement opposée au fracas des bombes, semblait déplacée. Mais, les souvenirs de son mari affluant à sa mémoire, elle se revit en 1927, ouvrant son premier cadeau, soigneusement emballé. Depuis lors, *Arpège* était devenu son parfum de prédilection. Essuyant ses larmes, elle se pencha pour ramasser les éclats de verre noir et remarqua qu'elle s'était coupée. Immobile, hébétée, elle regarda le sang couler de son doigt. C'était la première fois en dix-sept ans qu'elle se trouvait privée de l'un de ses flacons noirs et elle eut l'impression d'un mauvais présage.

La pression était telle, jour et nuit, que Sofia envoya Anna frapper à toutes les portes du village pour proposer aux villageois de venir se réfugier dans les caves du château, s'ils devaient s'y sentir plus en sécurité. Des heures durant, elles y portèrent des couvertures, des oreillers et même des vieux matelas. Elles descendirent des pichets d'eau, les quelques miches de pain qui leur restaient, des fruits en bocaux et une lampe à huile. Sofia craignait que cela ne suffise pas. Avant la nuit, inquiètes des pilleurs, elles inspectèrent toutes les fenêtres et n'en trouvèrent qu'une cassée, au deuxième étage. Sachant que personne ne pourrait s'introduire par là, elles la laissèrent telle quelle.

Le soir venu, les gens du village affluèrent. Après avoir installé les chiens dans la cuisine, Sofia précéda les nouveaux venus à travers la grande cave, puis dans un dédale de passages obscurs jusqu'à la cave la plus profonde. À mesure qu'ils descendaient, la température chutait. Elle communiquait avec les souterrains de secours. Mais Sofia ne les leur montra pas.

À la vue de leurs visages maigres, épuisés, elle pria pour qu'ils restent tous sains et saufs. Il y avait Sara, Federica et son fils. Certains ne vinrent que pour jeter un coup d'œil aux lieux. D'autres, comme Maria, refusèrent de quitter leur maison. Quand Carla lui demanda pourquoi, elle répondit qu'elle préférait ne pas être enterrée vivante. Les autres, vieux et jeunes confondus, s'installèrent, y compris deux bébés. Qui hurlèrent sans trêve, à tel point que Sofia regretta presque de ne pas avoir pris le risque de rester à l'extérieur. Les autres enfants dormaient ou faisaient des jeux. Elle se demanda comment nourrir tout ce monde. Elle s'inquiétait aussi pour Maxine. On ne l'avait pas vue à Castello depuis des jours. Elle essaya de se rappeler quand elle était venue pour la dernière fois. Était-ce après la victoire de Monticchiello ? Non. Plutôt le jour de la chute du Monte Cassino.

En dépit des couvertures, il ne faisait pas seulement froid dans la cave, mais aussi humide. Quand deux des garçons, l'un qui semblait avoir treize ans et un plus jeune, se dirigèrent vers la porte qui ouvrait sur l'un des souterrains, Sofia les rappela, leur ordonnant de ne plus aller par là. Les tunnels formaient un véritable labyrinthe qui s'étendait sous le village et si l'on ne marquait pas bien son chemin pour le retrouver, on pouvait s'y perdre à jamais. Quand ils entendirent la première bombe exploser, les plus jeunes enfants se mirent à crier. Les adultes, eux, s'agrippèrent les uns aux autres en tremblant. Elle entendit Carla prier, sans doute saint Sébastien, et sentit croître son appréhension pour la tour. Serait-elle détruite cette nuit ? Les villages au sommet de collines, comme le leur, étaient les plus vulnérables.

La première frayeur passée, un vieil homme sortit un harmonica de sa poche et se mit à en jouer pour essayer de faire oublier le vacarme qui déchirait le ciel. Certains essayèrent de chanter en rythme. Carla plus fort que tous. Mais les impacts et le fracas étaient terriblement proches.

Essayant de trouver le silence intérieurement, Sofia plaqua ses mains sur ses oreilles et pria pour que leurs maisons ne soient pas détruites par les bombes ou le feu. Carla continuait à chanter pour donner aux villageois le courage et l'espoir de survivre. L'une des femmes prit son tricot et, à la lueur de la lampe, elle fit cliqueter ses aiguilles pendant des heures. Au bout d'un moment, incapable de supporter plus longtemps le bruit, la peur, les odeurs de transpiration, de moisi, de terre, Sofia profita d'une accalmie pour remonter en s'éclairant de sa lampe de poche. Elle avait un besoin désespéré d'air frais. Elle entendit ses chiens aboyer dans la cuisine. Mais quand une nouvelle bombe explosa au loin, elle se signa et redescendit pour trouver tout le monde en émoi.

Une femme hurlait en agitant les bras.

— Mes fils. Ils sont partis. Mes garçons. J'ai dû m'endormir. Est-ce que quelqu'un les a vus ?

Elle éleva sa lampe électrique et passa en revue tous les visages stupéfaits, aux traits tirés. Pour s'apercevoir que les deux garçons qu'elle avait rappelés à l'ordre tout à l'heure n'étaient nulle part.

— Sont-ils montés ? demanda-t-elle.

Une femme assise en tailleur près de l'escalier répondit :

— Non, je ne les ai pas vus.

La mère, dans tous ses états, se mit à pousser des gémissements. Se dirigeant alors vers Carla, Sofia lui chuchota qu'elles devaient rechercher ces enfants.

— Mais, madame la comtesse, si la lampe à pétrole s'éteint ? Le niveau est déjà bien bas.

Plus personne ne devait essuyer de nouvelles pertes. Aussi, à la lumière de sa lampe de poche, Sofia s'engagea dans l'un des tunnels.

Chapitre 57

Maxine était retournée à Monticchiello pour passer un peu de temps avec Adriana et jouer avec son fils qui était revenu, et qui ressemblait tant à son oncle Marco. Elle le voyait à son sourire, à son rire, à sa gravité soudaine. L'homme qu'elle avait aimé ne quittait pas ses pensées. Elle se rappelait ce qu'il avait été pour elle, combien il avait compté, l'héritage qu'il lui avait laissé. Une capacité d'amour qu'elle n'avait jamais soupçonnée en elle. Avec les femmes du village, elle aidait sans relâche les partisans et, maintenant, attendait avec eux, en haut du village, dans l'euphorie générale. Son cousin Davide et sa femme Lara étaient là aussi.

Une clameur s'éleva quand les premiers fantassins britanniques entrèrent dans les ruelles étroites et que, un peu plus tard, leurs tanks roulèrent sur la *piazza*, en haut du village. Jubilant, Maxine les regarda. Portant le fusil que Davide avait obtenu pour elle en bandoulière, elle savourait le soulagement de savoir que c'en était fini du fracas et de la fumée des combats, tout au moins ici. Les vieilles femmes pleuraient d'émotion, les enfants se pourchassaient en poussant des cris d'une joie qui leur avait manqué si longtemps, tout en attrapant les bonbons que les libérateurs jetaient dans la foule. Les plus jeunes femmes embrassaient les soldats, et les accueillaient avec des verres de vin, leurs yeux pétillant d'allégresse. Les vieillards se tapaient dans le dos et il n'y avait plus un fasciste en vue. Elle avait passé une heure à les chercher mais, avec l'approche des Alliés, tous avaient fui, ou soudain changé de camp. Ce qui n'allait pas les aider dans les prochains jours. Plus tard dans l'après-midi, l'un des soldats britanniques leur raconta que les nazis avaient tout pillé sur leur passage : couvertures, vêtements, livres, volailles, tout ce qui était comestible, sans oublier d'inestimables œuvres d'art. Ils avaient brûlé ou détruit tout ce qu'ils n'avaient pas pu emporter. Immédiatement, elle pensa à la magnifique maison de famille de Sofia. Elle sauta sur sa moto et descendit la colline, saluant au passage les soldats de la main. Castello de' Corsi était à environ quarante kilomètres au nord-ouest de Montepulciano, par la route principale. Mais, envisageant le risque d'être mitraillée, elle prit des sentiers de bocage. Le temps lui était peut-être compté avant que les Allemands ne commettent le pire. Pourvu seulement qu'elle ne se perde pas.

Chapitre 58

Le lendemain matin, Sofia gagna la tour pour vérifier qu'elle n'avait pas subi de dommages la nuit précédente. L'air empestait l'odeur âcre de la fumée mêlée à bien d'autres senteurs. Elle pensa aux deux garçons disparus. La moitié du village les cherchait maintenant, au cas où ils se seraient enfoncés plus loin dans les bois, tandis qu'Anna et deux de ses amies exploraient les souterrains avec des lampes à huile et des craies pour marquer leur chemin.

Quand le soir arriva, ils n'avaient toujours pas été retrouvés. Carla était chez leur mère et s'occupait de la pauvre femme, qui était malade d'inquiétude. Tout étant calme, Sofia espérait que les bombardements leur laisseraient un répit et qu'ils pourraient reprendre les recherches. Elle se dirigea vers son petit salon faiblement éclairé et prit un livre. Mais elle eut beau faire, elle était incapable de se concentrer. À la fin de chaque phrase, l'esprit ailleurs, elle était obligée de la relire. Il était impossible de se laisser absorber par une histoire quand on était constamment sur le qui-vive, à attendre l'arrivée des prochains avions. Elle prit son tricot. Une occupation manuelle était parfois plus efficace. Hélas, elle était trop agitée, même pour tricoter. Ses pensées allaient vers le passé, vers ce que le futur lui réservait. Il faisait une chaleur étouffante. Elle rangea son tricot dans la corbeille sur le guéridon, à côté de sa bergère, et ouvrit l'une des fenêtres qu'elle avait fermées pour se protéger de la fumée. Se penchant vers le jardin, elle écouta le chant des cigales qui s'accouplaient. L'air maintenant plus doux lui rappelait ces soirées de juin où, avant la fraîcheur de la nuit, elle profitait, avec Lorenzo, des deux heures précédant le crépuscule pour se promener.

Une toux d'homme interrompit sa rêverie. Son cœur se gonflant de soulagement, elle se retourna, pensant que c'était Lorenzo. Enfin !

Ce n'était pas Lorenzo.

C'était le commandant Kaufmann, nonchalamment appuyé contre le montant de la porte.

— Oh, dit-elle, surprise par son arrivée inattendue. Vous m'observiez ? Je n'ai pas entendu de voiture. Où est votre chauffeur ?

Il se redressa et s'inclina, plus raide que jamais.

— Pardonnez mon intrusion. J'ai frappé.

— Carla s'est absentée.

— Je me suis permis d'entrer.

Prise d'une appréhension soudaine, elle remarqua le regard glacial de ses yeux bleus de myope qui la dévisageaient, derrière les lunettes à monture d'écaille.

— Elle aurait dû fermer à clé.

— J'ai eu de la chance, dans ce cas. Ma voiture est en bas de la colline. Je suis ici pour une affaire privée. Du moins, qui devrait le rester, si tout se passe bien.

— Je supposais que vous étiez parti. Vous devez sûrement battre en retraite maintenant ?

— Ce n'est pas comme ça que je vois les choses. Nous allons simplement avoir recours à des méthodes de défense alternatives quand nous serons prêts. Mais d'abord, j'ai quelques détails à régler ici.

— Des « détails à régler » ? répéta-t-elle en essayant d'afficher la plus totale indifférence.

Mais, de plus en plus inquiète, elle sentait sa gorge se dessécher.

— Exactement.

Son sourire était d'un cynisme glaçant.

— Les Alliés ne vont pas tarder, lui dit-elle.

— Vous avez peut-être raison mais vous devez comprendre une chose : ils ne peuvent ni combattre la puissance du Reich ni gagner. C'est impossible, voyez-vous, ajouta-t-il avec un rire sardonique.

Il soutint son regard et elle sentit un frisson de terreur lui parcourir le dos. Était-il fou ? L'étaient-ils tous pour croire aussi inconditionnellement à Hitler et à son Reich ? S'armant de courage, elle demanda :

— Dans ce cas, puis-je vous demander ce que vous voulez ?

— Ah. J'avais espéré un peu de courtoisie avant de passer aux affaires. Mais puisque vous allez droit au but, voici ce qui m'amène : mon officier supérieur est certain que la radio utilisée par les partisans est ici et il m'a chargé de la localiser avant notre départ. La triangulation identifie cet emplacement.

Une seconde ou deux passèrent. Elle remarqua alors que, sans son pardessus, il avait l'air moins charpenté.

— Je n'ai pas la moindre idée de ce dont vous parlez.

— Allons, comtesse ! Inutile de vous montrer si hautaine. Nous savons tous les deux que c'est faux.

Sofia s'exhorta à ne pas trahir sa culpabilité. Mais elle sentait la chaleur monter en elle, certaine que ses joues s'étaient colorées. Elle prit une profonde inspiration pour dissimuler sa première réaction. Sans aucun résultat. Au lieu de cela, son appréhension s'amplifia et elle sentit sa gorge se serrer au point qu'elle se crut sur le point d'étouffer.

Kaufmann pencha la tête et fit un pas en avant. Maintenant, debout près du canapé en chintz, il faisait glisser ses doigts sur le dossier. Ses ongles étaient propres, parfaitement manucurés.

— Voyez-vous, je peux toujours dire quand quelqu'un me ment. Je pense que vous m'avez menti. Et plus d'une fois.

— C'est ridicule, parvint-elle à bredouiller. Que voulez-vous que je connaisse aux radios et aux émetteurs ?

— Ai-je fait référence à un émetteur ? demanda-t-il avec un froncement de sourcils. Non… Je ne crois pas.

— Vous avez fait référence aux partisans qui utiliseraient une radio. Naturellement, ils auraient un émetteur.

— Vous avez peut-être raison.

— Où sont vos hommes ?

Ignorant sa question, il s'avança vers le tableau de saint Sébastien.

— Une pièce magnifique, dit-il en se retournant pour étudier le visage de Sofia. Tellement belle.

Cette fois, elle ne put s'empêcher de tressaillir sous son regard glacial. Parlait-il d'elle ou de la peinture ?

Se moquant d'elle, il se mit à rire.

— La peinture, je veux dire, bien sûr. Vous ne pensiez pas que je parlais de vous ?

— Non.

— Vous semblez plutôt crispée, si vous me permettez. Vous avez un peu perdu de votre éclat, je pense.

Avec un petit rire, il reprit :

— Mais je suis sûr que nous sommes d'accord pour dire que cette peinture est merveilleuse et que, contrairement à une jolie femme, elle ne vieillira jamais. Bon. Eh bien, voilà ce que je vous propose.

Il recula de quelques pas puis se tut, le regard rivé sur les motifs compliqués du parquet. Son silence perturbait Sofia. Elle n'avait pas la moindre idée de ce qui se passait.

Il leva la tête et la regarda.

— Ah ! Où en étais-je ? demanda-t-il.

— Vous me parliez d'une proposition.

Il eut un sourire dédaigneux.

— Je sens que discuter affaires, étrangement, est indigne de moi. Ce que je vous propose, donc, c'est de m'offrir ce petit tableau. En échange, j'indique tout simplement dans mon rapport que la radio n'est pas ici.

Elle étouffa un petit rire. Il devait plaisanter. De toute façon, s'il voulait ce tableau, elle ne pourrait pas l'empêcher de l'emporter.

— Mon idée ne vous plaît pas ? Vous trouvez que c'est drôle ?

Une lueur de rage s'était allumée dans son regard. Il s'empressa de se composer une expression impassible, mais elle ne lui avait pas échappé.

— Non, ce n'est pas drôle. C'est juste que je ne vous crois pas, déclara-t-elle en le regardant sans ciller.

Haussant les sourcils, stupéfait, il rétorqua :

— Que voulez-vous dire ? Je suis un homme de parole.

— Donc, je vous donne ce tableau et vous partez ? Comme ça ? Tout simplement ?

Il haussa les épaules et s'approcha d'un pas. Elle ne sut plus quoi dire.

Kaufmann reprit.

— C'est une excellente proposition… Sinon, vous serez toutes fusillées. Sur des soupçons. Voyez-vous, je n'aime pas tirer sur des femmes.

— « Des soupçons » ?

Il vint se placer devant elle et, lui soulevant le menton, la regarda droit dans les yeux. Puis il repoussa ses cheveux de son front et elle dut se faire violence pour ne pas lui cracher à la figure.

— Vous n'êtes pas une femme stupide.

— C'est de la folie, dit-elle en reculant et en se cognant au guéridon. Vous ne pouvez pas entrer ici et exiger d'emporter un tableau. Mon mari serait fou de rage s'il l'apprenait.

Il secoua la tête et, revenant à la peinture, effleura son cadre d'un doigt, avec tendresse. Elle essaya de se rappeler où elle avait mis son revolver. Elle le savait, bien sûr, elle le savait…

Il ne se passait pas une heure de la journée sans qu'elle y pense. Mais à cet instant précis, son esprit s'était totalement vidé.

Essayant désespérément de gagner du temps pour élaborer un plan, elle lança :

— Non !

Quoi qu'elle fasse, il prendrait le tableau. Néanmoins, sans pouvoir se l'expliquer, elle persévérait. Par fierté, peut-être, ou par entêtement. Ou peut-être en avait-elle tellement assez de les voir prendre tout ce qui leur plaisait qu'elle voulait résister, pour une fois. De toute façon, il allait sans doute la tuer.

— Il n'est absolument pas question que vous le preniez. Si je vous y autorisais, Lorenzo ne me le pardonnerait jamais.

Toujours de dos, il lui jeta un coup d'œil.

— Ah. Je crains fort que votre mari ne soit pas actuellement en position de vous pardonner quoi que ce soit.

Elle sentit son cœur faire un bond dans sa poitrine.

— Que voulez-vous dire ?

Quand il pivota sur ses talons pour lui faire face, en silence, ses jambes se dérobèrent sous elle. Juste à temps, elle se raidit et parvint à ne pas chanceler.

— Votre mari, chère madame, collaborait avec l'ennemi. C'est terriblement regrettable.

Elle le dévisagea.

— Je vais vous faire une nouvelle offre.

Refoulant les larmes qui lui picotaient les paupières, elle se rappela soudain exactement où elle avait caché son arme.

— Non seulement je dirai dans mon rapport que la radio n'est pas ici, mais je donnerai l'ordre à mes hommes de ne pas détruire le *castello*… et de ne toucher à rien, à l'intérieur. Nous vous laisserons tranquilles. Alors, maintenant, voilà une proposition que vous ne pouvez refuser.

— Qu'est-il arrivé à mon mari ? siffla-t-elle, peinant à parler.

Il sourit.

— Oh, chère madame, comme il a dansé. Ils dansent, vous savez, au bout de la corde. Agitent les jambes. Une petite gigue, c'est tout. C'est assez amusant… Dois-je comprendre que vous acceptez mon offre ?

Il lui tourna de nouveau le dos avec l'intention de décrocher le tableau sans plus attendre. Elle recula d'un pas et, tandis qu'il murmurait son admiration pour le peintre, elle sortit sans bruit son revolver de la corbeille à tricot. Puis le cacha derrière elle. Un instant, elle se demanda s'il ne la provoquait pas, pour voir jusqu'où elle irait.

— Commandant, déclara-t-elle d'une voix claire. Au sujet de votre proposition…

Il se retourna, le tableau déjà sous le bras. Convaincu de sa soumission, il se grattait nonchalamment la nuque. Le bonheur de posséder cette peinture adoucissait la cruauté de son visage. Mais rien ne la dissuaderait. C'est alors qu'il sourit.

Jusqu'à la seconde où elle vit ce sourire plein de perversité, elle n'avait pas été sûre d'être capable de passer à l'acte. Pendant qu'elle rassemblait tout son courage, toute sa vie défila devant elle, comme si c'était elle qui allait mourir. Elle regarda par la fenêtre, un instant qui lui parut interminable. Pourtant, il n'avait pas dépassé un quart de seconde. Sa colère enfla, l'embrasant d'une telle rage qu'elle comprit que le moment était arrivé.

Sans lui laisser le temps de comprendre ce qu'elle s'apprêtait à faire, elle braqua le revolver sur lui, visa la poitrine et tira deux coups. Il fallait que ce soit deux coups. Un pour Aldo, un pour Lorenzo. L'homme recula, déséquilibré par la puissance du tir, et tituba, les yeux écarquillés par la stupeur. Elle s'imagina être celle qui s'écroulait à terre, suffoquée par le contrecoup. Mais ce fut lui qui se contorsionna de façon grotesque, tomba avec un râle, puis s'effondra, le dos au mur, le menton s'affalant sur sa poitrine trempée de sang. *Le mur va être complètement ravagé*, se dit-elle. Au bout de quelques minutes, il resta totalement immobile.

— Une petite gigue, c'est tout, chuchota-t-elle. C'est assez amusant.

Puis elle ferma les yeux. L'espace d'un instant, elle n'osa pas le regarder, craignant qu'il ne soit pas mort, qu'il se relève et l'étrangle. À part cela, elle n'éprouvait rien. Elle baissa les yeux sur son arme, indécise. Que devait-elle faire ? Il était facile de tuer un homme. Bien plus facile que l'on croyait. C'est alors qu'un étrange sentiment l'envahit, inébranlable : elle n'était pas la personne qu'elle avait cru être. Il n'existait pas de mots pour décrire cette sensation. Quand elle releva la tête, la pénombre commençait à envahir la pièce. Mais une belle lumière cuivrée illuminait le mur derrière Kaufmann. Elle remarqua soudain son sang qui rougissait leur magnifique peinture dorée. Prise de vertige, elle sentit les murs de la pièce se refermer sur elle.

Comme si toute sa volonté l'avait abandonnée, elle sombra dans une sorte de torpeur. Elle était vidée de ses forces, de son âme… de tout. Perdue, en transe. Elle persistait à penser qu'elle devait agir, nettoyer les dégâts, le sang, les morceaux de chair collés au mur. Mais dans le silence accablant, elle était comme paralysée. Puis deux voix du passé commencèrent à chuchoter dans sa tête, l'appelant, insistant pour qu'elle les écoute. Ce qu'elle fit. D'abord son père, puis Lorenzo. Il était vital qu'elle les entende. Hélas, leurs voix se firent indistinctes. Elle n'arrivait pas à les comprendre. Elle tendit les bras vers son mari. Elle voulait le toucher, le regarder dans les yeux. Mais elle ne sentit que de l'air. Un coup d'œil à ses mains lui rappela qu'elle tenait toujours le revolver. Les deux hommes se fondirent pour n'en faire plus qu'un. Les deux hommes qu'elle avait aimés le plus au monde. Morts, tous les deux. Quand leurs voix se turent, elle eut l'impression de les avoir trahis d'une façon impardonnable, sa douleur devint intolérable.

Personne ne pouvait comprendre ce qu'était vraiment le deuil avant d'avoir perdu l'être le plus précieux, le plus aimé de sa vie. Elle entendait quelqu'un appeler son nom. Une voix lui parvenait de loin, très loin. Puis des gémissements. Et elle comprit soudain que c'était elle. C'était elle qui gémissait.

Chapitre 59

Lorsque Maxine, venant de Montepulciano, arriva à Castello, le soir tombait déjà. Remerciant sa bonne étoile de ne pas avoir été mitraillée en route, elle gara sa moto. Puis elle aperçut Carla qui traversait la *piazza*. Elle semblait épuisée.

— J'ai cru entendre des tirs. Ils semblaient proches. Vous les avez entendus ? lui demanda-t-elle.

Avec un haussement d'épaules fataliste, la cuisinière répondit :

— Ça tire tout le temps. Dans tous les sens. Vous me direz quand vous n'en entendrez plus.

— Alors, que se passe-t-il ici ? J'ai vu un véhicule allemand garé au pied de la colline. Mais pas âme qui vive.

Elles atteignirent la porte de service, qu'elles trouvèrent entrouverte. Perplexe, Carla s'étonna :

— Aurais-je oublié de fermer à clé ?

— C'est bien imprudent de votre part, la rabroua Maxine.

— J'ai été distraite, répondit-elle en grommelant. Deux garçons ont disparu. On a retrouvé le premier mais pas le deuxième. Son frère est persuadé qu'il se cache toujours dans la forêt.

Une fois dans le vestibule sombre, Maxine appela :

— Sofia ? Elsa ?

Le silence lui répondit. Mais un bruit de sanglots étouffés leur parvint du petit salon. Après avoir échangé un coup d'œil inquiet, elles s'avancèrent vers la porte. Maxine l'ouvrit et resta bouche bée, abasourdie par le carnage qui s'offrait à ses yeux.

— Seigneur !

Elsa essuya ses joues qui ruisselaient de larmes, se leva, chancelante, et expliqua.

— Elle ne parle plus. Elle reste là, à trembler et à gémir, en agrippant le revolver. Je n'arrive pas à le lui retirer des mains.

Maxine frissonna mais se força à s'approcher du cadavre de Kaufmann.

— Seigneur ! Tout ce sang.

— J'ai déjà vérifié, répondit Elsa avec un regard vers l'Allemand. Il est bel et bien mort.

Elle échangea un coup d'œil avec Carla et vit la panique dans ses yeux.

Figées, elles restèrent indécises quelques instants. Puis la cuisinière cligna des yeux et, reprenant ses esprits, marcha droit vers Sofia. Maxine la regarda passer un bras autour de ses épaules, la mener doucement jusqu'au canapé et la faire asseoir. Sans un mot, elle écarta alors ses doigts et, prudemment, lui retira l'arme des mains.

Elsa vint s'asseoir à côté de sa fille.

— Vous croyez qu'il l'a attaquée ? demanda alors Carla avec angoisse. Jamais je ne me le pardonnerai. J'aurais dû être ici.

Elsa secoua la tête.

— Je ne sais pas. Vous voyez le tableau par terre ? C'est peut-être pour ça qu'il est venu.

Perplexe, la cuisinière répliqua :

— Elle ne l'aurait pas tué pour un tableau.

— Certes, approuva Maxine.

Forte d'une soudaine détermination, elle prit la situation en main.

— Qu'importe ce qui s'est passé. Il faut se débarrasser du corps, au plus vite. Le véhicule que j'ai vu dehors était vide. Il se peut donc qu'il soit venu seul. Mais je ne parierais pas là-dessus.

— En général, ils viennent à plusieurs, renchérit Carla.

— Vous en avez vu d'autres ?

La cuisinière secoua la tête.

— En tout cas, il ne faut pas traîner, reprit Maxine.

Ignorant sa voix pressante, la cuisinière contemplait toujours la scène.

— Mais que fait ce tableau par terre ? murmura-t-elle. Il est couvert de son sang.

— On verra ça plus tard. Allez ! Aidez-moi à le fourrer dans ce tapis.

Après avoir tiré le tapis et l'avoir roulé autour du cadavre, de façon à l'envelopper complètement, elles essayèrent de le soulever, l'une le prenant par les épaules, l'autre par les chevilles. Mais immédiatement le rouleau s'affaissa en son milieu, traînant sur le parquet.

Maxine, toujours aussi pragmatique malgré les ondes de choc qui la traversaient encore, lui ordonna :

— Posez-le ! Il nous faut de l'aide. Sinon, il y aura des traînées de sang dans toute la maison. Il faut que nous soyons trois pour le porter.

— Je vais vous aider, proposa Elsa, faisant mine de se lever du canapé.

— Non, répliqua Carla. Je vais chercher Anna. Vous devez rester près de Madame.

Restée seule avec Elsa, Maxine lui demanda si elle avait fourni la moindre explication.

— Elle a juste dit qu'ils l'avaient pendu.

— Qui ? Vous ne pensez pas qu'elle parlait de Lorenzo ?

Elsa laissa échapper un long soupir.

— Peut-être.

— Dans ce cas, je ne suis pas surprise qu'elle l'ait abattu.

— Son chemisier est taché de sang.

— Elle a peut-être vérifié qu'il était bien mort. Il faut qu'elle se change. Nous devons toutes nous changer, ajouta-t-elle en se regardant.

Quelques minutes plus tard, Carla revint avec sa fille. Abasourdie, Anna regarda le sang sur le mur et le sol, puis les bottes de Kaufmann qui émergeaient du tapis et enfin, Sofia. Elle fit un signe de croix et chuchota :

— *Madonna Santa… Madonna Santa…*

Coupant court à ses prières, Maxine lança :

— Prêtes ?

Clignant des yeux, Anna reprit ses esprits.

— Les souterrains, donc ? Je dois faire vite. J'ai laissé Alberto tout seul.

Carla lui tapota la main.

— Ne t'inquiète pas pour lui. Mais, de toute façon, il faut se dépêcher. Une fois que les bombardements reprendront, tout le village va venir se réfugier en bas.

Maxine lui jeta un coup d'œil.

— C'est là que les villageois se mettent à l'abri ?

Conjuguant leurs efforts, elles soulevèrent la forme enroulée.

— Sapristi ! Il est plus lourd qu'il en a l'air, maugréa Carla.

— C'est un poids mort, renchérit Anna en éclatant de rire à sa propre blague.

Secouant la tête, sa mère la rabroua :

— Chut !

Avec un coup d'œil à Elsa qui caressait doucement la main de Sofia, Maxine demanda :

— Pouvons-nous les laisser seules ?

— Oui. Pour le moment. Je nettoierai tout quand nous reviendrons et toi, Anna, tu cacheras le revolver.

— Espérons que les Alliés arriveront avant que les Allemands s'aperçoivent de la disparition de Kaufmann, reprit alors l'Américaine. Il faut que je change sa voiture de place, que je trouve un endroit pour m'en débarrasser.

— La clé de la voiture ? Y avez-vous pensé ?

L'évidence les frappa toutes les trois et elle leva les yeux au ciel.

— Seigneur ! On ne peut pourtant pas continuer à le soulever et à le reposer comme ça. Ce n'est pas un fichu sac à main.

— Vous avez une meilleure idée ? maugréa Anna.

— Eh bien, reposez-le, dans ce cas !

Avec une grimace, Maxine déroula le tapis et eut un mouvement de recul devant les yeux sans vie de Kaufmann. Puis, s'armant de courage, elle fouilla ses poches en quête de ses clés.

Anna s'étonna :

— Vous n'avez pas peur ? Vous êtes couverte de sang.

— Je brûlerai mes vêtements.

— Avant ou après avoir bougé la voiture ?

— D'accord. Vous brûlerez mes vêtements. J'en mettrai des propres avant d'aller me débarrasser de la voiture. Et maintenant, allons-y ! J'ai les clés. Enroulons de nouveau ce salopard.

Elle eut un sourire sarcastique, cette situation insensée réveillant son humour noir.

— J'aurais aimé voir son visage quand elle a pressé la gâchette.

Soudain, elles entendirent un bruit. Était-ce quelqu'un qui frappait à la porte ou une branche secouée par le vent qui tapait contre la fenêtre ? Elles échangèrent des regards pleins d'effroi, leur désarroi toujours aussi violent, la peur leur faisant imaginer le pire. Se pouvait-il que ce soit déjà les Allemands ?

— Est-ce que j'ai bien refermé la porte à clé ?

Carla tressaillit. Aurait-elle pu l'oublier après être allée chercher Anna ?

— Trop tard. Laissez ! lui ordonna Maxine.

La cuisinière se rembrunit et, après une hésitation, reprit :

— Désolée, mais il y a autre chose. Il nous faut une lampe.

— Oh ! Pour l'amour du ciel ! Et pourquoi ne ferions-nous pas un gâteau tant qu'on y est ?

Au comble de l'exaspération, Maxine regarda Elsa.

— Vous voulez bien venir avec nous, finalement ? Nous avons besoin de quelqu'un pour tenir la lampe.

— Il y en a une dans la cuisine, les allumettes sont sur l'étagère, indiqua Carla.

Elsa s'élança vers la cuisine et revint chargée de la lampe à pétrole allumée. Puis elles traversèrent la pièce aussi rapidement que possible.

— Il dégouline, marmonna Maxine en regardant le sol. Le tapis n'est pas assez épais.

— Trop tard pour s'en préoccuper maintenant, grommela Carla.

Elles finirent par atteindre les caves et les souterrains. Carla sachant exactement quelle direction prendre, elles le transportèrent tant bien que mal, le cognant contre les parois des tunnels, aussi loin du château que possible.

— Nous avons juste besoin de le cacher jusqu'à l'arrivée des Alliés. Ensuite, ils pourront récupérer son cadavre, déclara Maxine. Ils sont déjà à Montepulciano, ce ne sera donc pas long.

Carla poussa un petit cri de joie.

— Je me demande si le garçon perdu est toujours ici. Ne devrions-nous pas jeter un coup d'œil ? demanda alors Anna.

La cuisinière répliqua :

— Sa mère est dans tous ses états. Mais son frère maintient qu'il est dans la forêt. De toute façon, nous n'avons pas le temps de le chercher maintenant. Il y a trop à faire.

Elles regagnèrent la maison, chacune se préparant à la tâche qui lui était assignée. Anna devait cacher le pistolet, Carla nettoyer les dégâts, Maxine se débarrasser de la voiture de Kaufmann et Elsa réconforter sa fille. Mais, arrivées sur le seuil du petit salon, elles le trouvèrent vide.

Chapitre 60

Soucieuse, Carla alla chercher un seau d'eau, une serpillière, de vieux chiffons et une brosse à récurer. Elle s'inquiétait pour la comtesse. Avant de partir, Anna avait fouillé la maison, sans trouver le moindre signe de Sofia. La porte de son atelier étant fermée, elles supposaient qu'elle y avait trouvé refuge. Elles auraient voulu continuer les recherches mais elles avaient toutes des tâches urgentes à accomplir avant le début du bombardement. Elsa continua donc seule, pour le cas où Sofia ne serait pas dans l'atelier.

Arrivée dans le petit salon, craignant de voir entrer un officier allemand qui la découvrirait en train de nettoyer le sang de Kaufmann, Carla jeta un regard derrière elle. Les Alliés n'étaient pas encore arrivés mais les Allemands étaient toujours bien là. C'était donc tout à fait possible. En outre, si Maxine ne se débarrassait pas de la voiture assez vite, elle pourrait se faire surprendre par des tirs de mitrailleuse.

En entendant une explosion, au loin, elle fit un signe de croix et se mit à frotter. Il fallait que ce soit fini avant que les villageois n'arrivent pour se réfugier dans les caves. Mais, Seigneur! Elle n'avait jamais vu une telle quantité de sang. La puanteur douceâtre, animale, s'insinuait dans ses narines. Il avait imbibé le tapis, coulé sur le plancher. Elle le nettoya, allant régulièrement chercher de l'eau propre. Mais une tache rose pâle persistait sur les motifs des dalles. Après s'être débarrassée de la serpillière, elle se précipita pour aller chercher un tapis dans une autre pièce, afin de la dissimuler.

Puis elle s'attaqua au mur sur lequel le sang avait giclé. Elle frotta de toutes ses forces mais dut décoller les lambeaux de chair avec ses doigts. Jamais elle ne pourrait nettoyer le sang de ses ongles. Une fois qu'elle eut fini, elle alla chercher un chiffon et de l'eau propre pour nettoyer le tableau. Elle tapota, avec délicatesse, afin de ne pas endommager l'or du cadre en frottant trop fort. Son saint Sébastien adoré. Elle trouva les lunettes à monture d'écaille de Kaufmann et les mit dans sa poche pour s'en débarrasser plus tard. Puis elle lava les traînées de sang laissées pendant le transport à travers la maison. Maxine avait raison. Le tapis n'était pas assez épais et du sang avait coulé partout. Enfin, elle se frotta vigoureusement les mains, retira son tablier taché et se rua vers la chaufferie où les vêtements de Maxine brûlaient déjà. Immobile, elle écouta les avions survoler la vallée et les premières bombes exploser. Pas trop près encore, heureusement. Les villageois allaient venir frapper d'une minute à l'autre.

La nuit suivante fut la pire de toutes celles qu'ils avaient connues. Sofia restant introuvable, elles obligèrent Elsa à renoncer à ses recherches et à descendre dans les caves. Elle avait frappé à maintes reprises à la porte de l'atelier, en vain. Puis elle était sortie pour regarder par les fenêtres. Mais elle avait trouvé les persiennes fermées. Anna l'avait rattrapée dans le jardin. Errant comme une âme en peine, elle appelait sa fille en pleurant.

Les bombardements étaient intenses mais semblaient viser le nord du village. Les Alliés décuplaient leurs efforts pour enrayer la débâcle allemande. Personne ne chantait plus. Mais tous priaient, sans fermer l'œil de la nuit. La mère de l'enfant disparu voulait partir le chercher dans les souterrains mais Carla lui expliqua que toutes les lampes à pétrole étaient vides et qu'elle n'y verrait rien. Elle s'en voulut de ne pas lui dire l'entière vérité. Mais elles ne pouvaient prendre le risque qu'elle trébuche sur le cadavre de Kaufmann. Le lendemain matin, une fois les villageois rentrés chez eux, elle emmènerait les chiens et arpenterait les tunnels elle-même, à la recherche du garçon. Elle inspecterait la forêt aussi. Elle avait grandi ici et connaissait les moindres coins et recoins de ces bois, chacun des arbres creux, chacune des meilleures cachettes pour un enfant terrifié.

Chapitre 61

29 juin 1944

Le lendemain, l'aube baignait de rose la campagne quand Carla frappa à la porte de l'atelier. Toujours en vain. Une intuition soudaine la poussa à prendre la direction de la tour. Elle trouva la porte ouverte et monta. Elle n'y avait pas pensé plus tôt. Après tout, qui monterait au sommet d'une tour pendant un raid aérien ? Quand elle trouva la pièce du sommet vide, elle s'engagea dans l'étroit escalier. Sofia était sur le toit, recroquevillée sur les dalles dures et glacées. Le premier instant de soulagement passé, Carla se figea. L'inquiétante immobilité de la comtesse ne lui disait rien qui vaille. Craignant le pire, elle retint son souffle et la secoua doucement. Sofia marmonna quelque chose, lui faisant signe de la laisser. Carla regagna donc le château pour revenir munie d'une couverture, d'un oreiller, d'un pichet d'eau fraîche et d'un verre. Après l'avoir aidée à boire quelques gorgées, elle enroula la couverture autour de ses épaules.

— Quand le soleil sera plus haut, il fera trop chaud ici. Vous ne voulez pas descendre à votre atelier ?

Docilement, Sofia se laissa conduire par la main jusqu'au bas des marches.

— Vous avez passé la nuit là-haut ?

— Je voulais qu'ils bombardent la tour.

— Oh, très chère comtesse, vous ne devez pas avoir ce genre de pensées.

— Ils l'ont pendu, dit Sofia d'une voix brisée. Ils ont pendu mon Lorenzo.

La cuisinière sentit son cœur se gonfler de tristesse. C'était donc vrai ? Mais elle devait rester forte si elle voulait aider la comtesse. Une telle tragédie pouvait détruire les plus forts. A fortiori leur si douce Sofia.

Elle la soutint, titubante, jusqu'à un fauteuil.

— Venez, maintenant. Vous allez vous asseoir ici et je vais vous enrouler dans la couverture. Pensez-vous pouvoir manger quelque chose ?

Sofia secoua la tête.

— Laissez-moi juste ici.

— Seule ? Vous ne devriez pas être seule.

— Je vous en prie. Ne laissez monter personne. Ne dites pas que je suis ici. Dites-leur que je vais bien, que je me repose.

— Mais votre mère ? Et Maxine ?

— Dites-leur que je vais bien.

Elle marqua une pause, puis déclara d'une voix neutre :

— J'ai tué un homme, Carla. Je l'ai tué de sang-froid. J'ai besoin d'être seule.

— Vous avez bien fait.

— Il voulait le tableau.

— Saint Sébastien ?

— Cela n'avait pas vraiment d'importance. Je l'aurais laissé l'emporter. En fait, il aurait pu prendre tout ce qu'il voulait. Mais… c'est quand il m'a dit qu'ils avaient pendu Lorenzo que…

Elle n'ajouta pas une parole. Horrifiée, Carla la regardait en silence.

— Bon, vous descendrez quand vous serez prête, finit-elle par dire avec la douceur que l'on réserve aux enfants. Je vais vous laisser l'eau. Et, ce soir, je vous ferai un bon dîner, un dîner spécial. Maintenant, dormez autant que vous le pourrez.

Sofia acquiesça d'un signe de tête.

Refoulant sa douleur, Carla dévala l'escalier et courut se réfugier dans sa cuisine. Après avoir pris une longue et profonde inspiration pour se calmer, elle s'assit, posa sa tête sur ses bras croisés et pleura longuement. Voir sa comtesse adorée dans cet état la navrait. Mais Lorenzo... ! Elle le connaissait depuis sa naissance. Si elle avait été face à Kaufmann avec un revolver dans la main, elle aussi l'aurait abattu. En fait, il méritait une mort bien moins douce. Elle revit la comtesse, seule là-haut, brisée, le regard vide. Elle avait un mauvais pressentiment.

Un peu plus tard, elle remonta l'escalier à pas de loup et la trouva profondément endormie. Elle ne comptait pas la réveiller de nouveau. Mais elle allait tenir sa promesse, essayer de trouver des mets qui lui plairaient et cuisiner pour elle. Elle espérait qu'elle redescendrait ce soir. Chacun réagissait différemment au chagrin. Certains avaient besoin de compagnie. D'autres, de solitude. Elle allait rassurer Elsa, lui dire que sa fille allait bien. Puis elle consacrerait un peu de temps à chercher l'enfant disparu.

Quand, en début de soirée, elle rentra bredouille, elle alerta l'Américaine, qui avait dormi presque toute la journée. Non seulement elle n'avait pas trouvé le garçon disparu, mais elle s'inquiétait pour la comtesse qui n'était toujours pas descendue de la tour. Dès qu'elle sut où se trouvait Sofia, Maxine enfila une robe de chambre pour aller la rejoindre.

Chapitre 62

Le soir approchait et, pourtant, l'odeur de la fumée flottait toujours dans l'air. Elle s'agrippait aux cheveux, aux vêtements, même à la peau. Aussi la plupart des villageois étaient-ils restés à l'intérieur à dormir ou à se reposer après leur nuit blanche dans les tunnels. Le crépuscule tombait dans un silence écrasant. Des mitrailleuses continuaient à crépiter au loin. Mais, sur la *piazza*, on n'entendait que les cris des hirondelles. Soudain, un grand corbeau noir s'élança du haut de la tour, suivi d'un autre, puis d'un autre, dans un concert de croassements stridents.

— Trois corbeaux, chuchota Maria.

Trois. La mort n'avait-elle pas assez frappé ? Elle étouffa un bâillement et, malgré la chaleur de la soirée, resserra frileusement son châle à franges autour de ses épaules.

Dans le ciel d'azur, l'astre doré n'allait pas tarder à disparaître à l'horizon. En dépit des bombes qui étaient tombées si près, les vieux bâtiments de pierre qui entouraient la *piazza* étaient toujours intacts, brillants comme s'ils avaient été changés en or par l'éclat du soleil. Jusqu'à la guerre, la vie dans ce village n'avait été que beauté et quiétude.

Un cri résonna soudain. Quelques minutes plus tard, des persiennes noires s'ouvrirent à la volée et le visage surpris d'Anna surgit à la fenêtre, le regard somnolent.

— Qu'est-ce qui se passe encore ?

Les bombardements n'allaient quand même pas reprendre ! Les Alliés ne devaient-ils pas arriver d'un instant à l'autre ?

Maria leva les yeux, comme si elle avait déjà la réponse. Mais elle ne vit rien, hormis quelques pigeons qui voletaient autour de la fontaine centrale.

Une brise rafraîchissante agitait les feuilles d'un figuier et l'air se mit à bruisser de murmures.

Le petit Alberto déboucha en courant sous l'arche principale, pourchassant le chien à trois pattes de Gabriella qui lui avait volé son pain. Il fit le tour de la fontaine, glissa sur une figue trop mûre. Anna appela son fils et le chien fila.

Maxine, vêtue d'une robe bleu marine prêtée par Sofia, sortit du château et dit à Carla :

— Elle est seule depuis trop longtemps. Allez la rejoindre. Faites attention à ne pas la brusquer.

De la main, elle lui montra la droite, sachant que la cuisinière emprunterait le passage secret.

— J'ai une deuxième clé de la porte de la tour, pour le cas où elle se serait enfermée. Il faut vraiment qu'elle rentre maintenant.

Une fois Carla disparue dans l'obscurité du seuil d'une porte, Maxine avança d'un pas décidé vers la tour. Le bruit d'un moteur au loin la fit s'arrêter. *Sûrement pas les Allemands, plus maintenant. Les Alliés, alors ?* Elle croisa les doigts pour conjurer le sort puis continua à la hâte.

Soudain, elle perçut un cri étranglé dont le souvenir devait rester à jamais gravé dans sa mémoire. Une main en visière, elle leva les yeux vers le sommet de la tour et resta pétrifiée. Le dos tourné au vide, Sofia était assise sur un créneau. La gorge nouée, elle lui cria de faire attention. Éblouie par le soleil, elle plissa les yeux, incrédule. Quelques secondes seulement s'écoulèrent mais le temps sembla s'être figé. Elle eut l'impression d'apercevoir une seconde silhouette. Mais la lumière changea et elle vit que son amie était seule. C'était juste une ombre, une illusion d'optique. Puis quelque chose tomba, se gonfla, s'envola, flotta dans la brise. Elle reconnut un foulard. Et, voyant que Sofia avait imperceptiblement bougé pour se pencher un peu plus au-dessus du vide, elle s'élança en courant de toutes ses forces.

Chapitre 63

Deux heures plus tard

Lorenzo était assis dans la jeep de l'armée britannique qui remontait la petite route menant à Castello. Ivre de soulagement, d'impatience, il se grisait des parfums de son domaine. Le romarin, les citrons, la terre elle-même. Même s'il ne pouvait éviter l'odeur persistante de la fumée. Mais après les subterfuges, le danger, la fuite, la clandestinité et la prison, il jubilait d'être enfin chez lui.

La jeep s'arrêta devant la grande arche de Castello. Les Britanniques qui remontaient vers le nord avaient accepté de le conduire chez lui, en dépit du léger détour. Bien sûr, il aurait été prêt à parcourir à pied les presque deux cents kilomètres qui le séparaient de chez lui. Mais la proposition lui avait fait gagner un temps précieux. Et maintenant, il brûlait d'impatience. Fidèle à sa courtoisie innée, il leur proposa de leur faire visiter son village. Les trois hommes descendirent volontiers de leur véhicule, heureux de pouvoir se dégourdir les jambes. Une fois qu'ils eurent franchi l'arche et les remparts familiers qui protégeaient les seigneurs de' Corsi depuis des générations, ils débouchèrent sur la *piazza*. Émerveillés, ils survolèrent les lieux du regard, tout en repoussant les moustiques qui pullulaient.

— On n'a pas ce genre de bêtes dans le Yorkshire, plaisanta l'un d'entre eux.

Lorenzo aimait le crépuscule, les ombres qui s'allongeaient, les magnifiques bâtiments qui se détachaient sur le ciel paisible. Une heure de profonde quiétude, troublée toutefois par les insectes. Trop tranquille peut-être ? Mais la nuit n'allait pas tarder. Aussi, les promeneurs du soir étaient sans doute rentrés. Il se réjouissait en imaginant le sourire qui éclairerait le beau visage de Sofia quand elle s'élancerait dans ses bras. Il ne l'avait pas vue depuis bien trop longtemps. Aussi, après avoir fait faire un rapide tour du propriétaire aux Anglais, il les salua chacun d'une claque dans le dos et leur souhaita bonne chance.

Ils jetèrent un dernier regard aux constructions anciennes puis au panorama sur le Val d'Orcia qui s'évanouissait avec les derniers rayons du soleil.

— C'est vraiment un endroit magnifique, mon vieux ! le complimenta l'un d'entre eux.

Ses deux camarades approuvèrent vigoureusement de la tête.

Enchanté de leur réaction, il se réjouissait de voir que tout ici semblait avoir été préservé. Prudent, il jeta un nouveau regard à la ronde. Tous les bâtiments paraissaient intacts, ce qui était vraiment une bénédiction. Puis il s'avança vers la porte d'entrée du château, le cœur battant du désir irrépressible de voir Sofia. Ses yeux, son sourire, ses longs cheveux bruns. Et cette façon qu'elle avait de le regarder, alors qu'elle vaquait à une autre occupation, lui faisant comprendre, à lui seul, combien il comptait pour elle. Il sentit soudain une pointe de cette appréhension qui survient parfois après une longue séparation. Il se rabroua et se mit à rire à sa propre bêtise. Sofia serait tout aussi heureuse de ces retrouvailles que lui.

Il sortit sa clé, ouvrit la porte et entra. Son impatience était telle qu'il l'appela. N'obtenant pas de réponse, il eut un pressentiment : il se passait quelque chose d'anormal.

Il s'avança vers le petit salon de sa femme et perçut des chuchotements. Carla, qui devait l'avoir entendu, sortit. Le visage bouffi, elle essuyait d'un coin de son tablier ses yeux rouges et gonflés.

— Carla ?

Elle le regarda, bouche bée.

— Carla, répéta-t-il.

Toujours sans parler, elle montra le petit salon d'un doigt et il sentit un frisson glacé le parcourir. Que diable se passait-il ici ?

À grandes enjambées, il entra dans la pièce, où il trouva Maxine agenouillée au chevet d'une silhouette allongée sur le canapé.

— Maxine ?

Elle ne parut pas l'entendre. Puis elle leva la tête et le regarda d'un air abasourdi.

Prenant une inspiration profonde, il s'approcha. L'amour de sa vie était allongé sur le divan, le visage blême. L'angoisse lui noua la gorge et la douleur lui lacéra le cœur.

Devinant ses pensées, Maxine se leva et lui tendit la main comme pour l'arrêter.

— Non. Ce n'est pas… elle n'est pas…, dit-elle.

C'est alors que les paupières de Sofia se soulevèrent. Ses yeux exprimant l'incrédulité la plus totale, elle bondit sur ses pieds. Elle plaqua ses deux mains tremblantes sur sa bouche, le souffle saccadé. Un instant pétrifiée par la surprise, elle chancela. Il s'élança vers elle, l'attrapa dans ses bras et elle s'évanouit.

Il la porta de nouveau jusqu'au canapé. Elle était si légère, si fragile. Quand elle revint à elle, il la serra dans ses bras, comme s'il ne voulait plus jamais la lâcher. Jamais, jamais. Ses lèvres couraient sur sa bouche, ses joues, son cou, mais elle avait la peau froide, marbrée de bleu. Elle continuait à le regarder avec un tel ébahissement qu'il n'arrivait pas à comprendre sa perplexité.

— J'ai cru un instant que tu étais morte. Seigneur ! Je n'aurais pas pu le supporter ! s'exclama-t-il.

D'une main, elle lui caressa le visage, comme pour s'imprégner de chacun de ses traits. Puis elle secoua la tête.

— C'est vraiment toi ?

Il sourit.

— Bien sûr, c'est vraiment moi. Pourquoi me regardes-tu comme si j'étais un fantôme ?

— Parce que tu es un fantôme.

Elle cligna plusieurs fois des yeux, avant de poursuivre :

— Parce que c'est impossible… Ils m'ont dit…

Elle se mordit la lèvre inférieure pour étouffer un soupir et, d'une voix étranglée, prononça les mots horribles :

— Ils m'ont dit que tu avais été pendu.

Assis côte à côte, ils se regardaient. Il fut pris d'une envie fulgurante de hurler sa rage en pensant à la souffrance qu'elle avait dû endurer.

Ses beaux yeux noirs s'étaient embués mais elle ne versa pas une larme. Dieu merci, elle était forte. Sa femme adorée. Il avait tant à lui dire. Mais l'amour et la joie débordante qu'il sentait enfler en lui le rendaient muet. Il lui prit les mains, les posa sur ses genoux, les caressa, les porta à ses lèvres, les reposa. Puis il se mit à pleurer, hoquetant, les épaules secouées de sanglots. Il voyait ses larmes brûlantes, ses larmes de colère, tomber sur leurs doigts entrelacés. Portant sa main à ses lèvres, elle embrassa ses larmes. Ils restèrent ainsi jusqu'à la tombée de la nuit.

Maxine revint avec du café. Il s'aperçut alors qu'ils n'avaient pas été seuls. Silencieuse, les yeux gonflés, Elsa était assise dans un coin. Son visage exprimait un infini chagrin. Sofia se leva pour la serrer contre son cœur et, l'espace de quelques minutes, elles oscillèrent ensemble.

Puis elle revint vers lui, lui tendit les bras, et ils montèrent à leur chambre.

Une fois là, il allongea délicatement sa femme sur le couvre-lit. Et, ayant recouvré sa voix, il chuchota tous les mots qu'il voulait lui dire, avait rêvé de lui dire, lui dirait pendant le reste de sa vie. Ces quelques secondes au cours desquelles il l'avait crue morte l'avaient totalement bouleversé. Il lui dit à quel point il l'aimait, combien elle lui avait manqué, lui répétant inlassablement :

— Tu es l'amour de ma vie. Mon seul et unique amour.

Au bout d'un long moment, ayant épuisé les paroles, les mains jointes, leurs regards noyés l'un dans l'autre, ils gardèrent le silence. De temps à autre, encore sous le coup d'un soulagement mêlé d'incrédulité, ils secouaient la tête. Elle l'enlaça, le réconfortant, lumineuse, ses prunelles d'un noir d'ébène étincelant.

— Tu as plus chaud maintenant, lui dit-il. Tu étais glacée.

— Je suis restée trop longtemps dans la tour.

— Pourquoi ?

Elle secoua la tête et porta un doigt à ses lèvres.

Elle avait raison. Ils auraient le temps de tout se raconter, plus tard. Pour le moment, tout ce qui les comblait se trouvait dans cette chambre. Leurs cœurs étaient gonflés d'une telle gratitude que jamais elle ne pourrait être décrite ni racontée. Pour leur délivrance. Leur sursis. Leur liberté. Leur seconde chance. Sans oublier leur reconnaissance éternelle d'être tous les deux vivants.

Soudain, elle lui demanda à brûle-pourpoint :

— Tu te souviens du jour de notre première rencontre ?

— Je me souviens de ton visage qui s'illuminait à mes blagues idiotes et de ton rire qui jaillissait comme des bulles de champagne.

Et alors qu'ensemble ils partaient du même rire, contagieux, il entendit de nouveau pétiller les bulles de champagne.

Chapitre 64

Septembre 1945

Le 8 mai 1945, l'Allemagne capitula. Comme les habitants de Castello et tous ceux qui avaient vécu la guerre en Italie, Sofia avait vu de près la brutalité des Allemands. Les villageois avaient enduré les pires tourments. Pourtant, ils n'avaient ni abandonné la lutte ni collaboré. Avec une détermination et un courage farouches, les résistants et ceux qui les soutenaient avaient tenu bon face au fascisme, de l'intérieur et de l'extérieur. Elle se sentait fière d'avoir été un maillon de cette chaîne. Lorenzo était resté abasourdi devant son récit. Et l'avait enveloppée d'un regard brûlant d'une telle admiration que son cœur s'était noué d'émotion.

On savait maintenant que, lorsque les Allemands avaient quitté Florence, les partisans étaient entrés dans les rues désertes, juste avant l'arrivée d'un groupe de soldats alliés, sur leurs talons. Des centaines de regards les avaient suivis à travers les persiennes en tuile. Puis les Florentins s'étaient mis à applaudir par centaines, leurs timides bravos se transformant bientôt en un tonnerre d'applaudissements. Et, se joignant aux partisans et aux soldats en larmes, avaient pleuré de joie.

Et, aujourd'hui, en cette magnifique journée de septembre ensoleillée, assise à l'ombre du grenadier dans son jardin, Sofia remerciait le ciel que ce soit fini. La guerre appartenait désormais au passé. Le bruit de la porte de service qui s'ouvrait lui fit tourner la tête et elle bondit sur ses pieds.

— Maxine ! s'écria-t-elle avec un sourire radieux. Quel bonheur de te revoir !

Elle la serra longuement dans ses bras. Puis, reculant, elle prit ses mains dans les siennes et la regarda attentivement.

— Cela fait si longtemps que tu es partie. Plus d'un an !

— Je sais. Il fallait que je retourne à New York. Les Britanniques ont été formidables. Ils ont organisé mon voyage et tout le reste.

— Tu t'es coupé les cheveux.

Avec un éclat de rire, l'Américaine secoua la tête pour les faire bouffer.

— Ça te plaît ?

— C'est ravissant.

— Merci.

Elle marqua une pause.

— Tu as l'air en forme, Sofia.

— C'est Carla. Elle m'engraisse. Mais raconte-moi ce qui t'est arrivé.

— Eh bien, je suis revenue en Italie pour un court séjour. Pour voir ma famille et d'autres gens qui ont connu mes parents autrefois, à Santa Cecilia.

— As-tu parlé de Matteo avec tes parents ?

— Un peu. Ça n'a pas été facile, tu peux me croire. Et, juste avant de venir ici, j'ai rendu visite à la sœur de Marco.

— Comment va-t-elle ? Et son neveu ?

— Aussi bien que possible… Mais toi, Sofia ? Comment vas-tu vraiment ?

— Bien. Honnêtement, je vais bien. Veux-tu t'asseoir ?

L'air soudain grave, elle lui avança une chaise.

— Que se passe-t-il ? s'inquiéta Maxine.

— Nous n'avons jamais vraiment parlé, n'est-ce pas ? Tu es partie si vite… après le retour de Lorenzo.

— Oui. Je sais. J'ai senti que c'était le mieux. Lorenzo et toi aviez besoin de vous retrouver seuls.

Sofia fixa le sol, deux profondes rides se creusant sur son front. Puis elle regarda Maxine droit dans les yeux.

— Ce n'est pas facile à avouer. Mais j'avais vraiment l'intention de le faire, tu sais.

— Oui. Je le savais aussi.

— Après tout ce que nous avions traversé, je ne supportais pas l'idée de devoir vivre sans Lorenzo. Je crois que j'ai fait une crise de folie, après avoir tué Kaufmann.

Maxine lui tendit la main. Sofia la prit et la pressa.

— J'étais absolument terrifiée, s'exclama Maxine. De ma vie, je n'avais jamais couru aussi vite. Mon cœur cognait tellement que j'ai cru qu'il allait s'arrêter. Et je t'ai trouvée dans l'escalier, en train de descendre calmement.

— Et tu m'as foncé dessus et envoyée valser.

À ce souvenir, elles éclatèrent de rire. Puis Sofia reprit :

— Je revois ta tête ! Tu étais cramoisie d'avoir monté l'escalier en courant.

— Tu m'as fait la frayeur de ma vie. Regarde. J'ai des cheveux gris.

Sofia s'approcha et ricana :

— Pas un seul.

Reprenant son sérieux, Maxine poursuivit :

— Tu ne sauras jamais combien j'ai été heureuse que tu aies changé d'avis.

Elle s'interrompit et lui coula un regard en coin.

— Je n'ai jamais eu l'occasion de te demander pourquoi. Quand nous sommes rentrées, tu étais gelée et d'une telle pâleur que je ne pouvais pas te poser de question. Le puis-je, maintenant ?

— Tu le peux.

Elle poussa un soupir. Se remémorer le pire jour de sa vie était si douloureux qu'elle en ressentait encore une profonde honte, mais Maxine avait droit à une réponse.

— Il y avait plusieurs choses, commença-t-elle. Je ne voulais plus vivre, c'est vrai. C'est la pensée de ma mère qui m'a empêchée de sauter le pas. Après avoir perdu mon père, elle n'aurait pas pu le supporter. Et puis, j'ai pensé à toi aussi. Je ne pouvais pas te laisser tomber, ni Carla, ni Anna, ni les gens du village. Trop de gens qui auraient voulu vivre étaient morts.

Les yeux de Maxine se remplirent de larmes.

— Marco.

Sofia poursuivit :

— Oui. Comment aurais-je pu lui faire ça ? Ou à Aldo, à tous ceux qui s'étaient battus avec un tel courage. C'était impossible. C'était en vivant ma vie que je devais les honorer, pas en disparaissant à tout jamais.

— N'as-tu pas décidé de vivre aussi pour toi ?

— Oui. À la fin, oui. J'ai choisi la vie. Mais je ne peux pas nier que je me suis sentie submergée par un besoin irrésistible de sauter dans le vide, de tout oublier, d'abandonner.

Un long silence se fit. Puis, après s'être essuyé les yeux, Maxine se leva.

— Merci de t'être confiée à moi. Et si nous allions faire un tour ?

Elles flânèrent au village, puis s'arrêtèrent pour admirer le Val d'Orcia, qui brillait sous le soleil après la pluie. Les feuilles étincelaient des gouttes d'eau qui tombaient des arbres. En cette fin d'été, la lumière était plus douce. Les vignes ployaient sous les grappes parfumées. Elles savaient toutes les deux qu'une page s'était tournée. Le regard perdu sur les collines chatoyant au loin, Maxine déclara :

— Une chose est sûre. Je ne pardonnerai jamais à Kaufmann de t'avoir menti ainsi. De toutes les atrocités que nous avons subies, c'est l'une des plus cruelles. Grâce au ciel, tu as eu le temps de prendre du recul depuis.

— J'en remercie sans cesse le ciel. Mais, tu sais, on ne tue jamais impunément. Il y a toujours un prix à payer.

— Comment ça ?

— J'ai encore du mal à le définir. C'est intérieur.

— Et qu'en pense Lorenzo ?

— Je ne lui en ai pas parlé. Ça prendra quelque temps. Je sais seulement que, pour le moment, lui et moi voulons oublier. Il ne parle pas de son incarcération non plus, mais il a des marques sur le corps. Elles n'y étaient pas auparavant.

— Oh ! Sofia !

Elle secoua légèrement la tête.

— Je n'étais pas obligée de tuer Kaufmann. Je pouvais le laisser emporter le tableau.

— Il aurait aussi très bien pu te tuer.

— De toute façon, c'est comme ça. Je l'ai fait. Même si jamais je ne me serais crue capable d'un tel acte.

Après un silence, elle demanda :

— Et toi, Maxine ?

— Que veux-tu dire ?

— Tu as changé aussi. Tu sembles adoucie, je ne sais pas.

— Moi non plus, je ne sais pas. Mais j'ai l'impression d'avoir une identité plus définie aujourd'hui. C'est bête ?

— Sûrement pas.

— Quand je suis arrivée, je ne savais pas vraiment qui j'étais. Maintenant, je suis à deux doigts de le découvrir.

Sofia sourit.

— J'ai toujours su qui tu étais, même quand tu en doutais. Tu es la personne la plus vibrante, la plus courageuse que je connaisse. Tu vas tellement me manquer que je ne peux même pas l'exprimer. Mais, Maxine, sache que tu seras toujours chez toi à Castello.

— Merci !

— Et, jusqu'à ton retour, je penserai à toi et je prierai pour toi tous les jours.

— Parce que tu pries, maintenant ?

— Mieux vaut tard que jamais, plaisanta-t-elle.

Maxine écrasa une larme.

— Toi aussi, tu vas me manquer, dit-elle en reniflant.

— Au moins, les choses s'arrangent. Ma mère semble retrouver très lentement goût à la vie. Les heures les plus sombres sont derrière elle.

— Gabriella a-t-elle eu son bébé ?

— Oui. Un garçon. De Carla et Maria, c'est à qui sera la meilleure grand-mère, ou arrière-grand-mère en ce qui concerne Maria. Elles se disputent leur tour pour garder le petit Aldo.

Sofia repensa au jour où l'on avait découvert que Maria n'avait pas transmis l'information sur le sabotage que lui avait donnée Gabriella. Quel soulagement de savoir que la cadette de Carla n'était pour rien dans la tragédie ! Au bout du compte, on n'avait jamais découvert qui avait trahi. Les soupçons s'étaient portés sur Giulia, la femme de chambre qui était partie subitement, mais il n'y avait jamais eu de preuve contre elle.

Quant au gamin disparu, grâce au ciel, il avait été retrouvé sain et sauf, quoique mourant de faim. Pendant tout ce temps, il était resté caché dans un arbre creux.

— As-tu finalement terminé le portrait d'Aldo ? demanda alors Maxine.

— Oui. Il est dans la chambre de Carla.

— Cela doit la réconforter lorsqu'elle le regarde.

— Je l'espère, soupira Sofia, nostalgique. Quand rentres-tu à New York ? demanda-t-elle alors, changeant de sujet.

— Dans une semaine, je serai en mer. Je regrette que ma visite soit si courte, mais j'ai suffisamment causé d'angoisses à mes pauvres parents. Et puis, le chapitre sur Matteo n'est pas clos et nous avons encore beaucoup à nous dire. Mais je reviendrai. L'année prochaine ou la suivante. Il faut d'abord que je gagne de l'argent.

— Retour au journalisme ?

— Oui, acquiesça-t-elle. On m'a fait des propositions. À mon premier retour, j'ai déjà écrit quelques articles.

— Bravo ! De toute façon, nous serons toujours heureux de te revoir. N'oublie jamais que tes racines sont italiennes, Maxine. Tu seras toujours chez toi ici.

Bras dessus, bras dessous, elles rebroussèrent chemin. Et Sofia eut la certitude qu'aucune d'elles n'oublierait jamais cette journée de fin juin ; la chaleur, la lumière éblouissante, l'arrivée des Alliés sous le soleil au zénith. Ce jour où Lorenzo était revenu, ce jour où elle avait choisi la vie.

Devant ce paisible paysage de vallons et de collines, ces routes bordées de cyprès, les gens des générations suivantes, les futurs visiteurs, se douteraient-ils des tragédies qui s'y étaient jouées ?

Que penseraient-ils devant la beauté du printemps, des champs tapissés de coquelicots, des bas-côtés foisonnant de fleurs sauvages, de l'air vibrant de papillons ?

Et quand ils humeraient l'odeur du pain sortant du four, qu'ils marcheraient dans les jardins embaumés par le romarin et le jasmin, leurs cœurs se gonfleraient-ils d'allégresse comme celui de Sofia ? Ou bien imagineraient-ils les chars allemands et les soldats aux casques de fer ?

Envieraient-ils la simplicité de la vie à la campagne ou bien se demanderaient-ils comment les gens avaient pu survivre ?

Quand ils traverseraient en voiture ce paysage d'une beauté à couper le souffle, se sentiraient-ils enveloppés par la paix qui s'en dégageait ?

La paix !

Un mot si modeste pour définir l'essentiel, un trésor que l'on tenait pour acquis jusqu'au jour où on le perdait.

Peut-être était-il préférable qu'ils ne sachent rien du passé.

Peut-être était-il vital qu'ils le connaissent.

Note de l'autrice

Mon inspiration pour le décor

Castello di Gargonza

J'ai tout d'abord envisagé de situer mon roman dans une jolie localité, relativement isolée et vivant en vase clos, où, pour commencer, les villageois auraient imaginé que la guerre leur était passée à côté. La vérité s'est avérée différente car nombre de villes et de villages toscans de ce genre se sont trouvés impliqués dans les combats les plus féroces de la Seconde Guerre mondiale.

Pour mon village imaginaire, Castello de' Corsi, je me suis inspirée de Castello di Gargonza, un bourg fortifié perché au sommet d'une colline. Même si j'y ai ajouté des éléments d'autres villages et hameaux médiévaux reculés que j'ai découverts en parcourant un réseau de routes de terre dans notre 4×4 de location, à l'écart des axes principaux.

Pour les besoins du récit, j'ai resitué mon village plus au sud que le véritable emplacement de Gargonza. J'ai choisi une section sur les collines au nord de Val d'Orcia, au sud de Crete Senesi et à l'ouest de Val di Chiana. Mon but étant de rapprocher le récit d'une ligne de combat capitale parmi ceux qui se sont déroulés en Toscane pendant la Seconde Guerre mondiale.

Gargonza est situé à quelques kilomètres à l'extérieur de Monte San Savino, dans la province d'Arezzo. En quittant la route de Sienne, vous suivez une étroite piste sinueuse qui traverse la forêt jusqu'à ce village fortifié qui se dresse devant vous. Exactement comme dans mon livre, on y accède par une unique arche. Il abritait autrefois les cent dix villageois qui travaillaient sur le réseau de fermes appartenant au domaine. Une fois à l'intérieur, vous avez l'impression d'avoir pénétré dans un passé légendaire. Parcourez les étroites venelles et les ruelles pavées et vous serez tenté de ne plus jamais quitter cette merveilleuse sensation de sérénité qu'elles dégagent. Je l'ai visité par un petit matin de novembre, son extraordinaire atmosphère d'inaccessibilité renforcée par la brume dont émergeaient ses remparts.

Je dois remercier Neri Guicciardini, le propriétaire, qui nous a fait visiter les lieux et nous en a raconté l'histoire. Détendu, spontané, pas un instant il n'a mis en avant sa lignée de comtes et de marquis descendant des Médicis. Même si sa courtoisie et l'attention dont il a fait preuve à notre égard étaient indubitablement celles d'un véritable aristocrate.

Le village est passé à la famille de Neri, les Guicciardini Corsi Salviati, en 1696. Jusqu'à la Seconde Guerre mondiale, quand un exode rural a conduit à l'abandon des lieux, il était le centre de l'administration et du soutien des fermes alentours. Au début des années 1970, totalement déserté, il était devenu l'une des célèbres villes fantômes d'Italie. Les charpentiers, les forgerons, les mécaniciens, les maçons, et tous les corps de métier qui épaulaient la communauté rurale des fermiers étaient partis.

Le Castello est désormais entouré d'une forêt vouée à la chasse et à la récolte des truffes. Elle a remplacé les champs de blé, d'oliviers et les vignobles du passé. Dans le merveilleux restaurant de Gargonza, on déguste l'huile d'olive locale et un ragoût de sanglier aux truffes ramassées le matin même, servi avec des tagliatelles maison.

Roberto Guicciardini Corsi Salviati, le père de Neri, a eu l'ambition de restaurer le village pour créer un lieu qui rappellerait sa gloire passée. Ainsi a démarré la transformation de cette ville fantôme en lieu d'hospitalité. *Castello* peut signifier « château » mais désigne également une demeure fortifiée de remparts semblables à ceux qui ceignent une demeure seigneuriale ou un village. Les moulins à huile, le four communal et les forges étaient regroupés autour d'une petite place et le village s'enorgueillissait de posséder à la fois une église et une chapelle. Celle-ci, déconsacrée, est désormais utilisée pour des dégustations de vin. En revanche, les messes et les mariages continuent à être célébrés dans la petite église peinte de fresques.

Les maisons des divers artisans et dignitaires du village ont été converties en appartements ou en chambres pour accueillir les visiteurs. Sous ses apparences de village authentique, l'endroit est aujourd'hui un hôtel avec un centre de conférence où ont lieu des concerts et des séminaires d'institutions universitaires majeures. À côté du restaurant se trouve une splendide piscine. Il n'y a pas de télévisions mais le Wi-Fi est disponible. Nous avons tout simplement pris notre temps, savouré les délicieux plats du restaurant et nous sommes imprégnés de l'atmosphère magique de cet endroit unique et stimulant.

Si vous souhaitez en lire plus et voir des photos des lieux, n'hésitez pas à consulter le site : https://gargonza.it/it/

San Gimignano

La tour d'*Une comtesse en Toscane* a également été inspirée par mon séjour à La Rocca, à San Gimignano, dans la famille de Roberto Guicciardini Strozzi où, au pair, je m'occupais de deux enfants. C'était en 1967, longtemps avant que la ville ne devienne la destination touristique qu'elle est aujourd'hui. Mais ses nombreuses tours m'ont toujours hantée. Je ne pouvais m'empêcher d'imaginer à quel point il serait horrible de chuter de l'une d'entre elles. Comme vous pouvez le constater, la graine qui devait faire éclore ce livre a été semée il y a bien des années.

http://www.italia.it/fr/idees-de-voyage/sites-unesco/san-gimignano.html

Lucignano d'Asso

Je suis tombée amoureuse de ce hameau. Et je m'en suis inspirée pour inventer mon paisible village imaginaire surplombant les collines en pente douce, couvertes de cyprès. Je l'ai découvert lors d'une excursion au départ de Montalcino, un jour où la vallée au-delà de Lucignano était enfouie sous la brume. J'ai voulu y retourner en mai, revoir cette campagne en pleine floraison. Nous avons loué une ancienne maison de village convertie en location de vacances. Comme à Gargonza, de nombreuses maisons font maintenant partie de l'hôtel, et c'est l'un des endroits les plus magiques où j'ai jamais séjourné.

https://www.borgolucignanello.com/it/

https://www.italythisway.com/fr/endroits/montalcino.php

Buonconvento

Je n'aurais pas pu ne pas inclure cette merveilleuse ville médiévale en briques rouges. Aussi, dans le roman, l'ai-je décrite comme une ville plus importante. Baignée d'une atmosphère mélancolique, elle est absolument sublime.

https://www.italythisway.com/fr/endroits/buonconvento.php

Documentation

J'ai lu une multitude de livres sur l'Italie pendant la Seconde Guerre mondiale, y compris :

The Other Italy: The Italian Resistance in World War II, Maria de Blasio Wilhelm, Ishi Press International, 2013

Gargonza, the Castle, the People: Memoirs of a Landowner, Roberto Guicciardini Corsi Salviati, Edifir Edizione Firenze, 2014

Italy's Sorrow: A Year of War 1944-45, James Holland, HarperPress, 2009

War in Val d'Orcia: An Italian War Diary 1943-1944, Iris Origo, Pushkin Press, 2017

Deux films m'ont été particulièrement utiles :
Rome, ville ouverte, Roberto Rossellini
Un thé avec Mussolini, Franco Zeffirelli

Voyages de recherches

J'ai fait quatre merveilleux séjours en Toscane, à diverses périodes de l'année. L'un spécifiquement à Florence, où j'ai séjourné dans le *palazzo* qui a inspiré la résidence florentine de Sofia. Après y avoir habité en 1967, je n'ai revu la Toscane qu'en 2018 et 2019. J'ai adoré chaque instant de ces retrouvailles et j'ai hâte d'y retourner.

Remerciements

Je reste éternellement reconnaissante à l'exceptionnelle équipe de *Penguin*, et tout particulièrement à la fée Venetia Butterfield, pour leur soutien constant. Un immense merci à mon agent, Caroline Hardman, en qui j'ai une confiance absolue, et qui, vive comme l'éclair, répond toujours présente quand j'ai besoin d'elle. Mes lecteurs ? Je remercie chacun d'entre eux pour l'intérêt qu'ils portent à mes livres. Je ne sais comment vous exprimer ma gratitude. Sans oublier les blogueurs littéraires, fervents supporters de mes romans. Merci infiniment. Votre fidélité compte beaucoup pour moi. À l'automne 2019, j'ai suivi un séminaire visant à « libérer mon potentiel ». Je tiens donc à remercier Bertie Ekperigin et Philippa Gray, ainsi que toute ma famille *RASA*, grâce auxquelles ma vie a changé. Et de m'avoir donné suffisamment confiance en moi pour contourner les écueils de certaines modifications particulièrement délicates et le courage de croire que je pouvais prendre le risque de m'engager dans une voie différente.

Quant à ma famille : vous êtes mon inspiration, la raison pour laquelle je me lève le matin et pour laquelle je veux continuer à écrire. Vous êtes tout pour moi. À tous nos futurs et à beaucoup d'autres merveilleuses aventures !

Dinah Jefferies

Achevé d'imprimer en France par Maury Imprimeur - 45330 Malesherbes
N° d'impression : 263341
Dépôt légal : juillet 2022
38122553-1